肖建军◎著

本案无法终结

金城出版社
GOLD WALL PRESS

图书在版编目(CIP)数据

本案无法终结 / 肖建军著. —北京：金城出版社，2014.6

ISBN 978-7-5155-1069-9

Ⅰ.①本… Ⅱ.①肖… Ⅲ.①长篇小说–中国–当代 Ⅳ.①I247.5

中国版本图书馆CIP数据核字（2014）第090652号

本案无法终结

作　　者 肖建军
责任编辑 杨　超
文字编辑 欧阳云
开　　本 710 毫米 ×1000 毫米　1/16
印　　张 21.25
字　　数 320 千字
版　　次 2014 年 8 月第 1 版　2014 年 8 月第 1 次印刷
印　　刷 三河市鑫利来印装有限公司
书　　号 ISBN 978-7-5155-1069-9
定　　价 39.80 元

出版发行 **金城出版社** 北京市朝阳区广泽路 2 号院（东区）14 号楼
邮政编码 100102
发 行 部 （010）84254364
编 辑 部 （010）64214534
总 编 室 （010）64228516
网　　址 http：//www.jccb.com.cn
电子邮箱 jinchengchuban@163.com
法律顾问 陈鹰律师事务所　（010）64970501

目录

第一章　白骨谜案

日本千叶县山武郡九十九里町。

一个中国籍男子站在海岸边，眺望着湛蓝的大海，一层层海浪前赴后继拍打着礁石，雪白的浪花四散飞溅，落日余晖之下的海面金光万道，一群群海鸥追逐着捕捞沙丁鱼的船队。他伫立良久，任凭太平洋的海风吹拂脸庞，内心的思潮如怒涛一般汹涌，回顾这一年来的跨国侦查经历，他百感交集，感慨万千。此案时间跨度之大，案情之中又包含着谜中谜、案中案，实在令人称奇，而随着调查的深入，其涉及广度和深度已远远超出了普通刑事案件的范畴，甚至让他这个经验丰富的刑警都感到不寒而栗！他习惯性地点燃了一支香烟，让自己平静下来，把脑海中翻腾的思绪从头整理……

一切都是从一年前的那个星期天、从那具60年后重见天日的尸骨开始的。

2010年8月15日，星期天。

河山市位于中国东南部，是一座钟灵毓秀的历史文化名城，城市依山傍水，宁静祥和。

曹元明在河山市立医院办理入院手续时，并没有觉得这天有什么异常，医院里一如既往地人声嘈杂，弥散着消毒水的气味。他来到普外科，护士量血压、测体温，床位医生交代各种注意事项并签字。他换好病号服，躺在病床上，双手枕头望着窗外的天空，那天凌晨下了一场雨，天亮时分，满天的阴霾散去，立秋后的天空碧蓝如洗，金灿灿的阳光普照大地，明媚宜人，因为刚降雨的缘故，气温不高，正是旅游的好天气。本来答应儿子在这个暑假要带他去香港迪士尼乐园玩的，但自己一直没时间，现在又住院了，他想到这里，无奈地摇了摇头。

妻子汪敏把装有换洗衣服的包裹塞进壁柜，拎着热水瓶去打水，她脸色沉重，忧心着明天的手术。自从曹元明因反复消化道出血诊断为胃窦部巨大溃疡后，汪敏一直忧心忡忡，特别是医生的告诫“这种胃溃疡有恶性可能”犹如鸣钟不时在她耳边响起，令她心惊肉跳。

曹元明安慰妻子：“医生都是把病往严重了说，我问过邹衍，他说癌的可能性很小，做手术是为了保险，其实吃药也行。我这个人，就是命大福大，你呀，就别担心了，不就是个手术嘛，又不是鬼门关，鬼门关又怎么样？我干刑警这么多年，鬼门关前面的路都摸熟了，哪回出过岔子？”

汪敏脸一板：“还说！你这病就是干刑警干出来的！不管手术结果怎么样，你以后都别在刑警队干了。你神经大条，我长年担惊受怕可吃不消。你要是有个三长两短，我和孩子怎么办？”说着眼泪就出来了。

曹元明从床上下来，掏出手绢给妻子擦眼泪：“你看你，怎么像开追悼会似的，退一万步说，就算手术切下来是癌，也是可以治的嘛……”

汪敏吓了一跳，赶紧捂住他的嘴：“你瞎说什么？”

曹元明轻轻打了自己一个嘴巴：“好，再也不瞎说了！我命大，肯定没事儿。福大嘛，是有你这么个好老婆。”说完伸手去搂妻子。

汪敏气鼓鼓地推开他：“别跟我嬉皮笑脸，这次你要是不离开刑警队，我们就离婚！”

“嫂子，你这是要跟谁离婚啊？”一个穿白大褂的帅气男子推门走了进来，他是市立医院普外科的医生邹衍，是曹元明的铁哥们儿。

汪敏抹了一下眼泪，说：“邹衍来了，你们哥俩儿聊，我去打水。”她出了门，还是不放心，把邹衍拉到走廊的一角，“明天手术不会有什么事儿吧？我爸就是得胃癌去世的，症状跟他很像，都是喝酒，然后出血，一开始做胃镜也说是溃疡。我真害怕，我本来亲人就少，他要是有个意外，我真不敢想……”

邹衍笑着说：“都说过多少遍了，有我，还有我爸呢，我们父子齐上阵，手术室、麻醉科、病理科，一圈儿都打过招呼了，这种手术我们见多了，嫂子你就安心好了。”

邹衍的父亲邹和平，是市立医院的院长兼普外科的主任，由于快到退休年龄，刚从行政岗位上退下来，他手术精湛，远近闻名，人称“神刀邹”，很多病人求他开刀而不得。邹衍耳濡目染，从小立志当外科医生，读医科大学时就利用假期回来跟父亲学做手术，本科毕业时就能熟练完成阑尾炎、腹股斜疝之类的简单手术，研究生毕业后回到河山市立医院工作，在父亲悉心指导下，几年来已深得真传，一把手术刀玩得驾轻就熟，大有青出于蓝而胜于蓝之势。他今年 35 岁，刚晋升副主任医师，正是春风得意之时。

汪敏稍稍放心，说：“元明幸亏有你这么个好朋友，真不知该怎么谢谢你和邹院长。”她看四周没人，悄悄把一个厚厚的纸包塞到邹衍口袋里。

邹衍满脸不悦，把手一挡：“嫂子，这可见外了啊！自己兄弟嘛，我帮点忙理所应当，他的事就是我的事。换句话说，我今后要是有什么事，我大哥也绝不会不管不问。你这么做，不是打我的脸吗？”

曹元明和邹衍从小学到中学都是同学，情同手足，曹元明大邹衍两岁，两人以兄弟相称。

汪敏闹了个大红脸，连声致歉。

病房里，邹衍拉着曹元明聊天，明天就要手术了，这样可以缓解一下曹元明的压力。

“这些天请病假，不用出案子，你都忙些什么？”

“我可没闲着，在电脑里调看罪犯的标准像，研究不同类型罪犯的面相。”

“警察也看相？”

“当然，相由心生，这话你总听过吧？杀人犯、强奸犯、盗窃犯、诈骗犯，各有各的特点，只要归纳总结起来，瞄上几眼就能断定对方是哪号人。”

“你很无聊，不过我喜欢，继续吹。”

“这可不是吹牛，跟你们医学一样，从经验中摸索规律。”

“那是过去的经验医学，现在都讲询证医学，你们警察办案不也越来越讲究证据嘛。”

“对，询证。但我这个既不是西医，也不是中医，是偏方，但能治大病……”

“得了得了，那你给我看看相。”

“你小子，一看就是色狼一条，老实交代，作案几次了？”

“高见啊，现在坦白赶得上从宽嘛？”

“交代吧，姓名，职业，住址。”

“你不是会看相嘛，你看我像干吗的？”

“兽医。”

“神了，我专给四条腿的开刀下药。”邹衍拍了一下曹元明，一脸坏笑。

“你错了，我说的是像野兽一样的医生。”

两人正聊天打屁，这时一个护士慌慌张张地进来了，说：“邹医生，不得了了，医院后头挖出了人的骨头，吓死人了！”

邹衍不以为意：“这儿是百年老医院，挖出个骨头有什么大惊小怪的？没准儿是哪一年丢掉的手术截肢，过去管理不严，这不稀奇。”

护士说：“不是啊，施工队开始挖出几根骨头也没在意，后来又挖出了骷髅头，这才觉得不对，就打110报警了。”

职业的敏感性让曹元明来了精神，站了起来，问：“在哪儿？”

护士指着窗外说：“就在那边。”

曹元明走到窗边，打开窗户，顺着指的方向望去，住院部外科大楼西北一角矗立着一幢欧式建筑的老楼，旁边看来是个施工现场，几个头戴安全帽的工人正和赶来的医院领导大声说着什么，由于围满了人，里面什么情况看不到，没法子，中国人都爱看热闹，很多人都不懂得保护现场。很快，片区派出所的110警车到了，下来几个警察，分开人群，开始勘查现场。

这幢老楼是市立医院的前身“慈康”教会医院留下的，老百姓俗称其为“八角楼”，有近百年历史，已经停用二十多年了。

曹元明问邹衍：“医院正在施工？”

“是啊，要整体搬迁了，刚开始动起来。”

“真的要搬迁？”曹元明有些奇怪，外科大楼刚翻新装修过，病房的床头柜和壁柜还散发着淡淡的甲醛味。

“搬到城北开发区，市府在那儿给我们划了一大块地皮。搬迁是大势所趋啊。往公了说，这是医院发展的需要，你看在这市中心，地方太小，门诊人挤人，来看病的永远找不到停车位，想住院没床位还要排队，我们施展手脚腾挪不开空间；往私了说，这是领导的需要，搞这种大规模基建，他们面子上有光彩，口袋里也落了实惠。”

“这可是个大新闻，前阵子刚听到点儿风声，没想到这么快就动工了。”

“市领导搞政绩需要钱嘛。我们这个老医院地理位置没得说，闹市里寸土寸金，我们走了，把这空地皮拍出去，市里能大赚一笔。这不，买家都谈好了。”

“那家金主有这么大实力？”

“金鹏地产，背后有海外资本的支持，据说占大头的是世达国际投资公司。”

“世达公司？”曹元明在脑海里过了一遍，这是个陌生的公司名称。

“这个公司是在香港注册的，最近开始大举进军内地。”邹衍看来对地皮交易的内幕很了解，皱眉说，“刚动工就挖到尸骨，可不是吉利的兆头。”

“嗯，看来事情有点儿大。”这会儿，曹元明看到城南公安分局刑侦大队的车也来了，重案中队的几个人下了车，都是朝夕相处的同事，看来是接到了派出所民警的电话。派出所负责治安管理，不负责刑事案件。他们在现场拉上了黄色警戒线。

接着驶来的是市局的警车，刑侦技术人员提着工具箱一路小跑过去。

“瞧这阵势，是不是出大事了？”邹衍问。

曹元明点了点头：“估计是命案，有命案，市局刑侦技术就必须出现场，分局的技术只能在一旁敲敲边鼓。”

“是个杀人案？”一旁的护士惊讶地问。

“现在还难说。”曹元明去摸手机，想问问情况，但口袋是空的。

“找这个是吧？我关机了！”汪敏站在门口，晃了一下手里的手机。

曹元明才想起换病号服时手机已经被妻子收走了，无奈地苦笑了一下，出了大案，战友们正在忙碌，自己却在一边袖手旁观，还真不习惯。

“外面就是翻天了也跟你没关系，记住，你现在是个病人！这手机，我没收了。”汪敏一脸的铁面无情。

曹元明的手术很顺利，做了胃大部切除术，送检病理证实是良性溃疡。看到病理报告后，汪敏长长舒了口气，连步子都变得轻盈起来。

曹元明说：“怎么样，可以宣判我无罪释放了吧？”

汪敏坚持说：“不行！医生说了，你还得定期复查，这个病就是干刑警落下的，要根除病因就得不干这行，你总不能让我担惊受怕一辈子吧？”

汪敏的姨父是市城建局规划办主任，和市局交警支队的政委是老同学，走这层关系，说好让曹元明今年调到市局机关坐办公室，管管档案、报表，轻轻松松干到退休。

见曹元明没有答话，汪敏坐到丈夫身边，拉着他的手柔声说：“元明，你就听我这一回吧。你又不是不知道我姨父找人费了多大劲儿，正好借这次生病的机会走人，手续都备齐了，就等局党委会通知。你这些年的贡献够多了，立功受奖哪样都不缺，就算离开刑警队也是光荣的。我这都是为了你，为了我们这个家。坐机关，至少能按时上下班，光这一点就比什么都强。”

曹元明刮了一下妻子的鼻子，没有反驳她。

汪敏点了一下他的额头，笑靥如花：“听话才是好孩子。”

妻子走后，曹元明望着天花板，一时有些感慨：“我这个司法院校的老毕业生真要放下枪杆子退居二线了吗？顶着各种压力、冒着生命危险、颠三倒四的状态，全身各种难熬的职业病……真要告别这种生活了吗？”回想起多年职业生涯的风雨，仿佛都化作了烟云，就如同刑警队没白没黑飘散不绝的香烟烟雾，挥之不去，散之不尽……

这天，城南公安分局刑侦大队的教导员杜峰，带着内勤的女警员小陆，提着花篮水果来看望曹元明。

杜峰先找医生问了病情，向曹元明夫妻俩转达了大队领导班子和全体同事的问候，说：“很多同志要来看你，我说慢慢来，你刚做完手术，需要静养。省厅检查组马上要下来考核评定了，臧队正在抓这个事儿，先让我代表大家来看你，他一有空就过来。”

曹元明说：“谢谢组织和同志们的关心。队里够忙的，公事要紧，就不要为我耽误时间了。”

两人聊了几句，都是客套话，气氛不冷不热，有点儿微妙。

杜峰使了个眼色，小陆拉着汪敏的手说：“嫂子，我们去外面说会儿话好吗？”

汪敏心领神会，点了点头，瞪了曹元明一眼，意思是说：“你可要听我的话！”

病房里就剩下曹元明和杜峰两人。

杜峰拿起一个香梨削好皮，递给曹元明：“元明，看到你手术顺利，恢复得不错，我和臧队都安心了。”

曹元明说：“杜教，咱们同事这么多年，你有什么话直说好了。”

杜峰轻轻咳嗽了一声，说：“市局政治部干部处的阎处长给我递了话，你的调令不久就会下来。”

曹元明要调离刑警队的事一直没有向大队透露，虽然有人传出点儿风声，但大队长臧进荣没当回事：“元明跟我在一个锅里吃饭这么多年，我了解他，他不是孬种，不会当逃兵，不要捕风捉影！”现在事实摆在面前，作为领导的大队长和教导员，心里是什么滋味，可想而知。

曹元明心中百味陈杂，想辩解几句，又想表示歉意，但觉得任何话都是苍白的：“杜教，我……”

杜峰摆了摆手，温和地说：“别说了，我和臧队都明白。你的身体确实需要好好休养，去机关是好事情，去了那边，只要好好干，前程更加远大。今后大家还是同事嘛，刑警队就是你的娘家，有空常回家看看。”

此时，曹元明听了这番话，竟然对自己即将逃离的刑警队产生了一种难舍之情，这个伴随自己十多年的岗位，那乱糟糟的办公台上布满了往日的酸甜苦辣，有荣耀、有耻辱、有痛心、有忏悔，更多的是道不出、说不明的滋味积压在心头……

他想打破这个尴尬的气氛，问：“杜教，上星期天，就是我刚入院那天，这个医院里挖出了人的尸骨，我看到队里的人还有市局的侦技都来了，究竟是什么情况？”

杜峰微笑了一下："你不干刑警实在有点可惜。"随即脸色转为凝重，"这是一具男性尸骨，初步认定死亡时间超过了五十年。"

"这么久？"

"是啊，那会儿咱们可都还没出世呢。"

"那尸骨的身份已经无法确定了？"

"不，第二天，就有人联系我们，说他们有个失踪了六十年的亲属，怀疑就是这具尸骨。"

"60年……那就是1950年了……这么快就有人认领，这事儿有点蹊跷啊。"

对于白骨化的尸骸，哪怕只过去几年、十几年，要确定其身份都是件十分头疼的事，何况是一具60年前的白骨？这具白骨发现的第二天就有人来认领，更是奇怪，难道冥冥之中此人已经认定了这具尸骨会在此时此地出现？

"不光是这个，这具白骨还有更蹊跷之处……"这时，杜峰的手机响了，他按下接听键，"嗯，是的……是有这么回事儿……老哥，有人举报，我们刑警队不能不管啊……我知道，但这事儿比较难办，行动时一帮记者跟着，人赃并获……凡事都有个度，只怪这位老板玩得太出格了……对，这个我会和臧队商量……"他放下手机，对曹元明说，"不巧，我还得赶回队里去，今天就不多聊了。"

曹元明问："又出什么事了？"

"昨晚臧队亲自带队，端了'天马'夜总会，当场抓了十几个聚众吸毒淫乱的现行。这不，一早上说情捞人的电话就来了，面儿还挺大。"杜峰一边说一边站了起来，"你什么都别多想，安心养病就行。"出门和汪敏告辞，匆匆而去。

刑警免不了和三教九流打交道，时间一长，方方面面的关系都有，这对开展工作带来了很多便利，可以说，没有一些旁门左道的路子，有的案子就破不了。但话也说回来，一出了事，各种说情和通融的电话又接踵而至，这就要看如何把握这条线了，里面水很深，太偏左，一点情面都不给，那也说不过去，但是，触及到让刑警出面的事情就没有不棘手的，太偏右，一碰高压线就把自个儿搭进去了。对此，曹元明深有体会。

术后一星期，曹元明康复出院了。

汪敏说："这次多亏了邹衍和邹院长，我们出院后得请人家吃顿饭，不然过意不去。"她悄悄说起邹衍拒绝红包一事，曹元明"嘿"了一声，说："你可真傻，医生有三种人的红包不收，一是有关系的人，二是病情复杂的人，三是面相狡猾的人。"

汪敏嗔道："你和邹衍经常侃大山，医院这些事你倒清楚，可又不跟我说，弄得我一脸尴尬。"

"你是一脸狡猾，他才不敢收。"汪敏作势要打人，曹元明一笑躲过。

曹元明和邹衍常聊起各自行业的种种见闻，也都喜欢听对方讲故事，公安局和医院，都是展现人生百态的地方。

办出院手续时，曹元明看见一名穿便衣的老刑警从药房那边过来，忙迎了上去："师傅，您来看病啊？"

这位老刑警名叫陶鸿，他面色蜡黄，眉头紧锁，见到曹元明，他把手里的处方和病历放进衣袋内，说："元明出院了啊，好事儿。"

"师母炖的鸽子汤大补啊，我好得能不快嘛。"曹元明问，"师傅，我看您脸色不大好，什么病？"

陶鸿一摆手："没什么大不了的，年纪大了，身体难免出点小毛病。你怎么样？"

"手术很顺利，溃疡是良性的，康复得差不多了。"

"那就好，这次队里给你批了长假，难得啊，好好休养一下。"陶鸿舒展开眉头，"抽个空，咱们爷俩吃顿饭，我请客，以后见面的机会就少了。"

刚参加工作的刑警，都会跟个师傅以积累办案经验。曹元明毕业后来到城南公安分局报到，成为一名侦查员的第一天起，跟的就是陶鸿。四年后他便提拔为副队长，师傅成了他的下级，可还是一如既往地教他，把从警几十年来的丰富经验以及做人的道理统统毫无保留地传授给他。陶鸿现在五十多岁了，快要退休了，但是，队里抓获的重大案犯他都要主动请缨参加审讯，而且一审就是通宵达旦。曹元明从师傅身上看到了什么叫做忠于职守，此时听到师傅这话，是要请自己吃顿分手饭，真有点儿无地自容。

陶鸿看出了曹元明的尴尬，拍了拍他的肩膀，说："人各有志，师傅不拦你，只是为你惋惜。刑侦工作要有扎实的理论基础，还要靠实践来积累经验，你是正儿八经的科班出身，又在刑警队摸爬滚打多年，年富力强，正是建功立业的时候啊。去了机关，也不一定好，刑警队的弟兄们说话直爽，钩心斗角的事少，机关里办事说话都得察言观色，那些人功夫都在肚肠里，你去了未必好受。”

曹元明听了，黯然不语。

陶鸿半开玩笑地说：“昨天碰到大黄，还问我，你有没有兴趣去他那里干，你要是去，月薪八千起步。”

“大黄”是黄利平的绰号，他原来也是城南分局的侦查员，后来辞职开了一家私家侦探所，利用自己常年经营下来的社会关系，生意做得风生水起，现在到公安局办事都是一身名牌，戴名表，开名车，着实风光。

曹元明的内心其实也动过辞职的念头。他是政法大学毕业的，几年前就考取了律师资格，一是想证明一下自己的实力，二来确实有点儿给自己留条后路的意思。工作这么多年，公检法一块儿的人脉也积累起来了，当律师未尝不是个好选择。

“海阔凭鱼跃，天高任鸟飞。你们年轻人路越走越宽，我们这些老人，要跟不上趟了。”陶鸿自嘲地摇摇头。

曹元明苦笑了一下，心里还是记挂着几天前那具蹊跷的白骨，问：“师傅，我住院当天这里挖到一具白骨，您知道详细情况吗？”

谈到案子，陶鸿顿时来了精神，说：“这可是个谜案，奇怪之处很多，有意思。”扫了一眼乱糟糟的周围，“走，咱们换个地方说去。”

两人来到医院一角的小花园，这里没有旁人，很安静。

曹元明问：“有哪些奇怪的地方？”既然师傅提到是“谜案”，那么，这具白骨显然不是病死或意外死亡。

“奇怪之一，是这具无名尸骨很快有人来认领。”

“嗯，是很奇怪。杜教曾跟我说起过，第二天就有人来认领了，说是死者的亲属，是60年前死亡的。”

“像这种几十年前的尸骨，没有残留的衣物碎片和任何可以证明其身份的物件，要确定身份是很难的。60年前那个时代疏于管理，失踪人口登记很不完善，现在根本无从查起。”

“认领人有证明尸骨身份的证据吗？会不会是误认？”

“奇怪的是，这不像是误认。”陶鸿缓缓摇头，“认领人提到了死者的右手缺了一根拇指，齐掌而断，这个细节和尸骨的特征吻合。下一步，就是提取尸骨的DNA做身份鉴定，这是关键。如果鉴定符合，那么就能确定这具尸骨就是60年前的那个失踪者。咱们其他的暂且不说，能如此之快确定这具陈旧尸骨的身份，就是一个奇迹了。”

曹元明想了一下，问：“尸骨缺了一根拇指？这么说，其余部分都非常完整？”

“对，所以这就带来了更多的奇怪之处。”陶鸿掏出香烟，正要点火，看到花园里“禁止吸烟”的牌子，又把香烟放回口袋，“全部骨头都装在一个中等大小的麻袋内，除了右手拇指，其余骨骼一根不缺，包括头骨、躯干骨和四肢骨，连细小的尾椎都在。另外，现场还挖出了另一个同样大小的麻袋，里面是空的，但据法医认定，这个麻袋里装的应该是内脏，只不过早已腐化殆尽。”

曹元明悚然一惊：“这是分尸，是凶杀案！凶手把死者的内脏掏出来，分装在两个不大的麻袋里，为的是便于抛尸或者是藏尸……”

陶鸿点了一下头，表示认同：“我们分析过死因。死者颅骨后部有骨折，有钝器敲击的痕迹，排除了意外死亡或自杀可能，可以确定是被害。至于可不可能中毒，由于年代久远，理化检验结果不理想，不能确定。我们推测，凶手先是突然地从后方用钝器砸倒了被害人，造成其颅脑损伤昏迷，再将其分尸。装尸的袋子里没有发现衣服残留的碎片，说明是裸体掩埋。”说到这里，他眼睛里怒火一闪，“可恶的是，尸骨的口腔里残留着朽烂的布纤维，这说明，凶手害怕被害人醒转呼救，在他嘴里塞上了布团，也就是说，在分尸时，被害人有可能还未死亡。”

“将活人解剖分尸！”虽然身处和煦的阳光下，曹元明却感到一股寒意从头灌下，虽然是发生于几十年前的凶杀，但其手段之残忍，场景之惊怖，让人不寒而栗！他长长地吐了口气：“这里成为医院已经上百年了，尸骨在这里发现，凶手会不会就是原来医院里的人？”

“这是最合理的推测。法医说，从肢解尸骨的手法看，凶手是有这方面常识的，不是屠夫就是外科医生，也只有他们才有这样锋利的工具。而且，尸骨按长骨、短骨、扁骨、不规则骨等分类叠放，码得整整齐齐，看来，这个凶手对此有一种特别的变态嗜好，可能不是第一次作案。”

曹元明回想了一下，河山市社会比较安定，他从警十多年来，还从未见过性质如此恶劣的案件，不过，年代久远，可能很多案子早已埋没了，或者，类似的案子做下后根本就没被发现。他问：“师傅，以前咱们这儿发生过这种案子吗？”

陶鸿摇了摇头：“‘文革’时发生过一起碎尸案，一个男人怀疑老婆不贞，砍下老婆的脑袋和四肢抛到河里，案子很快就破了，和这起案件根本没有可比性。”说到这里长叹一声，曹元明知道师傅在叹息什么，即使确定这具尸骨就是60年前的那个人，现在还能把凶手怎么样呢？时间过去这么久了，不可能立案，又能从何处追查呢？

师徒俩谈谈说说，就像是一个简短的案情分析会。

忽然，从医院急诊方向传来一阵喧闹声，声音越闹越大，一些医院工作人员往那个方向赶去，一会儿，只见几个人扶着邹和平院长过来了。

曹元明和陶鸿一起过去，见邹和平儒雅雍容的脸庞多了几丝气恼，平时梳理得整整齐齐的银发有些散乱，金丝眼镜掉了一支腿挂在胸前，曹元明忙问：“邹伯伯，怎么了？”

邹和平愤懑地说：“小曹，黑恶势力怎么能这么嚣张？在医院这样的公共场所暴力打人，这是和谐社会吗？真是岂有此理！”

曹元明知道又发生了一起严重的医闹事件，说：“您把情况说一下，我们给派出所报警。”最近这些年，医患纠纷大有上升趋势，医闹已经成为一个突出的社会问题，警方每年都要处理多起类似的事件。

邹和平说：“已经报警了……”

这时邹衍赶来了，搀住邹和平问：“爸，你没事吧？”

邹和平摆了摆手，说：“我能有什么事？你们赶紧去看看赵主任他们怎么样了。”

曹元明和陶鸿对望了一眼，和邹衍一起赶往急诊。

他们赶到时，场面已经被城南派出所纪所长带来的防暴队控制了，整个急诊大厅乱糟糟一片，没有一张完整的桌椅，连挂吊瓶专用的钢制挂钩架也被打弯曲变形了，地上到处是玻璃碴子和点点血迹，狼藉不堪，医护人员都吓得远远躲开。大厅门口还扯着写有“庸医草菅人命，讨还命债，汤小辉死不瞑目”的横幅，施暴的凶徒已经乘坐泥头车逃离了现场。

曹元明问起事情经过，一个急诊护士说起：

上午 10 点左右，一群人手持铁棍、十字镐、扳手闯进急诊，冲着正在给人看病的呼吸内科赵主任吼道：“今天你们谁也别想出这个门！”然后就把办公室门重重地带上了，开始殴打赵医生，还让他下跪。接着，这群人疯狂地砸打窗户、服务台和医疗设备，砸烂了急诊大厅和收费处。医院来了几个保安增援，但是面对十多个持械的暴徒，他们手里的铁棍是工地上的螺纹钢，头上都削尖了，戳上一下不死也得去半条命，这些保安哪敢阻拦！今天值班的院领导邹和平闻讯赶来，暴徒一听他是领导，几个人就一拥而上将他推搡在地，根本不容他辩解，众人赶紧把他扶开。有人打了 110，叫来了片区民警，民警也被打伤，最后派出所长叫来了防暴队，才赶走这些人。

赵主任被打成脑震荡，昏迷不醒，被拉到 ICU 急救，另有十余人不同程度骨折，派出所警员三人受伤。

曹元明皱眉问：“事情的起因是什么？那个汤小辉是怎么回事？”

邹衍说：“这个人是一个发热病人，两个月前来我院急诊，由赵主任收治的，结果入院的当晚就死了。因为病人年纪轻，所以家属就不依不饶，硬说是我们把人医死了，索要赔偿 80 万。”

“胃口这么大？可以走法律途径来解决这个问题嘛。”

邹衍冷笑一声：“这跟勒索没什么两样。他们申请过医疗事故鉴定，向法院起诉了我们医院，要求医院赔偿经济和精神损失费 80 万元。市医疗事故鉴定中心做出医院不存在过失、不属于医疗事故的鉴定。一审是我们胜诉。这帮人不知从哪儿听来的歪理，说什么法律都是保护弱势群体，按现在的‘举证倒置’法来审案，医院不管有理还是无理都要赔偿，这么判决，说明医院已经和法院串通好了。他们不甘心，又跟医院谈，降低了价码，要赔 50 万，我们还是不答应。于是，文的不行，就来武的了。”

曹元明又问：“这个年纪轻轻的汤小辉怎么进来当晚就死了，什么病这么厉害？”

邹衍说：“开始是当肺炎和心衰治疗的，死后尸体解剖才发现是鼠疫，所以家属就闹事了，说是误诊误治。”

“鼠疫？”曹元明吃了一惊，“在我们这里，鼠疫已经绝迹好多年了吧，怎么突然冒出来了？”

“是啊，当时接诊的医护人员没有一个见过鼠疫的，因此没有引起足够的重视，所以误诊了。”

曹元明有点不明白：“既然是误诊，病人又死了，市医疗事故鉴定中心做出不属于医疗事故的鉴定合理吗？”

“当然合理！”邹衍有些不悦，“虽然我们的首诊是错的，但抗感染、抗心衰的治疗原则并没有错，抢救措施也是及时的。鼠疫是一种烈性传染病，比谈虎色变的 SARS、禽流感的死亡率高多了。这个病人发病很急，送到医院后很快就死了，事后，从直接接触这个患者的医护人员中，检查出鼠疫隐性感染者五人，这五人被立即隔离治疗，可见他感染的鼠疫菌的毒力和传染性都相当强，是他自己拖着不来医院耽误了病情，并不是我们延误了治疗才导致他死亡的。我们问过省人民医院的传染病专家，他们都说，以前没见到过这样厉害的鼠疫菌。”

曹元明对医学不了解，只是内心深处隐隐觉得不安，这种不安来于何处，他也不清楚。

陶鸿正和纪所长谈话，他们看了医院的监控录像，指着其中一个光头、戴项链、穿花裤衩的彪形大汉，对曹元明说：“打砸的领头人是一家拆迁公司的工头，是个刑满释放人员，绰号‘老六’。”

邹衍问陶鸿：“这事儿你们刑警队管吗？”

陶鸿说：“治安问题属于片区派出所，派出所管防，刑警队管打。”

邹衍不满地说：“一遇到难题，你们就知道踢皮球。”

正在市里开会的陆院长赶到了，他今年接替了邹和平的一把手的位置，是个霹雳火脾气，一看乱七八糟的急诊，特别是医院大门口“喜迎院庆一百周年”的横幅被扯下换上了“庸医草菅人命，讨还命债，汤小辉死不瞑目”的横幅，气急败坏地对纪所长嚷道：“老纪，他们来闹事已经不是第一次了，早就请你们派出所转告过他们，不要再闹事，有什么问题要走法律途径。现在却越闹越大，光天化日闯进医院打砸抢，河山市还是不是党的天下？还有没有国法？”

“人家连法院的判决都不服，我们说话也不顶用。”纪所长额头宽大，身躯有些肥胖，阴着脸说，“医闹是违法行为，我们当然会管。但是，毕竟是条人命，年纪轻轻的一下子就没了，人家有家有口，肯定要哭要闹。你们医院也不要一毛不拔，这么大个医院，出一点钱安抚一下，大家都省心。和谐社会，要尽量减少不和谐的音符，你们做一点让步，也是从大局出发嘛。”

“你少跟我打官腔。哪里是一点钱？是狮子大开口！任何人都可以质疑医院的治疗，都可以到医院来打人，医院成什么了？”陆院长气咻咻地说，“他们居然还放话，要在医院里摆灵堂。我今天把话撂这儿，到时候我就卷铺盖到你们派出所办公室打地铺去，他们的灵堂什么时候撤，我就什么时候撤！”

陆院长和纪所长是多年的老朋友，但明眼人都知道，拆迁公司和派出所的关系绝非泛泛，不打点好派出所，拆迁哪有那么顺当？在各种利益驱使下，人也好，单位也好，都在趋利避害。

“哼，指望警察伸张正义？在中国处理这些事情，第一看关系，没关系就考虑尽量减少麻烦。死了人，就让医院放血，警察好过太平日子，这就是他们的想法。”邹衍一副看破世事的口吻对身边的护士说。

曹元明假装没听见。

纪所长一边扇风，一边嘀咕：“医院经常死人，阴气很重。这医院要搬迁，有人说这下一百年沉淀下来的鬼魂都要醒转过来，少不了出些幺蛾子。我是唯物主义者，本来不信这个，但前不久挖出一具白骨，现在又闹打砸抢，看来今年是不得消停，指定还有事儿！”

医院正在筹备百年庆典，邹院长不满地瞪了纪所长一眼，这话触霉头。

然而，谁都没想到纪所长这句牢骚话居然一语成谶。

第二章 不可饶恕的魔鬼

曹元明出院后，给邹衍打电话，手机关机。看时间不过是晚上九点多，邹衍今天不值班，他是个夜猫子，肯定也不在睡觉，这位大院长的公子哥儿，英俊潇洒、风流倜傥，身边从来不乏佳人相伴，这会儿可能还在花海中游荡吧？

次日早晨，邹衍回了电话："大哥，身体怎么样？有事吗？"

"我身体很好。你什么时候有空，请你和邹伯伯吃顿饭。"

"嗨，自己兄弟，别这么俗好不好？这样吧，明天晚上咱聚一个，很久没坐下来好好聊聊了，我请客。"邹衍的话里带着一丝倦意，看来昨晚没睡好。

曹元明问："昨晚又和哪个美眉春宵一度去了？"

邹衍暧昧地"嘿嘿"一笑，没有说话。

"我说你小子也老大不小了，多少优秀姑娘捧着绣球在等你这钻石王老五的垂青，怎么就没一个看得上的？昨天你嫂子还跟我说起，说她们学校新进来的一个老师，绝对大美女，身材相貌和明星有的一比，家境也不错，你要是有意思，我们给你俩撮合撮合……"

"我说老大，你怎么跟个娘们儿似的啰嗦。"邹衍有点儿不耐烦。

"邹伯母每次见我就唠叨，她现在什么都不操心，就想早点抱孙子，让我催催你。老人的心情，你要体谅。我这个做大哥的，平时也没多关心你……"

“好了好了，这样吧，明天我带上一个人，你帮我参谋参谋。”邹衍似乎下了决心。

“那太好了，必须是我请客。”曹元明高兴地问，“哪家的？怎么样一个人儿？”

“到时候不就知道了吗？不说了，我要查房了。”邹衍挂了电话。

翌日傍晚，在市郊的“江枫渔火”餐馆，邹衍应约来到了预定的包厢，他带着一位身材高挑、婀娜多姿的女郎。这是邹衍第一次正式带来女朋友，曹元明打量了一下这位姑娘，只见她秀发如瀑，一身女生的休闲套装打扮，黑色的亮片衫外面套了件透明蕾丝薄纱，可爱中又带了几分性感，精心修饰的眼影泛出淡淡的浅蓝色，显得妩媚有致，尤其是那双水汪汪的眼睛，秋波流慧，清澈透亮，让人过目难忘。曹元明心想：“邹衍挑女人的眼光确实不错。”

“这位是曹大哥，西南政法大学刑事犯罪侦查专业毕业的高材生，当年可是我们这儿刑警队里学历牌子最硬的一个。他以人民期盼为念，为人民利益而战，践行着‘立警为公、执法为民’的铮铮誓言，不辞艰辛，不畏凶险，多次立功受奖，是我市公安战线的英模，用辛劳和汗水维护了一方平安。”邹衍就像是新闻发言人，一本正经地把曹元明介绍给女友。

“行了，行了，你小子这是给我念悼词呢。”曹元明给了邹衍一拳。

“邹衍说过好多次了，他有一位英雄大哥，今日得见，三生有幸。”那女郎带着一股石竹花的香气走近一步，笑吟吟地伸出了纤纤玉手。

曹元明和她握了一下手，感觉她的手柔若无骨，就像一只温润的精瓷，说：“警察抓罪犯，就像农民种田、医生看病、老师教书，都是分内之事，没有英雄一说。”转头问邹衍，“你还没介绍这位呢。”

“我姓韩，名叫韩吟雪，你叫我小韩好了。”韩吟雪似乎不愿详细介绍自己，抢先说道，“听邹衍说，曹警官是城南公安分局刑侦大队重案中队的队长，可真了不起啊。”

“什么了不起？一个芝麻大的科级办事员，就是个跑腿的。”曹元明继续谦虚，心想，看来这位名叫韩吟雪的女郎从邹衍那儿了解过自己的情况。

三人落座，服务员送上茶水点心，曹元明请邹衍点菜，邹衍将菜谱递给韩吟雪，韩吟雪也不推辞，瞄了一眼菜谱，干脆利落地选好菜名。"江枫渔火"内部装潢和菜肴都是田园风光，风味别具一格，每日顾客盈门。曹元明见她点的几个菜既精致地突出了特色，价格又适中，特别是照顾到主人刚做过胃大部切除手术，点的多是蒸菜和炖汤等易消化的食物，十分得体。

三人别吃边聊，韩吟雪一双妙目不时地打量曹元明，问："曹警官，你们大学同学现在都在干警察这行吗？"

曹元明摇了摇头："警察这个行当，辛苦，又危险。我的同班同学毕业后当警察的不算多，很多当了律师和大学老师。"

"嗯，曹警官，我作为一个女公民，对你们这个职业很好奇，问几个问题，不介意吧？"韩吟雪歪着脑袋，一副小女孩似的天真无邪表情。

"随便问，你是邹衍的女朋友，就别把我当外人，别叫警官，叫我一声大哥就行。"

"曹大哥。"韩吟雪甜甜地喊了一声，接着却提了一个比较尖锐的问题，"你们警察打犯人吗？听说人逮进去后，都要先被你们教训一顿。"问完又说，"你让我随便问问的噢，别介意啊。"

曹元明认真地回答："这种事儿现在很少了，至少我工作这么多年，从来没这么干过。警察办案，要攻心为上，以事实为依据，以法律为准绳，刑讯逼供得到的口供都是非法的，谁用谁倒霉。再说，现在审讯都要求全程录像，谁敢跟这身警服过不去？就算不录像，万一遇到个心脏病的犯人，你一巴掌下去人死了，你这后半辈子就得吃牢饭。法治社会嘛，要从警察开始做起。"

"回答滴水不漏，不愧是法律专业人士。"韩吟雪调皮地眨眨眼，"你们随身带枪吗？能不能让我看看？"

"胡闹。"邹衍咕哝了一句。

"你少管。"韩吟雪向邹衍嘟起了嘴，邹衍就不说话了。

"我平时不带枪。"曹元明笑着夹了一口菜，这样的问题经常有人问。

"真的？刑警不带枪还叫刑警？"

"带枪麻烦，一不小心把枪弄丢了那可是大事儿，检讨不说，饭碗也可能砸了。再说，真正用到枪的机会很少，干我们这行越久就越不敢开枪。"

“不敢开枪？如果坏蛋拿着刀啊枪啊什么的冲你来，这个算袭警，你可以开枪击毙他，这是正当防卫。美国的警察都是这样的。”韩吟雪越来越有兴致了。

“遇到这种情况，我们的做法是先躲开，能不开枪尽量不开枪。我们局里统计过警员开枪的案例，百分之八十都不是击中犯罪分子。”

“这话怎么说？”

“我们国家到处是人，开枪容易误伤群众，就算是朝天开枪，流弹也有打死人的时候。”

“不带枪不安全啊。”

“带枪也不安全。以前枪支管理不严，可以把枪带回家，就发生过犯罪分子杀害警察抢走枪支的案子。警察带枪走火牺牲也有好几起。有段时间上面要求出警必须佩枪，下班后统一将枪支交回队里保管，以为这样警察的人身安全就有保障，结果有一次我们反扒时抓了个现行，扒手拿刀划伤了我们一个兄弟逃走了，有个新来的小兄弟一激动就开了枪，打伤了一个路人，局里赔了一大笔钱，搞的那年办案经费所剩无几。那个开枪的小伙子因为还在考核期，把工作也丢了。本来工作不满一年的新警不给佩枪，这下队长和教导员都挨了批，当年的什么先进个人、先进集体全部一撸到底。你看，一开枪这牵扯有多大？还好后果不算太严重，如果打死人了，那是要负刑事责任的。犯罪嫌疑人逃走了可以再抓，把无辜的群众打死了，那就无法挽回了。所以这事儿之后，我们执行任务时大部分人都不带枪。”

“中国的警察真悲催。”韩吟雪呷了一口鸡汤，伸了一下舌头。

邹衍问：“烫吗？”

曹元明心想，邹衍看来很在意这个姑娘，这姑娘外形确实不错，就不知什么来历，虽然看似纯真无邪，但给他的感觉却不是一个简单的女孩儿，以后要好好问问邹衍，帮他把把关。

“你们警察在学校里都学些什么课程？”韩吟雪继续表达好奇心。

“刑事侦查学、犯罪心理学、现场勘查学、足迹、痕检……还有就是擒拿格斗、射击什么的。”

邹衍说：“吟雪就是好奇心重，什么都要问个明白。以前逮着我就问，你们学医的是不是都要解剖尸体啊，不害怕吗，你们是不是都会收红包啊，你们开处方是不是专门练过草书……”

韩吟雪“格格”一笑，对曹元明说：“我听邹衍说，你的本事大得很，你破过一个案子，有个女孩莫名其妙地失踪，你接到报案后，在完全不知道受害者身处何地的情况下，把她从一千多公里外的武汉救出了虎口。”

“其实破这个案子并不复杂，也不是我个人的能耐。”曹元明淡淡地说。

“说说看，我想听。”韩吟雪兴致勃勃。

曹元明本来不想细说，但韩吟雪一再追问，不好扫她的兴，便说开了：“话说女孩子情窦初开，很容易受到男人的蛊惑。那是一个 13 岁的小女孩，成天拿着个手机上 QQ 聊天。突然有一天，她就消失不见了，家里人非常着急。过了两天，女孩突然打来了电话，正在电话里哭泣，还没来得及说话，电话那边就响起了抢夺声，然后电话就掐断了，再也打不通。家人随即就报警了。”

“然后呢？”韩吟雪手托下巴，认真倾听，“这个案子看似没有任何线索啊。”

“看似没有任何线索，但我们可以分析一下，13 岁的女孩，也半大不小了，这类女孩走失，要么是被人暴力劫持的，要么就是自己去见网友了。如果是暴力劫持，超过 24 小时生存概率就很低了，可是她竟然在两天后打来电话，说明被暴力劫持的可能性不大。那么基本上就是去见网友了。当然这只是一般性的推断，不是必然的。既然是见网友了，那根据她的聊天记录，就可以找到她所在的位置了，不过，由于她是用手机上 QQ，走的时候手机带在身上，所以无法查找她的聊天记录，这就不好办了……”

听到这里，韩吟雪像小学生一样举手说：“我有一个办法，通过手机可以定位。”

曹元明点了一下头：“查找她的手机信号是一个办法，看手机最后一次与移动基站联系是在哪个基站附近，这个方法确定位置误差不超过一百米。问题是，这需要移动公司的配合，查找调取数据所需手续比较复杂繁琐。等到查到位置，女孩可能已经遇害了。现在要用最快的速度找到女孩，于是中国式的破案方法，就显示出它的优势了。”

“所以说嘛，你们的本事大得很，嗯……什么是中国式的破案方法？”

“其实警察的技侦能力并没有你想象的那么强。官方的说法是：技术能力还不能满足一线警察的需要。现在大部分的地级市及以下的公安部门的侦查方法还是主要靠线人、摄像头和人海战术，一线办案警员的侦查方法靠前辈老师傅传下来的方法、个人工作经验、自身手头掌握的特情。”曹元明并不排斥韩吟雪的好奇心，“至于所谓的中国式的破案方法，就是依靠人力，搞人海战术。”

“其实警察的技侦能力并没有你想象的那么强。”邹衍听到这话时，嘴角露出了一丝一闪即逝的微笑。

“人海战术？那后来到底是怎么救出那个女孩的呢？”韩吟雪要听故事，不让曹元明停下来。

“只要一个案子被作为大案看待，领导放话可以不惜一切代价，那么这个案子基本就能破。因为人海战术具有不可替代的优势。你可以想象无数警察拿着照片去所有车站的情景。河山市不是个大地方，人海战术的成本还承受得起，如果是北京上海，就不太好用了。我们在大量调查后认定，女孩是坐公交车去的火车站。紧接着又去火车站调查，通过调取监控录像，发现她去了武汉。由于火车的线路是固定的，既然知道了她上了哪辆车，只要看她从哪里下车即可。武汉的车站到处都是摄像头，简直无所不在，这是近年来为了配合反恐的需要而不计代价地安装的，在街头大量安装摄像头，是对罪犯的有力震慑。”

“武汉是个大城市，车站人太多了，车次也多，怎么查啊？”韩吟雪看来是要打破沙锅问到底。

曹元明耐心地解答：“尽管每天车站出入的人非常之多，但是根据车次能大致知道女孩出站的时间和所在的站台，就可以定点抽取当时的录像。随后就可以根据她行走的路线，查找她去哪里坐了车，乘坐了哪辆长途车。通过询问乘务人员，调取车载录像得知她在哪个站下了车。女孩下车的地方是个工厂区，到处都是外来人口，人海茫茫，很难查找。但还是那句话，只要不惜一切代价，就没有找不到一说。很快，通过人海战术大量摸排此地的外来务工人员，从一名 24 岁的男性打工者的家中找到了这个女孩。她之所以给家里打电话，是因为那天她刚遭到了强奸，想打电话叫家里人救她。但这个拐骗她的男人将她手机抢走并关机。如果不是警方大力寻找，她很可能会遭受更多的虐待。”

“你们警察好厉害，好有成就噢！”韩吟雪听了这个案例，似乎在思考什么，悠然神往，“追求你们的女孩子一定很多吧？”

曹元明“哈哈”一笑：“哪里话，我差点儿找不到对象呢。记得刚参加工作时，有人提起有个姑娘各方面条件都不错，我老妈托人去说媒，想约时间见个面，哪知对方一听我是刑警，干脆连面都不见，直接回话说：‘我相信每个被招进公安部门的都是好小伙子，但在这个大染缸里时间久了，出淤泥而不染的人就太少了，所以，我不找警察。’你瞧，把我们警察看成什么人了？公安局就是阎罗殿，警察就是凶神恶煞。还是邹衍他们好，医生这职业最吃香，特别是外科医生，金领人士。邹院长是民主党派、市政协常委，给他铺好了一条锦绣大道，‘邹院长’这个头衔迟早要传到邹衍头上。”曹元明见韩映雪一直在关注着自己，便转移话题，吹捧邹衍。

“你俗不俗啊。”邹衍瞪了曹元明一眼，撇了一下嘴，“医生有啥好的？天天去医院查房，节假日还要值班，还要对付各种难缠的病人，这不，前两天还发生过医闹，赵主任现在还躺在ICU，医生连人身安全都保证不了。”

韩吟雪笑着说：“医生救死扶伤，警察除恶扬善，都是很神圣的职业。不过，我看在中国还是歌颂警察的电视剧更多。”

曹元明连连摇摇头：“什么神圣？我从不看那些警匪片，都是扯淡！千万别信电视剧那一套，动辄大车小车前呼后拥去抓罪犯，还不时捎带上长枪短炮的武警特警，都是导演在做戏。我们干的大都是蹲茅坑一般的脏活儿，行话叫‘蹲坑’，很贴切，一蹲就是一昼夜，碰上手上有家伙的，那更是小心翼翼，对方没睡死，是不敢去掀被窝的，这是真枪实弹，被点中了那就玩完了，最多评上个烈士。”

邹衍插嘴说：“几次去刑警队找你，光看你们坐办公室里聊天打屁，有这么夸张嘛？”

曹元明对邹衍晃了一下拳头，继续说：“刑警真不是人干的。根本就没有什么上班下班之说，随时出发，随时待命，遇到上面督办的大案要案，十天半月回不了一趟家、甚至洗不上一个澡。”说到这里，他又把话题转到邹衍身上，“真正受人尊重的是医生。现在大医院的医生，起步都是硕士研究生，个个是精英，就像我们邹衍，从小品学兼优，小学到中学的成绩都是全班前几名，是他父亲的骄傲，也是我们这些朋友的榜样。我现在就教育我儿子，要向邹叔叔学习。”

“学什么？你儿子要是到我这年纪还不结婚，你到时肯定抓狂。”邹衍笑嘻嘻地反驳。

“你俩一个医生，一个警察，却是这么好的朋友，这两个职业好像完全不搭界啊，你们平时有共同话题吗？”韩吟雪好奇地问。

邹衍清清嗓子，说：“其实我们和警察，还真拉得上关系。举个例子来说，市区各个医院为了争夺病源，一直明争暗斗，找派出所和交警队，动员他们送车祸的伤者来医院。车祸病人是优质病人，因为汽车都买了保险，车祸由保险公司埋单。每送一个病人，医院给他们300元回扣。如果不这么干，派出所送来医院的就都是劣质病人，比如，送一个过量吸毒的瘾君子，或者植物人过来，这样的病人家里都是一贫如洗，家属也不肯付医药费，这样一来，医院每年会被病人拖欠一大堆的医药费，就算追讨医药费，追到的也只是个零头。”

韩吟雪听了若有所思：“在中国，办什么事都得走关系。难怪古人说‘世事洞明皆学问，人情练达即文章’。”

曹元明不想谈这个沉重的话题，说：“你别看我俩职业好像不搭界，其实，邹衍还几次帮我破案呢。”

“是吗，有这种事儿？”韩吟雪又来了精神，“快说说。”

曹元明说：“话说，市立医院某天接收了一个眼睛受伤的病人。接诊的正是我们邹大医生，他当时在急诊外科轮转，一看病人吓了一跳，居然是一根几公分长的金属杆插到眼里了，于是，赶紧送手术室，费了老半天劲儿，终于把这东西取出来了……”

“什么杆子啊？为什么会插到眼睛里去？”韩吟雪问邹衍。

“这个嘛，病人不肯说，我也没追问，以为这大概就是意外事故。”邹衍说，“你别性急，慢慢听曹大哥分解。”

曹元明继续说:“因为我那时胃溃疡又犯了，到医院开药，找的就是邹衍。正好遇到他从手术室出来了，我就迎上去打招呼:‘今天这么忙啊?’”

两人当着韩吟雪的面开始再现当时的场景。

邹衍说:“可不是嘛，刚做了个手术，可费事了。”

曹元明顺口接下去:“啥手术啊，怎么那么麻烦?”

邹衍摇摇头:“甭提了，有个不小心把金属杆插进眼里的倒霉蛋，那金属杆上还有机油，处理起来麻烦死了……”

接着，曹元明学着护士捧托盘的模样，尖着嗓门问:“邹医生，这个拔出来的杆子搁哪儿啊?”

韩吟雪被逗得“格格”直笑:“你哥俩儿演小品呢。”

邹衍一指眼前的瓜子盘说:“喏，就是那东西，也不知道他怎么能给插到眼睛上的……”

曹元明说:“问题就来了。开始我没太在意，职业习惯往盘子里扫了一眼，然后觉得不对劲儿，这东西好像在哪儿见过，赶紧叫住护士，仔细端详……这不是个手枪上的击针嘛?”

韩吟雪吓了一跳:“手枪?”赶紧用手掩住樱桃小口。

“我立即通知局里，控制住这个病人，顺藤摸瓜，一番折腾，最终破获一个贩枪团伙，起获二十多支枪械，抓捕同伙十几人。”

韩吟雪还是一脸的不解:“这手枪上的击针怎么跑人眼睛里去了?”

“那个伤了眼睛的倒霉蛋是个枪械爱好者，做生意有了点钱，花了大价钱从黑市买了一支仿五四式手枪，这天在家闲着没事美滋滋地拿出来保养。保养那就得拆开吧?结果他不知道正确的拆枪顺序，这么一阵瞎折腾，不知道怎么搞的击针簧就直接把击针崩出来插眼睛里了……这不，托邹衍的福，我立了个三等功。”曹元明一口气把故事说完。

韩吟雪点头说:“原来如此。我原以为刑警都是蛮严肃的，一本正经，不苟言笑，没想到你这么能说。“

“不能说可不行，刑警就是个和人交流沟通的工作，像调查、摸底、谈话、取证，都是交流的过程。为什么有的线索，你去，人家不说，别的侦查员去，就说了，审人也是，你审就拿不下来，别人一上去，几句话就拿下了。看似就几句话的事，其实就是交流的功夫。”

韩吟雪问：“听邹衍说，你俩从小一起长大，好得能穿一条裤子。”

“那是！”

“怪不得邹衍不结婚呢。”韩吟雪狡黠地一笑。

邹衍皱眉说：“开什么玩笑！”

曹元明一怔，“哈哈”大笑，说：“别误会，其实我们从小玩到大的好兄弟有三个人。”

韩吟雪问：“那第三个人呢？”

“他去日本定居了，在那里结婚生子，小日子过得不错。”曹元明转头对邹衍说，“看看，你要再不加油，连我的名声都要受牵连了。”

三人有说有笑，这时，包厢的门被推开了，一个黑脸的中年大汉拎着酒瓶进来了。此人光头方面，满脸横肉，正是城南公安分局刑侦大队的大队长臧进荣。

曹元明站了起来：“臧队，您也在这儿？”

“郭局请检查组吃饭，我过来作陪。”臧进荣嗓门洪亮，“再跟你兄弟热乎热乎呢……咦，韩大小姐也在？”

韩吟雪点了一下头：“臧队长，你好。”

曹元明有些意外，看来臧队和韩吟雪打过交道，问：“您怎么知道我在这儿？”

“嘿，小兔崽子，你当我这么多年刑警都白干了。”臧进荣扫了一眼桌子，“开了饭局没酒怎么行？元明戒酒了，我就不跟他喝了。”让服务员给邹衍拿了一个酒杯，拿起手里的酒瓶给满上酒，“这是六百一瓶的五粮液，你是他的好朋友，这杯酒，你替他喝了！来，咱俩走一个。”

“我不会喝酒。”邹衍皱了一下眉头，他最反感劝酒，端起盛果汁的杯子，“拿这个代替吧。”

臧进荣一瞪眼，不怒自威：“喝这玩意，你算还是个爷们吗？看不起我不是？”

曹元明赶紧使眼色，臧进荣是刑侦大队一把手，大队上上下下近百号人谁不服帖？这次过来敬酒，算是给了个极大的面子，这个面子可不能拂。

邹衍可能是被臧进荣的气势所慑，端起酒杯抿了一口。

臧进荣斜睨了他一眼：“你这是喝酒还是舔酒？不行，一口干！不然旁边的女人都会笑话你。”

邹衍一咬牙，像喝农药似的把杯中酒喝光。

臧进荣这才露出了笑容，跟着干了一杯，指着曹元明说：“这小子，造我的反啊！干刑警，不但脑子要活，还要耐得住寂寞和诱惑，能静下心琢磨案子，要能吃苦，一句话：‘拼命干，死了算！’没有这种甘于奉献的精神，干不了这个差事。现在的这辈后生，脑袋瓜比我们当年活络多了，就是缺点东西。”

这通话让曹元明有点坐不住了，拿起酒瓶给自己满上一杯，端起酒杯站了起来：“臧队，说来惭愧啊。我虽然戒了酒，但今天破例，敬你一杯。”

臧进荣按住他的肩膀：“坐下！既然戒了，就不要破例，男子汉立了规矩，就要说到做到。”

“我不是怪你！你是好样的，有一次差点进烈士陵园，不是孬种。”臧进荣接过曹元明的酒杯，又是一口喝干，大喇喇地坐下，“忘了是什么部门统计的，警察行当里，就数刑警和交警两个警种最短命，说刑警的平均寿命只有 48 岁，也不知怎么算出来的，准不准我不知道，我只知道，身边的同事到了中年的，除了手脚没毛病，哪个身上都有一堆的病，什么高血压、糖尿病、肝病、胃病、肺病……这身体不好啊，我琢磨着，百分之三十和先天体质有关，百分之七十是自己造成的。怎么说呢？这刑警是一惊一乍的工作，案子说来就来了，这没头绪，破不了，上面再压得紧点儿，着急上火；这好不容易有了线索，追查下去，短则三五天，长则三五个月，累个够呛；案子破了，局里庆功，得喝酒啊，白的、红的、黄的，逮着使劲喝，且不说这庆功酒，就是平时酒局又哪里少得了？三天两头在外跑，协调各方关系，打开局面，都得酒开路，不往高了喝，关系不到位，喝高了，五脏六腑受得了吗？还有，比酒更伤身的是缺觉啊。干我们这行的哪有觉够睡的，熬夜，熬的就是心血，我以前不抽烟，到了刑警队给那帮老烟枪一带就抽上了，这熬夜没烟顶不住。又是烟又是酒，还没得睡，这体格能好吗……”说来连连摇头，颇有感慨，“看到你这生龙活虎的小伙子都进医院动了手术，我这个当头儿的心酸，没有尽到责任啊。”

曹元明听了臧进荣一大堆话，最后一句让他眼眶有些发红，正想说点什么，臧进荣已经站了起来，说：“好了，你们继续吃，我就不打扰了。元明，别送，那边你也别去敬酒，就这么着了。”拍了拍他的肩膀，起身走了。

邹衍皱眉说：“这个臧队长活脱就是个凶相毕露的土匪，难怪有人说警匪一家。”

曹元明说：“邹衍，你别介意，看人不能看表面。臧队是部队的转业干部，以前当过侦察连长，上过老山前线。他是个好人呐，办事雷厉风行，为人急公好义，最大的缺点就是好酒，如果不是怕他贪杯误事，早就升支队长了，妥妥的副处级。唉，副处是道坎哪。以他的年龄，估计以后再要往上走就难了。”

邹衍说：“现在不是三令五申警察工作时间不得喝酒吗，他敢犯纪律？”

曹元明说：“工作时间不喝，下了班照样喝。臧队的老婆下了通牒：喝了酒就不要回这个家！他每晚回家，他老婆的第一件事就是打开一道门缝，让他对着门缝吹口气闻闻，没有酒气才让进。有次他喝多了，我带他回家，他让我吹了口气，进门后，老婆发现他烂醉如泥，气得收拾包裹回了娘家。”

“这位刑警队长还蛮有意思的。”韩吟雪说了一句。

“你认识臧队吧？”曹元明问。

韩吟雪笑了一下：“几天前见过一次，谈了点事儿。”

曹元明正想是问什么事，这时，韩吟雪看了看手腕上那只精致的手表。邹衍会意，说：“差不多了，时间不早，咱们散了吧。”

出了门，邹衍要开车送韩吟雪，韩吟雪婉拒：“算了，我打车回去吧。刚才你喝了满满一杯酒，被查到酒驾可不好，还是让你大哥送你回去。”说完使了一个眼色。邹衍点了点头。

曹元明和邹衍目送韩吟雪上了出租车，车子消失在灯火阑珊的街头。

曹元明问：“小韩是哪家的大家闺秀？”

邹衍说：“是世达公司总裁韩观樵的女儿。”

“世达公司？”曹元明随即想起，邹衍曾跟他说起过，这是金鹏地产公司的幕后金主，买下市立医院地皮的大手笔就是出自其手，怪不得他这么了解其中的交易。

“你对她感觉如何？”

“相见恨晚。”

“高帅富 VS 白美富，强强联合，真有你的。”

“别扯了，八字还没一撇呢。”邹衍看着韩吟雪远去的方向，似乎还恋恋不舍。

“你小子，这回要来真的了吧，难得。加油啊，等你的好消息！”

“这样的大小姐，要上手可不容易。”

“你这么多年积累了一大把实战经验，正好一显身手嘛。”

“你就瞎起哄吧。”

“你们认识多久了？”曹元明不再调侃，认真地问。

“一个多月吧。”

“你对她了解有多少？”

“了解不多，还需要时间。”邹衍换了个话题，“听嫂子说你要离开刑警队了？”

“她巴不得我早一天离开呢。”

“嫂子是为你好，大哥，你自己怎么想？决定了吗？”

两人上了车，曹元明边开车边说：“在我当初入行时，是绝对没有私心杂念的，警察嘛，人民有难时，就得首当其冲，挡枪子去，那时候是雄心万丈，立志要做一个中国最好的刑警。现在这么多年干下来，身心俱疲啊。就拿命案来说，破了是你本分，最多记点功奖你几千，破不了不谈上边压力，假如苦主是外地人还好说，花钱买平安；本地人你就等着在政府、公安局大楼门口挂横幅然后局长叫你过去大骂。”

邹衍点了点头：“我能理解。医院也一样，办事原则不是唯物主义，而是唯领导意志主义。这是中国各行各业共有的通病，是制度的建立和落实出了问题。无论是医生还是警察，老百姓的希望就是用一个大众化的工资，养活几个能解决各种难题、还不会做错事的、有道德模范情操的超人。”

“兄弟，你归纳的不错。事情的定性不靠事实，调查不走程序，全凭舆论的口水和领导一张嘴，谁能安心做事？做了对的事情是你应该的理所应当，做了错误的事情后果要你个人承担。下面不理解，上面不支持。人人上有老下有小，要吃饭、工作、过日子，在这样的工作环境里，天天都是不求有功、但求无过，你还指望这些人能满腔热血地投入到工作中？”曹元明说到这里苦笑了一下，“今天我的牢骚话是不是太多了？”

“看来，你是决定要走了……”这时，邹衍的手机响了，来了短信，他低头看手机。看到邹衍专注的模样，曹元明觉得这是韩吟雪发来的短信。

车内出现了短暂的沉默。

片刻后，邹衍说：“大哥，你离开刑警队也好，空闲时间多了，咱哥儿俩可以多聚聚。我正好也有件事，要请你帮忙。”

“什么事？咱们还分什么彼此，直说吧。”

“你住院那天，我们医院里挖出一具白骨，你了解其中的详情吗？”

曹元明一怔，没想到邹衍居然也关注起了这具几十年前的尸骨，问：“你说的帮忙，和这个有关？”

“嗯。”邹衍点了点头，“准确地说，是吟雪托我请你帮忙的。”

曹元明心想：“好家伙，这顿晚饭聊了这么久，绕了一个大弯子，原来源头在这里。看来，韩吟雪是通过饭局上的聊天来考察我。”

邹衍见曹元明不语，说：“怎么了，你不肯帮这个忙？”

曹元明说：“这究竟是怎么回事，你得先跟我说个明白，有的忙不是随便能帮的，尤其是牵扯到命案。”

“当然不会让你触犯法律，不会逾越道德准则。”邹衍顿了一下，“具体的情况，吟雪想找个机会和你详细谈谈。怎么样？这个面子得给我吧。”

曹元明想了想，说：“好的。”他知道韩吟雪在邹衍心中的分量，既然这么说了，这点情面是要讲的。他想：“韩吟雪是世达公司总裁的女儿，正是世达公司出资拍下了医院的地皮，因此才开始搬迁，也正是搬迁，才挖出了这具白骨，而白骨一出现，即有人认领，难道韩吟雪一家和这具白骨有什么关系吗？”想到这里问道：“这具无名白骨是世达公司的人去认领的吗？”

邹衍竖起了大拇指：“大哥果然了得。据吟雪说，这具白骨是她祖父的。”

曹元明大吃一惊："能确定吗？"

"她说认定无疑。"

"这也太巧了……不，恐怕不仅仅是巧合……"曹元明放慢了车速，以便专注思考。他脑子里顿时有无数疑问冒了出来，怪不得在"江枫渔火"吃饭时，韩吟雪和臧队打招呼时有点不自然，两人肯定因为这件事有过接触，说："这个要做 DNA 鉴定的，埋尸时间这么长了，短时间很难得出结果。"

"当然，这还只是他们家属的认定。不过，法医经过反复推敲，确认这具尸骨的埋尸时间是 1950 年左右，这与韩吟雪祖父失踪的年份是一致的。已经将尸骨送省公安厅检测 DNA，还抽了韩吟雪父亲的血样做对照，但省厅物证鉴定中心没有从骨头里提取到 DNA，真差劲。"

"也不能怪省厅。人骨被掩埋后，土壤温度、湿度和酸碱成分都会对骨骼含有的 DNA 产生影响，而 DNA 降解或被土壤中的沉淀物渗透污染，会直接影响验尸准确性。"

"得了吧，以为我不懂？几十万年前的原始人骨骼和牙髓里都能分离出 DNA 呢，技术不行就是不行。韩家不甘心，尸骨要再送北京检验。"

"看来她家决心很大啊。那么，她要我帮什么忙呢？"

邹衍一字一顿地说："找出那个不可饶恕的魔鬼！"

"不可饶恕的魔鬼？"曹元明重复了一句。

"这是一起凶杀案，而且性质特别恶劣，这个应该没有疑义吧？如此说来，将毫无人性的凶手称为魔鬼是丝毫不为过的！吟雪说，这是她家永远的伤痛，永远不可宽恕这个凶手！不论花多大的代价，就是追到天涯海角，也要找到这个魔鬼。"邹衍的话充满了感情色彩。

曹元明闻言默然。

如果警方的分析不错，那这具白骨生前是被活体解剖的，能犯下如此罪行的人，已经失去了最起码的人性，这个隐没在时光帷幕之后的凶手，的确是一个不可饶恕的魔鬼——但讽刺的是，这个魔鬼似乎根本没有因为作恶而受到惩处。

他感到有些燥热，放下车窗，让夜风吹拂进来，环城高速路就像一条闪光的缎带，车外五光十色的街景，一如既往的宁静而祥和，但这一切忽然变得陌生起来，60年前，就在这座刚刚解放的城市，在车轮下的这片土地上，居然发生过如此悲惨的一幕！而如此骇人的场景，是不是不止一次地上演过呢？

正义女神在过去60年里都蒙上了眼，她还会再睁开眼睛吗？

第三章　沉冤六十载

几天后，曹元明接到一个电话，电话是陶师母打来的："元明啊，你跟市立医院的邹医生熟吧，请他帮个忙好吗？"

师母声音很急切，曹元明忙问："师母，出什么事了？"

陶师母在电话另一头低泣："你师傅怕是要不行了……"原来，陶鸿和儿子陶海刚大吵了一架，突发心脏病，胸痛，抽搐，冷汗直冒，送到医院时神志已经有些模糊了。

曹元明大吃一惊："我马上来医院。"一边穿外衣，一边给邹衍打电话。

偏偏路上遇到堵车，曹元明干脆下车疾步赶到市立医院。邹衍正陪着陶师母和心内科的一个主任谈话，曹元明一见就问："我师傅呢？"

邹衍说："送病房了，他儿子在办住院手续。"

曹元明问："情况怎么样？"

心内科的主任说："是心梗，好在从心电图看梗塞面积不算大。这个病人不久前看过我的门诊，当时我就告诉他有冠心病，平时要多休息，不要操劳，情绪不要激动，你们这些当家属的，是怎么搞的嘛？"

曹元明这才想起，自己上次办出院手续时遇到过陶鸿，那时师傅的脸色就不好，当时没有细问，实在不该，他连连点头："您说的对，我们以后会多加注意。那下一步该怎么治疗？"

主任说："建议做个冠脉造影检查，发现动脉变窄超过百分之七十的地方，可以做支架微创手术，否则的话，心肌梗塞有再发的可能，到那时，说不定就出大问题了。”

邹衍说：“估计心梗不止一处，有条件的话，最好做几个支架。”

陶师母嗫嚅着问：“做这个支架要多少钱啊？”

心内科的主任说：“要看支架是进口还是国产，进口的贵，国产便宜，一般来说，进口的效果好，还有金属支架和药物涂层支架的选择，药物涂层支架贵，但术后副作用少……这几个支架做下来，包括导管，得准备个八万十万的。”

“那……能报销多少？”

“能报两万多吧，如果是进口的支架，那就不在公费医疗范围内。”

陶师母一听这话，脸色惨白，又开始抽噎起来。

陶海刚办完住院手续过来了，脸色铁青，一副爱理不理的模样。陶师母一看到他就数落开来：“你这个孽子啊！你爸为了你结婚买房的事操碎了心，你要不是拿话气他，他能得这个病？现在让我们家上哪儿弄这么多钱做手术？”

陶海刚不耐烦地顶嘴：“嚷嚷什么？嚷大声就能搞到钱？”

陶师母捶胸大哭：“干脆把我这个老婆子也气死，你就满意了！”

陶海刚恶狠狠地说：“是！我们全家都完蛋，我就满意了！”

曹元明厉声斥责：“海刚，你怎么说话的？你爸病成这样，你说的是人话吗？”

陶海刚脖子一梗：“爱咋咋地，我家的事你少管！”

曹元明气得发抖，正要说他，陶海刚扭头就往外走，正好遇到一群人。这群人是从医院行政楼出来，他们都戴着黑袖纱和小白花，一个姑娘捧着一张遗像走在前面。

邹衍冷眼旁观这群人，见他们走远，说：“这事总算结束了。”

曹元明看了看：“是汤小辉那事吗？我看到那个‘老六’了，还有几个也像是那天急诊闹事的人。”

邹衍说：“是的，又谈了几次，医院让步了，最后，以医患沟通不力、患者家贫为理由，赔了15万给了他家属，喏，就是最前面那个小姑娘。”

“这个姑娘是谁？”

“是汤小辉的妹妹。这家人说来也有些可怜，汤小辉父亲早死，兄妹俩很小就从山区出来打工，相依为命。”

“还是赔钱了啊。”

“没办法，就算不理亏也得赔，花钱消灾，息事宁人。不然这么闹下去，医院的急诊还怎么工作。”邹衍叹了口气，“要我说，你们警察根本靠不住。”

“怎么又往我们身上扯？”曹元明不满地说。

“哼，警察靠得住，母猪能上树！你以为我不知道，你们是本着大事化小，小事化了的态度办事，多一事不如少一事，有些案子是不立案的，或者说，刑案标准的，尽量按治安案件立，治安案件的，一般都是调解。他们冲到我们医院打砸，把人打成脑震荡，这就是刑事案件，你们不管，还是让我们双方调解，结果，就是医院花钱给你们买平安。”

“话不能这么说，警察也有警察的苦衷……”曹元明正要解释，邹衍伸手制止他：“好了，别解释了，你还是那一套，什么警力不够，什么办案经费紧张，得，咱们别光磨嘴皮子，你快去看看你师傅吧。”

陶海刚则一直看着那群人远去，这才走开。

曹元明进了病房，看见病榻上的师傅两鬓斑白，皱纹满脸，心中犹如刀割。

陶师母坐在一旁垂泪，还在唠叨着儿子。曹元明问：“海刚怎么又惹师傅生气了？”

陶鸿长叹一声：“这孽子只长个子不长脑子，自己学历低，穷工人一个，眼光还挺高，相亲多次都不成。上次相了一个幼儿园老师，看人家长得漂亮，一下子迷住了，拼死拼活地追。人家嫌弃我家没钱没势，撂下一句话：‘没新房子，结什么婚？’就这么吹了。孩子心里烦恼，就把一口气撒在我们身上。”

在河山这个城市，新房的均价已经是每平方米一万元了，百十平方米的婚房加上装修没有一百多万拿不下来，对于普通的工薪家庭是个不小的负担。这些年房价一个劲儿地猛涨，早些年没买房的人，现在想买也买不起。

曹元明说："下次遇到海刚，我得好好和他谈谈，这太不像话。"对陶师母说，"这个手术咱们做了，钱的事，我来想办法。"

陶鸿苦笑了一下："你有什么办法？算了吧，我的身体自个儿知道，还没到那一步，能拖就拖。"

"我还有点积蓄，再不行，我找领导汇报，请组织想办法，您老干刑警都一辈子了，得享受点超规格待遇。听邹衍说，做了支架，这病就去根了。"

陶鸿断然拒绝："不行！你的钱，师傅一分钱也不能收。你自己刚动手术，还有一家子人要养活。另外，绝不能因为我一个心脏的事给组织添麻烦、出难题。公费医疗对每一个同志都应该一视同仁。如果我坏了规矩，其他心脏有毛病的同志怎么办？"说到这里，他脸色十分郑重，斩钉截铁地说，"无论到什么时候，我都得要这张老脸，不能被人说我倚老卖老，做支架这事儿，你对谁都不要说！你要是把这事张扬出去，别怪师傅不认你这个徒弟！"

曹元明郁闷地从病房出来，邹衍走了过来，曹元明说："臧队说的没错，刑警这种抽烟喝酒熬夜的生活，实在伤身。你看，我师傅又是一个活生生的例子。这些年来，年年参加同事的追悼会，大半都是死于心脑血管病。"

邹衍拍拍他的肩膀："别难过，你师傅还有得救，这种支架手术是常规手术，很成熟了。"

"就是钱的事啊。"曹元明说，"我师母身体不好，老早就办了病退，每月只拿几百块的低保，常年看病吃药，家里没攒下多少钱，有点钱也舍不得用，要留着给儿子结婚。师傅又是个倔脾气，不肯求人，不肯麻烦组织和同志们。本来我这个做徒弟的孝敬几个支架是理所应当，可是他死活不同意……"说到这里，他有些无奈。

"钱不是问题，我给你想了个办法。"邹衍说。

"什么办法？"曹元明眼睛一亮。

"这会儿，天机不可泄露。"邹衍神秘兮兮地说。

"你小子，跟我搞什么飞机？"

"晚上吟雪请客，一起去吧。"邹衍突然换了个话题。

"你们俩一块吃好了，老拉着我这个电灯泡干吗？我刚开刀，消耗太大，你就不能让我省省电？"

“人家是真心请你，我倒是陪衬。”

“为什么请我……”曹元明忽然想起，“嗯，就为那具白骨的事吗？这个事我了解过了，要追查凶手很棘手啊，我可没那么大本事，无功不受禄。”

“去吧！我都答应她了。你要是爽约，我可要在她面前抬不起头了。看在党国的份上，拉兄弟一把。”邹衍一脸热切。

“你呀，下次可别替我乱答应别人。”

傍晚时分，韩吟雪开着一辆橙黄色的玛莎拉蒂来接邹衍和曹元明。

“去哪里米西米西？”邹衍问。

“去我家。”韩吟雪回答。

“家宴啊？”邹衍似乎没有做好心理准备。

“家里除了我和奶奶，就剩厨子和保姆，怕什么？”韩吟雪莞尔一笑，她的驾驶技术娴熟，玛莎拉蒂在城市的车流中像鱼儿一样欢快畅游。

一个小时后，汽车驶入了城郊的芳草湖景区，这一带湖光山色，风景优美，坐落着几十座排屋别墅，户主非富即贵。车停在一座别墅前，这是个独门独院的三层楼房，看上去精致又不失大气，外墙砌着的白色瓷砖在门口水晶灯下泛着淡淡的光芒，门口是一个大花圃，栽种着花草和海棠树、白玉兰等树木，一片盎然绿色中洁白的玉兰花正在盛开，满树花香。

韩吟雪开了门，保姆欢声说：“大小姐回来了。”

三人在餐厅就座，韩吟雪说：“饿了吧，我叫厨子上菜。”

邹衍问：“你奶奶呢？”

“老人家吃饭规矩多，怕你们不习惯，她先吃了。”

曹元明见保姆在一旁给韩吟雪的奶奶冲牛奶，用消毒过的温度计在牛奶里试温度，很仔细地看好了刻度，这才端着上楼，心想：“这位老奶奶确实有点讲究。”

晚餐是法国菜，鹅肝酱、牡蛎杯、麦西尼鸡、普罗旺斯鱼汤、雪利葡萄酒，琳琅满目，丰盛美味。邹衍先是殷勤地拉开椅子，请韩吟雪坐下，再和曹元明落座，他吃饭时挺直上身，熟练地手持刀叉，慢条斯理地品尝菜肴，不时点评一二，显得十分内行。曹元明吃得不多，医生叮嘱过少吃多餐，心里记挂着那具白骨，想着接下来会发生什么事。

饭后稍坐片刻，韩吟雪对曹元明说：“曹大哥，我奶奶想和你聊聊，跟我上楼坐坐好吗？”

曹元明笑着说：“吃了一顿大餐，盛情难却啊。”

韩吟雪脸色郑重：“我们确实是有事相求。”

曹元明看了邹衍一眼，站起身来：“好吧。”

邹衍说：“我一起上去吧。”

韩吟雪说：“我奶奶轻易不见外人，你在这儿等等，喝杯咖啡吧。”

邹衍听了这句话脸上有些不快，韩吟雪嫣然一笑，柔声说：“对不住噢。”邹衍随即释然，点头坐下。

曹元明跟着韩吟雪上了二楼的书房，韩吟雪说：“稍等片刻，我去请奶奶出来。”

韩吟雪出去了，保姆送上了咖啡，曹元明信步踱到书房的窗旁，这时天已经全黑了，这里远离城市的喧嚣，四周一片寂静，只闻虫声唧唧，郊区没有污染的夜空星斗璀璨，银河如练，远处的湖面飘笼着淡淡的夜雾，成群的萤火虫在如烟的夜色里四处流动，夜风中风信子带来了泥土的清香，令人胸襟为之一开。

过了一会儿，游廊里传来了细碎的脚步声，韩吟雪搀扶着一位老妪缓步走来。这位老人显然就是韩吟雪的奶奶了，她满头银丝梳得整齐，脸上手上都是老年斑，看来至少有80岁了。老人手拄着一根细长的拐杖，但步履从容，并不显老态龙钟。

“曹大哥请坐，你要茶还是咖啡？”韩吟雪问。

“不用了。”曹元明向老太太点头，“老奶奶，您好。”

三人分宾主坐下，韩老太太打量了一下曹元明，她眼窝深陷，目光深邃，问：“听口音，曹警官不是本地人吧？”

“老奶奶的耳朵真灵，我是河山市出生长大的，但我祖父是山东人，家里一直说山东话，我父亲也是如此，所以口音就偏北方了。”曹元明恭恭敬敬地回答，“还是您的方言地道。”

韩吟雪听他夸奶奶耳朵灵，笑靥如花，甚是开心。

韩老太太叹息说："我都离开家乡快60年了，这乡音乡愁啊……" 摇了摇头，"那你祖父是哪一年到这边的？"

"1949年，我祖父是随大军南下的，也是60多年前的事儿了。"

"60年，一个甲子……" 韩老太太静如止水的脸上，突然露出了悲怆的神色，似乎想起了当年那些不堪回首的往事。

韩吟雪握住奶奶的手，轻声问："奶奶，您要喝茶吗？"

韩老太太摇头说："别忙这个。你把请曹警官来的意思告诉他吧。"

韩吟雪点了点头，打开书桌的抽屉，拿出两份文件，放到曹元明面前："曹大哥，请过目。"

这两份文件，一份是验尸报告复印件，是河山市公安局刑侦技术人员对那具市立医院挖掘的尸骨的分析，其中，尸体检验提到："尸骨已呈白骨化，除右手拇指，其余部分完整。颅骨后部有一处骨折凹陷，裂口呈放射状，余骨未见骨折伤痕。……"死者个体特征刻画为："通过对尸骨耻骨联合的检测，推测性别为男性，年龄大约在25至30岁。根据股骨长度推测，身高约168厘米。根据尸骨腐败程度推测，死亡时间超过50年。死者上下肢的肌脊隆起不显著，其职业应该是非体力劳动者。" 但死亡方式分析只简单地说："现有条件无法明确死因……暂时排除自杀可能，考虑为他杀后埋尸。" 犯罪嫌疑人刻画一栏则是空白。

另一份是传真件，是北京市公安局法医检验鉴定中心对尸骨DNA的检验结果："送检的两根股骨不排除为韩世达所留"，换句话说，送检的尸骨可以被确认为韩世达的遗骸——这位韩世达，显然就是韩吟雪的祖父。报告的日期就是今天，是刚刚拿到的结果。从报告看，此次检测所用DNA为线粒体DNA，对于年代比较久远的DNA的检测，多采用此种方法，因为线粒体DNA母系遗传的特性，只要能排除送检尸骨为韩氏家族中的女性成员所留，即可认定为是韩世达的遗骸。

这份传真件还附着一张照片，这是北京法医研究所依据尸骸颅骨用计算机技术复原的头像，照片上是位青年男性，面容清秀，是典型的江南知识分子相貌。

韩吟雪又拿出一张照片的扫描图给曹元明看，这是旧社会一对新婚夫妻的合影照，新娘略施黛粉，杏眼桃腮，留着齐肩烫发，眉目之间赫然就是眼前的韩老太太，只是岁月无情，红颜变白发。旁边的新郎的相貌和计算机复原的头像相似度很高，正是韩世达本人。

“这是您和韩老先生的结婚照？”曹元明问韩老太太。他注意到，合影照片中，新郎左臂自然垂下，而右臂放在背后，显然是为了遮蔽右手拇指缺失的生理缺陷。

韩老太太点了点头，戴上老花镜，接过照片端详，虽然这照片已经不知被她反复端详过多少次，但看着结婚照的目光仍是饱含深情。

“现在已经毫无疑问了，市立医院挖出的这具遗骨，就是我爷爷。”韩吟雪面带戚容述说往事，“我爷爷是1950年7月3日那一天失踪的，他当时是‘慈康’医院的医生，那天轮到他值夜班，当天早上离开家时，他还叮嘱我奶奶晚上不要给他留饭了，他在医院吃。可是奶奶没想到，他这一去就永远没有回来。”

“韩世达先生原来是在‘慈康’医院工作啊？”曹元明问。

韩老太太点了点头，掏出手帕拭泪，平静了一会儿，示意孙女继续说下去。

“那时我父亲刚出生，只有一岁大，奶奶一面要照顾家小，还要四处寻找爷爷，但却活不见人、死不见尸。更可恶的是，‘慈康’医院的财务室就在7月3日当晚被撬了，失窃了一大笔财物，因此，有人就污蔑说爷爷是盗窃潜逃，还说他逃往美国去找道格拉斯神父，有的说逃到台湾了。爷爷知书达理，重情重义，奶奶根本不相信爷爷会去偷东西，更不可能抛下她母子，仍然到处去找，几年过去了，河山县城的每个角落、乃至周边乡镇都找遍了，就是没见踪迹，好像凭空就消失了……现在终于证明，爷爷是被害了，是被冤枉的！”说到这里，韩吟雪语带呜咽。

曹元明暗自思忖，据此前邹衍的介绍，韩世达生于富贵之家，韩家新中国成立前在河山县城开了好几家药铺、商铺、当铺，乡下还有田产，这样的资产阶级加地主出身，在新中国成立后确实不招人待见，忽然之间人就不见了，而且又碰上医院财物被盗的风口上，也难怪被误解。

韩老太太喟然长叹，叹息中充满了无穷无尽的心酸和难以言状的痛楚。

可以想象，当年这个年轻的寡妇带着襁褓里的孩子四处打探丈夫下落是何等艰辛困苦，惨死的亡灵还要背负窃贼的沉重十字架整整60年不得安宁，曹元明心中也是一阵难过，问："后来呢？"

韩吟雪停止了饮泣，说："这么连着找了几年，一点消息也没有，奶奶明白爷爷一定不在人世了，绝望了。唯一的寄托，就是把爷爷的骨血、我的父亲好好抚养成人。那时大陆搞"三反""五反"，气氛很紧张，到处拉人批斗，我们家的资产被没收，我曾祖父也病死了。1949年，我奶奶的父亲因为是资本家出身去了香港，于是，1954年奶奶带着父亲去了香港，后来又得到道格拉斯神父的帮助，去了美国旧金山。父亲长大后，依靠海外亲属的帮助，慢慢把家业振兴起来，为了纪念爷爷，他的公司就取名为'世达'。我就是在美国出生的。但不管过了多久，不管到了哪里，奶奶总是挂念着爷爷，爷爷连尸骨都没有留下一丁半点，没有坟茔，没有墓碑，奶奶觉得对不住爷爷，总期盼着有一天能真相昭雪。爷爷是在'慈康'医院失踪的，奶奶觉得，这个医院是最值得怀疑的地方，恨不得挖地三尺寻找爷爷留下的痕迹，但在当时根本没有这个可能。今年，从'慈康'医院发展起来的市立医院要搬迁，空出旧址来，这是个千载难逢的好机会，因此，父亲才不惜重金把这块地拍下来，这样也许可以在开挖地基时发现一些东西，找到爷爷失踪的线索。果然不出所料，刚一动工就发现了爷爷的尸骨，真是冥冥之中的天意！奶奶一听到这个消息，就从香港飞来了。"

曹元明这才明白，为什么世达公司会拍下市立医院的地皮，为什么一挖出白骨就有人赶来认领。韩家花了如此大的心血和代价终于让韩世达的遗骨重见天日，那么，肯定会不惜一切查清他的死因，追讨那个遥远年代的凶手。

果然，韩老太太缓慢而坚决地说："我们今天请曹警官过来，就是希望你能帮助我们找到那个杀害我丈夫的魔鬼！"

曹元明想了一下，说："老夫人，恕我直言，事情已经过去了60年，凶手很可能不在人世了，追查下去还有意义吗？何况，由于年代久远，物证、人证恐怕都已失落而难以搜寻，几乎没有线索，很多东西都已经改变，不可能还原当年的情景，新线索出现的可能性非常渺茫，追查到真凶的可能性极小。退一万步说，即使这个凶手还活着，最后找到了这个人……"

“不，这个凶手不是人，是一个十恶不赦的魔鬼！”韩老太太发出了一声尖利的声音打断了他的话。她胸脯剧烈起伏，这是一种发自肺腑的刻骨仇恨。韩吟雪赶紧扶住微微颤抖的奶奶。

显然，韩家已经得知了凶手的作案手法——手起刀落，犹如庖丁解牛一般分割韩世达的尸体，从容地砍下头颅，清理出骨头和内脏，如此娴熟而冷静地处理尸体，很像西方国家报道过的冷血连环杀手，的确是来自地狱的魔鬼。

曹元明等韩老太太平静了一些，继续说：“……即使最后找到了这个凶手，由于当年尊夫是按‘失踪’处理，没有立案，现在早已过了刑法的追诉期，法律也奈何不了他。”

韩吟雪说：“你说的这些我们都清楚。正因为如此，公安机关不受理这起案件，我们才找上你。”看来，韩吟雪已经为此和臧进荣等警方人员交涉过，怪不得“江枫渔火”吃饭时两人像是认识的样子。

曹元明说：“这样的事情，您可以委托私家侦探公司，这样的公司现在有很多。我是吃公家饭的，有很多本职工作要做，这个案件没有被公安机关受理，不在我们的工作范畴之内。”

“在中国大陆，私人侦探还是个新鲜事物，只能查查婚外情，逮逮二奶小三，对于这样的刑事案件无能为力。在这里，侦查权属于公安局和检察院，私人侦探没有这个权力。曹警官，我说的对吗？”韩吟雪改口称“曹警官”，显然对他一再推诿感到有些不快。

曹元明没有吭声。在刑警队，每天忙得像打仗一样，实在没心思接手其他的事情。

“你们不是说，群众利益无小事，你们的工作就是要让人民群众满意吗？”韩吟雪语气又软了下来，改为央求，“曹大哥，你就要从刑警队调到市局机关，不就有时间了吗？帮帮忙嘛。”看来，关于曹元明的一切，邹衍都如数告知韩吟雪了。

韩老太太说：“警察的天职就是惩恶扬善，纵容恶人天理不容！魔鬼不会因为停止了作恶而得到上帝的宽恕，罪恶也不会因为时间的流逝而减轻！”说到这里，她双手紧紧抓住靠椅扶手，眼望着窗外的夜色，昏花的眸子里发出了异样的神采，那是充满恨的火焰，散发着要穿破重重黑幕的光芒，“不管付出多少代价，我都要找到那个地狱里来的魔鬼，要看着它被送回到地狱！否则，我死不瞑目，死不瞑目！曹警官，我等这一天都等了60年！60年啊！你就不能帮助一个风烛残年的老人完成这个心愿吗？”

韩吟雪满怀期待地注视着曹元明：“邹衍很推崇你，说你是个有正义感、有责任心而且专业技术过硬的优秀警察，我相信，我们不会看错人！”

曹元明一时踌躇不决，他十分清楚这个案子的难度，一旦答应下来，那么，接下来将不知有多少不可预知的困难纷沓而来。自从邹衍前几天提及此事后，他一直在思考这个问题，这个陈年旧案根本不属于他的本职工作，接手后，无论出现什么困难和麻烦都是“自找”的；但不予理会，让如此穷凶极恶的杀人犯一直逍遥法外、最后寿终正寝，难道不是司法机关的失职吗？自己如果置若罔闻，所谓“献身于崇高的人民公安事业”的誓言岂不成了一句空话？

何况，曹元明是一个富有好奇心的人，就像师傅陶鸿对他的评价“好奇心是优秀刑警的特质”，就好像老饕会拼死去吃河豚这样的珍馐，他对于诡异离奇的案件，有一种似乎是与生俱来的探究真相的本能需求。

他沉思良久，终于缓缓点头，说：“那我试试吧。”

韩吟雪和奶奶对望了一眼，满脸喜色：“曹大哥一诺千金！”

韩老太太颤巍巍地站起来：“未亡人代亡夫谢谢曹警官了。”

曹元明赶紧扶住韩老太太：“老太太，您请坐，不必多礼。”他神色郑重地说，“说实话，对这个案子，我心里一点儿底都没有。超过10年的凶杀案侦破的可能性已经很低了，何况已经过去了60年，原始的物证几乎不可能找得到，即使成立专案组，一年半载也未必有什么突破，何况我一个人的力量是低微的，因此，我不能给你们任何承诺。”

韩老太太说：“只要你专心追查，韩家上下就铭记你的大德！我相信亡夫的在天之灵会保佑你的，60年后，老天爷重新睁开了眼！我们不会给你设定期限，即使……最终仍没有结果，也不能怪你，那只能是天意……”说到这里，话音中充满了凄凉。

“我知道公安机关的办案经费一向紧张，但你不必担心这个。追查此案的一切费用，都由世达公司承担。不管最后有没有结果，我们都有重谢。”韩吟雪说，“在查案时需要什么帮助，我们都会全力满足。”

曹元明整理了一下思绪，对韩老太太说：“韩世达先生之死既然确定为谋杀，那么，就要从以下几个方面考虑凶手的作案动机：仇杀、情杀、财杀。遇到类似案件，我们公安人员在侦查的过程中，最注重的就是受害人的人际关系和所处环境，通常会进行海量的信息排查。虽然时隔多年，很多信息失落了，但正因为如此，能回忆起来的信息更显珍贵，因此，希望您尽可能回忆一下当年的情况，细节越详尽越好，回忆重点在于：韩世达先生平素为人如何？与邻里和同事关系如何？与什么人有结怨？与什么人有过钱财来往和纠纷？请原谅，您还得回忆一下，他和其他女子有无感情纠葛？从案情看，‘慈康’医院里的工作人员应该是重点排查对象，这方面的情况更要仔细回忆。”

韩老太太点了点头，说：“这方面的情况我都记得很清楚，60年的情景，不知多少次在我脑子里重演了。”她抚摸着拐杖追忆，过了一会儿说，“韩家虽然经商发达，祖先其实是郎中，靠行医卖药置下了最早的家业。民国时期西医逐渐盛行，我公公比较通达，便将我丈夫送往‘慈康’医院当西医学徒，也有多加磨炼的意思。”

她说到这里，侧头沉思，悠然神往：“那时他还是个少年，跟在道格拉斯神父身边，皈依了基督教，成为一名虔诚的信徒，因此，他一直说，爱人如己，善待穷人，待人要宽容、平等。韩家世代行善，在当地修桥铺路，接济贫困，广结善缘，他自幼知书达理，加之又信耶稣，为人谦和善良，很好相处，从不和他人吵架，一向没有惹是生非的念头，不可能与他人有仇怨。我公公是一家之长，主管财务大权，我丈夫平日只专注行医救人，不管家里的账目，也没有借钱给他人。他洁身自好，不赌博，不抽鸦片，从不寻花问柳，用情专一，不存在财杀或情杀的可能。”

曹元明没有出声，他要花点时间消化这段评价。

韩老太太对丈夫的评价充满了感情色彩，简直有如圣人，也许，韩世达真是一个完美的好男人，但就是这样一个人，为什么偏偏会引来杀身之祸、而且死得如此之惨呢？凶手活体肢解被害人，究竟是出于恶毒仇恨的宣泄，还是一种变态的嗜好呢？假如不是仇杀、情杀、财杀，难道会是杀人灭口？他又掌握了什么不可见人的秘密而要被灭口呢？

曹元明问："韩世达生前加入过什么秘密组织吗？或者说接触过什么机密事物吗？"他考虑到韩世达被害时间是1950年，新中国成立后不久，正是国民党特务活动猖獗的时期，会不会是韩世达触及到了什么国民党潜伏组织的秘密呢？

韩老太太矢口否认："没有。这个问题，早在他失踪时就有警察来问过，他们以为他潜逃了，所以有特务嫌疑。我跟他夫妻一场，他什么都不会瞒我，他就是个安分守己的医生，对政治一点都不感兴趣，最厌恶的就是战争和党争。"

"您和韩世达先生结为伉俪是哪一年？"

"三十六年。"

"三十六年？"曹元明一怔。

"民国三十六年，噢，应该说是1947年。"韩老太太的思维并不像八十多岁的老人那么迟钝，"我们的婚礼就在'慈康'医院的教堂举行，道格拉斯神父是证婚人，他特地从美国赶来的。"

曹元明注意到韩老太太几次提到"道格拉斯"这个神父，"慈康"医院原是一家教会医院，他问："那位道格拉斯神父原来也是'慈康'医院的吗？"

"是的。他的父亲老道格拉斯先生是美国基督教浸礼会的祭司，就是这家医院的创始人之一。道格拉斯神父本人也学过医，抗战时被日本人关了牢房，有一次差点死掉，是我丈夫救了他。抗战胜利后，他回美国了，1947年特意回来过一次，参加了我们的婚礼，1949年，解放军大军过江后，道格拉斯神父又离开了医院回美国了。"

曹元明点了点头："患难之交，果然非比寻常。"他想起了韩世达右手拇指缺失一事，问："韩世达先生的右手拇指是怎么回事？是先天的残疾吗？"

韩老太太缓缓摇头："不，是被人弄断的。"

曹元明立刻追问："您不是说韩世达先生不曾与人结怨吗？谁跟他有这么大仇恨？"如果把这个搞清楚了，很可能是条重大线索。

韩老太太说："那是抗战时期的事了，当时我还没认识我丈夫呢。日本人占领了河山县城，强占‘慈康’医院作为他们的军队医院，医院原来的人员被强迫留用了一部分，我丈夫就在其中。有一次，我丈夫不知因为什么缘故惹恼了日本人，被他们用军刀斩掉了右手的拇指。拇指没了，等于一只手的功能丧失了一大半，但他没有自暴自弃，坚持用左手写字、拿筷子，顽强地活了下来。”

“为什么惹恼了日本人？”

“我丈夫不愿谈这事，只是说往事太惨了，不堪回首。”

曹元明叹息了一声，有些失望。韩世达被斩掉的拇指不但是一个人的悲剧，而且折射出那个时代我们民族的悲剧，日本侵略者杀个中国人犹如捏死一只蚂蚁，根本不需要一个理由。但是，这起发生于抗战期间的悲剧，和他几年后的被害一事，应该没有关联。随着 1945 年日本帝国主义的无条件投降，他们在中华大地逞凶作恶的时代已经一去不复返了。

“下面是重点，请好好回忆。1950 年 7 月 3 日，就是韩世达先生失踪的时间，在此之前的几天，他有什么反常的吗？比如做过什么奇怪的事，说过什么奇怪的话？在这个日期的前后一段时间内，周围有没有发生什么不寻常的事？”考虑到时隔多年，曹元明又补充说，“您不必按照我定的杠杠说，想到什么说什么，反正只要是韩世达身上出现过的言行，不管什么现象，都说一下就是了。”

“这个我也无数遍回忆过了。”韩老太太沉思片刻，“那几天的日常生活就和平常一样没什么分别，就连他穿的衣服、吃的饭菜，都和以前一样。那天早上，他穿的是白衬衣，蓝西裤，都是去年做的，吃了一碗香米粥和两个咸蛋，夹着皮包就出门了。他走后，我去‘锦和’布店取衣服，是订做的一套中山装和一套列宁装，我丈夫说，解放了，提倡新风气，我们穿过去的绸缎衣服不朴素，不进步。没想到，这一别，就再也见不到他了……第二天中午，他没有回家，照常这个时候早下夜班了，我以为他在医院忙，午饭热了一遍又一遍，到下午，才有医院的人过来通知我，我丈夫失踪了，到处找不到人，我觉得天一下子就塌了……”

“韩世达先生失踪的那天，谁是最后一个见到他的人？”

“一个一起值班的护士，原来是部队的卫生员，刚转业到医院的，名叫徐小芬，是个十八九岁的丫头。她说，7月3日晚上9点多看见我丈夫接了一个电话，就出了病房，后来没见人回来。她还以为人是回来了的，只是她没看见，就没有在意。第二天早上另一个交班护士去敲医生值班室的门，发现门锁着，里面没有人，一上午都不见我丈夫的人影，加上7月3日晚上财务室失窃，流言就传开了，医院保卫处的人到我家，说是通知家属，其实是查看，看他是不是回来卷了东西跑路，就没有人想到他被害了。”韩老太太语气中充满了悲切。

“值班医生失踪了，一个晚上都没人发觉？”曹元明觉得有些不可思议。

“这个我问过邹衍，他说，过去医院的住院病人很少，晚上基本没有事，那时管理不严，一些小事护士就代为处理了。”韩吟雪说。

曹元明问韩老太太：“对于韩世达的失踪，您当时怎么看的？”

“我根本不相信我丈夫会偷东西，我们家境不错，不缺那点钱。我丈夫和我感情很好，孩子刚出世，他疼爱得不得了，更不会抛家出走。我一听到消息就很害怕，担心他是被坏人害了，去公安局报案。民警说，这里刚刚解放，社会秩序比较混乱，不时有敌特分子搞破坏，还有很多旧社会遗留的闲杂人员，不排除我丈夫被害的可能，可是，找不到尸体不能立案，只能按失踪处理。还说，有些人不是失踪，只是离家出走，几天后就会回来的。他们派了两个人到医院来，因为没有立案，只是过问了此事，看了一下地方，问了一些人，我问他们有没有发现什么，他们说没有。”

“那您还记得当年那两位民警的姓名吗？”曹元明问。

60年过去了，但愿这两位民警仍健在，还能记得些什么，他们是专业人员，从这些前辈那里，说不定能找到有价值的东西。

“记得，是公安局侦查科的两个民警，一个叫丁广和，40多岁，秃头，一个叫敖文年，20多岁的小伙子，酒糟鼻。”韩老太太对事关丈夫被害的往事有着惊人的记忆力，或许，正是这种记忆产生的仇恨促使她不惜一切地要追查真凶。

“记得民警的名字就好办了。”曹元明心中一喜。

韩老太太继续回忆往事：“丈夫失踪后，我们家四处找寻，市政府卫生局和公安局都派人在方圆几十里的地方搜查，就是人踪全无。照理就一个晚上，黑灯瞎火，他能跑多远，难道他会上天入地？还是这世上真有鬼神？清平世界，朗朗乾坤，一个大活人怎么会说不见就不见了呢？我整天流泪，泪水都流干了，也没了主意，三天两头去公安局讨说法，他们后来见到我就躲。我没法子，找算命先生问卦，听说河东的窦神算算卦很灵，当时共产党政府不准搞这套，说是封建迷信，于是我只好深夜去找他，央求他算一卦，给包了重礼。他拿出一个碗装满米放在地上，点燃三支香插在米上，又把一碗清水放在旁边，然后左手拿一只小铜铃，右手握一把小铜剑，嘴里念念有词地手舞足蹈起来，作法传唤作祟的鬼神。跳了一阵后，他蹲下来，右手放下小铜剑，在盛米的碗里抓起几粒米投进盛水的碗里，奇怪，竟有三粒米沉下后又浮起来！他说是定兆了，是阳（两仰），胜（一仰一伏），阴（两伏）兆，失踪的人在城东的芳草湖。”

“芳草湖？就在这里？”曹元明有些吃惊，又有些好笑。

“我听了哪敢怠慢，心想莫非我丈夫遇到什么事想不开跳湖自尽了？赶紧请了几个渔民拿长竹竿做的鱼钩子在湖里来回梳理，希望能捞到遗体，捞了好几天，什么也没找到。前些年，我儿子回国，要在家乡投资兴业，我们就在这里买了地，置了房，只盼苍天开眼，能沾到我丈夫的灵气，托梦告诉我们他的下落，唉……开发芳草湖时，又请人仔细查看了湖底，仍旧是一无所获。”说到这里，韩老太太眼泪又出来了。

第四章　会跑的人头

夜风从窗口吹了进来，韩老太太微微打了个寒战。立秋时节，深夜的风还是有点冷的。她毕竟是位 82 岁的老人了，说了这么久，勾起了那么心酸的往事，已经有些体力不支了。

韩吟雪看了一眼墙上的挂钟，已经是晚上 10 点了，曹元明明白她脸上的关切，又简短地询问了韩世达的宗教信仰、经济情况、生活习惯、日常嗜好、亲朋好友、社交关系等情况，然后说："时间不早了，今天就到这儿，老太太早点休息吧。下次再约时间请问您。"

韩老太太点了点头，忽然想起了什么，说："对了，有一件我感到怪异的事，在 7 月 3 日失踪那天早晨，天刚蒙蒙亮，我就被我丈夫的一声尖叫喊醒了，他身上都是冷汗，说是做了个噩梦，被吓得不行。"

"噢，他梦到什么了？"曹元明问。

"他说，又梦见了那个会跑的人头。"韩老太太的话里有一股阴森森的寒意。

一旁的韩吟雪吃了一惊，轻轻地"啊"了一声，显然，她也是第一次听说这个可怕的梦。

曹元明悚然一惊，问："会跑的人头？怎么回事？是哪个人的头？"

"我也这么问他，他什么也不回答，但脸上的表情，是那么的恐惧，两眼空洞洞地看着窗外，仿佛那里藏着什么可怕的东西会随时跳进屋子，让我也害怕起来。”

“他说‘又’梦见，就是说，以前也做过同样的梦？”

韩老太太回想了一下，说：“嗯，我记得在那好久之前，他也被同样一个噩梦惊醒过。”

“那一次是在什么情况下做的梦呢？我的意思是，他白天遇到过什么可怕的东西吗？”

韩老太太回忆良久，摇了摇头：“这个就记不清了，好像是刚结婚那会儿，做梦时的情况……记不得了……”

“您再想想。”曹元明继续启发，“两次晚上做同样的噩梦，那么，在这两个白天有没有什么共同的地方？”

难道这个梦魇是韩世达被害前的凶兆？不，作为一个唯物主义者，曹元明认为梦境与凶吉祸福无关，他想：“日有所思，夜有所梦，韩世达一定是看到了什么引起他极大恐惧的人或者事——这种恐惧平时是深藏内心的——刺激了大脑皮层，这才会做这样匪夷所思的梦。如果这样的梦魇不止一次，那么，类似的情况可以作为一个对照参考，说不定能提示某些被害线索。”

韩老太太回忆时不断地抚摸拐杖，脸上显出吃力的表情，良久，还是摇了摇头：“我真是老了。”

“老奶奶，您别急，想到了再联系我。”曹元明微一沉吟，又问，“韩世达生前有记日记的习惯吗？或者，他在失踪前留下过什么比较特殊的遗物？”

一个人所写日记的内容，来源于他对生活的观察和体验，能在很大程度上还原他的内心世界，如果有死者的日记，那么，从中往往能发现一些有价值的线索。

遗憾的是，韩老太太再次摇头。

这次谈话就此结束了。韩老太太扶着孙女站了起来，紧紧握着曹元明的手：“沉冤昭雪，追拿凶手，全靠你了。”她干枯的双手，却让曹元明感到了沉甸甸的分量，那是横贯整整六十个春秋的昭雪沉冤的重托！

楼下，邹衍靠在客厅沙发上无精打采地看电视，见到韩吟雪和曹元明下来，精神一振，说："漫长的回忆录结束了？"

韩吟雪歉意地笑了一下："真不好意思，让你久等了。"

邹衍耸耸肩："没关系，谈得怎么样？"

韩吟雪说："这得问你大哥了。"转头问曹元明，"曹大哥，请坐。你觉得这个案子把握如何？需要什么，尽管开口。"

"我需要线索。"曹元明拍了拍沙发的扶手，"不是我故弄玄虚，也不是打击你们的希望，我说句实话，这个案子破不了，不奇怪，破了，反倒是个奇迹。"

韩吟雪秀眉微蹙："因为证据太少？"

曹元明点了点头："老太太尽管能回忆一些当年的人和事，但都是些片段。"

"可我奶奶说，她对当年我爷爷失踪一事的记忆是清晰而完整的。"

"这是老人的主观看法，时间对记忆的影响非常之可怕，而且，记忆是有选择性的，通常会过滤掉那些不符合自己既定意愿的东西。"曹元明形象地比喻，"人的记忆就像是河边的鹅卵石，随着时光之河的冲刷，不断地流失，留下的石子形状也会发生改变。即使是这些留下的，也不一定是与本案有关的，而有关的很可能早就遗失了。"

"证据少，可以用高超的推理来弥补。著名的哥德巴赫猜想和哥白尼的'日心说'，都是推理出来的。福尔摩斯侦探就是一位推理大师，能用很少的证据找到真凶。"韩吟雪并不认为这个难题不可克服，她接着举例，"上次吃饭时，你说起的女孩失踪案，不是也没什么线索吗，你照样很短时间就找到她了。像我爷爷这样的案子，你们的破案流程是怎么样的？"

曹元明解释："那个案子和我们这个案子没有可比性，一个是才发生了几天，一个是已经过去了几十年，因此，我那时说的'中国式破案'不适用于这个案子。假如你爷爷的案子发生在今天，按常规的侦查程序，医院所有的人都要进行排查，要说明案发当晚的行踪去向，并提供证明人，人人过关，医院当晚所有摄像头记录下的图像都要筛查。可60年后还怎么查？刑事侦查中，推理确实是必不可少的手段，但推理要建立在对物证和线索的分析上，然后做出结论。没有物证基础的推测没有任何意义。福尔摩斯是艺术化的虚构人物，在我们的现实中，这个案子过去这么多年，找不到留下的指纹、脚印等物证，只有被害人的法医检测，无法形成完整的证据链，无法进行犯罪现场调查和犯罪实施过程的推理。”

韩吟雪坚持己见：“爱迪生公司爆炸案是一起真实的推理案例，犯罪心理学家布鲁塞尔博士仅仅从凶手的一封匿名信上，就分析推理出这名凶手的性别、年龄、居住地及患有何种疾病，从而帮助警方抓获了凶手。”

曹元明苦笑了一下，这姑娘或许看过了几集柯南、金田一，就觉得自己有神探的潜质了。他理解被害家属的心情，不想再反驳，说：“你奶奶走路好像不需要拐杖啊，她一回忆起来老是抚摸这根拐杖？”他注意到，韩老太太手里拿的是根红木镶白铜的精致手杖，看成色年代已经很久了，被摩挲得发亮。

韩吟雪说：“那是我爷爷当年用过的遗物。”

曹元明这才恍然，青年男子带文明棍可是民国时期的一道风景。他问：“你们家在河山市还有和你爷爷相识的亲属或者朋友吗？”他想多方了解一下韩世达的情况。

韩吟雪的回答扑灭了他的希望：“老一辈人，出走的出走，老死的老死，没剩下一个，现在冒出来几个八竿子打不着的远亲，谁都不认识谁。”她鄙夷地撇了撇嘴，想来韩世达的后人衣锦还乡，有些趋炎附势之人前来攀亲。

邹衍不耐烦地打了个哈欠：“都深更半夜了，你们就别谈这个了，走，出去吃夜宵，我请客。”

韩吟雪说：“我要照顾奶奶，不去了，你替我送送曹大哥。”

韩家的司机开车把曹元明和邹衍送到市区，下车时，把一个厚厚的牛皮信封塞到曹元明手里。曹元明打开信封，里面一沓厚厚的红色纸币，是两万元人民币。他抬头一看，汽车已经远去。他眉头拧紧了，把信封递给邹衍：“帮个忙，把这个还给你这位女朋友。”

邹衍说：“拿着吧，不是要替你师傅做心脏支架手术吗？这是你应得的，帮人做事不能一点酬劳都不要吧？”

“原来你给我想的办法就是这个啊。”曹元明把装满钱的信封塞到邹衍口袋里，“你们啊，还真把我当成了拿人钱财、替人消灾的赏金猎人了？但是，这是在中国，我是一个人民警察，不能接受这个！”

“会跑的人头”，在回去的路上，这话一再浮现在曹元明的眼前。梦，是窥探内心的一面隐秘之镜，是另一种虚幻却真实的人生体验。这个人头，是韩世达现实中看到过的场景，还是某种精神问题或心理、宗教方面的暗示？这个梦和韩世达的被害，是否存在某种联系呢？曹元明的脑子里萦绕着大大的问号。

梦是通往人内心世界的一把钥匙，现在掌握的线索太少，哪怕是一个离奇怪诞的梦，也不能轻易放过。

人头离开了人体还会跑动，从现实上说是没有可能的，从心理学方面考虑，人头代表思想观念，没有身子，表示没有其他实行与行动的可能……

由于韩老太太回忆中给出的信息太少，曹元明无从想象这个恐怖画面后面隐藏的东西，躺在床上翻来覆去地琢磨，还是理不出头绪。

“你怎么了？”一旁的汪敏发现深夜了丈夫还没睡，“身体不舒服吗？刀口疼？”

“没有，我很好。”曹元明翻了一个身，心想：“这个梦只有先搁下了，明天先去找法医问问情况。”

翌日一早，曹元明打开抽屉的锁，拿出一个黑色的大笔记本，在一张空白页上写下了“韩世达被害案”几个字，接着开始画表。

汪敏正在热牛奶，一看到曹元明拿出这个本子，便老大不高兴：“你干吗呢？不是说以后不在刑警队干了吗？”她见过这个本子，平时曹元明办案时，总是习惯带着这个又大又厚的笔记本，将被害人生活中每个细节记录在内，比如哪个阶段与谁在一起，曾对家人说过什么重要的情况等信息列成表格，唯恐漏了某一点、某个人、某件事，错过重要线索，调查就是围绕着这些表格展开的。

曹元明咕哝了一句：“没干吗。”

“那你捣鼓这个笔记本干吗？”汪敏火气一下子上来了，从厨房出来，要看他在本子上写什么。

"唉，就要离开刑警工作岗位了，我拿出来怀旧一下，不行吗？"曹元明合上笔记本，夹在胳膊下，拿了一个馒头边走边啃，出了门。

"你不休病假吗，这一大早要去哪？"汪敏追了出来。

"我去老单位道个别。"曹元明含含糊糊地说了一声，钻进了汽车。

曹元明先去了市局刑侦支队，找到了副主任法医师孟清。孟清是三级法医鉴定官，乍看上去，这位个子瘦小、皮肤白皙的中年妇女文静平和，不像从事法医工作二十多年的老法医。实际上，她可是河山市的法医权威，不畏现场的恶劣条件，仔细检验每具尸体、每件物证，以女性特有的耐心细致和丰富的检案经验，提供了大量定罪证据和侦破线索。曹元明去找这位老熟人，是希望得到更多关于韩世达的验尸细节。

河山市公安局正筹资三百万元建设刑事技术DNA实验室，作为负责这一项目的主要专业技术人员，孟清废寝忘食进行了大量的筹划准备工作，在百忙之中接待了曹元明。

曹元明说明来意，孟清说："这家人真是锲而不舍，找上你这个刑警英模了。"

曹元明有些不好意思："孟主任，您就别笑话我了。我也是受朋友所托，话说回来，人死得这么惨，虽然过去多年，但不给家属一点儿交代，我总觉得这是警察的耻辱。"

孟清点了点头："尸体是一个人留在世上最后的证明，我们的工作就是倾听亡灵之声，不过，"她说到这里，换了一种遗憾的口气，"这个案子，我还真帮不了你什么，这不是说涉及纪律，而是除了你已知的，确实没有多少有价值的东西。说实话，韩家所托的人不止一个，你并不是第一个来打听的。连我们筹建刑事技术DNA实验室，韩家也表示要出资帮忙，当然，我们拒绝了。"

这话从阅尸无数、明察秋毫的孟清嘴里说出来，令曹元明多少有些泄气。他有些不甘心地问："装尸骨的麻袋是什么材料？"

"是当年很常见黄麻，麻袋是装米的，死者口腔里塞的布团也是这个，都已腐烂不堪，所以很难以此为线索进行摸查。除此之外，现场没有发现其他物证。"

“听我师傅说，分尸时被害人可能还未死亡，凶手害怕被害人醒转呼救，在他嘴里塞上了布团。”

“不是可能，几乎可以肯定，韩世达是被活体解剖的。”孟清冷静的话音里透着愤怒，“尸骨的多枚牙齿间隙里都残留有黄麻纤维，这说明死者曾经拼命挣扎过，并试图呼救，十分痛苦，否则不会留下这些东西，他是被渐渐折磨死的，也就是说，是解剖中死去的。”

曹元明悚然：“这么说，凶手和韩世达有深仇大恨？”

孟清从自己的角度归纳了对韩世达之死的看法：“第一，埋尸地点不是杀人第一现场。第二，凶手不像是屠夫，而是外科医生。第三，从熟练的分尸手法看，凶手很可能有类似作案经验。”

曹元明问：“嗯，您说不是屠夫？”他此前把凶手职业设定为屠夫和外科医生。

“这是从残留在骨骼上的刀痕推断的，我用立体显微镜看过，刀痕细小而利落，只有外科医生有这样锋利短小的工具。从手腕脚踝脖子等断口看，不是剁下来的，是用手术‘解’下来的。屠夫干的是粗活，这个是细活。”孟清所能提供的信息，就是这些了。

曹元明道了谢，告辞而去。他整理了一下思路，对于韩世达一案，现在要从两方面着手，一方面是韩世达的社会关系和他失踪前后周围的反常情况，韩老太太已经提供了一些信息，除了她，还要询问更多的知情人，比如当年韩世达的同事，还有办案的民警；二是要对当时河山的所有医生特别是外科医生进行全面的排查，这个看似大海捞针，但当时医疗条件落后，能熟练进行手术的医生寥寥无几，只要能弄到完整的名单，排查起来的工作量并没有想象的那么大。

离开市局后，曹元明从银行取了钱，提了一篮水果，赶去医院看望师傅，一是想打听一下韩老太太提到的当年两个办案民警：丁广和、敖文年，前者当年已经四十多岁了，现在肯定不在人世，后者当年二十多岁，现在有可能还在，师傅在河山警界摸爬滚打了三十多年，说不定认识这个人；二来，想悄悄地帮师傅垫付一部分医药费。

不料，他一到病房，发现病床上换了个病人，便问一个换盐水的护士：

“小同志，前几天住这床的陶鸿呢？”

护士回答：“今天一早就出院了。”

曹元明有些意外，问：“不是还要做手术吗，你们怎么能放他出院？”

护士说：“腿长在病人身上，他要去上班，我们哪能管得了这许多。”

曹元明有点急，说：“病人心脏不好，应该多休息，怎么能让他去上班？”

护士不高兴地说：“我们这儿的病人个个心脏都不好，医院又不是派出所，还能扣着他不放？”

另一个年纪较大的护士解释说：“这位老爷子也真是，我们主任跟他谈过几次了，死活不肯做手术，说工作忙，要出院，我们不是没劝过，他不听，只好让他办出院手续了。”

先前那个护士说：“我看哪，他是不相信我们医院的技术，不舍得花钱，工作什么的，不过是借口啦。”

曹元明郁闷地把一篮水果交给那个年岁较大的护士：“麻烦你们了。”

曹元明来到了城南公安分局刑侦大队，这是他出院后第一次回到这个熟悉得不能再熟悉的地方，感觉既亲切又尴尬，迎面遇到了内勤女警小陆：“哟，老曹，看你这红光满面，恢复得不错嘛。怎么有空到这儿来了，搬行李吧，要搭把手吗？”这番夹枪带棒的话听得曹元明很不是滋味。

这时，陶鸿闻声探头出来：“你这丫头，尖牙利嘴的毛病就是改不了。元明来了，到我办公室坐坐。”

曹元明一进屋子，陶鸿就把门关上，从抽屉里拿出一卷钞票塞到他口袋里，说：“谁让你替我垫付医药费的？”

“师傅，你这是干吗？”曹元明丈二金刚摸不着头脑，把陶鸿的手推开。

“早上我出院结账，医院说我的钱已经有人付了，不是你小子还有谁？”

曹元明本来是有这个打算，但看来有人抢先了，他略一思索，便明白了：“可能是韩家的人干的。”

“什么？”这会儿轮到陶鸿糊涂了。

于是，曹元明把韩老太太委托自己调查韩世达被害案的事情，一五一十地说了。

陶鸿听了，思忖不语。

曹元明有些忐忑："师傅，我做得对吗？"

陶鸿说："你答应了他们，这没错。至于钱，我们不能收。"

曹元明应了一声："是。"又问，"师傅，你怎么看这个案子？"

陶鸿不答，反问："刑事案件中，破案率最低的是哪一类？"

"盗窃案。"曹元明觉得这是一个简单得不能再简单的问题。

"为什么？"

"发案率高，警力有限，还有就是关注度不高，上级重视不够。"曹元明有点纳闷，这还用问吗？

"这只是一方面。另一方面，这和犯罪分子的经验有关，你想过吗？"

曹元明怔了一下："嗯，这倒没有细想过。"

"在我国，连环凶杀案少见，杀人案中大部分是临时起意、激情杀人，犯罪的诱因，可能是难以化解的纠纷，也可能是长期的积怨。这些杀人凶手缺乏犯罪经验，而警察有丰富的侦查经验，有经验的对付没经验的，案子就容易告破。但是，窃贼多是惯犯，扒手是要拜师学艺的，能在不让受害人察觉的情况下实施犯罪，是门技术活儿，这也就给我们的侦破带来了难度。"说到这里，陶鸿顿了一下，"杀害韩世达的凶手，干的也是技术活儿！而且，这其中的技术含量，非同一般呐。"

"你是说，这是连环凶杀？"

"在没有找到其他受害者之前，不能下这个结论。不过，我们可以想象一下凶手作案时的从容和镇定。即使杀人第一现场不是埋尸地点，但也不会离太远。你想，在那个年代，一到晚上街上基本没有行人，医院大门又有门卫，凶手不可能在医院外面杀了人，再拎着装尸块的两个麻袋跑进医院掩埋，这老早就会被人注意到了，而且，当时韩世达是在医院内值班的，因此，杀人第一现场就在医院内。"

曹元明点了点头，这和孟清认定凶手是外科医生这一点是吻合的。凶手把韩世达击倒，捆绑，分尸，再将尸骨、内脏分门别类叠好，最后埋尸，清理现场，这个过程不是简简单单几分钟就能完成的，他能在医院这个人来人往的地方有条不紊地把这一切处理好，肆无忌惮到了令人发指的地步。只有熟悉本院情况的外科医生有这个强大的心理素质。

陶鸿继续说："凶手既残忍，又有经验，很可能是具有'犯罪人格'的人所为，这类人较长时间地脱离正常人的情感反应，对人的生命已经麻木。同时，他还有一个无比强大的盟友——时间，时间从来就不会站在我们这一边，所以，现在要对凶手进行心理画像也无从谈起。60年啊！就算是当年出生的婴儿，现在也已年过花甲，我干了一辈子刑警，从来没遇到过跨度这么长的案件，这么长的时间，足以抵消我们所有的优势。"

曹元明沉默了，师傅的意思很明白，他也深知其中的艰难，说："看来，下一步是排查当年的外科医生了。"又说，"另一个当务之急是找到第一现场，不过60年来医院的面貌发生了很大变化，这个首先得还原当年的医院地图。"

陶鸿点了点头："这个你可以找邹衍，通过他父亲找当年的档案，这些医生，还有建筑物，都是有存档的。另外，你要找的敖文年，我认识，这个我来帮你。"

曹元明又惊又喜："您认识这位前辈？"

陶鸿笑了一下："他是我的师傅，上个世纪80年代，我刚入行时，他带过我几年，教会了我很多东西。"

"那就是我的祖师爷了。"曹元明说，"怎么没听您提过？"

"他都退休二十多年了，退休的时候，你还穿开裆裤呢，怎么会知道他？"陶鸿若有所思，"他可是我们河山警界的'活化石'啊，新中国成立后这几十年来我们这边的大案要案，他都了然于胸。看来，又要打扰他老人家了。"

"那他现在身体好吗？"曹元明小心翼翼地问，八十多岁的老人，很多已经没有独立生活能力，头脑口齿都不灵便了，能不能参与调查这可是个问题。

"老头子身板硬朗着呢，我上个月还去看过他，饭量比我还好，等会儿我和他通个电话，咱们老中青三代刑警好好聊聊。"

曹元明连连点头。

这时，门"咚"地一声被推开了，臧进荣闯进来，冲着陶鸿说："老陶，有大活儿了，老夏他们已经赶过去了，你带小宋过去支援，小宋现在车里等你。”

曹元明和陶鸿立刻站了起来，陶鸿问：“出命案了？”从臧进荣气急败坏的脸色看，案子非同小可。

臧进荣点了点头：“有人报案，廖家巷出租屋死了一个小丫头，人断了气，手脚还被绑着，血流了一地。”

楼下的院子里，警笛一声紧一声地响了起来，警车一辆接一辆开了出去。

陶鸿二话不说戴上帽子就出门，曹元明下意识地跟上去。在治安状况良好的河山市，这是少见的恶性案件。

臧进荣说：“元明就别跟去了，你不在休假吗？以后进了机关，更不用赶这个场子了。”

曹元明讪讪地说：“臧队，调去机关的事，我还没想好……”

臧进荣说：“我不是这个意思。我问你，市立医院的白骨案，韩家找过你了？”

曹元明“嗯”了一声，见臧进荣脸色不豫，说：“臧队，我觉得吧，这个案子虽然过了追诉期，但我们应该管……”

臧进荣手一挥嚷开了：“扯淡！你又不是不知道，分局还压着三起命案，五六起持刀抢劫案，这些案子破不了，年底考核我们又要吃大亏！这不，今天又是一起。我们就这点人，这点办案经费，手里的指标都完成不了，哪有工夫捣鼓这个几十年前的旧案？”

曹元明默然无语。

“有钱人的命是命，别人的命就不是命？那些死者的亲人，哪个不是悲痛欲绝，谁不想早日将凶手绳之以法？你我都是明白人，这个白骨案侦破的几率不到千分之一，其他的命案，侦破的几率起码比这个大得多！我们能在这个案子上浪费有限的警力资源？你刚做手术，就为这个白骨案东奔西走，你是头脑发昏还是拿人好处了？”

臧进荣越说音调越高，曹元明面红耳赤：“我没拿人好处。”

隔壁的教导员杜峰听见声音进来了，对臧进荣说：“老陶他们还在下面等着呢。”臧进荣脸色铁青着出了门。

杜峰对曹元明说："你别计较臧队的态度，他是为你惋惜，你现在身体还没康复，要多休息。"

曹元明说："我明白，不会介意。"队里出命案现场，他却成为旁观者，心里有一种强烈的失落感，他突然感到，即使自己调到了市局坐办公室，但生命中的一部分已经和刑警队融为一体了。

杜峰说："这韩老太太都八十多了，还这么固执，心情可以理解，但我们刑警队不是她家公司的保安，这事儿我们管不了。她家人如果有路子，可以报请最高人民检察院核准立案，不过这一时半会儿是批不下来。这个案子没那么简单，你不要轻易就答应人家，三思而行啊。"

曹元明怏怏地离开了分局，打电话给邹衍，让帮忙找医院的旧档案，邹衍说晚上值班，叫他晚上来医院再谈。

晚上，曹元明到了市立医院，进了医院后，不由自主地先去了发现韩世达遗骨的"八角楼"，周围的施工已经停了，没有一个人。黑漆漆的大楼在城市夜空的光芒下静静地伫立，既古朴典雅又充满神秘气息，与旁边的现代化病房大楼相比，它仿佛是一座拉上了帷幕的巨大舞台，不属于这个时代。

夜风习习，曹元明走到楼下，抚摸了一下斑驳的墙面，这些历经百年沧桑的墙砖瓦片，无声地嗟叹着历史的清冷和悠远。它们都是岁月的见证者，要是会说话就好了。他静立片刻，叹息了一声，向急诊大楼走去。

急诊乱糟糟的，医院就是这样，到了晚上仍然忙碌。曹元明和邹衍边谈边走，还没说上两句，一个年轻医生急匆匆地穿过走廊找到邹衍，手里拿着门诊病历："邹老师，我觉得这个病人很可疑。"

"小张，别慌，有什么可疑？"邹衍停下了脚步。

"可疑的宫外孕。"小张医生压低了嗓门，"给病人查体时，发现她腹肌紧张，麦氏点局限性压痛伴反跳痛，腹膜刺激症状的三点都具备，肚子里不是有炎症就是有出血。她说是阑尾炎，我看不像，让她朋友出去，悄悄问她，有没有性生活史，有没有停经，她一再否认，还满脸的不高兴。我没轻信她，让她去验小便，跟她说是尿常规，其实开的是 HCG 的单子，结果一出来，阳性。"说着把化验单递给了邹衍。

邹衍接过病历翻看了一下，说："好小子，第一次在普外科值急诊班，就知道询问人家大姑娘的性生活史，偷偷摸摸化验 HCG，还真有些花花肠子，不错，立了一功。"得到老师的夸奖，小张脸上露出了得色，就像一个刚入行的侦探侦破了一个重大要案。

"现在病人呢？"

"去厕所了，她说想大便。"

邹衍脸色一变，问："去了多久？"

"大概十几分钟吧。"小张见邹衍脸色不对，忙问，"怎么了？"

"赶快让她同学去厕所找人，快去！"

不一会儿，陪着来的那个女同学慌慌张张地跑过来，连声说："不好了，媛媛晕倒在厕所里了！"

邹衍立刻带着小张叫上护士赶往厕所，把那个女孩抱了出来，放到平车上，一面叫护士量血压，一面拿了一个注射器，用两根蘸了碘伏的棉棒在女孩右下腹麦氏点消毒，不打麻药，直接一针下去，回抽出了暗红色不凝血，这时，护士报上了血压："上压五十，下压测不出。"邹衍转头对小张说："通知妇产科急会诊，通知手术室和麻醉科，准备急诊手术。"对护士说："开通静脉，心电血压监护，抗休克治疗，准备送手术室。"对陪同的女同学说："病人内出血诊断明确，要马上手术，否则就会没命！赶紧通知家属过来，要签字，手术可能要切除一侧输卵管和卵巢。"那个陪同的同学一听脸都吓白了，赶紧掏出手机打电话。

这边风风火火地把女孩送往手术室，那边妇产科的主刀医生就过来接了病人。很快，一个高大英俊的小伙子出现在急诊，他是这个女孩的男朋友，但一听病人有生命危险，手术要切除一侧卵巢和输卵管，顿时犹豫了，问："会影响以后的生育吗？"

妇科医生说："会有一定影响，但只有一侧卵巢也能生育。"

小伙子一听，拿笔的手又缩回去了，期期艾艾地说："还是等她爸妈来吧。"

"她爸妈要什么时候来？"妇科医生不耐烦地问。

女孩的女同学说："还不敢告诉她家人呢，她家里家教可严了。"

小张惊魂未定地回来了，把这些告诉了邹衍，问："邹老师，你怎么一听女孩要上厕所就知道大事不好？今天要不是你赶到，这个病人可危险了。"

"你小子，今天立功了，又差点闯祸了。"邹衍侃侃而谈，"宫外孕的病人突然说要大便，往往意味着已经有小股渗血，人往高处走，血往低处流，血液会聚集在盆腔最低的部位，也就是直肠的前方，血液刺激肠壁就会产生肛门坠胀感和便意，病人哪里知道，以为真要大便就去上厕所，这一蹲下去，一旦出血不止就再也站不起来，甚至发生严重的外伤和磕碰。还好她是在医院，如果是在哪个鸟不拉屎的地方，没人发现，就一命呜呼在厕所了。厕所历来是急症重症发生的重灾区，老年人用力大便发生心梗脑溢血的，滑倒骨折的屡见不鲜。发达国家的医院厕所里都有呼叫警铃，咱们国家还差得远呢，所以一切都要靠医生多注意。这么一个年轻姑娘如果摊上个三长两短，家属闹起来保管比厉鬼还凶恶，你刚入行，凡事都得多上份心，为了病人的安危，也为了自己的前程。"

一番话说得小张和周围几个实习医生连连点头，大感受益匪浅。

曹元明在一旁目睹了整个过程，挺为这个拯救生命的朋友自豪，说："想不到妇科的东西你也这么在行。"

邹衍笑了一下："宫外孕本来就是急诊的常见病，算不了什么。术业有专攻，你能干的，我就干不了。"

曹元明拍了一下邹衍的肩膀："好小子，学会谦虚了。说实在的，你处理病人起来可真帅。"

邹衍说："这算什么，我真正帅的时候是给人开膛破肚，可惜你见不到。"

曹元明"哈哈"一笑："刚谦虚一句，又自夸起来。当时我躺在手术台上人事不知，不然一边看你手术，一边和你胡侃，倒也有趣。"

几个护士在一旁窃窃私语："这么斯文漂亮的大学生，不过19岁，家教还挺严的，居然怀孕了，真是……"

"你太OUT了，现在中学生怀孕的都不少见。"

"女人都很贱，越是漂亮的女人越是如此，你不觉得吗？"听到这些议论，邹衍嘴角忽然闪现一丝冷笑，"这姑娘第一胎就给了一个毫无担当的毛头小子，两人以后肯定走不到一起，到时候不知要骗哪个傻小子来接盘。"

曹元明怔了一下，说："邹衍，你别没正经，不要歧视女性，咱们都是女人生的。那个韩大小姐不挺优秀吗，你呀，就把以前的花心收一下，认认真真谈次恋爱，风流一时，总不能风流一世。"

"风流一世又怎么了？牡丹花下死，做鬼也风流。"

"你真的要做风流鬼？"

"呵呵，风流鬼有什么不好？19世纪法国三大文豪，都德、莫泊桑、福楼拜，都死于梅毒，不一样被后人敬仰？"

"等等……都德，就是那个咱们小时候念过的课文《最后一课》的作者？"

"对，就是他。"邹衍见曹元明一脸惊讶，难以置信这个崇拜的文学大师成为风流鬼的反面教材，他要的就是这个效果，"我知道你喜欢都德，他的很多文章满含爱国主义情怀，不过小说家嘛，都是胡编乱造。《最后一课》的故事发生在阿尔萨斯，其实，阿尔萨斯人的母语本来就是德语，当地学校一直用德语教学，17世纪该地被法国并吞，法语才是外来占领者强加在阿尔萨斯人头上的语言，普法战争法国战败，把阿尔萨斯割让给普鲁士，当地人绝大部分都是赞同的……"

"好了，好了，你就别长篇大论了。言归正传，帮我搜集一下医院60年前的老资料。"

"这是吟雪的事，我当然不会袖手旁观。"邹衍来到办公室，拿出一本厚厚的书，是医院为百年院庆编纂的《河山市立医院百年院志》，另外还有一张空白的病案纸，写着现在仍健在的几个60年前的老职工的名单和联系方式。

要侦破疑案，就要尽量收集一切相关的资料。曹元明马上翻开院志，里面记载了医院百年历程中的重大事件。

河山市立医院起源于宣统二年（1910年）美国基督教浸礼会出资设立的教会医院，1949年，病床数达到80多张，设立内、外、儿、妇、眼科，日门诊400人次，有X光机一台，显微镜两台，高压消毒器两台。医师有内科10人，外科8人，儿科两人，眼科1人，未明确分科医师3人，护士45人，助产士4人，药剂员10人，检验员4人，总计87人。医院能做阑尾、疝修补和因骨盆狭窄的碎胎术等手术，在当时已经颇有影响力，周边县乡有不少病人慕名前来就诊。新中国成立前，该院历届院长均由外籍传教士和医师担任。

翻到 1950 年一栏，记载的内容主要有三条：一是这年 2 月，“慈康”医院被人民政府全面接收，改名为“第一人民医院”（更名“市立医院”是在 2005 年）；二是 6 月下旬，为充实地方医院，驻地解放军医院抽调了一批医护人员到第一人民医院工作；三是 12 月，医院抽调精干医护人员组成抗美援朝医疗小组，短期培训后，于翌年 1 月开赴朝鲜，小组由两名医生和两名护士组成，并提到，其中一名医生牺牲在朝鲜。

1950 年是医院历史上的一个重要发展时期，院史记载：“我院从此走向了持续发展的道路，到今天规模和技术水平在我市已是首屈一指。”

韩世达是 1950 年 7 月 3 日被害，如果说在这段时间他周围发生过什么不同寻常的事的话，那么，当年 6 月，驻扎河山的解放军医院抽调人员充实到这家医院，这应该算是一桩大事。

但是，由于历史久远，当年医院的职工花名册没有保存下来，医院原有的职工和这些补充进来的部队转业人员并没有完整的名单，院史里只记载了医院主要领导的姓名。

当年驻扎河山的解放军某部和部队医院，早已在裁军中撤销了番号，要追寻这些人的档案，估计也没有什么希望。

曹元明的心沉了下来。

邹衍说：“你别灰心，我爸说，如有需要，医院可以协助你的调查，医院病案库还保留了一部分当年的老病历，从病历签名上可以还原一些当年的医生姓名，说不定有用。”

曹元明说：“好的。没有医院的协助，确实很难查下去。”

邹衍又说：“我爸还提到，调查不要大张旗鼓，不要搞得满城风雨。”

曹元明点了点头：“我明白。”如果让老百姓知道市立医院多年前有一个嗜血变态的外科医生，会对医院带来不良影响。

这时，曹元明手机响了，是韩吟雪的电话。

“曹大哥，我奶奶想起来了！”韩吟雪在电话里急促地说。

“想起什么了？”

"奶奶说，那个会跑的人头的噩梦，我爷爷以前也做过一次，现在，她终于记起是什么时候的事了。你有空的话，来我家一趟吧。"

"好，我马上过来。"曹元明放下手机，和邹衍打了招呼，疾步出了医院。

邹衍双手插在白大褂口袋，无奈地吹了声口哨："怎么偏偏今晚值班。"

曹元明驱车赶到芳草湖小区，韩吟雪把他迎进了家。

夜已经深了，韩老太太还坐在客厅里，韩吟雪斟上热茶，曹元明呷了一口，茶香浓郁，甘醇爽口，是上好的龙井，精神为之一振，奔波一天的倦意大消。

"上次曹警官走后，我就一直在回想，总算想起了，那个噩梦我丈夫说起过两次，除了失踪那一天，还有一次是我们结婚后，他带着道格拉斯神父去千岩山游玩，又去石桥镇的成化寺烧香许愿，回来后，就做了这个噩梦。"

曹元明有些奇怪："我记得您曾说过，韩世达先生是一位虔诚的基督徒，怎么会去寺庙里拜菩萨？"他从院史上得知，"慈康"医院创建之初宗教色彩浓重，要求工作人员人人信教，不但如此，每日门诊前都会由传教士宣讲教义，劝导病人信教，然后开始挂号。

"这个我也问过，他说那是救命菩萨，每年都会去拜的。"

"救命菩萨？请仔细说说。"

"他没有跟我细说，提到这个他脸上总是很悲伤，他不愿说，我就没细问。"

看来韩世达是一个很内向的人，即使是结发妻子，也不了解他的内心世界。

"这个梦很重要吗？"韩老太太觉得自己的回忆太模糊了，有些不安。

"噢，现在还不知道重要不重要。不过，能多回忆一些事情，总是好的。"曹元明又问，"您说成化寺在石桥镇，我怎么记得在黄草坪？"

"曹大哥平常一定不去拜佛许愿。"韩吟雪笑着说，"成化寺在河山几经兴衰了，最早是建在千岩山上，后来遭火灾毁了，在石桥重建，又因为兵火，寺庙残破不堪，"破四旧"那会儿就把它当成封建糟粕给拆掉了，现在这个黄草坪的成化寺，还是10年前靠海外华人捐款新建的。"

曹元明问："重建成化寺，你们家出了不少力吧？"

韩吟雪点了点头："凡是和我爷爷有关的投资项目，我们家都很积极。现在的成化寺，香火可旺了。曹大哥什么时候也去许个愿，说不定能帮助你快快破案。"

曹元明笑了一笑，他压根儿就不相信什么神仙鬼怪，现在中国社会的通病就是信仰缺失，人心浮躁，那些跑到寺庙里磕头烧香的，很多都是求财求官，若菩萨真的在天有灵，能保佑这些利欲熏心之徒吗？这种乌烟瘴气的"佛门之地"，不去也罢。

这次谈话很简短，韩吟雪送韩老太太上楼休息，下来后，问曹元明："案子有进展吗？"

"别急，万里长征这才刚迈出第一步呢，你要学会耐心。"

"万里长征的第一步？"

曹元明递给韩吟雪一个卷宗袋："我不是夸大其词，我们的起点，你看看就知道了。"

韩吟雪接过卷宗袋时，直观地掂出了这个案子的调查难度：卷宗袋轻飘飘没一点儿分量！打开一看，果不其然，就是两页纸，一张是复印的验尸报告，一张是曹元明画的案情表，表中大部分内容都是空白。

"我们现在所了解的信息实在少得可怜。"曹元明说，"下面我们要做的，就是尽量多搜集与案件有关的信息，因为线索就隐藏在这些信息里。这些线索就像是被剪碎的纸片，被岁月的风吹得七零八落，无论我们多么努力，能找到的碎片肯定只是其中的少数，要把少数碎纸片拼凑起来，完整还原出60年前的图画，难度不是一般的大。关键是要找到端倪，就像拼图一样，头几张找对了，下面就快了。"

韩吟雪有些泄气，幽幽地说："这个拼图的端倪什么时候能找出来呢？不要等到我奶奶去世、等到我老了，也没有个结果，成为一个永远破解不了的死案。"

"不是没有这个可能啊。"曹元明说，"毕竟我们现在手里的拼图几乎就是一张白纸。"

"我们最需要线索、人证和物证，对吧？"

“是的，还有一点很重要：运气！要想侦破这个60年的陈年旧案，机缘巧合和好运气，是不可或缺的。”

“你是说一切靠天意？”韩吟雪咬着嘴唇问。

“也不是这么说，干我们这一行就是这样，只要有一丝希望，就要付出百倍的努力！侦查工作就是这样不断地从细小的迹象中捕捉线索，抽丝剥茧，顺藤摸瓜，最后将案子侦破的。”曹元明语气决然。

“说大话。”

“不，每个警察都会这么做。”

韩吟雪甩了一下秀发：“警察怕麻烦，怕承担责任，巴结权贵，各国都是一样的。”

曹元明闻到了韩吟雪淡淡的发香，悄悄挪开了两人之间的距离：“谁说的？”

“邹衍告诉我，中国的个别官员包括警察，都是人精，谁有背景谁没背景，办起事来绝对有区别。警察办案就是看人下菜，受害人被盗一二十万的，如没人过问或后台不硬的，基本是死案，受害人有背景的，被盗一部手机都能给你追回来。公安局内部，搞工作也是以钱开路，一个案子想上行动技术手段，按正常程序报，一等就是一两个月，容易错过战机，如果给行动技术部门红包的话，那就是分分秒秒搞定。这些都是你告诉邹衍的内幕，不会是假的吧？我们家虽然有点钱，但不是高干，没有政治背景，这种遗留几十年的积案，你们不会尽心。”

曹元明有些尴尬，心想：“邹衍在这个姑娘面前真是知无不言，言无不尽。”他说：“既然这么不相信警察，那你还不如去找算命的，或者成化寺的菩萨们，他们掐指一算就前知五百年后知五百年。”

韩吟雪嫣然一笑：“我不相信警察，但我相信你。”

曹元明苦笑了一下，起身告辞。

第五章 “活化石”的回忆

翌日，曹元明接到师傅的电话，说是傍晚带他去见敖文年。

下班时，曹元明开车去接陶鸿，陶鸿让他开往城郊一家名叫“立春”的饭店，到了一看，曹元明发现这不过是个路边的小饭店，挂着一块松木做的大木板，上面用粉笔写着“立春”两字，就算是招牌了，门口摆了一片大排档，生意倒是不错，人声鼎沸，菜香扑鼻，他问：“就在这儿见我那祖师爷，太简陋了吧。”

陶鸿说：“这儿最好，他老人家啊，最爱吃这里的冰糖肘子和爆炒山鸡，最爱喝这家自酿的黄酒。”

陶鸿下车对老板娘说：“屋里留桌了吧，敖老最常坐的地方。”

老板娘欢声道：“陶警官又来陪师傅喝酒了，给你们留着呢，屋里请。”

两人进了饭店，但让曹元明奇怪的是，并不是在这里用饭，饭厅后有个小门，陶鸿带着他从小门出去，穿过林中的一条小径，来到一座小木楼，上楼后在二楼的一角就座。这儿的窗外是一片青翠的竹林，远处是黛青色的群山，屋里挂着腊肉、熏鱼，地上摆着米缸、酒缸，只摆着两张桌子，另一张还空着，显然都是留给老客人的，屋里很安静，和喧闹的外面似乎是两个世界。

陶鸿见曹元明打量四周，便说：“别看这儿条件简陋，主人可烧得一手好菜。现在不都兴农家菜吗，你尝尝这里的炖冬瓜、毛毛菜，尤其是鲜椒爆炒小山鸡，保管下次还来。这儿的鸡是地道的原生态，自己家养的，吃虫子、草籽长大的，加上独特的烹饪，吃到嘴里那是满嘴流香，比起现在那些人工饲料养大的鸡，味道一个在天一个在地。”

“是。”正主儿还没来，曹元明便顺口问起，“师傅，昨天那个廖家巷出租屋的案子，是怎么回事？”

“初步认定是入室抢劫，谋财害命。”陶鸿皱眉说，“报案的是死者的几个朋友，几次找她不见人影，打手机又关机，后来到出租屋敲门，还是没人应，有个人从门缝里闻到屋里有血腥气，赶紧叫来房东开门，门一开，都吓坏了，满地的血，人也没气了，于是就报了警。我们去时，发现屋子里翻得一塌糊涂，现金、手机、笔记本电脑、黄金首饰等值钱的东西都一扫而空，被害人被捆绑手脚后，用锐器切断左侧颈动脉，引起急性失血性休克死亡，死亡时间确定在前一天晚上 12 点到凌晨两点之间。”

“这样的恶性案件，年后还是头一遭吧？”曹元明说，“春节前的那桩入室杀人抢劫案不久前刚侦破，想不到又来一起。”

“嗯，这桩案子比那桩更棘手，这个作案现场有明显被仔细擦拭过的痕迹，估计凶手作案时比较从容，看来有反侦查的经验。”

“有线索吗？”

“这个小区是开放式的，没有保安，没有摄像监控，住的大都是外来务工人员，居民很复杂，凶手作案前一定注意到了这点，这才敢于杀人。”

曹元明对廖家巷不陌生，曾经在那里捣毁过几个赌博窝点，那里的小巷乱如蛛网，到处是垃圾和污水，电线杆和墙上贴满了办假证、治性病的小广告，没有几盏路灯，一到晚上黑漆漆的一片，被戏称为河山市的“索马里”。

陶鸿说到这里，顿了一下：“凶手也是百密一疏。卫生间的水池里有少量血迹残留，很可能是凶手在卫生间清洗过手上或凶器上的鲜血，所以，我仔细地检查了卫生间的每一处地方，在门把手上发现了细微的血丝，提取到了一枚食指斗形血清指纹，只可惜不太完整。其他地方，都没发现指纹，也没发现脚印。”

曹元明说：“这枚指纹太重要了，或许是唯一的线索。如果凶手有反侦查的经验，可能是有前科的刑满释放人员，可能有案底。”入室抢劫多为流窜作案，线索是比较难找的。公安部已经建立起了全国的刑事案件指纹档案库，如果找不到其他线索，可以将这枚指纹与档案库中的指纹逐一对照，说不定能找到凶手。

陶鸿明白曹元明的意思，“嘿”地笑了一下，说:“这个办法太费时间了。”

“仅仅是抢劫杀人吗，还是另有仇杀或情杀的可能，这也是一个问题。”曹元明思索了一下，“既然后来是叫房东开的门，说明门锁完好，窗子也是完好的吧？”陶鸿点点头。曹元明继续说:“那么，很可能是被害人给凶手开的门，三更半夜，如果不是熟人，一个女孩怎么会给一个陌生人开门？”仇杀或情杀的凶手将现场伪装成劫财害命以混淆公安人员视线，这是很常见的。

“所以，现在重点放在被害人的社会关系的调查上，凡是与她相识的人，都要做指纹的比对。”陶鸿问道，“还记得你住院时，市立医院发生的那起医闹吗？”

“就是汤小辉死在医院的那一起？”

“对。这次的被害人名叫汤晓雯，就是汤小辉的妹妹。”

“啊，原来是她？！”曹元明一拍大腿。

“你见过她？”

曹元明那天去医院探望因心脏病发作入院的师傅时，看见一群人从医院行政楼出来，一个姑娘捧着汤小辉的遗像走在前面，据邹衍说，这个姑娘就是汤小辉的妹妹，医院赔偿给她 15 万。他说:“汤小雯刚从医院拿了 15 万，如果不是熟人作案，怎么会这么巧呢？”

陶鸿点了点头:“这是一个重要信息。”

曹元明又问:“这个汤小雯原来是干吗的？”

“是‘天马’夜总会的公主。”

夜总会所谓的“公主”，其实就是三陪小姐。曹元明想起，教导员杜峰来医院看望他时，接了一个电话，提到“天马”夜总会聚众吸毒淫乱的事情，所以，这个汤小雯的社会关系是比较复杂的，这会给调查带来难度。

两人正聊着，一个沙哑的声音传来:“说什么呢，这么起劲？”

陶鸿赶紧站了起来:“敖师傅，您来了。”曹元明跟着站了起来。

来的是一位耄耋老人，他满脸皱纹，脑袋像鸡蛋壳一样光秃秃的，但精神矍铄，穿着白色无袖短褂，摇着蒲扇，“呵呵”一笑：“来晚了，让你们久等了。”

“哪里，您老腿脚不利索，我们晚上也没事，正好聊聊。”陶鸿给敖文年让座，“您老身子骨最近还好吗？”

曹元明这才注意到这位老人右腿瘸了，而且，正如韩老太太所回忆的，这人长着一个酒糟鼻，他，正是退休多年的老刑警敖文年，河山刑警中的“活化石”。

“我身体好得很，你看我像八十多岁的人吗？”敖文年坐了下来，“我看你最近脸色倒不太好，是不是整天操心案子？你也是上了年纪的人，重担就交给年轻人吧。”

“听说您爱喝两盅，我这徒孙没啥好孝敬您老的，给带了两瓶酒，还望祖师爷笑纳。”曹元明恭恭敬敬地把两瓶泸州老窖放在敖文年面前。

“哎呀，什么祖师爷，太客气啦！长江后浪推前浪，青出于蓝而胜于蓝。”敖文年笑眯眯地摆了摆手，“听陶鸿说，你在刑警队干得不错，几次立功受奖，比我们这些老头子强。”

老板娘送上热腾腾的饭菜，三人边吃边聊。陶鸿说得不错，这家饭店的家常菜确实美味独特，然而，曹元明却无心细品，他的心，已经被敖文年述说的韩世达失踪一案深深地吸引住了。

敖文年不愧是老刑警，对这个离奇的案件有着良好的记忆力。话匣子一打开，他便滔滔不绝说起往事。

“我是1948年从原国民党中央警校毕业的，本来可以留大城市，但家里就我一个男丁，我老娘找窦神算给算了一卦，说我得回故乡，在外乡会有血光之灾，把她吓坏了，所以我就回河山当了警察。我读中学的时候，就看过《福尔摩斯探案》和《霍桑探案》这样的小说，立志要做一个除暴安良的神探，这才报考了警察学校。不想工作才一年，那身黑色的国民党警服还没捂热，河山就换了颜色，人民政府成立了公安局，接管了原来的警察局和保安队。刚解放那会儿，百废待兴，各行各业都急需专业人手，于是，公安局就留用了一些原国民党时期的警察。我因为年轻，没有劣行，受过科班训练，就在留用之列，我自己也不想回家在杂货店里终老一生，还怀揣着少年时代的神探梦想，于是就换上了胸章上写着‘中国人民警察’的黄军装。第一任公安局城南分局政委的一番掏心窝子的话，打消了我们这些留用人员的顾虑，让我鼓足干劲，就想着为人民立新功。我还记得这个政委是个南下干部，名叫曹炳生，山东人，老八路……”

“曹炳生……”曹元明惊讶地说，“那是我爷爷！”

“原来曹政委是你爷爷？”敖文年怔了一下，发黄的眼珠凝视了一眼曹元明，“噢，还真有点像，怪不得你也参加了公安事业，是家庭影响吧？”

“我爷爷‘文革’时去世，我那时还没出世，从没有见过他老人家。我曾听父亲说过，爷爷以前在粮食局工作，没提他新中国成立后当公安的事儿。”曹元明有些怅然。

敖文年正端着杯子喝酒，听了这话，放下不喝，沉默不语，往事像电影一样掠过他的脑海：

红旗招展、锣鼓喧天的1949年6月，河山县的原国民党军警宪特机关一夜之间彻底瓦解，人员作鸟兽散，有门路的逃去了台湾、香港，有的则躲到了乡下改头换面从事其他职业，而包括敖文年在内的一些旧警察则穿戴着去除警徽的警服警帽，站在警察局的大门口，忐忑不安地迎接解放军的到来。解放军公安人员进城后，立即封存了警察局的警械库和档案库，接管了监狱，然后，一个名叫曹炳生的解放军干部把他们召集起来开会：“我知道你们在担心什么。你们担心不被人民谅解，担心政府将你们遣散回家，更担心自己和家人以后的日子没有着落，对吧？有这些担心不奇怪，因为你们对人民政府的政策还不了解。但是，现在我可以郑重地告诉你们：这些担心都是多余的！你们曾替国民党反动派效力，但关键时刻能认清形势，没有跟着蒋介石逃跑，这本身就是一种好的态度嘛。党中央早有约法三章，除了那些怙恶不悛和罪大恶极的，对原国民政府公务员、教师，不得加以逮捕和侮辱，而是采取留用政策，凡是有一技之长而无严重劣迹者，人民政府将择优录用。毛主席说了，不管什么人，只要他愿意为人民做一点儿事情，我们是欢迎的，我们把国民党的饭碗打破了，如果不给人家饭吃，人家就要另起炉灶，因为人都是要吃饭的。所以，我们按他老人家的指示，对你们一律实行饭碗儿政策！眼下城里的治安还很糟糕，各位在城市管理上有丰富经验，这正是人民政府所需要的。希望你们放下包袱，轻装上阵，新警旧警一条心，尽快把安定的秩序恢复起来，让老百姓安居乐业！”他这番话讲完，警察们顿时爆发出热烈的掌声，敖文年心中的一块大石头落地了……

敖文年独自回想往事，曹元明和陶鸿不忍打扰，过了半晌，他才回转思路，对曹元明说：“河山市是6月4日解放的，次日成立临时治安委员会，负责处置全市治安，10天后，成立军事管制委员会，市军管会下设的军政接管组接管了警察局及其下属机构，随即组建成立公安局，但挂牌则是在一个多月后全市各界人民代表大会召开之后。公安局设四个分局，城南分局最大，你爷爷任政委。我就在分局司法科工作，一年后改为侦讯科，1956年又扩编为刑事侦查科。你爷爷是好汉子，正气凛然，无私无畏。他军转警后，开始不熟悉警察业务，遇到专业问题便虚心向我们这些旧警察求教，从没看不起我们，也不摆领导架子，办案认真负责，而且喜欢动脑筋，还发明了一些土办法克服条件上的限制，业务上很快就上了路，带领我们侦破了不少恶性案件，保护了人民利益。可是，好人没有好报。”他重新端起酒杯一饮而尽，“他的死，说来与韩世达一案也有关联。你们家之所以不提他当过公安，看来是不想揭这个伤疤。今天你接手这个案子，他泉下有知，一定会感到欣慰的。”

曹元明万万没想到韩世达一案居然和自己家有瓜葛，激动地说：“请您老快讲。”忽然想起一事，又问，“您的腿也是因为……”韩老太太回忆时，提到敖文年，只说他酒糟鼻，没提到腿瘸一事。

敖文年点了点头，对陶鸿说：“你收徒弟还真有眼光，这孩子，直觉敏锐。”对曹元明说，“不错，我也是因为这个案子受牵连，在‘文革’期间受过批斗，右腿就是那时被打瘸的。但是，当年办理这个案子的时候，根本没想到会有这么个结局。”说到这里长叹一声。

陶鸿对曹元明说：“你先谈谈，对于这个案件，你现在掌握了哪些线索。”

曹元明说：“真正有价值的线索很少。”他把韩老太太的回忆和验尸报告的重点内容说了。

“这位老太太一定把他丈夫夸成了一朵花儿。听说她后来即使到了国外，生活再艰难，也没有动过改嫁的念头，难得！他们夫妻之间感情是很深的，经受了时间的考验。”敖文年侧头回忆了一下，“韩世达读书时接触过一些进步思想，新中国成立后，他愿意留下来配合人民政府做些工作，就被‘慈康’医院留用了。当时他的医术和医德已是声名鹊起，病患和同事反映都不错，一些病人宁可多等也要挂他的号。韩世达失踪后，我们走访过一些人，都说他平素为人随和，是个谦谦君子，另据向邻居调查，韩世达夫妇多年来没有吵过一次架，两人感情很好。”

曹元明说：“是的，根据他平素为人和夫妻间的感情，我觉得仇杀和情杀的可能基本能排除。”

“不，有仇杀可能！”敖文年眼中精光一闪。

“请您老示下。”曹元明的心猛然一跳。

“韩世达的老子韩启贤，那可不是省油的灯，说他是恶霸也不为过。”

“这话怎么说？”

“新中国成立前，韩家的家业主要是在韩启贤手里攒下的，这么大笔的家业，不靠放租子、放高利贷，没点儿狠辣心肠，怎么置得起来？”

曹元明说：“韩老太太说起韩家来，用的词语可是：世代行善，修桥铺路，接济贫困，广结善缘。”

敖文年一摇扇子：“嫁鸡随鸡，嫁狗随狗，韩家的媳妇，不能自曝家丑嘛。不错，韩启贤做过善事，施点小恩小惠给当地乡民，这个是有的，但被他逼死的人，也不是一个两个，对他们韩家心怀积怨的大有人在。据说，这个韩启贤自幼顽劣，心狠手辣，幼年上私塾时，他就敢把先生打得钻桌子底下。当时县城民间有句俗语，说：‘小韩救命，老韩要命，九根手指头的开药，十根手指头的搂钱。’这里说的小韩就是韩世达，他只有九个手指。河山一解放，因为民愤强烈，政府逮捕了韩启贤。所以，那些对韩启贤这个老子不满的人，有可能把怨恨转嫁到韩世达这个儿子的身上。”

“韩启贤、韩世达父子二人，为人居然如此不同？”

“都说韩世达的性格像他母亲，他母亲是信基督的，这对他后来入教会医院有很大影响。”

"您倾向于仇杀？"

"当时我就有这种预感。韩世达有一个同事，外科医生，名叫冯德纯。过去，他家是韩家的佃户，有一年遭灾，交不出租米，韩家派人催债，双方发生争执，还打死了韩家的一条大狼狗，韩启贤就唆使保安队把冯德纯的父亲抓进了县衙牢房，他父亲就此瘐死狱中，母亲因此悲伤过度病死了。冯德纯逃出来，投了共产党的队伍。新中国成立后，冯德纯怀着报仇之心随大军南下回到了故乡，不久河山县人民政府就把韩启贤抓起来公审，1950 年春把他作为恶霸典型给枪毙了。"

曹元明"噢"了一声："这位冯德纯医生和韩世达有着血仇。1950 年那会儿，他是在'慈康'医院工作吗？"

"是的，冯德纯是作为部队转业人员去医院的。分析起来，对韩家有仇隙的人中，他的嫌疑最大。"

曹元明心中一个激灵："慈康"医院的职工、外科医生、深仇大恨，又是刚从部队转业人员，这几点都符合所推测的凶手特征。"慈康"医院在 1950 年 6 月下旬接收了一大批部队转业人员，韩世达 7 月初即被害，如果凶手是医院的老职工，又何必非得等到这个时候动手？他问："冯德纯和韩世达关系如何？"

"他们两个人是同事关系，但是，冯德纯对韩家怨念很大，韩启贤被公审枪毙的那天晚上，他特地开了一瓶二锅头喝了个痛快，因为烂醉把第二天上班都耽误了。他曾公开说，韩家害死他父母两人，现在只杀韩启贤一人，韩家还欠他一条人命没还，还说不愿意与韩世达这种狗崽子在一个单位工作，韩世达在医院里见了冯德纯老远就躲着走。"

"这位冯德纯还真是不依不饶，韩启贤做下的恶，跟韩世达有什么关系？"曹元明思忖片刻，"既然有这么个情况，韩世达失踪后，就应考虑他可能被害，怎么众口一词都说韩世达潜逃了？"

"据医院领导反映，韩世达在他父亲被捕后，表面上配合政府，交出了田契、房契、账目，如实交代问题，但他内心思想发生了很大动摇，意志消沉，工作时常走神，出过好几次差错。领导找他谈过话，告诉他，共产党的政策不搞株连九族，劝告他端正态度，放下包袱，继续为人民服务。但他脑子转不过来，特别是他父亲被公审枪毙后，私下里和几个要好的同事叹息，害怕有一天会清算家庭，也把他抓去坐牢。有人反映，有一次韩世达喝酒后和朋友还说了些令人心惊肉跳的话：‘早知有今天，去年我就该变卖家产卷了黄金去台湾。’他阶级成分不好，又有海外关系，他家不少亲戚逃到了香港、台湾，在美国还有朋友，因此他失踪后，综合起来分析，逃跑的可能性很大，所以，当时主要精力就放在追查他潜逃方面了。”

敖文年又喝了口酒，继续回忆：“但是，调查的结果，却让我感到韩世达被害的可能性越来越大。那个年代搞大面积摸查工作比现在容易得多，那时流动人口少，家家户户都有人呆着，由于历史原因形成的生活模式，街坊邻里间的关系几近透明，谁家来过什么客人请过几次客，不但户主一家记得清清楚楚，就是邻居也回忆得起来；最关键的一点是：派出所通过全镇各街居民委员会可以很高效地向全镇各家居民查询。我们通知全城开居民大会布置，通过各居民小组长传达下去，要求逐家一一问到，看当时谁家来过亲戚朋友，又派出几个小组查遍了河山县周边所有旅社客栈的入住记录。新中国对治安管理的认真和细致程度，是旧中国无法比拟的。一解放，公安局就将旅馆行业列入‘特种行业’，有一套严格的管理要求，其中一点是必须对所有前来借宿的旅客进行证件、介绍信登记，这套规定一直延续到现在仍在执行，这对侦查员调查带来了很多便利。那时交通不便，河山县只有一个汽车站，每天只有两趟班车，只有一个水陆码头，三班船，这些地方都拿着韩世达的相片一一查问过。就两天时间，整个摸查工作就结束了，所有汇报上来的结果都一样：没有发现韩世达的踪影。他要跑，需要地方落脚，需要交通工具，需要买吃的，这些都没有发现，再加上同事和家属回忆他失踪前并没有什么异常的表现，因此，我感到，这基本排除了他潜逃的可能。”

“基本排除？”

“当然不能完全排除，从动机上讲，是完全有这个可能的。在当年的政治气氛下，这也是某些领导的意见。”敖文年的语气里透出了一种无奈，“我那时不过是一个初出茅庐的小警察，又是旧政府的留用人员，如果不是新中国成立后人手奇缺，连独立办案的资格都还没有，这个案子，我不过是个跑龙套的小角色，人微言轻啊。”

“韩世达的家属肯定不能接受潜逃的推断。”

“确实不能接受。韩世达失踪后，他妻子三番五次堵在公安局门口哭闹，问我们要人，场面很是凄惨，影响不好，我们也很被动。后来派工作组到韩家反复做思想工作，他妻子慢慢接受了这个现实，几年之后死心了，带着小孩去了香港投亲戚。”

“既然认为韩世达潜逃到了海外，那他的妻子带小孩去香港，就没有人怀疑是韩世达在接应他们吗？”

“韩世达失踪后，我们查了他家前一段时间的电话记录，那时私人电话机是个稀罕货，全县也不过几十架，一架电话的通话次数很少，谁打来的电话，说了什么，一查就搞清了。此后韩家的电话和通信也在监视之中，看看能不能发现他潜逃的蛛丝马迹，结果都没有。几年下来，我们这根弦也放松了。50年代的政治环境还不像60年代那么极左，韩世达的父亲被枪毙，自己失踪被定性为‘畏罪潜逃’，经过抄家和公私合营，韩家的资产丧失殆尽，韩世达的妻子从小娇生惯养，本来是家庭主妇，按现在的话就是全职太太，这么一来，家庭经济状况一落千丈，生活来源都成了问题。这种典型的资产阶级出身的女子，很难适应新中国成立后在新政权下的生活，她拿着海外亲戚的信提出移居香港的申请，这在当时也是政策允许的。我们检查了那些信，没发现什么异常，考虑到她是个可怜的寡妇，所以就没有为难她。当时地方法院还出具了判决，判处韩世达夫妻离婚，但判决书没有人去领。”敖文年说到这里有些欷歔，看来随着时间的推移，“韩世达潜逃”的武断结论，实际上被越来越多的人否定了，只是找不到尸体，只有以此结案了事。

曹元明问：“你们当时去查过成化寺吗？这个寺庙好像和韩世达有些关系。”韩老太太提到韩世达作为一个基督徒却到成化寺拜谒救命菩萨，这有点不寻常。

“成化寺的事，你也知道了。”敖文年赞赏曹元明对细节的掌握，“这个寺庙当时败落了，本来庙里有几个和尚，解放时，一个老和尚病死了，其他的几个都还俗了，就没有了僧人，庙董会物色了一个忠厚勤快、无田地房产的赤贫之人，全家人可住庙内，用房产两间，免租耕种庙产田地若干亩，世代承袭。庙祝的职责是负责管理庙宇，上香插烛，添油掌火。因为听说韩世达给这个寺庙捐过田，有过一些来往，所以我们去调查过，看有没有藏匿在此的可能，结果是白跑一趟。”

“韩启贤在新中国成立前夕居然没逃走？”曹元明倒希望这个人逃之夭夭，这样的话，他们父子俩都可以保全性命。

“你是没吃过旧社会的苦，这话在当时说出来，可是阶级立场有问题。韩启贤不是好人，他不逃走，还是怀有侥幸心理，说到底，是舍不得这些家业。鸟为食亡，人为财死，这话一点没错。”

“既然有被害的可能，那你们对冯德纯进行过调查吗？”

“我询问过冯德纯，在韩世达失踪的当天，他恰好在值班……”

曹元明忍不住插了一句：“当晚冯德纯也在医院？”

敖文年点了点头：“据他说，那晚很平静，他一直在值班室呆着，没有听到和看到什么异常。”

“一直在值班室呆着？有人作证吗？”

“当时外科只有一个医生和两个护士值班，医生没事就在值班室呆着，不可能一直在护士的视线下，所以这点无法证明。我问了冯德纯一些情况，他察觉到我的怀疑，矢口否认谋杀了韩世达。找不到韩世达的尸体，也没有被害的其他证据，所以没有立案。冯德纯是转业军人，优秀党员，贫下中农出身，不是嫌疑排查的对象，所以，我们只做一般的询问和笔录，再加上当时解放不久，还不安定，案子很多，人手紧缺，这事就此不了了之了。”

敖文年是一个原国民党警察，冯德纯是一个对革命做出过贡献的军人，在那个特殊的年代，这种询问的效果可想而知。

“那……当年的调查记录还在吗？”如果有当年的原始案卷，说不定能找到一些线索。

“60年了，半个多世纪，到哪里去找当年的调查记录。‘文化大革命’开始后，红卫兵高喊‘砸烂公检法’，冲砸公安机关、抢夺公安档案、残害公安人员，甚至乱放犯人，在那个无法无天的动荡年月，一些重要案件的档案都毁坏了，更不要说解放初期的一桩失踪案了。”

“冯德纯后来的情况呢？”

“朝鲜战争爆发后，因为部队缺外科医生，他又重新入伍去了朝鲜，再后来，又转业回到原单位，在医院一直干到退休。”

曹元明想起了市立医院的百年院志，里面提到抗美援朝期间医院组织医疗小组赴朝，有两名医生，其中一人牺牲。他问：“冯德纯当年多大年纪？”

“二十七八岁吧。”

“现在他还在吗？”

“这个就不知道了，听说退休后，他去了广东，一家私营医院聘请他当了院长，全家都跟过去了。”

曹元明感到，这是和敖文年见面最大的收获了，冯德纯是第一个进入视线的嫌疑人。冯德纯就算全家搬走，从他的亲戚朋友那儿不难打听到他的去处。这位老人算来已经有88岁了，现在还在人世吗？岁月无情，得赶快找到他啊！

吃好饭，敖文年说：“走，去我家坐坐。”

曹元明和陶鸿跟着敖文年来到他家，这是个老小区，都是二三十年的老房子，几个老头老太在屋外聊天下棋，小区很安静，进了屋子，里面虽小，却收拾得干干净净。卧室里摆着一个老太太的遗像，敖文年给遗像上了香，请二人在客厅落座。

陶鸿说：“我们也去上一炷香吧，师母是个好女人啊。”

敖文年说：“我这辈子最大的福气，就是娶了这个女人。我工作30多年，三分之一的时间是在河山的下川监狱度过的，她带着孩子不离不弃，一直等着我。”

“您还干过狱警？”曹元明问。

“不是，‘文革’那会儿，我被判反革命罪，在监狱关了十多年，1978年才被平反，平反后，这段时间也算工龄。”敖文年笑道。

曹元明想起先前敖文年提及的瘸腿一事，问：“反革命罪是因为韩世达一案的牵连吗？”

“不仅仅是这个案子。‘文革’爆发后，我这个出身国民党警察学校的人被当成了潜伏的特务，罗列了一大堆‘证据’判了刑，其中韩世达的案子就是证据之一。造反派说，那个案子之所以没有结果，是因为我包庇反革命分子韩世达畏罪潜逃，医院财务室被盗，肯定是阶级敌人在搞破坏，我跟他们搞里应外合，目的是筹措反革命经费。连我老娘新中国成立前得急病被韩世达救了回来，也被他们说成是反动派的小恩小惠。我被当成重点犯人，大会小会的批斗、无休止的审问、游街，每次还要受皮肉之苦。”

这位忠于职守的老刑警，没有倒在犯罪分子手下，而是被关进了他曾经把无数罪犯送进去的下川监狱，当他站在监狱森严的高墙下，心中的痛楚恐怕比肉体的折磨更甚。但敖文年说起这些，表情平和，仿佛说的是与自己不相干的事情，言语中没有怨恨和懊恼，在这个饱经风霜的老人看来，往事如烟，一切都过去了。

曹元明想起了韩老太太对凶手执着而刻骨的仇恨，人和人是不一样的，时间可以冲淡某些东西，也会加深某些东西。他感慨地说：“您老受苦了，不容易。”

敖文年轻轻摇手，就像拂去眼前的一根蛛丝：“谈不上不容易。”说到这里，脸色转为沉重，“不要说我了，‘文革’时，就是经过几十年培养和考验的老公安干部，都被拉出去批斗。因为韩世达一案，曹炳生站出来替我说了几句公道话，就被诬陷为幕后黑手，先是被公安局撤职，去了粮食局，后来造反派还是不放过他，开除了他的公职，白天黑夜轮番围攻，在区、市和街道的多次批斗会上以主斗和陪斗的身份亮过相，期间不知挨过多少次打、戴过多少顶高帽子、挂过多少块木牌子。曹炳生不愧是老革命，铮铮铁骨，就是不肯认错。我过意不去，说：‘曹政委，你犯不着为我出头。’他说：‘当初是我劝你留下来为新中国效力的，此后的工作证明了你是忠于党忠于人民的，我最了解你，不能看你蒙受不白之冤。’他还说：‘不论我们的结局如何，只要问心无愧，党和人民最终都会给我们一个公正的评价。’他戎马一生，身上大伤小伤不少，这么一折磨，不久就去世了，心情忧愤是个很大因素，他是冤死的啊！”

曹元明没有见过祖父，父亲早年又因车祸去世，祖父的这些事迹是第一次听到，他百感交集，有心酸，有悲痛，也有自豪，韩世达一案的意义已经不单是韩家的怨念，那些因此蒙冤的人，那些活着或死去的人，都在等着案情大白昭雪天下的一天。

“一定不能辜负这些人的期望！”曹元明暗下决心，想起一事，问：“韩世达被害当晚，医院财务室发生过失窃案，究竟是怎么回事？”

“我们勘查过财务室现场，门是被撬开的，发现了几枚可疑的鞋印和判断为作案工具的羊角锤。经过比对，鞋印确实是韩世达穿过的一双布鞋，因为当晚在韩世达的值班室也找到了这种鞋印，所以，就把他的失踪和盗款潜逃联系上了。失窃财物的具体数额不记得了，有一些金银物品，这是以前病人抵押的医金，还有几百万元（旧币一万元折现币一元）。我想，韩世达家境富有，即使潜逃，也不至于要到财务室偷这点钱，但是有鞋印为证，我的这个想法不被多数人所接受。”

“有其他的证据吗？做过指纹分析吗？”

“那个时代技侦手段落后，没有条件提取指纹，也没有找到其他证据，对财务室的勘查就这样草草结束。加上某些领导政治挂帅，办案时以阶级斗争为纲，脱离实际办案子，结果越查越糊涂。财务室失窃，重点嫌疑目标就是地、富、反等坏分子，把所有能划拉到的统统审查一遍，没有发现线索。既然韩世达失踪了，又有鞋印这样的物证，那么，就拿这个结案了。”敖文年叹息了一声。

这时，陶鸿说：“现在发现了韩世达的遗骨，反推一下，这个失窃案和韩世达被害案真正的关联，可能就是凶手摆的一个迷魂阵，而且，这个迷魂阵是成功的，这个盗窃犯的帽子让一个死人戴了整整60年。”

敖文年点头表示同意：“凶手不但残忍，还很狡猾。埋尸现场去过吗？”

曹元明说：“去了，但是现场没有发现有价值的东西，时间太久了，医院已经发生了翻天覆地的变化。当年的地形图，您老还记得吗？”

敖文年拍了拍脑袋：“好记性不如烂笔头。”他进了卧室，从一个书柜里翻出一个日记本，日记本很陈旧，封皮剥落，纸张发黄。

陶鸿告诉曹元明：“我师傅有个好习惯，他把多年前的悬案和冤假错案的重点，都一一笔录下来。”曹元明想：“怪不得说老爷子是河山警界的‘活化石’。”

敖文年从本子中抽出一张钢笔画的草图，说：“这是当年我画下的医院布局图，元明，你给我画一张现在市立医院的布局图，我们对照一下发现尸骨的地点，看看第一案发现场的可能地点。”

“市立医院的布局图，我已经带来了。”曹元明从皮包中拿出一张图来，这是从邹衍那里搞来的医院拆迁的施工蓝图，详细而准确。

“有备而来，很好。”敖文年戴上老花镜。

陶鸿把两张地图拼在一起，曹元明指出了发现韩世达遗骨的地点，就是“八角楼”北边约20米处。

“这个地方过去是个苗圃，土质比较疏松，适合挖坑埋尸，四周有围墙，凶手熟悉周边环境，埋尸地点是精心考虑过的。”敖文年拿着放大镜看了半天，放下镜子说，“埋尸时间是7月，你看，苗圃西边紧靠着一个厕所，包藏尸块的两个麻袋就是靠厕所的墙根埋下的，那时卫生条件很差，炎热的夏季这里苍蝇丛生，臭气熏天，路人都是掩鼻匆匆而过，尸体埋在两米深的地下，即使有臭味渗出，也不会引人注意。还有这里，”他手指向苗圃的东边，“这儿过去是医院手术室，如果是本院的外科医生干的，那么，他很可能在手术室里将韩世达肢解，再将肢解的尸块包装好，埋在旁边的园圃里。这里的布局，对于分尸作案很有利。我们还要注意一点，韩世达是值班时被害的，按理他应该待在病房，但现在出了病房，很可能是熟人用电话或者其他的什么方式把他约出来后，再进行加害。”

曹元明连连点头，各方面的分析都指向凶手是潜伏在医院内部的人员。他用数码相机拍下了敖文年所绘的草图：“那么，杀人的第一现场会在哪里呢？”

“韩世达的验尸报告说颅骨上有钝器伤？”

“是的，估计是用锤子之类的东西从背后砸倒了他……财务室失窃时发现的羊角锤上面有血迹吗？”曹元明想到，刚才陶鸿分析过，杀害韩世达的凶手和盗窃者很可能是同一人。

“这倒没有。”

曹元明有些感慨：“假如当时留下了一丝半点韩世达被害的证据，比如血迹或是残缺的肢体什么的，那么，肯定要对周围进行掘地三尺的搜查，这个案子也就破了。”

“看来凶手考虑到了这个，一切都经过深思熟虑。比如，在手术室分尸，即使有少许血迹残留，又会有谁注意到呢？那个时候的手术室可不像现在这样一尘不染，我当年去看过，墙壁内侧是夯土，手术室的地上墙上，都是斑斑点点的血迹，据说，有的手术病人动脉割开后鲜血甚至喷到了天花板上，谁也不会去数今天的血迹比昨天多了几点。”敖文年不愧是一位受过专业训练、富有经验的老刑警，指着地图继续说，“‘八角楼’的二楼是当年的内科病房，这里离埋尸现场不过30米，往园圃有一条走廊，我那时特别留意过，走廊是遮蔽式的，没有路灯，晚上黑咕隆咚，所以几乎不会有人来往，病房也看不到走廊里的情况，既然凶手是医院内部的人，很有可能选择在这里下手，把人打晕后再拉进手术室。”

曹元明叹道：“可惜这些走廊、苗圃、厕所、手术室，现在统统荡然无存，勘查现场也无从谈起。”

“这么久了，整个国家都发生了沧桑巨变，哪里找得到一成不变的地方呢。”敖文年若有所思，“倒是这个埋尸的地点，医院几次翻新，周边都挖了个遍，偏偏这小小一块地皮直到今天才挖动，莫非真是天意？”

曹元明感慨地说：“今天不虚此行，多亏了您老的帮助，这个案子明朗了不少！”

敖文年说：“哪里话。知道曹政委有这么一个成器的孙子继承了他的事业，我很欣慰。这个案子一直挂在我心中，一想起来就揪心。不管到了什么时代，都需要有人站出来主持正义。我老了，跑不动了，让此案大白天下的心愿，就寄托在你身上了。”说到这里，他目光中充满了鼓励。

曹元明说：“是。”语气不高，但很坚定。他明白自己肩负的重担。

“下一步，你准备怎么做呢？”

“去寻访每一个可能相关的人，包括冯德纯的亲眷朋友，韩世达当年的同事，还有当年的外科医生。这是笨法子，但没有更好的法子。”

敖文年语重心长地说：“走群众路线，这不是笨法子。你爷爷曾跟我说过，搞公安工作，要坚持依靠群众，坚持实事求是、调查研究，反对主观臆断、刑讯逼供和搞扩大化。这话放在现在，仍然是至理名言。罪恶总是会留下蛛丝马迹，就看猎手们有没有持之以恒的耐心。”

曹元明点了点头，站起身来，和陶鸿一起向这位可敬的前辈道别：“保重身体，我们会再来看您的。”

告别时，曹元明回头望向巷子里昏黄路灯下那个微微佝偻的身影，心中涌起一股暖流，这个老人的人生经历，正是共和国人民公安事业曲折道路的一个缩影。

曹元明回到家，汪敏出来问："去哪儿了？一晚上都不见人影。"

曹元明说："不是跟你说去见一位刑警老前辈了。"

"你干刑警还没死心呐？答应过的事全忘了？"

"没忘没忘，休息吧。"曹元明支支吾吾地应付。

母亲的房间灯还亮着，曹元明进去，问："妈，这么晚还没睡？"

曹母戴着老花镜在看养生报，说："年纪大，睡眠不好。"

曹元明在母亲身边坐下，问："妈，爷爷的事，你知道多少？"

曹母摘下眼镜，奇怪地问："这孩子，怎么突然问起这个？你爷爷都过世多少年了。"

曹元明说："你那本相册呢？"

"搁在橱柜左边第二格。"

曹元明翻出了这本旧相册，里面有父母年轻时的照片，也有爷爷和父亲的合影，照片上的爷爷，国字脸，剑眉，山丘鼻，乍一看，和自己还真有几分相似，但面相上那种正气和威严，却是那个时代的特征。爷爷的照片很少，里面最早的照片，是1950年的一张军装照，而当警察的照片一张都没留下，那是一段不愿提及的历史。

曹元明看着照片有些发愣，曹母问："小明，怎么了？"

曹元明问："爷爷在'文革'时怎么挨的整？"

曹母叹了口气："他们说他是'黑蔷薇党'的成员，你爷爷到死都不认罪。因为这个，你爸爸小时候没少遭罪。"

"黑蔷薇党？"

"说是潜伏在河山的国民党特务组织，牵连了不少人呢，还搜出了微型发报机，其实都是栽赃陷害，是冤假错案。'文革'后，你爷爷平反了，恢复了党籍，还补发了工资，可惜，人死不能复生。"

"这事就没听你们提过。"

“提这个干吗？你爷爷和爸爸都死得早，过去就过去了，提起来心疼。你报考大学填志愿，我还想劝你，别走你爷爷的老路去当警察，你爸却说这是孩子自己的志愿，当家长的应该支持，没想到第二年他就出了车祸……”

说到这里，曹母擦拭了一下含泪的眼角。

曹元明将相册合上，放回橱柜，和母亲道了晚安，回到卧室。他想，明天得去爷爷的墓前拜一拜。

第二天早晨，曹元明驱车来到城南凤凰山公墓，来到爷爷曹炳生的墓前，爷爷奶奶的墓和父亲的墓挨在一起，以前每年清明都会来扫墓，但这次的感觉却完全不同，墓里埋藏的不光是爷爷的骨灰，还有爷爷那不能瞑目的遗憾。

曹元明是个唯物主义者，这时却在墓前暗暗祈祷，希望九泉之下的爷爷能保佑他将韩世达一案的真凶绳之以法。

回来的路上车水马龙，看着阳光下熙熙攘攘的人群，曹元明浮想联翩：“60 年来，这个凶手是怎么过来的呢？他是蛰伏在黑暗角落里，用阴鸷的目光搜寻猎物，犯下了一桩又一桩不为人知的罪行？还是一直谨小慎微地包藏内心，像普通人一样娶妻生子、工作生活，沐浴着阳光，呼吸着新鲜空气，最后退休，由儿女们搀扶着逛公园，逗着孙子孙女玩，像那些老头那样打打太极拳，像那些老太太那样蹒跚着脚步去菜市场买菜。或者，他是不是早已寿终正寝了呢？到衰老时，他会为当年的罪恶感到愧疚，临终前，又会有所忏悔吗？”

这时，手机响了，是邹衍的电话。

“大哥，事情进展怎么样了？”

“我不是跟你女朋友说过吗，万里长征才迈出第一步，她要学会耐心，这又不是猜谜语，一拍脑袋就知道答案。”

邹衍笑了一下，说：“晚上来做个术后复查吧，看看你的胃恢复得怎么样了。”

“晚上去复查？你今天值班？”

“我不值班，复查的地点是建设路新开的象牙山庄。”

“呵呵，请我吃饭就直说嘛，扯什么术后复查。”

“那儿都是泰国菜，据说味道不错。泰国菜又辣又酸，你吃了没问题，说明复查通过，手术完全成功。嫂子有空也一块儿来吧。”

“她就不来了，学校事多，而且谈起案子，她又要操心，麻烦。”

“噢，对了，吟雪让我转告你，你师傅做心脏支架手术的所有费用都由她来出，而且，他们已经预约了一位这方面的全国知名医生，可以到河山市来做这个手术。”

“她想得可真周到，真以为有钱能使鬼推磨。这份礼太重了，受不起。”

“大哥，你可别这么说。上次她过生日，一个长辈送了她一块手表，铂金镶钻的江诗丹顿，你猜多少钱？”

“我哪猜得到？”

“55 万！这笔钱要是放在贵州山区，那可是一百户家庭一年的生活费。我告诉你这件事，是说对于这些有钱人，钱不是问题，你不要看得太重。你师傅那病不正等米下锅吗，就当是先借再还……”

“好了，好了，别说了，你要是真认我这个大哥，就转告韩吟雪，帮我谢绝她。”曹元明说完挂了电话。

第六章　三陪女郎之死

晚上，象牙山庄，韩吟雪挽着乌云般的发髻翩翩而来，她一袭黑色的长裙，长裙一侧过膝，另一侧则如流云一般飘逸着斜向腰肢，就像一个美丽的少女在溪边妩媚地挽起裙角，又像是高傲的公主在起舞中的华丽定格。

邹衍起身到门口相迎，两人穿过大厅，男的帅气挺拔，女的风姿绰约，曹元明远远望去，感到这真是一对璧人。

三人落座，曹元明拿出一个信封给韩吟雪："承蒙关照，多谢，心领了。"

韩吟雪不接，一双妙目看着他："什么意思？"

"这是上次我师傅住院的费用。"曹元明把信封推到韩吟雪桌前，"这也是我的师傅的意思。"

"曹大哥，你可是一再推辞我的好意。你不要把这点钱看成是贿赂，或者是什么酬劳，就当是好朋友的帮助，把我当朋友也不行吗？"

"韩大小姐这样的人愿意和我交朋友，是我的荣幸，但是，我们的友谊刚刚开始，为了友谊的长远，还是不要有这种金钱来往比较好。"

曹元明如此坚决，韩吟雪无奈地一笑："难道真是无功不受禄？"

曹元明摇了一下头，说："这个案子我已经下定决心要追查到底，不仅是为了你爷爷，也是为了我爷爷。"

"噢，你的爷爷？"韩吟雪凝视着曹元明，"案子有进展了？"

邹衍坏笑着插了一句："怎么就没我爷爷什么事啊……"

韩吟雪瞪了他一眼，对这种插科打诨表示不满。

这时，服务员端上了热腾腾的香麦煲、罗非鱼，邹衍打圆场："先吃吧，吃了再说。"

韩吟雪继续追问："曹大哥，快说。"

"还谈不上有什么进展，问了一些情况。"曹元明说，"我们边吃边说吧。"

席上，曹元明把这些天寻访的情况向韩吟雪做了说明。

韩吟雪有些激动："找到犯罪嫌疑人了就好。"

"现在还没有任何证据能说明这位冯德纯医生是犯罪嫌疑人。"曹元明纠正说，"不过，我们的排查可以先从他开始。"

"我回去好好问问奶奶，让她回忆一下，爷爷当年有没有提过这个冯德纯？"韩吟雪侧着头说，"这个人对我们家怀恨在心，估计已经死了。"

曹元明说："都过去多少年了，你曾祖父和祖父都去世了，那时的仇恨应该化解了。但愿这位冯医生还活着，能回忆起当年的情况。"

饭后，三人出了门，天气有些闷热，远远的夜空传来了隐隐的雷声。

"怎么样，胃不难受吧？"邹衍拍了一下曹元明的肚皮。

"大不了再来一刀，反正我这块儿的路你也熟了。"曹元明看了看天，"待会儿可能会下雨，你早点送吟雪回家吧。"

"瞧瞧，我大哥多会体贴人。"邹衍看着韩吟雪嘻嘻一笑。

韩吟雪笑着说："曹大哥有绅士风度，是警察中的另类。"

曹元明问："我怎么另类了？"

韩吟雪说："我最近和河山市的警察打了几次交道，发现很多警察业余时间只知道吃喝、抽烟、打牌，谈吐粗俗，不懂音乐、收藏这些高雅艺术，连健身房都很少去，一点儿都不绅士。"

"你说的没错，我们国家的法律，实际上是由一群精神有问题的人在负责维持。"邹衍仍是一副玩世不恭的坏笑，转头对曹元明说，"我这话没错吧，大哥？"

曹元明认真地说："我是一个普通的警察，不是什么另类。我们的工作做得不好，你们可以责怪我们，可以挖苦我们，但是要明白我们也是普通人，在面对尸体的时候，在面对凶险的时候，在面对不得不打交道的罪恶的时候，警察也和你们一样具有普通人的情感。”

韩吟雪收敛了笑容：“邹衍，你这玩笑可开大了啊。”

曹元明叹了口气：“邹衍说的也没错，我们所处的社会环境是如此恶劣，没有一个警察的心理是健康的。刑警工作一年所遇到的人间丑恶和罪恶，可能比一个普通人一生遇到的都要多，这不可能不对警察的心理造成影响和创伤。但是现在从上到下，根本没有人想到关心警察的心理健康。”

“这样吧，今晚让曹大哥送我回家，路上谈谈心，我来做第一个关心警察心理健康的人。”韩吟雪眨了眨眼。

“还是让邹衍送你吧。”曹元明拍了一下邹衍的肩膀。

韩吟雪走到曹元明的车前，拉开了车门：“怎么，不愿送啊？”

邹衍做了一个无所谓的手势，曹元明只得点头答应。

汽车缓缓汇入了车流之中。

“曹大哥，给你添麻烦了，我不知道你们的工作压力有这么大。”韩吟雪说。

“嗐，别这么说，我不是说了吗，我接这个案子，不单单是为了你们一家。至于说到压力，其实没啥，因为麻木了。前段时间有个认识的人被刀给砍了，他女人在旁边给吓昏过去了，一群人吓得不知所措，我看了根本没有感觉，你说我这是不是麻木了？”曹元明顿了一下，继续说，“身边也有因为这个离开人世的。我认识一个很好的警察，因为抑郁症自杀，在自杀前去向单位领导请辞大队长职务，不准，工作上的压力，再加上生活上的压力，双重压力把这个男人压垮了。自始至终，根本没有人跟他谈心，了解他的心理压力。这也能够解释，为什么警察中爱抽烟喝酒和打牌的人这么多，内心堆积的情绪太多无从释放出来。”

韩吟雪轻轻地说了一声：“可惜。”

“所以啊，还是医生好，和健康相伴。你看，邹衍虽然三十多了，但经常锻炼身体，心态挺年轻的，整个儿一阳光男孩。再加上他出身于医学世家，十年临床经验的主刀医生，父亲又是院长，母亲是大学教授……”

“得了吧，说你们警察呢，怎么扯到邹衍身上去了？还阳光男孩，花花公子吧，我可听过不少他的风流韵事。”韩吟雪似笑非笑地说。

“别看邹衍风流，但他就像李寻欢一样，风流不羁的外表下是追求真爱的心，不过李寻欢用的是飞刀，而邹衍用的是手术刀。”曹元明仍在一个劲儿地吹捧好友。

“李寻欢是谁？”

“噢，你没看过古龙的小说？”曹元明一愣，这才想起眼前这位大小姐是美籍华人，文化背景有所不同。在他眼里，韩吟雪的衣着、言语、思维和中国富家女孩们简直没有丝毫不同，所以一度让他忽略了这点。

曹元明正想怎么换个比方，韩吟雪却说：“你说邹衍是阳光男孩，可我感觉他的心理并不阳光。”

“不阳光？”

“医生的心理都有阴暗的一面。”

“医生救死扶伤，怎么能说他们心理阴暗？”

“把成就建立在别人的痛苦之上，不是吗？”

“很多职业都是这样，比如说警察……”

“那个杀害我爷爷的凶手，不也是外科医生吗？”

“你可别一竿子打翻一船人，这个凶手是个变态，是不是医生还不能肯定，即使是医生，那也是其中的败类，不好随便类比的。”曹元明赶紧纠正她的看法。

“总之，女人的直觉吧，就觉得他有点阴暗。”

“你认识邹衍才多久？他真的是个各方面都很优秀的小伙子。”

“你真的了解邹衍吗？也许，你还不如我了解他呢。”韩吟雪觉得曹元明这种干巴巴的辩解有些可笑。

“开玩笑，我跟他从小一起长大，20年的兄弟了，难道还不如你了解？”

“不识庐山真面目，只缘身在此山中。”韩吟雪莞尔一笑，“你这么给邹衍说好话，那你还不如说说，你们小时候的有趣事儿。”

曹元明点了点头：“好，说来话长了。我先说一个事，邹衍救我的事。”

韩吟雪拍手说：“我就喜欢听故事了。”

“这可不是故事，是真事。”曹元明清了一下嗓子，“每个人都有一个成长过程，尤其是青春期，守法和犯罪，也许就是在成长路上的一念之差。在初中时，我就差一点走错道，是邹衍和他父亲把我拉了回来，这才有了今天的我，否则，现在我还不知在哪个监狱里蹲着呢。”

“噢，曹大警官还有这样的往事？”韩吟雪睁大了眼睛，“快说。”

“我这个人，从小就顽劣，大人很头疼。读小学时，就拿弹弓打碎过两条街的路灯，还把大鞭炮捆绑起来扔人家鸡窝里炸死好几只小鸡崽，这样的事情太多，隔三差五就有人到我家告状，我没少挨打。在我的幼年记忆中，老爸皮带上的黄铜扣子比疯狗的牙齿还厉害，但我就是吃打不长记性。到了中学，我更加不爱学习，看武打片着了迷，当时的理想就是当个燕子李三一样的侠盗浪迹江湖，成天就琢磨着怎么飞檐走壁、翻墙入室。邹衍是我的同桌，我时常撺掇他跟我一起干一票。邹衍拗不过我，答应了。有一天，他告诉我，发现了一处房屋，晚上没人，进去绝对有收获。当晚我们就溜门撬锁进去了，翻箱倒柜搜出了不少钱。我搂着大把的钞票很是得意，以为当侠盗的理想就此实现，十万警察也逮不住我。正当我们准备开溜时，门突然开了，灯亮了，一个男人出现在房里，把我吓了个半死。当时我想，这下完了，不但要被学校开除，还要关进少管所，父母的脸都被我丢光了，在邻居面前一辈子抬不起头，我这辈子就这么砸了……总之，那是我第一次偷盗，却当场吓尿了。我痛哭流涕，跪下来请他放我们一马，指天发誓，只要放了我，今后就是拿枪顶着我的脑袋我也不干这种事了。这是我正儿八经头一回发誓，都是真心话。”

韩吟雪“嗤”的一笑：“你的伟大理想就这么一下子崩溃了？”

“是的，我那会儿自以为身手不错，胆识过人，是恐惧让我找回了真正的自己，其实就是个叛逆期的懵懂少年。”

“后来呢？”韩吟雪追问，见汽车快到芳草湖了，她要听故事，“开慢一点儿。”

“那个男人让我们当场写下悔过书，承认偷盗罪行并保证以后决不再犯，好好做人，就放了我们，否则就把这事捅给警察。我赶紧写了，邹衍也写了。那个男人把悔过书收好，说：‘以后要是发现你不守规矩，不好好学习，就把这个交给公安局，抓你进去坐班房。’这份悔过书就像达摩克利斯之剑一样悬在我的头顶，我只要一冒出以前的那些坏念头，立刻就会被吓出一身冷汗，从此循规蹈矩，努力学习，成绩提高很快，考上了重点高中。”

“那你怎么说是邹衍救了你？”韩吟雪不解地问。

“考上高中后，我去邹衍家玩，第一次看到他爸爸，才惊讶地发现，那晚让我写下悔过书的，就是邹衍的爸爸。”

“什么？”韩吟雪一想，顿时明白了，“原来那晚是他爸爸设下的局啊？”

“是啊，看到我成天痴迷武侠小说，都走火入魔了，邹衍就悄悄告诉了他老爸。邹伯伯一想，觉得不能让这孩子这么耽搁下去，就导演了这一出戏，让邹衍把我带到他家原先住的老屋‘作案’，再逮个现行。我明白了邹伯伯的苦心，从此幡然醒悟，走上了人生的正道，考入了政法大学，戴上警徽后第一个想感谢的人就是邹伯伯。你说是不是邹衍和他爸救了我？”

“嗯。”韩吟雪点了点头，“邹衍的爸爸真是个好人。”

“他救过我不止一次呢。有一次我被歹徒打伤，也是他给我做了脾修补手术。我真羡慕邹衍有个好爸爸。”想起早死的父亲，曹元明有些伤感。

汽车到了韩吟雪家门口，黄豆大的雨点开始“啪啪”地敲打车窗，韩吟雪说：“雨天路滑，开车小心。”道了晚安，进了家门。

曹元明沿着原路返回，想着明天要办的事，自己的休假快结束了，他不敢奢望能利用一个假期就把韩世达一案搞得水落石出，但得抓紧时间，争取有点眉目。

翌日，曹元明来到城南公安分局，只见里面一片忙碌，人来人往，进进出出。一群记者正围着刑警队长臧进荣和教导员杜峰采访，汤小雯被杀一案，这两天全城传得沸沸扬扬。有的记者提问还比较客气，只是询问案情的进展情况；有的提问就比较尖锐，而且有些借题发挥，比如问道：“天马”夜总会刚被刑警队查出聚众吸毒淫乱，里面的三陪女郎就出了命案，二者有没有关联？治安管理归片区派出所，这些洗浴中心、夜总会里的猫腻他们怎么会不知道，怎么直到不久前才由刑警队去查？是不是存在警方和黑社会之间的幕后交易？死者是三陪女郎，不是有钱有势家庭的子女，警方办案时是否会一视同仁、竭尽全力？

面对记者的话筒和摄像机，臧进荣铁青着脸，一言不发，杜峰耐着性子一一解释，不停地看表，只要事先说好的采访时间一到就闭门谢客。

陶鸿正和几个同事“稀里哗啦”吃方便面，曹元明提着几盒热乎乎的便当来了，说：“师傅，你们吃口热饭吧，方便面不经饱。”

“来不及了，赶时间。”陶鸿掏出餐巾纸抹了下嘴，站了起来，“汤小雯一案，市局已经成立专案组，分局正全力协助侦破。偏偏省厅检查组这两天就要下来考核评定了，几个头儿正着急上火呢，头发都能烧着了，我们也没得安生。”

一个同事拍拍曹元明肩膀：“老曹，还是你好，就要脱离苦海了。”

曹元明本来想找师傅谈谈韩世达的案子，现在一看，反倒不好开口，便说：“师傅，你身体不好，我帮帮你吧。”

“你不正休假吗？就别掺和了。”

“看着大伙儿都忙，我闲着也是闲着。”

“那这样吧，我们现在去黄草坪看守所，你来开车吧，大壮昨晚一宿没睡，让他歇会儿。”

“看守所？”

“对，汤小辉的女朋友就在看守所关着。边走边谈吧。”

汤小雯被杀，现场除了一枚不完整的指纹外，没有留下任何证据，又没有摄像监控，警方依然采取的是“中国式破案方法”，搞人海战术排查，从被害人的社会关系调查开始，这需要花费大量的人力物力，如果不是熟人作案，而是流窜作案，侦破的难度会很大，但没有更好的办法。

专案组开过讨论会，对此案总结如下：犯罪嫌疑人对廖家巷一带地形及周边道路熟悉，可能是案发地附近居民；嫌犯能在深夜敲开汤小雯的门，与死者是熟人的可能性大；嫌犯有较强反侦查意识，不排除有经验的流窜作案者经过了事先的踩点。因此决定：

一、对廖家巷方圆1公里范围内的所有居民点进行全面排查，两个民警一组，成立了30个调查组，调查中要以新近的外来青壮年以及过去曾判过刑、受过劳动教养的人为重点对象。

二、全面了解汤小雯的社会关系，凡是有作案时间的朋友及熟人，要重点询问。

三、对廖家巷一公里外的市区及周边的县，进行有重点的排查，拓宽排查范围。

四、广泛发动群众，积极举报涉案线索，对举报有功者在做好保密工作的同时予以重奖。

陶鸿和曹元明正是执行第二项任务的一组。

就在刑警队上次对“天马”夜总会搜查时，发现一群形迹可疑的年轻男女躲在包厢内，这些人衣冠不整，表情怪异，从沙发下面搜出了包着麻古摇粒的小塑料袋、锡纸和矿泉水瓶。他们被当场做了尿检，个个试板阳性，看来是聚众吸毒淫乱，于是，这些人便被统统送看守所了，其中，就包括汤小辉的女朋友黎娜。陶鸿的任务，就是通过她了解更多的关于汤小雯兄妹的情况。

“想不到出了这么大案子，往后这段日子有的忙了。”曹元明有些担心师傅的身体。

“臧队和杜教撵着大伙儿忙活，也是没办法，上面压得紧，命案是必破的，又加上这群唯恐天下不乱的记者制造的社会舆论。”陶鸿眯着眼靠在座椅上，“话说回来，今年咱们分局除了几个破铜烂铁的案子，一直没有亮点，比去年的风光差远了，臧队他们都憋着一股劲儿呢，这个案子要是迅速告破，全队上下都长脸。”

“咱爷儿俩今天得提提神了。”曹元明把车拐进了黄草坪看守所的大门。

黎娜穿着看守所的黄马甲，静静地坐在椅子上。她看上去二十岁左右的年纪，五官还算端正，脖子细长，但脸色有些苍白，眼神中没有了她这样花季女孩应有的光彩。

首先是一般情况的询问，姓名、年龄、籍贯、职业等等，问到职业，黎娜有些不耐烦：“这些你们不都晓得了吗，翻来覆去地问，消遣我是吗？”

看守所的干警提醒：“注意你的态度。”

陶鸿问：“你跟汤小辉怎么认识的？时间有多久了？”

“我和汤小雯是‘天马’的小姐妹，就这样认识她哥哥，交往一年多了。”

“你觉得他们兄妹为人怎么样？”

“怎么样？就那样呗。”黎娜懒洋洋地说，有些不屑回答。汤小辉一死，她就参与聚众淫乱，而且言谈之中对此也没表现出什么悲伤，看来所谓的男女朋友，不过是年轻人排解寂寞的露水鸳鸯。

“他们和什么人来往密切？”

“来往的多了，他妹妹的交际能力比我强。”黎娜暧昧地笑了一下。

“具体说说。”

“这个你们去问‘老六’好了，‘老六’来‘天马’，每次都点小雯的台，两个人郎情妾意，好得不得了。”黎娜说起这些来眉飞色舞。

陶鸿和曹元明对望了一眼，他们想起，汤小辉死后，去市立医院闹事的领头人就是这个绰号“老六”的家伙，他是一家拆迁公司的工头，是个刑满释放人员。如果不是和汤小雯有这层关系，他不会那么卖力。看来，这个人必须重点排查。

“还有呢？”

“我哪儿记得那么多，又不是他们家保姆。”

“他们和谁结过仇吗？”

“不晓得！”黎娜硬邦邦地回了一句，打了个哈欠。

“严肃点！”陶鸿敲了敲桌子，“汤小雯死了，你知道吗？”

“死得好。”黎娜随口回了一句，接着意识到事情不妙，吃了一惊，“她……怎么死的？”

“是被人杀死的！”

“哎呀，我可没杀人啊。”黎娜吓得尖叫起来，差点从椅子上蹦起来。一旁的干警按住了她。

“你冷静点，我们不会冤枉一个好人，也不会放过一个坏人。我们来找你，是希望你配合调查，帮助我们早日把凶手捉拿归案，就早日解除了你的嫌疑。”汤小雯被害时，黎娜还关在看守所，没有作案时间，并不是犯罪嫌疑人，陶鸿这么说，是为了给她施加压力。像黎娜这样的人，心理素质比较差，不需要摆什么秋风黑脸去吓唬她就会如实交代问题。

“下面我们问什么，你都要老老实实回答，撒谎、作伪证，是要负法律责任的，明白吗？”

黎娜连忙点头。

陶鸿注意到黎娜的刚才反应有些过度，问："你和汤小雯关系不好，是吗？"

黎娜身子微微颤抖，又点了点头。

"你们之间有什么矛盾？"

"没什么大矛盾，就是为一些小事经常拌嘴。"

陶鸿盯着黎娜，她把头扭过去时，看到她的牙齿有点黄，再看她的手指，有烟熏的痕迹。

"你平时抽什么烟？"

"我是湖南人，只抽芙蓉王的蔚蓝星空这一种。"

"这种烟要五百块一条，可不便宜。"陶鸿从烟盒里抽出一支烟和打火机一起递给黎娜，"你和汤小雯的矛盾，是为了钱吧？"他看过黎娜被拘留的照片，当时她刚从夜总会带出来，浓妆艳抹，烈焰红唇，身穿廉价的韩版潮服，饰品也都是地摊货。这样的女孩，花钱大手大脚，经济上应该不宽裕。

黎娜接过烟，狠狠地抽了几口，点了点头："她嫌他哥哥给我的钱太多，给她的太少。不过，"她突然发现了这个问题的严重性，慌慌张张地辩解，"我可从没有因为这个想害死她。"

"汤小辉一个油漆匠，哪来这么多钱？"

"小辉除了做油漆，还倒卖过古董。"

"古董？"陶鸿和曹元明又对望了一眼，继续追问，"什么古董？"

"我也不太清楚。小辉经常出门，一出去就是十天半个月的，说是去淘古董，再卖给行家。"

"那他是从哪里搞来的？又卖给谁？"

黎娜摇头："我不晓得，他不说，我也不问，懒得操这个心。"她抬起头，又想了一想，"小辉前不久回来，说这一次出去值了，弄到了好东西，下家都找好了，一出手能挣不少钱。"

"他从哪里回来的？什么好东西？下家是谁？"

"不是说了嘛，我真的不关心这个，不晓得。"黎娜一问三不知。

"那……东西放哪儿了？"

她的回答还是三个字：“不晓得。”又补充说，“这些事儿，除了小辉，就数他妹妹最清楚。”

“你在夜总会一个月挣多少？”

“五六千吧。”

“说实话。”

“真的只有这么多。客人给的钱，包括小费，都是三七分账，我们只能拿三，大头都被场子抽走了。我这个人懒，三天两头请假，请一次假就要扣一次钱，像汤小雯这样长得漂亮嘴又甜的，一个月能挣两万。我和小辉好了后，他一直不让我出台，所以给我钱就多些。”夜总会的小姐陪客人吃喝唱歌，但上班时间不“出台”，所谓的“出台”，是指小姐被客人约出去卖淫。

陶鸿又问了几个问题，但黎娜的回答都是些没有什么价值的内容。

问询结束，曹元明和陶鸿返回市区，路边飘来了阵阵檀香，远处一座大庙映入眼帘。

“成化寺搬到黄草坪没多少年吧？”曹元明咕哝了一句。

陶鸿眺望了一下，仿佛知道曹元明的心思，说：“这次谈话比较顺利，还有时间。走，过去看看。”

曹元明把车停到寺院前面的停车场，那里停满了汽车，不少是豪华车。

两人进入寺院，但见雕梁画栋，凌角飞檐，金妆佛像，玉砌阑干，真是规模宏大，气势不凡，善男信女络绎不绝，香火鼎盛。

曹元明“嘿”了一声：“挺热闹啊。”

“现在，只要是城市旁边的寺庙，都不愁香火。”

“这不就跟开超市差不多。”曹元明打趣地说。

“到了这儿，可不能对佛祖不敬啊。”陶鸿说。

这个寺院占地四千多平方米，为四进格局，沿中轴线依次为天王殿、伽蓝殿、大雄宝殿及藏经楼，在大门旁立有一功德碑，云：“河山市党政各界领导及众多居士信徒竭心为复兴成化寺而谋思募力，又幸得释开量方丈高瞻远瞩，弘道养正，引领弟子大缘整饬寺院，弘扬佛法。大缘禅师，不负所望，含辛茹苦，德行尚品，理念宜理。奔走呼号，募资说法。又有韩观樵，雪中送炭，慷慨襄助。经数年营造修葺，于公元二〇〇〇年农历二月初五奠基……”这个“韩观樵”，就是韩吟雪的父亲、韩世达的儿子、世达国际投资公司的总裁。

因寺院还在进一步扩建之中，碑文写道：“建寺安僧，办道弘法，续佛慧命，普利天人。期盼诸位护法大德伸出援手。”接下来就是芳名录：××人××元等等一长串捐款者的名单。

见两人在看功德碑，一个留着头发的青年和尚过来问：“二位可是要布施？碑上留名，功德无量，惠及子孙。”

“我们只是看看。”曹元明说。

陶鸿师徒穿着便衣，这个和尚见他俩看模样像是公务员，便合十说：“只要慷慨捐助，必依法回向众生，六时吉祥，幸福康泰，快乐自在，南无阿弥陀佛！”

“你们师父就是这么教你们的？”曹元明对这种劝人募捐的做法有些不满。

那和尚一愣，说：“师父说我们好好修行，把功德回向给方圆的苦难众生，以感得十方诸佛菩萨及龙天护法加持，使这一千古道场早日完成。”

陶鸿微笑着说：“你就别拿这话糊弄我们了。名字刻到功德碑上，还不如把刻字的钱省下来救济贫苦。积个阴德，不用写名字。冥冥之中，功德福报自由功曹执事们记录，丝毫不差。如此不图名利，这才能为子孙留下一片福荫。佛菩萨不会只为刻了名字的人赐福，否则，就不能称之为大慈大悲了。把名字刻到功德碑上，反而减少了享受福报的日子。《地藏经》中明确说道，要是把所做的功德回向给法界，那么这家人可以受无量乐，如果回向自身利益或自己眷属，即三生受乐。”

这个青年和尚听了脸上一红，转头而去。

陶鸿一把拉住他，说：“小师傅，带我去见见你们方丈好吗？”

那和尚挣脱了他的手：“方丈出去了。”逃也似的匆匆而去。

“师傅，想不到你还懂佛法？想和方丈谈佛论经吗？”曹元明有些意外。

“懂点佛法好啊，优秀的刑侦人员不应该是‘专’的，而是应该上知天文下知地理的‘通才’，侦查员的知识面一定要宽，什么物理、化学、微量物质，包括佛家道家的玩意儿，什么《法华经》《金刚经》《地藏经》《道德经》都得懂一点。”

曹元明若有所悟，点了点头。

陶鸿“哈哈”一笑：“傻小子，我这是忽悠你呢。我老母亲信佛的，从小耳濡目染，我也知道一点儿。”他顿了一下，“找方丈，是想了解一下成化寺的历史。”

曹元明明白师傅的用心，韩世达一家和成化寺有些渊源，说不定能寻到一点儿当年的蛛丝马迹。他说：“这个成化寺是新建的，这位释开量方丈恐怕是新来的，不知道当年的情况。”

“两位居士以前没来过成化寺吧？”说话的是一个经过他们身边的老人，歪着头打量两人。

“请问您是……”曹元明问。

“我是这个寺庙的庙祝。”那个老人说，“你说得不错，现在的方丈释开量师傅，是从邻县的广愿寺来的，原本不是这里的和尚。”

“那现在这个寺庙里，还有几十年前的老法师吗？”陶鸿问。

“早没有了，成化寺多灾多难，唉……”老庙祝叹了口气，“刚才我听你引说《地藏经》，倒也有理，现在这些和尚修行浅薄，令人惭愧。”

曹元明说：“在庙里强劝他人捐款，对菩萨大不敬，心中根本没有神灵，哪像个出家人？而那些来这里拜佛的，很多都是党政干部，这些人遇事不问苍生问鬼神，真是怪了，共产党干部是有神论者，和尚反倒是无神论者。”

陶鸿见老人七十来岁，干瘦得像用几根枯树枝搭起来似的，额头都是饱经沧桑的皱纹，便问：“请教老师傅，成化寺60年前还在石桥，您可知那会儿的情况？”

“请教不敢当，不过，你算是问对人了。说起当年的情景，没有比我更了解的了。”老人一捋胡须，指着前面的凉亭，“坐那儿聊聊。”

老庙祝对成化寺看来颇有感情，自我介绍说名叫孙宝章，介绍了一下寺庙的历史：

明朝成化年间，河山县发大水，灾后瘟疫肆虐，数以千百计的乡民被病魔夺去生命。河山知县聂之湛给百姓治病驱邪，并率乡民疏水浚河，根治水患，教乡民以各种行业技术，以强民身，终于，病邪水魔被驱逐和制服了，生产恢复了，乡民们得以安居乐业。聂公却因此积劳成疾，以身殉职，葬于千岩山，民众便在山上筑起一座小庙，在庙里立神位供奉，以“成化”年号为庙名，这就是成化寺的来历。清朝顺治年间，钟馗神游到此，聂公现出蟒蛇原形，钟馗拔剑欲斩之，乡民们一起下跪求情，齐呼：“聂公是好人啊！”钟馗见状遂不以加害。这个传说还残留着古越族人崇拜蛇图腾的遗风。

这段古代史，陶鸿和曹元明作为当地人，其实都知道个大概，但不愿打断老人，等他说完，曹元明问：“您能讲讲新中国成立前后的事儿吗？”

孙宝章叹息了一声，说：“1949 年，成化寺的一部分被当做了解放军的野战医院，当时大雨连绵，烧火困难，县政府即下令拆大殿取薪，解决柴火问题。大殿拆除后，寺院主持释广智师傅长跪佛前嚎啕大哭，三天滴水未进，后因过度悲伤圆寂，从此僧人解散，寺院倒闭。”

曹元明问：“后来寺庙里不是还住着一个庙祝吗？他家还免租耕种庙产田地，世代承袭。”

孙宝章点头说：“对啊，我就是那个庙祝的儿子。说是世代承袭，可是搞人民公社那会儿，庙产被充公了，田也没有了。”

曹元明有些惊讶，心想：“这事儿还真巧。”问道：“听说有位名叫韩世达的医生，给成化寺捐过田，您记得这个人吗？”

“当然记得。现在这个成化寺，很大一笔资金就是这位韩老先生的后人出资的。”老人回忆说，“当时我还是个小孩子，这位韩居士有时会来庙里找释广智大师下棋，他下棋时把右手拢在袖子里，文明棍搁在一旁，只露出一只左手，后来我才发现他的右手没有了大拇指，因此有印象。”

“这位韩世达是怎么样的一个人？”

“那时我还是个小屁孩，啥也不懂。不过，听说他是医生，治病救人，乐善好施，庙里的僧人都很尊重他。”

“还有吗？”

“这个人，听说新中国成立后潜逃到了台湾。但是，重建寺庙时，却没见过他，倒是他儿子来过，难道是过世了？”

“是的，他早在 60 年前就不在人世了。”

老人惋惜地“啊”了一声：“你们……是他的朋友？”

“老先生开玩笑了，我们怎么能跟他交上朋友？岁数对不上啊。”

“你看，我都老糊涂了。”孙宝章“嘿”地一笑，“你们好像对这位几十年前的故人很感兴趣。”

“实不相瞒，我们是警察。”曹元明掏出警官证让老人过目。

孙宝章不接证件：“难怪，原来是两位警官。嗯，这位韩居士在60年前犯过法？”

“不是，他是被人杀害了。”

“阿弥陀佛，这是造孽啊。”老人怔了一下，有些不解，“60年前的案子，你们也管？你们这是在做善事，现世、来世都会有福报的。”

孙宝章的话，让曹元明和陶鸿心中一暖。

“这位韩世达先生，以前得罪过什么人没有？”

“哎呀，这个倒想不起来，我不了解呀……这样一个人，应该不会和谁有深仇大恨。”

“他的大拇指听说是被日本鬼子砍掉的，对吗？”

“是的，这个我问过我父亲。当年日本人占领了河山，还抓过他。他，还有一个洋和尚，在成化寺躲过一阵子。”

曹元明恍然，难怪听韩老太太转述韩世达的话，说成化寺有救命菩萨，抗战时，韩世达是个青少年，在“慈康”医院当学徒，他问：“日本人为什么要抓他？”

“这个，我父亲也不知道。”

曹元明心中一动，想起韩老太太多次提及的“道格拉斯神父”，说这个神父抗战时被日本人关了牢房，有一次差点死掉，是韩世达救了他，便问：“那个洋和尚，是不是叫道格拉斯？是‘慈康’医院的神父？”

“嗯，好像是‘慈康’医院的，至于是不是叫那什么斯的，我就不记得了。”

“日本人残忍地斩断韩世达右手拇指，发生在韩世达遇害前几年，跟他的遇害，应该没有关系。”曹元明在心里又一次对自己说。

和孙宝章老人谈了一会儿，眼看太阳落山了，两人告辞而去，上车后又聊起了案子。

“得先对付汤小雯的案子，那个‘老六’是重点排查对象，还得搞清楚汤小辉是做什么古董交易的，这可能为我们破案提供线索。汤小雯出生在千里之外的边远山区，她随着哥哥出来打工，汤小辉就是她身边唯一的亲人，汤小辉的死和汤小雯的死，二者或许存在某种关系。对于汤小辉的一切，我们都要查清楚。”想起汤小雯在山区的老母短时间之内就失去了一双儿女，陶鸿有些痛心，“要给他们的家人一个交代啊。”

“是的。”曹元明同意师傅的观点，“汤小雯被害，是在她刚刚从市立医院拿到哥哥的死亡赔偿金不久，里面可能还有更多的线索。”

陶鸿想了一下，问：“汤小辉的死，在医学上有什么疑点吗？”

“听邹衍说，倒不存在什么疑点，法院也判医院胜诉。只是，他提到汤小辉得的是鼠疫，最近几十年，这种病在我们这儿几乎绝迹，这一点倒有些奇怪，而且感染的毒性很强。”

“这样吧，你再去找邹衍，把汤小辉之死的详细情况搞清楚。没办法，现在汤小雯一案的侦破条件太少，只有多花气力多撒网，不管这塘里有鱼没鱼，先撒一网吧。”

两人回到刑警队，遇见同事小宋，问起他们那组的进展，小宋说：“点子真背，忙活了一天，没有收获。这个汤小雯是‘天马’夜总会的红牌，与她交往的男人太多了，夜总会的人说回忆不了那么多，当然还有这种可能：我们前段时间抄过这家，兔崽子们记仇，不肯配合。他们这块儿平时归城南派出所管，每年都给老纪上供，老板是消防支队政委的表弟，说到底，是我们刑警队拿不住人家。”小宋说这话时，一副愤愤不平的表情，看来“天马”夜总会对前来调查的刑警没有什么好话。

“夜总会的监控录像看了吗？”

小宋点头说：“我们调了夜总会大厅和走廊的监控录像，想把她被害当天接待的所有客人都查一遍，看看是不是因为和客人发生争执导致命案。”

陶鸿说：“我看，她前段时间接待过的客人，都要查。”

“话是这么说，不过，因为晚上光线很差，摄像头图像模糊，人的相貌特征看不清，而且有些死角是没法看到的。这个汤小雯是个‘劳动模范’，一天要接待十几批客人，一个星期的客人数以百计，当天的客人，其他人还能回忆一下，前些天能查到的客人只能是其中的一部分。”

“老夏那边呢？”

“也没有收获。问过了汤小雯的所有邻居，当天晚上都没听到或者看到什么异常。只有一个楼上的老邻居，半夜听到一些响声，这个老人睡得迷迷糊糊，没在意。汤小雯以前半夜经常带些不三不四的男人来过夜，邻居都知道这回事，习以为常了。”小宋问，“你们去看守所有什么收获吗？”

“能这么快就有收获，就不叫大活儿了。”陶鸿搔了搔花白的头发，“汤小辉的女友提到了那个拆迁公司的‘老六’，和汤小雯关系不一般，有人去盯吗？”

“你们也注意到了‘老六’？这个人不简单，有人说他是‘黄赌毒俱全’，所以臧队亲自出马去查，但是‘老六’没有作案时间，案发那晚，他和几个狐朋狗友在宾馆开房打麻将赌钱，整整一宿，好几个人可以作证，宾馆的监控录像也可以证实当晚他没有离开过。”小宋沮丧地说。

看来，除了那枚现场遗留的不完整指纹，这个案子再无线索了。

陶鸿抱着试一试的心态说：“明天去申请搜查令吧，看看汤小辉是不是把挖来的宝贝藏家里了。”

曹元明的心拧着。遇上命案就是一个字：快！最好是 24 小时内沾手，72 小时内解决。他经手办过一起凶杀案，上午发现的尸体，晚上就破案了，起因是邻里纠纷。命案大部分都是短期内找到了线索而得以迅速侦破，最佳破案时期就是前一两个月，如果没进展就很容易成为无头案。而像汤小雯这样的案子，全面铺开而毫无收获，短期内侦破的希望已经不大了，警方不可能一直高强度专注一个案件，一旦久拖下去，警方倾注的力量会大幅度下降，侦破的可能将越来越小，只有等待一些偶然因素，比如有朝一日其他案件的案犯检举提供了线索，但是这种偶然是可遇不可求的。

“难道又要和韩世达的白骨案那样，成为一桩悬案吗？”曹元明透过香烟的烟雾看到的，却是更大的一团迷雾。

第七章　变异的病菌

晚上，曹元明惦记着汤小雯的案子，给邹衍打电话，想问问汤小辉之死的详细情况，可是，邹衍的手机又关机了。这已经不是第一次了，曹元明也不以为意，估计他和韩吟雪或是别的女孩在幽会吧。

次日，邹衍回了电话："有事吗？"声音中显露出了疲态。

"晚上忙活什么呢？"曹元明调侃地说，"身体要省着点儿用。"

电话里传来邹衍不自然的笑声："别唠叨了，比我妈还烦，说吧，什么事？"

"想了解一下汤小辉死时的情况。"

邹衍有些心不在焉："不是说了吗，是鼠疫，我们医院的处理并没有原则性错误。"

"他妹妹汤小雯死了，是被人杀死的。"

"嗯……原来电视新闻里那个汤某某就是她啊。听说她是夜场的小姐，说不定是争风吃醋或是嫖资纠纷，跟他哥的死有什么关系？"

"案发后，我们把汤小雯所有的社会关系、人际交往，都反复进行了筛查。这些天，排查的大网铺天盖地，疑点一个一个出现，又一个一个被否定被排除。现在真是苦无线索，到了逮着匹死马也得当成活马来对付的困窘关头，凡是跟命案能够搭得上纹丝关系的迹象，都要过一过。"

"你们警察可够无能的，市民们把身家性命托付给你们，真叫人不放心。"

邹衍有点幸灾乐祸。

“你别耍贫嘴，积点口德有那么难？”

“得，别发火，我尽量配合，等哪天医院里有了纠纷，你们也得积极点。”邹衍说，“你究竟想知道汤小辉的什么情况？”

“他患病的详情。”

“都是医学上的东西，你要来干吗？”

“除了这些，我还想知道，他患病时，是哪些人送他来医院的，汤小雯在不在其中，他病死后，这些人的反应如何？”

“这些得问那天急诊的值班医生和护士。不过，那天接诊的是呼吸内科的赵主任，他被那帮流氓打伤，现在还躺在ICU，氧气管子还没拔呢。”

“所以我想请那天接诊的护士出来聊聊，随意一点儿好了，就当是朋友聊天，这样可以了解到更多的细节。你跟她熟吗？帮我约一下。”

“这医院哪个护士跟我不熟？！一句话的事。”邹衍问，“汤小辉的死，跟他妹妹的死真有关？”

曹元明没有细说，只是说：“碰碰运气了。”从黎娜嘴里得知，她和汤小雯有经济上的矛盾，而汤小辉通过倒卖古董牟利，这是一个新发现的信息，是不是一条有价值的线索还不知道，但只要存在这个可能，就要搞清楚。

邹衍约了曹元明在医学院碰头。曹元明到了，问：“怎么在这儿见面？那个护士呢？”

邹衍说：“别急嘛，这不，她来了。”冲着前方一扬下巴。

校园的林荫道上，一个小姑娘抱着几本书匆匆而来，她小鼻子小嘴，梳着羊角辫，面容姣好，身材玲珑，二十出头的年纪，看上去活泼可爱，是个无论走到哪里都会吸引眼球的小美女。

“这边！”邹衍朝她挥了一下手。

“邹医生，你好啊。”那小姑娘笑嘻嘻地打了个招呼，“今天怎么想到约我？”

“你不愿意？”

“不愿意。”小姑娘调皮地眨了一下眼睛，“我听说邹医生是大灰狼，有点怕。”

“我明白，你是怕别的姑娘嫉妒。别怕，约我们的会，让她们嫉妒去吧。”邹衍摘下墨镜，指着曹元明说，“认识一下，这是我的好兄弟，姓曹，叫曹大哥。”

“曹大哥好。”小姑娘礼貌地叫了一声。

曹元明微笑着说：“你好。”

“这是我们医院急诊科的一枝花，绰号‘袖珍美人’，姓杨，叫……”邹衍说到这儿，转头问，“对了，你叫什么？我忘记了。”

“坏蛋！”小姑娘嗔道，对曹元明说，“我叫杨梅。”

“对了，就是那个一望就要流口水的望梅止渴的‘梅’。”邹衍坏笑着说。

杨梅轻轻跺了一下脚，说：“大灰狼再乱开玩笑，可要把我吓跑了！”

“好了，不开玩笑了。曹大哥是警官，今天是他请你喝茶，有警察保驾，你什么都别怕。”

“警察？”杨梅睁圆了眼睛，有些戒备地问，“找我干吗？”

“我们先去那边茶室坐坐吧。”曹元明说。

三人在学校旁的茶室落座，邹衍对曹元明说：“别看杨梅人小，可是急诊科的骨干，工作勤恳，又肯上进，这段时间在医学院补课自考本科。那天接诊的护士，就是她。”

曹元明点点头，问杨梅：“还记得汤小辉这个病人吗？”

“当然记得！”杨梅一听“汤小辉”这三个字，脸上就露出惊魂未定的神色，“就是那个得鼠疫死的病人！他那些狐朋狗友真是狗咬吕洞宾，赵主任就是被他们打伤的。那天的事，现在想起来都可怕。医院监控录像你们看了吗，就像电影里古惑仔街头打群架……”杨梅以为曹元明是来调查那起医闹的，“叽里呱啦”把当时打砸抢的情况说了一遍，末了还说，“这帮坏蛋，绝不能饶了他们。”

曹元明问：“汤小辉送进医院那天的情况，你能说说吗？”

“知道你要问这个，我这有份汤小辉的门诊病历复印件。”邹衍从包里拿出一张复印件，递给曹元明，“病情一目了然。”

曹元明接过来一看，只见病历上写道：

“患者因‘发热、咳嗽、全身不适三天，加重伴胸闷气促一天’入院。

查体：精神烦躁，口唇发绀，结膜充血、水肿，咽部充血，双侧扁桃体 1 度肿大，双侧肺呼吸音粗，左肺可及细湿罗音，心界扩大，心律不齐，心音低弱，可及早搏，双侧腹股沟皮肤暗红。辅检：血常规：白细胞 33.5 × 10E9/L，中性 96%，尿蛋白（++），胸部 CT 示双肺纹理增粗紊乱，左肺中下段见大片高密度絮状阴影，双肺门阴影增大，心影增大，左心室增大明显。诊断为大叶性肺炎伴左心衰，予抗感染、利尿、强心等对症处理，疗效不佳。晚 8 时患者出现烦躁，意识不清，血压开始下降……9 时 20 分因抢救无效死亡。……"

接着是一份事后补充的尸检诊断："尸体解剖发现死者左侧腋下有个直径 4 厘米的肿大淋巴结，与周围组织粘连，尸检材料（死者心血）培养出鼠疫菌，血清鼠疫反向间接血凝试验强阳性。根据鼠疫诊断标准确定为鼠疫。"

曹元明看了后，问："那天，是谁送汤小辉来医院的？"

杨梅说："开始是他自己打车过来的，没人陪，来的时候是中午，后来挂了盐水没好转反而病情恶化了，赵主任一看不对，告知病重，叫他赶快打电话通知家属，家属赶来时已经是傍晚了。"

"家属来了几个？"

"就一个，是他妹妹，打扮很艳，身上一股浓浓的兰蔻香水味，戴着施华洛世奇的水晶耳钉。"汤小雯留给杨梅的印象，都是女孩子容易关注的特征。

"其他人呢？"

"来了好些人，说是他朋友，闹哄哄的影响我们抢救，让他们出去，他们还不乐意。"

"你一直在汤小辉身边？"

"嗯，直到最后他断气。赵主任吩咐，这个病人情况不稳定，要随时观察。"

"汤小辉临终前和他妹妹交代了什么吗？"这个是曹元明很关心的，在这个时候，只要是头脑清醒的人，就会把最重要的话告诉家人。

"他感到自己快不行了，好像说过有什么东西藏在家里的阁楼上。他妹妹当时哭成一个泪人儿，不让他说话，让他闭着眼睛好好休息，她总觉得这么一个壮小伙子，不会就这样死掉。”

曹元明一个激灵：这些藏在阁楼上的东西，不就是黎娜说的“古董”吗？他问：“汤小辉有个女朋友，来了吗？”

杨梅说：“好像吧，他快断气时，来了一大帮男男女女，里面说不定就有他女朋友，当时这些人一看病人情况不好，就开始又吵又闹了。”

曹元明又问了一些问题，基本还原了当时的情景。

杨梅说完，问邹衍：“邹医生，你说这个人怎么走得这么快？听说他平时喜欢探险，身体可棒了。鼠疫有这么厉害啊？”

邹衍说：“我可不是传染病的专科医生，回答不了你。”

杨梅说：“看来没人能满足我的好奇心了。”

邹衍笑了一下，看了一下手表，说：“这样吧，正好顺路，我带你去见一个人，去上堂课，你就明白了。”对曹元明说，“一起去吧。”曹元明点了点头。

喝完茶，邹衍带着两人去医学院的微生物实验大楼，找到了细菌研究所主任薛建国。薛建国和邹衍是大学的校友，比邹衍大几岁，已经有些发福，头也有点秃了。他听邹衍说明来意，把他们带进了一个示教室，给他们放了几张数码显微镜拍摄的细菌幻灯片，说：“这是从汤小辉的淋巴液中提取的标本印片，你们看看。”

曹元明见图片中央是一串呈链状排列的短棒状物体，黑色背景下泛着绿色荧光，显得十分诡异，问：“这是什么？”

“这就是传播烈性传染病鼠疫的病原菌——鼠疫杆菌。”薛建国说。

杨梅轻轻地“啊”了一声：“它有多大？”

薛建国说：“鼠疫杆菌很小，打个比方说，一个针头大小的容器就可以放下几十万个。别看这种小东西不起眼，却可以轻而易举夺走无数人的性命。这种杆菌属于耶尔森菌属，是1894年由瑞士细菌学家耶尔森和日本细菌学家北里柴三郎分别发现的。”

邹衍发表看法：“是耶尔森先发现的吧，否则怎么被命名为耶尔森菌属？耶尔森和北里柴三郎是竞争者，学术界的竞争就像体育比赛一样残酷，大家都经过了长期的艰苦锻炼，比赛中也竭尽全力，比的就是谁抢先一步撞到终点线。”

薛建国说：“1894年香港爆发了鼠疫，北里柴三郎和耶尔森都来到香港。公平地说是北里柴三郎先看到鼠疫杆菌，但他的培养基受到了污染，而北里为了彻底否定耶尔森的发现以独享破解鼠疫之谜的荣誉，反将不慎污染的细菌当作主要引发鼠疫的病原体，最终失去了鼠疫杆菌发现者的历史地位，有点惋惜，当时的耶尔森只是个小人物，北里却是世界知名的细菌学家了。”

曹元明有些不解：“甲午战争就是那会儿的事吧，我们这儿还留辫子呢，日本明治维新不久，和欧美相比科技还很落后，就有这么大名望的细菌学家？”他竭力回想，想不出那个时代哪怕一个世界知名中国科学家的姓名，革命者和官僚军阀倒有一大批。

“日本人在这方面是很强的，过去，除了北里柴三郎，还有野口英世、志贺洁、秦佐八郎等等一大批细菌学和免疫学的顶级专家。”薛建国转头对邹衍说，“汤小辉这个病例很有意思，我在看一些参考资料，准备写一个病例报道，没准能投个好杂志。”

“噢，这就是我们的来意，想知道这种鼠疫杆菌怎么这么厉害？”邹衍说。

薛建国点了点头，说：“我们研究发现，和常见的鼠疫杆菌相比，这种鼠疫杆菌有两个特别的异常之处。”

曹元明和杨梅都竖起了耳朵。

“第一，荚膜和毒力V/W都发生了变异。”他见曹元明和杨梅有迷惑之色，便进一步解释，“V/W抗原结合物有促使细菌产生荚膜、抑制吞噬的作用，并有在细胞内保护细菌生长繁殖的能力，因此，这与病菌的侵袭力直接有关。鼠疫菌的主要传播方式是老鼠→跳蚤→人，但这种鼠疫菌可借飞沫构成人→人之间的传播，并可引起人间的大流行。”

邹衍说：“我们有这种预感。当患者机体抵抗力减弱时，或者鼠疫菌本身毒力增强时，鼠疫菌在体内会快速繁殖，使得患者的病程缩短，鼠疫的一些特殊临床表现因病情进展过快不会出现，导致临床误诊。在汤小辉这个病例中，死者是个身强体壮抵抗力强的小伙子，而病情来势非常凶险，很快由腺鼠疫发展为败血症鼠疫，导致误诊和死亡，使得我们感到这种鼠疫菌的毒力很强，不是一般的鼠疫菌。”

曹元明问:“汤小辉是通过呼吸道感染这种鼠疫菌的吗?”

邹衍说:“这个无法证实,尸检发现他手指上有划伤的痕迹,也可能是通过跳蚤传播的。有好几个接触他的医护人员感染了鼠疫,这个显然是人→人之间的传播,后来对他们采取了紧急的隔离治疗,还好都没有生命危险。”

曹元明回头看杨梅,杨梅做了个鬼脸:“不是我噢,我口罩一直戴得严严实实。那是几个麻醉科的医生过来给汤小辉做气管插管,被他气管里的痰喷了一脸,结果不幸中招了。好可怕噢!”

曹元明问:“鼠疫的病死率有多少?”

邹衍说:“流行性鼠疫一般是百分之二十五左右,及时应用抗生素可以降到百分之十左右。”

杨梅说:“这样看来,鼠疫菌致死性不高嘛,怎么还是甲类传染病?”

薛建国摇了摇头,说:“那是在现代的医疗条件下,在旧社会,鼠疫病死率是很高的。准确地说,对一种传染病而言最恐怖的不是致死性,而是传染性。快速发病、高致死率的传染病注定不会大面积传播,比如狂犬病毒和埃博拉病毒,虽然病死率极高,但因为从感染到发病到病死,周期很短,得了病就不可能到处跑了,也就难以快速传播了。最可怕的传染病,有以下特征:传染源能够大范围活动,传播途径通过空气、口、性行为等播散,首推空气,同时大多数人易感。就拿最近媒体屡屡提及的禽流感,这种病其实不算厉害的传染病,密切接触人群发病率太低,人与人之间不能直接传染,除非发生病毒变异,否则还不如普通流感造成的危害大,而 SARS 则是个比较厉害的传染病,但比起鼠疫来说,这些都只是瘟疫家族小打小闹的小卒子而已。鼠疫的各个特征都符合最可怕传染病的标准。”

他端起茶杯喝了口水,继续说:“14 世纪在欧洲广泛传播的黑死病是人类历史上最严重的瘟疫,据估计,这场瘟疫在全世界造成了大约 7500 万人死亡,比人类历史上规模最大的战争——第二次世界大战死亡的总人数还要多。这种疾病是不是鼠疫,曾有争论。最近,有科学家从分析古代 DNA 和寻找特定蛋白质两种手段结合在一起,明白无误地显示黑死病由鼠疫杆菌引起。你看,这个小东西有多厉害!”

邹衍问:“对了,刚才你说汤小辉感染的这种鼠疫杆菌有两个异常之处,还有一个呢？”

“第二个异常嘛……你知道，鼠疫杆菌是没有芽孢的，在外界的生存能力不是特别的强，离开宿主后，在浓痰中可存活两到三周，尸体内可活数周至数月，蚤粪中能存活一个月以上。它对光、热、干燥及一般消毒剂均比较敏感，日光直射四五个小时即死，加热100摄氏度1分钟，以及常用浓度的消毒剂如石炭酸、来苏、升汞、氯胺均可有效杀死病菌。但是，”薛建国说到这里加强了语气，“我们却惊讶地发现这种鼠疫杆菌在生存条件不利时会形成芽孢，这使得它生存能力大大加强，在土壤中可能存活上百年。很显然，这种鼠疫菌在基因上发生了某种变异，如果通过基因检测证实了这一点，那将是一个全新的发现。”

邹衍吃惊地“咦”了一声：“怎么会出现这种变异？”

“这种变异确实相当罕见，只有两种可能：自然选择和人工选择。”

曹元明立刻意识到了邹衍为什么会如此吃惊，问：“您是说，这种异常的鼠疫杆菌有可能是人工培养的？”

“啊呀，是不是有坏蛋搞破坏啊？”杨梅有些害怕。

“哪有那么简单的事？你以为个人能搞出这种东西来？”邹衍说。

“说不定是细菌武器呢。”杨梅嘟起了嘴。

邹衍不屑一顾：“现在都是核武器时代了，谁还玩这个？这是国际法明令禁止的。以前SARS出来时，也有人说这是生物武器，不过是无稽之谈。”

曹元明继续问：“也就是说，汤小辉感染的这种鼠疫菌，可能来自几十年前甚至上百年前？”

薛建国说：“理论上有这种可能——休眠的芽孢复活了，就像打开了潘多拉魔盒。”他厚厚的镜片后，闪烁过一丝忧色。

鼠疫是最可怕的传染病之一，而这种鼠疫菌的毒力和生存力又比普通的鼠疫更强，这让曹元明心中一寒，问邹衍：“汤小辉究竟是在哪里染上鼠疫的？按照国家规定，鼠疫是甲类传染病，这种烈性传染病是需要立即采取防疫措施的。”

“应该不是在我们河山染上的，我们这里最近30年都没见一例鼠疫了。近年来鼠疫在我国大部分地区都已绝迹，只在青海西藏的少数地区有散发病例。”邹衍皱眉说，“汤小辉一确诊，我们就按《传染病防治法》上报了省疾控中心，但是，无法进行流行病学调查，他是个‘驴友’，喜欢到处乱跑，而且突然死亡，这个传染源是在何处，难以确定。不知道具体的地方，就无法确定疫区，无法对疫区采取人间鼠疫疫区处理方法进行处理。”

曹元明问：“最近几十年我们这都没有流行过鼠疫？”

“历史上，河山县发生过多次鼠疫流行，最近一次爆发流行已经过去六十多年了。”薛建国对此有所研究，他推了推眼镜，翻开一本笔记，“那是1945年2月，先是在一家叫‘锦和’布店的后院水缸水面上发现有跳蚤，很快其他地方也出现这种奇怪的现象。几天后，多处街道里弄下水道、阴沟等处时有鼠尸发现。接着，在城南、河西、前门三个居民区相继发生高热病人。医生开始误诊为恶性疟疾，以后才确诊为鼠疫。发病者愈来愈多，来势凶猛，死亡者逐日增加，在一周之内出现疫病大流行，仅城南一带，一周内就有三百余人相继死亡，有的甚至全家死绝。来势如此迅猛，曾进行隔离，禁止外人进入疫区。悲哭之声，每天可闻，街上已无行人，人心惶惶，不可终日，人们都说：‘谁能知我今天为亲人送葬之日，就是我受传染得病之时，夫死妻埋，妻死谁埋？’面对这场疫病恐怖，不少人不得不离家前往乡下。伪县政府当局面对瘟疫束手无策，当时医疗水平十分低下，几家私人诊所根本无力采取防治措施，城内仅有一所教会办的‘慈康’医院，这个医院当时被日军征用，收容有日军伤兵，日军不允许中国医师抢救病人，以免将鼠疫带入医院。当时治疗药物十分紧缺，群众到处觅购有效药磺胺类药，药价一路飙升，到了每担稻谷仅能买七片的地步，药店中消发未定片、消治龙斤、大健王片、乌利龙片等抢购一空，群众心理是宁愿受倾家荡产之苦，也要千方百计觅购救命药。”

曹元明有些奇怪：“1945年2月？那不是冬天吗，冬天爆发鼠疫流行？”

薛建国点头说：“你很细心啊，我对此也纳闷，因为鼠疫的发生有明显的季节性，夏秋季节比较多，但历史记载就是如此。换个角度想，还好是冬天，如果是夏天，老鼠和跳蚤活动活跃，死的人会更多。”

谈话结束，曹元明和邹衍回家，邹衍问：“今天的谈话对汤小雯一案来说有收获吗？”

曹元明说："有些信息要回去再整理。不过，还有一件重要的事要办。"

邹衍问："什么事？"

曹元明表情凝重："得尽快把汤小辉所得鼠疫的传染源找到啊，否则还会有更多的人受害。"

邹衍说："狗拿耗子多管闲事，这是卫生部门的活儿。"

"不是还查不出来吗？"

邹衍叹了口气："你那边答应了韩家查白骨案，这边又要查汤小雯被杀案，现在还得查汤小辉的传染源，你以为自己有三头六臂？你现在还休病假呢，真要上班了，你还不得累得再次胃出血？"

曹元明捶了他一拳："你小子，咒我呢！对了，你和韩大小姐现在发展得怎么样了？"

邹衍自嘲地一笑："还能怎么样？我邹某人遇到对手了。"

曹元明笑了，说："轻易得手，你小子就不会珍惜了。"

邹衍"嘿"地一笑："那倒是，送到嘴边的，我都吃腻了。"

曹元明说："腻了就好，赶紧和那些风流游戏拜拜吧。遇到了对手是好事，你正儿八经对人家，人家也会正儿八经对你。"

"她家都不是省油的灯，那老太太你见到了，她爸更是个厉害角色。"

"你是跟她谈恋爱，又不是跟她爸谈恋爱，管他呢。再说了，她爸生意做这么大，没几把刷子哪行呢！"

"是啊，你听说小镜湖地块被高价拍掉的事吗？"

"没有，我不关心这个。"

"小镜湖你知道吧？"

"这个谁不知道，是当年董市长搞形象工程挖的人工湖，现在成了一个臭水塘了，老百姓背后都骂娘呢……那儿的地块能拍高价？"

"嘿，这你就不懂了。这个小镜湖地段相当不错，毗邻新城商业区，离新建的高铁站不远，按说董市长眼光还是有的，后来因为经济问题吃牢饭去了，继任的贺市长爱折腾，把董市长任上搞的一系列工程全部推倒，小镜湖因此疏于治理，就变成了一个臭水塘了，周围的地块没人愿买下……"

"你说了一大堆，跟韩吟雪他老爸有什么关系？"

“且听我慢慢道来。世达国际投资公司的老总韩观樵，偏偏看中了这块地。”

“嗯，这位韩老板眼光独特。”

“应该说老谋深算。市委的马副市长年纪大了，快到退休年纪了，又没有多少实权，只分管点儿文体事务，因此没什么人去巴结他，可韩观樵却隔三差五地和他联络感情，不是请他出席会议，就是请他参加奠基剪彩，对他尊敬得不得了，据说，还送了他一份厚礼。”

“什么厚礼？”

“马副市长喜欢墨宝，韩观樵就拍来一幅齐白石的《白荷图》送了他，让他放家中清供之玩。《白荷图》是齐白石晚年的佳作，布局、笔墨、书法、印章，无一不妙，马副市长是识货之人，深为感动，这样两人就形成了信任。前不久，中央决定在河山市召开全国大学生运动会，新体育中心的选址就落在小镜湖旁边。这个决定刚一做出，还未公布，马副市长就把这个机密悄悄告诉了韩观樵。于是，韩观樵立刻买下了小镜湖旁的地皮，因为无人竞争，价格低得很。”

“你不是说小镜湖地块被高价拍掉了吗？”

“你想啊，政府要在那儿召开大型运动会，能允许这么有损市容的大臭水塘存在吗？肯定要花大气力治理。果然，河山市召开全国大学生运动会的消息一公布后，市政府就宣布投资两个亿治理小镜湖，这笔巨资简直就是在为韩观樵投资。接着，小镜湖旁边的地价就一夜暴涨，韩观樵刚买进的地块再卖出去，只这么一转手，便赚了个盆满钵满，据估计，获利在九位数。”

“你小子，哪里的小道消息？”

“天机不可泄露。”

曹元明摇了摇头，说：“这位韩老板眼光，不光看地，看人也准，拿准了马副市长的脾气禀性，马副市长对他的回报够丰厚的。上次韩吟雪说‘世事洞明皆学问，人情练达即文章’，看来是有感而发。”

邹衍说：“那是。听说世达公司不久前在上海成功运作过古北的两栋烂尾楼，一下子获利这个数。”说着伸出了两根手指。

“两千万？”

“后面再加个零！”

“吹的吧？”

“江湖传言。”

“嗯，有这么个会赚钱的岳父，你以后甭玩手术刀了。”

“嗐，不是跟你说，我遇到对手了嘛。”

“是啊，这位韩老板看人这么准，如果一下子就看穿你是个风流成性的主儿，那就糟了。我说邹衍啊，你现在改邪归正还来得及，和过去的艳史彻底告别。”

“我靠，到时候你就偷着乐吧！”

两人谈笑之间，曹元明忽然想到：“既然这位韩观樵本事如此之大，为什么韩世达被害一案没见他出面呢？”转念又想：“也许他已经找了上层关系吧，我这样的小警察，自然是不入他眼的。”他想起法医孟清的话“韩家托的人不止一个，你并不是第一个来打听的”，看来，追查这个案子的人不止自己一个人。

第二天，曹元明把汤小辉临终前向妹妹交代的遗言告诉了陶鸿，推测他家阁楼上放着重要东西。陶鸿微一沉吟，说：“搜查令还没下来，不管了，走，先看看去。”

汤小辉和黎娜同居，为了省钱，租的是城郊三和镇一家农户的房子，虽说是镇子，但由于城市快速发展，实际已和城区连成一体了。两人驱车赶到，见这是个上世纪80年代的老房子，独院独户，有个小阁楼。他俩见大门敞开着，便进去了，见有几个人在里面四处翻看，其中一个中年男子见到他俩，劈头就问：“你们是干什么的？”态度很不友好。

陶鸿出示证件：“我们是城南公安分局刑侦大队的，你们是什么人？”

那人看了证件，脸色顿时缓和，说：“我们是这边派出所的。”拿出了自己的证件，陶鸿一看，原来此人名叫盛东，也是一名民警。

盛东说起缘由，今天早上接到村民报案，说是村里有个人家的大门的门鼻子被人用工具铰断了，觉得有些奇怪，便推门一看，见里面被翻得乱七八糟，看来是被盗了，就报警了。盛东带了两个派出所的协警，跟村长一起过来勘查现场。

陶鸿和曹元明对望了一眼，暗暗叫苦，没想到晚了一步，这起盗窃案来得这么巧！他俩向盛东说明来意，盛东听说汤小辉藏在阁楼上的东西可能与一起凶杀案有关，不禁皱起了眉头，说："你们不走运，这家一来'澳门人'和'台湾人'，你们想找的那些东西，估计已经不在了。"

"澳门人和台湾人？"曹元明奇怪地问。

盛东吸吸鼻子，说："'拗门'人和'抬完'人，这样的事发生过多起。小偷胆子很大，知道这家没有人，明目张胆地将门锁拗断，将里面值钱的财物装箱子里抬走了。"

陶鸿和曹元明上了小阁楼，上面其实空间不大，大概五六个平方米，散乱着一堆杂物，都是些绳索、探灯、岩镐、岩钉、指南针、帐篷、回字扣、睡袋等等，看来，汤小辉是一位资深"驴友"，喜欢攀岩钻洞之类的冒险活动。除此之外，并没有发现什么贵重的物品或者出土的物品，也没有见到旅行包、登山包之类的包裹或者箱子，不仅是阁楼，整个家里都没发现这些东西，看来的确被洗劫一空了。在农村，人口稀疏，人们缺乏防范意识，加之警力薄弱，这种"搬家式"的入室盗窃案并不鲜见。

陶鸿叹了口气，说："只有去把黎娜带过来，让她好好回忆丢了些什么东西。"当下和曹元明回到刑警队，向臧进荣报告了此事，办理提人手续。

臧进荣给了他一个黑色塑料袋，里面有几条中华烟，说："托人办事，总要联络一下感情。看守所和派出所，都打点一下，特别是盛东那儿，我会关照几句，希望他们加大侦查力度，尽早把小偷捉拿归案，否则时间一长，就算抓住了人，东西也不知去向了。"

陶鸿把黎娜从黄草坪看守所带到三和镇，她对照现场，大致说了丢失的财物数额，但并不知道男友藏了什么东西在阁楼上，只是说原来上面放着一个天蓝色的硬壳大旅行箱，开锁要密码的，现在箱子不见了。

技术人员在电脑上绘制出几张旅行箱的草图，黎娜最后确认了式样和大小，他们将图片分发给附近的各个派出所，请他们特别留意这种箱子的线索。

警方从黎娜嘴里得知了汤小辉的QQ号和电子信箱，用技术手段打开了他的QQ和信箱，想从中发现一些交易古董的信息，但没有留下任何的交易痕迹，查汤小辉的银行卡记录，也没有发现线索，看来汤小辉在这方面很谨慎，交易不经过网络，也不经过银行，而是见面交易，现钞支付。汤小辉原来有一部笔记本电脑，即使电脑硬盘的数据被删除，也可以通过技术手段恢复，从中可能获得某些线索，但可惜的是，他死后，这个电脑被他妹妹汤小雯使用，汤小雯被害后，这部笔记本电脑也被凶手掠走了。

在汤小雯一案尚无头绪的情况下，感到压力倍增的刑警队，再次召开案情讨论会，会上意见认为，现阶段主要工作集中于三点：

一、将被害现场发现的那枚不完整的指纹与公安部的指纹库进行比对，这样会花费大量时间和精力，但如果凶手是留有指纹档案的刑满释放人员，这是最有效的方法。

二、汤小雯的社会关系还要进一步排查，凡是与她有过接触的人，包括她的手机上近期通话名单上的所有人，都要一一排查。

三、汤小雯被害初步认定为谋财害命，而据黎娜供述，汤小辉暗中从事“古董”交易，而且最近弄到了值钱的东西，汤小雯是知情人，她有可能无意中泄漏了这个秘密而引来杀身之祸，因此，汤小辉的“古董”交易可能与本案有关联，要尽快查清交易的内幕。

陶鸿认为，汤小辉家的盗窃案从作案手法看，和前几起发生在附近的盗窃案类似，汤小辉死后，黎娜又进了看守所，家里近期无人居住，因此被窃贼盯上了。这起盗窃案应该是偶发事件，和汤小辉的“古董”交易以及汤小雯的死，可能不存在因果关联。

他接着提出，根据掌握的情况分析，汤小辉交易“古董”的场所，不在河山本地，而是在外地。那么，这个地方是哪里呢？一般说来，买家总是聚集在商品流通发达的地区。如果要交易，汤小辉会选择什么交通工具出行呢？飞机要安检，而且价格昂贵，他没有驾照，自驾车不可能，剩下的只有长途汽车和火车了。

现今铁路采取了实名制购票，警方通过铁路部门的售票系统搜索了汤小辉所有的购票记录，发现他去外地的次数最多的是上海，上海可能是他脱手“古董”的地方，又查了汤小辉手机近一年来的联系号码，特别是外地号码，逐一排查下来，发现有个上海的号码和他联系比较频繁。

臧进荣圈下了这个来自上海的手机号码："从这里开始吧。"

刑警队的老夏和小宋两人组成一个侦查组前往上海，臧进荣叮嘱他们采取如下方式找到和汤小辉交易"古董"的人，以搞清交易的内幕：

一、通过汤小辉几次购票记录，可以确定他在上海的停留时间，现在旅馆酒店的客房系统和公安局的内网是相连的，只要他入住旅馆酒店，就必然留下记录，再查找当时的监控录像，就有可能找到交易的买家。

二、通过这个圈定的可疑手机号码确定主人的身份信息，找到这个很可能与汤小辉有过多次交易关系的人。

老夏和小宋立即赶往上海，在上海警方的协助下，查清了那个手机号码的主人，此人名叫钱志成，通过汤小辉入住旅馆留下的监控录像，见到了这个人的外形特征：身材高瘦，长脸，走路有明显的外八字。据查，钱志成是个加拿大籍华人，在一家进出口公司做销售顾问，利用业余时间做古玩掮客生意，对于古玩颇有心得，有时遇到被卖家当作赝品而实际上是真货的古玩，就掏钱以最便宜的价格买下来，藏于家中，伺机出售，听说美国、加拿大、日本、新加坡等地都有他的客户。看来，和汤小辉交易古董的人，就是他。

钱志成租房住在闸北区止园路的一处高档公寓中，为了不打草惊蛇，侦查员决定不和他事先通话约时间，而是直接和他面谈，但到他所在的公司一问，才知道他已经辞职了，像他这样的人，有时一年要跳槽几家公司。侦查员又去了他家，却发现是铁将军把门，向邻居一打听才知道，这个钱志成刚刚回了加拿大！此人在上海并无亲人，只有几个普通朋友，至于他什么时候回来，谁也答不上来。老夏试着拨打他的手机号码，手机幸运地通了，老夏说经朋友介绍，想和他谈点生意。钱志成有点不耐烦地说："等我回来再说吧。"说完就挂断了，也不问究竟是什么生意，似乎并不感兴趣，后来又打了几个电话过去，但再无人接听。这条线的追查，就只有暂停了。

第八章　仇杀？情杀？

汤小雯一案正在紧张侦查中，曹元明一边关注案情进展，一边仍在查访韩世达一案。

曹元明去城南派出所了解冯德纯的情况。冯德纯虽然多年前就已退休并被广东一家医院聘请举家迁至外地，但迁户口是会留下记录的。他在派出所遇到了纪所长，说明来意后，纪所长翻了一下白眼：“你们刑警队的人是越来越能了。”

纪所长和臧队长关系不好，本来治安上派出所和刑警队一个管防一个管打，职能上协作互补，应该搞好关系，但两人偏偏不对付，以前他们在基层共事时关系就不好，现在各人官居一方关系更加糟糕。前不久城南分局刑侦大队根据“天马”夜总会的线索破获了一起涉毒大案，纪所长一听到消息，便腆着脸托人找臧进荣，让他把自己在刑警队的小舅子调进专案组，等到上头下发立功受奖的文件，小舅子就能跟着沾个光了，这种做法并不鲜见，偏偏臧进荣铁面无私，而且又摊上是纪所长叫人来说情，不但拒绝还带了通臭骂，把个纪所长气得七窍生烟。

曹元明当然知道这里面的名堂，但他对纪所长还是尊敬的，自己毕业后实习时跟过他，就连妻子汪敏也是纪所长的爱人介绍的。他笑着说：“您这么说那是埋汰我，咱们都在分局这口大锅里一块儿吃饭，说到底是屋檐下的一家人。我们再能干，也干不了你们的活儿。”说着掏出一包中华烟塞给纪所长。

纪所长手一挡:“别来这个啊，你小子这些年，尽跟他们学些坏的。听说你要调走了，好事儿。”

“我是后辈，要是哪里学坏了，您得多指教啊。”曹元明笑容不减，抽出一支烟递上去，纪所长瞪了他一眼，接了烟，曹元明把剩下那包烟塞进纪所长的口袋，给他点上烟。

纪所长吐了两个烟圈，说:“让我猜猜你来是干什么?嗯，你是为韩世达的案子来的?”

曹元明拇指一翘:“您料事如神。”

纪所长“哼”了一声:“什么料事如神!大黄狗刚来过，就为的这事儿。”“大黄狗”是黄利平的绰号，他原来也是城南分局刑侦大队的，现在辞职做私家侦探，以前的同事们好听一点儿叫他“大黄”，难听的就叫他“大黄狗”。

“大黄鼻子还挺灵的。”曹元明早料到韩家不会只请他一个人追查此案，没有想到黄利平也掺和进来。

“怎么，韩家的钱，只许你一个人赚?”

“不，我不是这个意思，我查这个案子，不是为了韩家，也不是为了钱……”曹元明想解释一下。

纪所长挥手打断他:“我只是提醒你一句，别跟大黄狗学，他是什么人?你是什么人?你以后去了市局机关，前途是光明的，不要在这种事情上栽跟头。我就奇怪了，怎么臧进荣手下的兵，都是这么个出息?”他深深吸了口烟，香烟一下子燃到了过滤嘴，把烟蒂在花盆里捻灭，“刑警队是非多，麻利点赶紧走人，别死咬着屎橛子，给根麻花都不换。”

曹元明苦笑了一下，默然不语。

纪所长摇摇摆摆走了，曹元明松了口气，跑到户籍室找到值班的民警，这个民警是新来的小伙子，不认识，曹元明很客气地请他帮忙，小伙子很和气:“见外了，天下警察是一家嘛，何况，大家都在一个地界上办公。说吧，什么事?”曹元明请他查一下冯德纯的户籍迁移情况。

小伙子乐了:“不用查，刚有人来问过了。”

曹元明心想：“大黄狗嗅觉灵敏，步子还挺快。”问：“怎么样？”

小伙子的回答让曹元明心里一沉：“这个人已经去世了，他的户口其实一直没迁出去，五年前注销了户口。”

“噢，原来如此。”曹元明想了一下，“那他在河山市还有亲属吗？最亲近的是谁？”

小伙子低头翻看了一下查过的记录，回答：“他的几个子女都移民国外了，有一个侄女还在这里，他家的老房子就是由这个侄女在料理。”

冯德纯的这位侄女名叫冯霞，在市环保局工作。曹元明前往环保局找到了这位快要退休的冯科长，想了解一下冯德纯生前的一些情况。

冯霞是个膀大腰圆的中年妇女，坐在办公室里和同事拉家常，曹元明委婉地说明来意，她敲着茶杯盖子嚷开了：“怀疑一个去世多年的共产党老干部？你们是什么居心？我看是利欲熏心！韩家仗着有几个臭钱，就想搞反攻倒算？别忘了，这儿还是共产党的天下！我没工夫也没兴趣跟你这种人闲谈！快走！”

见势头不对，曹元明只得告辞，一出门，门就“砰”地关上了，隐约听见里面冯霞的大嗓门还在嚷：“小朱，下班后跟我一起去找门卫，这种人不能放进来，气死我了。”

曹元明知道肯定是黄利平先前找过冯霞，双方的谈话一步入正题就搞僵了，自己去找冯霞时，正遇到她气头上，结果碰了钉子。他不甘心，下班后又悄悄跟上冯霞，想找她继续谈谈，但依旧吃了闭门羹，冯霞警告他：“你再纠缠，我就报警，告到你单位领导那儿去！”曹元明只得作罢。

虽然冯德纯去世了，但他仍是杀害韩世达的第一嫌疑人。死去的人不可能再追究刑责，但在道义上仍要予以追究。

曹元明盯着桌子上的那张纸出神，这是一张邹衍提供的名单，写着60年前医院老职工中现在仍在人世的人，有的留下了联系方式，有的仅仅是一个人名。

经过孜孜不倦地查找，这些垂垂老矣的人中，有的人无论怎么启发都记不起当年的情况，有的人刚去世，还有的人能记起一些往事，但这些事情没有什么价值，现在，这个名单中只剩下了一个周冬梅。

根据敖文年保留的笔记，1950 年 7 月 3 日晚，内科的值班护士是徐小芬，她是最后一个看到韩世达的人，外科的值班护士有两人，一人是周冬梅，一人是钱英。按推测，韩世达应该是在内科病房值班时被人约出去，然后被害的，这个约他出去的人很可能就是凶手，可能是医院内部的熟人，那么，那天与他一起在内科值班的徐小芬护士对此的回忆就显得十分重要，但遗憾的是，徐小芬已去世多年。外科值班护士中，钱英患有老年痴呆症，不可能回忆当年的情况，只剩下周冬梅。曹元明请户籍警查询，发现周冬梅十多年前便移居云南昆明，和女儿女婿一起生活。

辗转几次，终于找到了周冬梅老人的联系电话，曹元明在电话里表明身份，说是想请问一些当年的医院的旧事，问道："您还记得韩世达这个人吗？"

周冬梅说："嗯……还记得一些，不过这个人早就不在了，你问他干吗？"

曹元明心中稍稍一宽，心想："记得就好。"说："我受一个朋友所托，想问问您一些有关的情况，方便的话，我来昆明找您。"

周冬梅通情达理地说："我一个老太婆，有什么不方便的。看来是有大事情，你来好了。"

那就去一趟昆明吧！

飞机飞行在云贵高原的崇山峻岭上空，下降时正遇上阴雨天，穿过积雨的云层时机舱内忽明忽暗，曹元明的心情也是晦暗不明。

曹元明试着回忆 16 年前自己读书时的某年某人某事，都感到记忆已经破碎不堪了，从电话里听，这位八十多岁的老人的思维和话语还是清晰的，但毕竟过去 60 年了，周冬梅能在多大程度上还原当年的情景？他实在不敢寄予什么希望，前面找过几个老人，都没有得到什么线索，不过，总是聊胜于无，只有尽力而为，成与不成就看天意了。

双足踏上巫家坝机场，曹元明感到有些胸闷，他长期居住在平原地区，初到昆明出现了高原反应，他这才想起，手术后就没怎么休息过，一直为案子奔忙，这段时间缺乏锻炼，几块腹肌都变成了五花肉，体质大不如前了。

冒着淅淅沥沥的小雨，曹元明穿过有些泥泞的碎石路，来到了周冬梅的家。

周冬梅头发花白，慈眉善目，但手脚轻快，看来身体不错，她的女儿和女婿都是大学老师，她就住在大学的家属楼里，外孙长大成人外出读书了，女儿女婿都忙于工作，老人平时一人在家，难得有位远道而来的家乡人。这位寂寞的老人很热情地把曹元明迎进屋里，泡上一杯热腾腾的普洱茶，说起了多年不用的家乡话。

曹元明心想：“看来大黄没有来过。”他先是出示证件，和周冬梅寒暄一番，并带来了河山的一些土特产作为小礼物，老人高兴地收下了。两人就这样拉开了话题。

“您是哪一年到‘慈康’医院工作的？”曹元明开始引导老人对往事的回忆。

“参加工作是1948年，新中国成立的前一年，不过我1946年就在这个医院当护士学徒了。那时，对男女学生（徒工）的管理严格极了，要求每个职工信教，开饭前先唱赞美歌。”

“那您是基督徒了？”

“不，新中国成立后就不信那个了，我是党员，呵呵。”周冬梅笑着说。

“您和韩世达医生熟吗？”

“可以说比较熟悉。”

“他的事，您还记得多少？”

“怎么了？你千里迢迢跑来，不是为了考验我这个老太婆的记忆力吧？”周冬梅笑眯眯地问。

“实不相瞒，我来是为了调查一起凶杀案。”曹元明把韩世达被害一案简略地说了。

周冬梅笑容顿敛，脸上露出了悲痛的神色，隔了一会儿，说：“这个凶手真不是人！当年韩世达失踪，有人说他潜逃了，我们都不信，原来是被人杀害了，他死得冤啊。”说到这里，语音有些酸楚，看来，她和韩世达是有交情的。

她平复了一下心情，问：“那我怎么帮你们呢？”

“我刚才说了，请您回忆一下当年有关韩世达的事，越多越好，越详细越好。”

“这个……”老人有些茫然，“从哪儿说起呢？”

“比如说，您能描述一下第一次见面的情景吗？”

“嗯……我第一次见到韩世达，还是在他家。他工作时很认真很严谨，但平时为人随和，生活方式西化，他曾邀请几个护士去他家做客，同伴就拉上我了。我第一眼见到他时，他坐在沙发上，茶几上放着咖啡、雪茄烟，拿着一册小仲马的《茶花女》，正读得津津有味。”

周冬梅的回忆让曹元明心中一喜，看来，这位老人对细节的记忆很真切，真是太难得了。

“你们护士对韩世达的印象都挺好吧？”

“是的，他受的是西式教育，很有绅士风度，懂得尊重女性，这在那个年头很少见。”周冬梅望着窗外的雨中秋景，悠然神往，“记得那年他也是秋天结婚的，我们都去观礼，婚礼就在医院的教堂进行。新娘是‘同福’洋行老板的千金，韩医生是基督教徒，新娘在幼年时受过洗礼，成年后虽没有正式进教，但在教堂中举行基督教仪式的婚礼当然是同意的。”说到这里，她有些歉然地笑了一下，“我扯得太远了吧？”

“噢，没有，请继续说。”引起询问者兴趣的话题，是打开对方心扉的捷径，让对方畅所欲言，才不会对来访者产生反感和戒备。

周冬梅老人继续描述婚礼的情景，仿佛六十多年前这一幕就在眼前发生：

“礼堂中扎着竹叶松枝，点缀着许多五色的玻璃小灯，布置得华而不奢，别有一种庄严隆重的气象。除了钢琴和提琴合奏的悠扬乐声，礼堂中满座的宾客都静默无声，显得壮肃隆重，比较那繁缛喧闹有时简直闹得乌烟瘴气的旧式婚礼，真是别开生面。

“那场面现在当然不稀奇，当时对我们这些农村来的孩子，却有无比的新鲜感。道格拉斯神父穿着黑色礼服，捧着经文，缓缓地从休息室中走出来，乐声便奏起瓦格纳的《婚礼进行曲》。我们的眼光都向礼堂的门口瞧着。一个五六岁的女孩提着花篮，缓步进来，小女孩后面，有一个伴娘，打扮得非常艳丽；更后，就是穿礼服的有点肥胖的新娘父亲，扶着打扮得像天仙般的女儿，按着乐声，一步一步地踏着节拍进来。新娘后面有一个捧纱的小童，穿着一身白绸的童装，活泼可爱。新娘低垂着头，似乎有些害羞的样子，头部罩着白纱，面貌倒瞧不清楚。不一会儿，穿着西式大礼服的新郎和一个伴郎也依着乐声的奏节，缓步前进。新郎五官清秀，丰姿英爽。新娘父亲放了女儿的手，退到后座上去。新娘便独自和新郎并肩地立着。道格拉斯开始诵读经文，一会儿诵经完毕，向新郎询问：'你可愿意终身爱她，安慰她，敬重她，保护她，而和她百年偕老？'新郎回答'愿意'，牧师又回头向新娘发同样的问句，新娘也回答'愿意'。接着新郎新娘交换戒指，新郎亲吻新娘，神父宣布二人正式结为夫妻，那话我现在还记得：'从今以后，你不再被湿冷雨水所淋，因为你们彼此成为遮蔽的保障。从今以后，你不再觉得寒冷，因为你们互相温暖彼此的心灵。从今以后，不再有孤单寂寞。从今以后，你们仍然是两个人，但只有一个生命。唯愿你们的日子，天天美好直到地久天长。上帝保佑你们！'然后大家一起唱赞美歌。"

周老太太很健谈，对那场遥远的婚礼历历在目，说完这些，脸色泛出了潮红，显然这段回忆拨动了她内心的情感发条。

曹元明心中一动："也许，这位老太太当年可能暗恋过韩世达吧？她对六十多年前的那场婚礼的记忆如此完整而清晰，说不定，在少女怀春的芳心之中，已经把自己代入进新娘的角色了。"

聊起韩世达的婚礼只是曹元明的铺垫，下面就进入正题了。

"韩世达失踪那天，您是和冯德纯医生搭班，那天的事，还记得吗？"

"我记得。"周冬梅的话一下子让曹元明搁下了心。

"虽然过去好多年了，但那晚的事，公安人员详细问过我，那是我第一次面对公安干部，觉得很新奇，也有些紧张，因为涉及韩世达失踪的大事，所以当时的情景现在还记得。"老人回忆说，"冯医生刚到'慈康'医院，我是第一次和他搭班，还不熟悉，就没和他说几句话。那时，一切都还没有像今天医院一样正规，外科囊括了从头到脚、从里到外所有伤情，只要见血而符合住院条件的，都包括在内。外科病区的住院，不是以受伤、手术的部位来划分，而是以'轻、中、重'三个档次进行区划的，按病人先来后到的顺序住进病房。那晚冯医生吃了晚饭，在病房巡视了一圈，就去值班室了，值班室的灯一直亮到晚上十点才熄。”

“您看到冯医生出来过吗？他是不是整晚都在值班室？”

“我没有看到他出来，因为我不是一直呆在一个地方，晚上要经常去病房巡视，护士办公室和医生值班室离开很远，所以即使他出来了，或者出去后又回来了，我也不一定知道。而且，后半夜值班的是钱英，后半夜的情况我就不知道了。”

“7 月 3 日前后一段时间，韩世达和冯德纯，这两个人有什么反常吗？”

老人仔细想了一下，摇头说：“没觉得他们有什么反常。”

“那段时间，医院有什么异常的吗？”

“除了韩世达失踪，也没有什么异常的。”周冬梅忽然停止了摇头，“噢，对了，锅炉里被塞进了一个猪头，拿出来的时候，已经烧糊了。这个算吗？”

“锅炉，猪头？”曹元明心中一动，拿出敖文年绘制的医院旧址草图，放到周冬梅眼前，“您能指出锅炉房的位置吗？”

周冬梅戴上老花镜，看了半天，指出了锅炉房的位置，在几十年前的“慈康”医院，埋尸的苗圃的西侧是厕所，东侧是手术室，而锅炉房则紧挨着手术室的北边。凶手如果在医院里将人分尸，而且包装好了尸块，为什么不趁黑夜运走，而要埋在园圃里呢？敖文年曾分析，厕所可以掩盖渗出的尸臭，手术室方便肢解，现在看来，锅炉房也距离很近，曹元明推测，凶手可能有将尸块塞进锅炉里焚尸灭迹的企图。

“锅炉房平时有人吗？锅炉什么时候开火？”

“每天早晨五点多吧，医院热水热气的供应和外科器械高温消毒，都要靠它。”

为什么锅炉里会出现一个猪头，这跟本案的案情有关吗？还是一个偶发的恶作剧呢？

“那个猪头，确定是猪的吗？”

“当然了。”周冬梅似乎觉得这个问题有些可笑，“这个谁会认错？”

“那个时候手术室晚上是锁门的吗？”

“锁门的。”

“如果晚上有急诊手术怎么办？”

“刚解放时，‘慈康’医院条件很差，缺麻醉药，缺专科器械，阑尾炎手术就算大手术了，白天手术都少，晚上根本就没有手术。正因为水平有限，这才要部队转业人员支援。你想啊，医院到了晚上经常停电，黑灯瞎火的想做手术也不成，难道让护士在一旁举着蜡烛开刀？手术是精细活儿，又不是屠夫宰猪宰羊那么粗枝大叶。”

曹元明心想：“分割一具人体，对于熟练工来说，还真和宰猪宰羊差不多。”

“是不是哪个医生都可以进手术室？”

“按规定，手术室钥匙由外科值班医生保管。手术室里面没有什么东西，旁边就是搁尸体的太平间，阴森森的挺瘆人，谁吃饱了没事会跑进去？”

“那晚手术室有什么异常吗？”

“这就不知道了，医院经常有闹鬼的故事，晚上谁也不会去关注手术室和太平间。”

曹元明思忖片刻，问：“医院经常有闹鬼的故事？”

老人笑了：“都是传说啦，我干医务工作这么多年，从来没碰到过一起，早不信这个了，不过，刚工作时还是有点儿怕的。”

曹元明想起了韩老太太说过的那个噩梦，问：“那么，有没有听过这样的鬼故事：会跑的人头？”

“会跑的人头？怪吓人的……这个倒没听过。”

“那是些什么鬼故事？”

周冬梅想了一下，说：“‘慈康’医院在抗战时被日本鬼子占用，作为军事医院，收治过日本伤兵，也收过一些奇怪的病人，不过这些病人都是晚上用军车运来的，后来又不明不白地消失了，谁都不知道他们去了哪里，于是就有人编了鬼故事，说这些人化为阴魂盘踞在医院久久不散。多年后，还有人说在‘八角楼’，深夜时能听到隔壁有啾啾鬼鸣，地下室地板会濡渗出汩汩的血，楼道里能听到鬼的脚步声。”

“您见过这些奇怪的病人吗？”

“没有人看到过，日本人把这些人单独隔离在地下室，外面有专人把守，中国籍的医生和护士根本不能靠近，显得很神秘。”

“这些人都关在地下室？”

“是吧，反正‘八角楼’整个儿都被日本人占据了，具体关哪里别人不知道。”

“这些病人怎么奇怪了？”

“不是跟你说了吗，我是1946年才到这个医院学习的，那时抗战已经胜利了，这些都是听别人说的。”

“了解这些情况的人，您还记得有哪些吗？”

“有我的老师，还有一些年长的护士，不过，过去这么多年，这些人都已经不在人世了。”

曹元明觉得刚才几个问题有些偏题了，把话题又拉了回来：“您觉得冯德纯医生怎么样？”

“他的水平？他以前在部队当过两年卫生员，在野战医院接受过战地救护培训，水平当然不及韩世达这样受过科班教育的医生。”

“他的为人怎么样？”

“起初不了解，后来，同事相处久了，发现他是一个内向的人，给人一种很忧郁的感觉，听说他父母新中国成立前被恶霸害死了，所以一直是这个样子。其实，他的忧郁并不是怨天尤人，很多事都挺豁达的。”

“豁达？这话怎么说？”

“噢，他一只脚有点跛，是在朝鲜战场上被美国飞机扔下的炸弹炸伤的，因为战场医疗条件不好，直到回国后残留在腿里的弹片才取出来，结果落下个阴雨天就腿疼的毛病，有时疼得晚上整宿都睡不着。你知道，河山那地方，梅雨季节是很长的。但他却不以为意，说很多战友都牺牲在异国，他能活下来已经是上天眷顾了，一点疼痛算不了什么。”

“这位冯德纯果然是军人出身，是个硬汉啊。他有没有给你们讲讲战场上的见闻和他的英雄事迹？”

“老冯获得过三级解放勋章和抗美援朝纪念章，但他很少谈自己，和我们谈得最多的是那些牺牲的战友。”周冬梅老人侧着头回忆往事，“他常说起一个姓田的军医，解放战争时期他们成为了战友，都在师野战医院工作，虽然这个姓田的同志年纪比老冯小，但文化知识和医学技术要高得多，闲暇时帮助老冯学习，还教他下围棋，后来，两人一起南下到河山县工作，再后来，又一起去的朝鲜，可以说是患难与共的兄弟，可惜的是，这位姓田的战友牺牲在朝鲜战场，再也没有回来。”说到这里，老人有些欷歔，“这红色的大好河山，就是这些不怕死的烈士的鲜血染红的。”

“这位姓田的先烈，和冯德纯是同乡吗？您记得他的名字吗？”曹元明心生敬意，想起了自己的祖父。

“这位田医生是东北人。对了，他也在‘慈康’医院工作过呢，和老冯一起，1950年从部队医院转业到地方医院，第二年年初就去了朝鲜，在地方上工作只有几个月，所以名字一下子想不起来了。”

曹元明突然想起在市立医院百年院志的大事年表上，提到在抗美援朝期间医院响应党的号召组织医疗小组赴朝，其中提到一位名叫“田力”的医生光荣牺牲，问：“这位烈士是不是叫‘田力’？”

“对了，你一说我想起来了，你怎么知道？”周冬梅轻轻拍了一下桌子，“这个田医生个头不高，但很精神，去朝鲜之前，刚娶了个媳妇，是我们本地人，走的时候媳妇还怀着孩子呢，真可惜……”她一声叹息。

“田医生也是外科医生？”

“是啊，听说开刀技术可好了，要不怎么去朝鲜？开刀这个活儿要天赋的，天赋是会遗传的，他的遗腹子，后来也成了我们医院的外科医生，在河山市的名气很大的……”

曹元明“嗯”了一声，长期养成的职业习惯使他不肯放过任何可能的线索，既然田力和冯德纯的情况类似，比如，两人都是外科医生，都从部队转业至“慈康”医院工作，就不能排除作案嫌疑，问：“那么，在韩世达失踪的那天晚上，你见过田力吗？”

周冬梅摇头，“没见到，我又不是门卫，进出医院的人哪能个个看到？”语气中似乎对曹元明的多疑有些不满。

曹元明歉意地笑了笑：“这是我的职业病，您老别介意。”他想：冯德纯杀害韩世达还有作案动机可言，这位田力医生是东北人，和韩世达以前应该是素不相识的，到“慈康”医院不久又去了朝鲜，两人不至于存在什么深仇大恨，没有作案动机，毫无缘故的怀疑对先烈确实不敬。

他顺便再问了一句："那么，门卫说过那晚见过田医生吗？"

"那时的门卫是魏老头子，现在早死了不知多少年了，你这个问题谁也回答不了。"周冬梅再次摇头，忽然，她想了什么，"我记得魏老头说，田医生工作很努力，晚上不值班也来医院看病人。"

曹元明立刻追问："是哪一天，是不是韩世达失踪的那天？"

"这就不记得了。"

"这话是经常说，还是只说过一次？"

"他说过几次我不知道，我只听到过那么一次。田医生到我们医院没多久就去了朝鲜，这样的次数肯定不多吧……"周冬梅老人努力回忆，"嗯，对，好像就是韩医生失踪的那几天说过，公安同志来医院，问了几个医生，看看韩世达有没有潜逃的反常迹象，耽误了他们的吃饭时间，我就去食堂给田医生打饭，遇到魏老头，顺便聊了几句。"

曹元明心想："虽然田力和韩世达以前素不相识，但作为部队军医转业到了地方医院，以他的医术和身份，必然得到医院的重用，而韩世达的父亲作为反革命恶霸分子被镇压，工作上不如意，失落感可想而知，那么，两人会不会因此而产生矛盾呢？"

周冬梅对这种想法矢口否认："没听说田医生和韩医生有矛盾，田医生是6月下旬到'慈康'医院的，韩世达是7月初出事的，两人没准还不怎么认识呢。再说，韩世达的右手没有拇指当不了外科医生，只能干内科，田医生是干外科的，两人工作上没有什么冲突。"

看来，还是冯德纯的可能性更大。

曹元明接着周冬梅前面的话题问："您刚说到这位田医生的遗腹子是个在河山市名气很大的外科医生，是谁啊？"

"邹和平啊，没听说吗？后来还当过我们医院的院长呢。"

"邹院长啊！"曹元明恍然，这才知道邹衍的祖父居然是位革命先烈，"我当然知道邹院长的名头，他还给我做过手术呢！咦，他怎么没跟他父亲姓田？"

"田医生牺牲后，他妻子带着出世不久的孩子改嫁了，孩子就随继父的姓了，这事儿只有我们几个老职工知道，旁人都不知道。"

曹元明把周冬梅老人的回忆梳理了一遍，觉得该问的都差不多问了，只留下一个疑问：从她的话来看，韩世达虽然右手有残缺，但年轻有为，家境富有，对情窦初开的少女颇有吸引力，这样的人，真的和其他女性丝毫无染吗？尽管敖文年等人当年的调查已基本排除情杀可能，但现在再问一遍又有何妨？把这样的话题放到最后，是因为周冬梅对韩世达的印象很好，一开始就提这个问题会引起老人的反感，不利于谈话的深入。

曹元明问："韩世达那会儿很受年轻女性欢迎吗？"

"嗯，你这话的意思是……"老人有些警觉地问。

"恕我直言。"曹元明觉得还是单刀直入比较好，"我的意思是，韩世达和其他女性有没有过于密切的交往？"

周冬梅沉吟片刻，问："这个很重要吗？"

曹元明从她的话里感到其中有戏，说："是的，他的死，要排除情杀的可能。"

周冬梅脸色变幻不定，曹元明小心翼翼地说："如果涉及您不愿提及的个人隐私，那么，请原谅我的冒昧。"

周冬梅淡淡一笑，说："既然牵涉到人命案，都过去这么多年了，我还有什么好隐瞒的，何况，与他有染的女子，不是我，是我表姐。"

曹元明颇感意外，没有想到这个妻子眼中品行完美的模范丈夫，居然和其他女子有暧昧关系！这个信息，连当年办案的警察都不知道，这会不会是揭示韩世达被害的一条重要线索呢？他立即追问："当时公安人员问过韩世达生活作风方面的情况吧，你怎么不说呢？"

周冬梅回答："他们没有问过我，问我，我当时也不会说，因为我和我表姐关系极好，比亲姐妹还亲，这个秘密只有我俩知道，发过誓绝不透露片言只字。如果不是你提到韩世达死得这么惨，到今天还是不会说。不过，如果你怀疑我表姐，那也不对，韩世达失踪那天晚上，我表姐不在河山，她在上海。她是大胜纱厂的股东，参加了那天纱厂举行股东理事会议。我记得很清楚，我值班后第二天休息，去上海玩，她在车站接我。表姐不可能杀害韩世达，她很爱他，韩世达失踪后，她痛苦了很长一段时间。"

虽然人不在河山，但存在同谋犯的可能，有可能是雇凶杀人，很难想象一个女子能够熟练地分解一个活人。

曹元明乍听到这个信息，一时颇有些激动，韩世达看来是一个很善于隐藏心迹的人，妻子对此一直茫然无知，焉知他是不是只有这么一个情人？他脑海里浮现出插足的第三者要求转为正室，而男子颇有顾虑，他的犹豫引发了第三者的极度不满，最后发展为报复杀人，这样的案例很多。

“请您详细谈谈表姐和韩世达的事好吗？这对破案很重要。”

周冬梅犹豫再三，曹元明耐心地等她开口，并不催促，终于，老人似乎下了决心，说：“我表姐名叫袁素，出身于恶霸家庭，本人是个烈属。”

“出身于恶霸家庭，本人却是个烈属？”曹元明有些奇怪。

“我表姐是个很有故事的人。她爸爸，也就是我的大姨父，是河山县的一个恶霸，兼当地保安团大队长，又开着两家商店、一家工厂，还是粪把头，因为民愤很大，新中国成立后在斗争大会上当场给愤怒的群众打死了。表姐是长女，因为家里有钱，从小就受到了良好的文化教育。她在读高中的时候，跟学校的一个姓唐的年轻老师悄悄建立了恋爱关系。那个唐老师是个追求进步的热血青年，当时已经参加了中共地下党组织的抗日外围组织。不久，该组织出现了叛徒，遭到了日伪特务的破坏，于是唐老师被组织上安排紧急撤退，前往抗日根据地。表姐跟唐老师分别时，剪下了自己的一束头发，连同从家里偷出来的几两黄金一起交给对方，说一定等着你回来。之后，她为表达自己对唐老师的海誓山盟，果断地退了学，待在家里闭门不出。一晃数年，到了 1948 年初，表姐忽然接到唐老师从上海寄来的一封信，说他已在上海居住，她方便的话可赴上海见个面。表姐欣喜若狂，立刻前往。唐老师已经不当老师了，在上海一家洋行当账房先生，其实他是受中共党组织指派潜伏上海从事地下情报工作。根据组织上的指示，为便于开展工作并做好安全掩护，他应该考虑成个家，如果一时没有合适的对象，组织上可以派人跟他组织一个假家庭。唐老师于是就给表姐写信把她叫去了，这样，两人正式结婚。唐老师在白区的运气不大好，老是遇到叛徒，婚后不久，一群国民党特务闯进家门将他捕去。这一去，再也没有回来。当时，表姐根本不知道丈夫的真实身份，也不知道特务为何要逮捕他。救人要紧，情急之下，她马上向娘家发电报求援。我大姨父尽管惊惶，但还是立刻赶到上海来走关系营救。好不容易通上了一个‘国防部保密局’（原军统）少校的关系，但打听下来，唐老师已经被枪决了。表姐自然是悲痛欲绝。

“上海解放后，表姐才知道丈夫原来是中共地下党员，其生前的工作以及被捕后英勇不屈的表现均得到了组织上的肯定，作为唐老师的妻子，遂成为烈属。那次大姨父赶到上海营救女婿时，带来了一些金银钱钞，人没有救成，就把金银钱钞留给了表姐。新中国成立后，大姨父被革命群众打死，家庭遭到了清算。他当初去上海时带给女儿的那笔财产也要追查，上海这时解放了，不久就有人前来找表姐问话。当他们得知表姐已是光荣的革命烈属后，就没有为难她，财产的事什么也没说就走了。

“表姐就用这笔钱财投资实业，买下了一家私人纱厂的部分股权，自己也不去上班，按月领取红利，过着非常滋润的日子。新中国成立后，人民政府号召妇女走出家门踏上社会参加工作，表姐对此却无动于衷。她出身富家，过惯了养尊处优的好日子，用那时的话说，追求资产阶级的生活方式，手头又有钱，就时不时买些高档商品享用。这虽然跟新社会提倡的艰苦朴素作风不大相符，但她是一个没有单位可以管束她教育她的人，按说街道对于这种角色是有责任规劝的，可人家是烈属，街道干部、居委会大妈对她板不起脸孔，也就只好随她去了。

“表姐有一次回乡探亲，身体不适，到医院看病，是我介绍韩医生和他认识的。韩医生医术高明，药到病除，表姐对他很是钦佩，除了谈病情，还在一起谈心。两人的父亲都是被人民政府镇压的，有点儿同病相怜的意思，而且韩医生长相斯文和唐老师很有几分神似，所以表姐和他的交往很快就密切起来，后来，韩医生有时是在表姐那里过夜的，只是对家里说是值班。”

周冬梅老人喝了一杯茶，结束了这段长长的回忆。

曹元明看过韩世达的结婚照，确实是位美男子，而且平时一定是风度翩翩的绅士派头，不然，这么一位右手残疾的男子怎么会如此吸引他人？他推测，韩世达之所以接近袁素，可能考虑到袁素是烈属，虽然父亲是罪大恶极的反革命分子而她本人却一点事儿都没有，照样花钱如流水，这种无忧无虑的生活必然会勾起韩世达对昔日阔少生活的留恋，在惶惶不可终日的韩世达看来，如果能攀上这位革命烈属，和她结婚，那么，自己就不用担心后半辈子的生活了。而袁素作为一个青春韶华的寡妇，虽然衣食无忧，但深深的寂寞却一直包绕着她，现在生活中突然出现了这么一位彬彬有礼的医生，如此体贴殷勤地为自己服务，可能让她想起了故世的丈夫，于是就投怀送抱了。

打听到这么个重要情况，曹元明觉得此行不虚。

谈了这么久，雨过天晴，如火的晚霞铺满了西边天际。曹元明起身告辞，周冬梅要留他吃晚饭，他说不了，还得赶紧回去，临走时再三感谢这位老人的积极配合，并祝愿老人身体健康。

曹元明没有直接回河山，而是去了上海。

此前，一直认定此案最大可能的作案动机为仇杀，而且把冯德纯列入到了可疑名单之首，现在曹元明有了一个颠覆性的看法：此案存在情杀可能！那么，袁素就是嫌疑人！

周冬梅不相信表姐会害韩世达，但曹元明心想："即使袁素不是凶手，但以她对韩世达的了解，从她那里肯定能得到更多关于韩世达的信息，说不定凶手的线索就在其中。"周冬梅和袁素这表姐妹俩一直保持着联系，曹元明从她那儿问了袁素的近况，知道袁素后来再婚过，但最近身体不好，现在正病重住院，于是，他赶紧前往上海，希望能和袁素见上一面，这可是不可多得的知情人。

当晚，曹元明匆匆登上了飞往上海的班机，时间不等人，老人们的时间不多了，必须跑在时间的前面。

第九章 “完美”的失踪案

曹元明抵达上海虹桥机场，赶到华山医院已经是深夜12点，袁素几次发生脑梗，都是住这家医院。曹元明入住附近的一家快捷酒店，休息了一下，准备天亮后就去探视袁素。他担心的是，袁素年迈病重，提及往事尤其是那种事情对老人是个不良刺激，这使他感到难以启齿，如果有家属在场，更会引起尴尬，只有先去看情况再说了。

翌日上午，到了医院的探视时间，曹元明进入了神经内科大楼，打听到袁素的病房，但当他迈出电梯时，听到的是一片哭声，他心中一紧，只见袁素住的贵宾病房走廊上聚集了一群人，都在拭泪哭泣，场面悲惨。

一个护士匆匆走过，曹元明轻声问：“袁素是住这儿吗？”

护士看了他一眼，回答：“是的，不过人已经不行了。”

一会儿，只见几个医生护士推着抢救车出来了，一个五十多岁的男子询问情况，一个年纪大的医生摇头说：“请节哀顺变。”走廊里顿时哭声大作，这些人看来都是袁素的家属好友。

曹元明伫立当地，心中一阵难过，不管王侯将相、才子佳人还是贩夫走卒、升斗小民，芸芸众生谁都逃不过死神的拥抱，死亡面前，人人平等。他甚至感到，这样追查下去还有意义吗？也许，凶手的坟头已经长出了高高的杂草……

他想：“袁素死了，线索就此中断，侦查工作又回到了原地，不，冯德纯也死了，看来连这个原地也是回不去了……既然有情杀可能，那么，除了韩世达这边的问题，韩老太太那边会不会也存在问题？有的时候，凶手往往是和被害者关系最近的人。”

这个想法实在有些匪夷所思，他摇了摇头，停止了这种漫无边际的猜想。

曹元明把思路重新整理了一下：“姑且不论袁素是否参与了谋杀韩世达，即使参与了，动手的也不可能是她这个弱女子，而是另有其人。这个肢解活人的凶残杀手，仍然要从符合所推测的特征去找：‘慈康’医院的职工，外科医生，可能是部队转业人员。”他想起了周冬梅提到的那个“田力”，他和冯德纯都符合这个几个特征，这个人居然是邹衍的祖父，这真是不可思议的巧合，可以通过邹衍打听一些他的情况。

回到河山后，曹元明去找邹衍，他正在值班。

曹元明见值班室只有他一人，便掩上门。

邹衍说：“鬼鬼祟祟的，你想干什么？劫财还是劫色？”

曹元明说：“谈点你家的私事。”

邹衍有些奇怪地摸了一下他的额头：“嗯，没有发烧……说吧。”

曹元明坐下来，说：“我们谈谈你爷爷好吗？”

邹衍往背椅上一靠：“我爷爷邹水根，河山人氏，贫农出身，中共党员，向阳小学退休教师，曾任学校教导主任，2005 年去世，享年 79 岁。你还想知道什么？”

“我说的不是他，而是你的亲生爷爷田力。”

邹衍从椅子上一下子坐了起来：“你怎么知道？”这件事，邹家内部从来就不提，更不要说对一个外人了。

曹元明说：“我是在追查韩世达的案子时，从一个医院老职工那里听来的，所以有些好奇。”

“你问这个干吗？”

“不是说了吗，就是有些好奇。”

曹元明不想把对田力的怀疑告诉邹衍，这对朋友、对牺牲在朝鲜的田力，都是不尊重的，而且，他也不希望邹衍的祖父和韩吟雪的祖父之间扯上什么冤仇，询问一下田力的情况，更多是出于职业的本能：不放过一丝可疑之处。

“好奇？”邹衍狐疑地盯着曹元明。

曹元明说：“是啊，田力是你的亲爷爷，牺牲在了朝鲜战场，怎么从来没听你说起过？”

革命先烈在当时是很高的荣誉，邹家却对此守口如瓶，这确实有点儿奇怪。

邹衍一摊手，说：“那是我奶奶不愿意提，一是提起来就伤心，二来，我奶奶后来嫁给我现在这个爷爷后，一直没有生育，心里愧疚，把我爸爸改姓邹，也有弥补的意思，你知道，我现在这个爷爷心眼儿比较小，有些事喜欢计较，所以我亲爷爷的事我家向来不说。”

“说说你这位英雄爷爷吧。”

“你应该改行加入狗仔队。”邹衍撇了撇嘴，“我的这位亲爷爷，说来跟我一点也不亲，连我爸都没见过。他是东北人，老家在哈尔滨，但是，我们一直没有去过那个老家，因为他是个战乱中流散的孤儿，所以我们和他家亲戚也没有来往。小时候去给他扫墓，奶奶从不告诉我这个墓里究竟是什么人，直到我现在的爷爷去世后，我才知道一点他的事。大致就这些了，其余的，只有天知道。”

邹衍的奶奶匡月芝，前年去世了。

曹元明问：“完了？”

邹衍一瞪眼：“完了！怎么？你还想写长篇报道？”他“嘿”地一笑，“你问这个一定别有用心，是不是和韩世达的案子有关？”

曹元明不置可否，说：“随便问问。”

“随便问问？嗯，说到爷爷，我倒想知道你爷爷的故事，上次你不是说你爷爷也和这个案子有关吗？”

“是的，这里有一起冤假错案。”邹衍这么一说，倒提醒了曹元明，既然“黑蔷薇党”一案和韩世达一案有关联，为什么不查查“黑蔷薇党”究竟是怎么回事呢？即使是冤假错案，了解一下案情对侦破韩世达一案或许会有所启发。假如韩世达真加入过特务组织，那么被暗杀灭口就不足为奇了。

曹元明去找敖文年，想了解一下当年"黑蔷薇党"一案的详细情况，这位老人是该案的受害人之一。"黑蔷薇党"这个冤案在"文革"结束后平反，但市局档案里对此的记载很简略，一些"文革"时的原始卷宗没有保存下来。不料，敖文年家没有人，曹元明一打听，才知道敖文年参加一个老年旅行团去了新疆，说是要去爬天山，赏天池，去喀纳斯湖钓鱼，还要到伊宁草原骑马，这位八十多岁、瘸了一条腿的老人真是老当益壮！

敖文年没有手机，用他的话来说："用不惯那玩意儿。"曹元明只得找到旅行社，查了导游的手机，通过导游找到敖文年。

敖文年说："这个案子电话里一两句说不清，有两个知情人你可以去找，一个叫赖劲松，他当过你爷爷曹炳生的警卫员，现在军分区干休所养老，另一个叫孙宝章，他是成化寺的庙祝。"

曹元明一听到"孙宝章"这个名字，就想起来不久前还在成化寺见过这位老人，无巧不成书，这个世界可真小！

曹元明决定先去找孙宝章，因为这位老庙祝曾说过，老的成化寺在解放时被解放军征用为野战医院，而就是这个医院其中的一部分人员后来转业到了"慈康"医院，说不定他能回忆起当年的一些特别的人和事。

于是，曹元明赶到成化寺，找到孙宝章，请他喝从云南带来的普洱茶。两人聊开了，说到解放时的情景，曹元明问："您还记得那些解放军军医、卫生员吗？"

"那时我才十来岁，很多事都忘了。"老人回忆说，"解放军刚来时，我们因为不了解政策，都有些害怕，不过，后来发现他们讲话和气，规规矩矩，很快就打消了顾虑。"

"还记得其中一些人的相貌、姓名吗？有什么比较奇特的事吗？"

孙宝章老人抱歉地笑了："呵呵，这个就记不得了。"

曹元明进一步提示："其中有一个叫冯德纯的，是河山本地人，还记得吗？"

"呃……你这么说，我倒记得一点儿。"老人回忆说，"当时我们不会说普通话，都说土话，有一个解放军军医替他们当翻译，他是本地人，好像……是姓冯。他经常和另一个军医下围棋。"

曹元明想起了周冬梅说过田力教过冯德纯下围棋，两人关系不错，便问："这个和他一起下棋的叫田力的，是东北人，对吗？"

在曹元明的启发下，老人回想起了一些片段："对。那个田军医好像挺喜欢我们这边的景色，有一次我去千岩山大蛇谷采药，看到他一个人站在山上，见到我，他说这里的风景如画，跟东北完全不同。"

"还记得其他人吗？或者特别的事情？"

老人摇了摇头。

看来，这方面再也问不出什么了，于是，曹元明就换了一个话题："'文化大革命'时期的'黑蔷薇党'案件，你能说说吗？"

听到"黑蔷薇党"这几个字，孙宝章脸上肌肉微微抽搐，表情十分痛苦。

曹元明诚恳地说："我知道提到这个问题让您老难过，还请原谅。我爷爷曹炳生，就是因为这个案子冤死的。事情过去几十年了，后来也平反了，我不是想追究什么，只是作为受害人的后人，想了解一下事情的来龙去脉。"

孙宝章听了这番话，一声长叹，说："原来如此，唉，那个时代，真是造孽啊。这说来，话就长了。"

原来，孙宝章的父亲孙昌林，解放时就在成化寺当庙祝，孙昌林有个哥哥孙昌江，而这一切的起因都源于此人。

1966年6月，以人民日报社论《横扫一切牛鬼蛇神》为开端，一场轰轰烈烈的"破四旧"大运动开始了。河山市当然不能避免这一席卷全国狂潮的冲击，成化寺顿时成为当地标志性的封建腐朽建筑，一群红卫兵高喊着口号冲进本已残破不堪的寺院，赶走居住于此的庙祝孙昌林一家，捣毁神佛塑像，革命小将们仍不解恨，最后还从附近的矿山弄来炸药和推土机，要把这座古刹夷为平地。

不料，这一炸，炸起了一个轩然大波：从寺院倒下的废墟里，人们发现了一个一尺见方的盒子，这个盒子是硬木包铜的，密封完好，打开一看，所有的人都大吃一惊：盒子里装的是美制左轮手枪一支，子弹50发，以及32开小册子一本。这本小册子是用汉字打字机打出蜡纸后油印的，印刷虽然简单，但纸张却是那种美国进口的道林纸，封面上印着的标题是《小学生必须认识的三千个汉字》，没有落款，右上角另有几个小字“专供国文教师使用”。从封面看，很容易使人认为这是一本个人编印的供小学语文老师使用的教学辅导材料。可是，翻开正文一看却不禁使人心生疑窦，每个汉字的前面都有一组由六位不同的阿拉伯数字组成的数码。初时以为是四角号码，可是，懂四角号码的人来看过后，马上就否定了，里面没有一组数字是跟四角号码相同的。当时紧绷阶级斗争这根弦的人们，立刻联系到这是敌特分子隐藏的密码本。于是，公安局马上接手开始了侦查工作。

手枪和子弹已经有些锈蚀，而且书中的汉字是繁体字而不是近年来开始推行的简体字，估计有些年头了。这本密码本没有密封包裹，受潮后有些字迹都不清楚了，看来主人并没有启用它的打算。

新中国成立后，成化寺破败了，只有孙昌林一家长期居住于此，孙昌林首先被作为嫌疑人接受了审讯。孙昌林坚决否认是他埋藏了这些间谍物品，追问之下，说出了他的兄长孙昌江新中国成立后曾在寺中住过一段时间的事情。于是，公安人员很快又提审了孙昌江，案情就此明了。

孙昌江少年时代便流落他乡，在福建当过海匪，还混了个头目，因为海匪内讧火并，孙昌江这帮人被杀得七零八落，只有他孤身一人逃出匪巢，于是，他便向国民党当局自首举报，带着大批军警前往海岛剿匪以报前仇。由于有熟知内情的孙昌江带路，这股多年来令当局头疼的海匪终于被一扫而光，这样一来，孙昌江不但将功抵罪，还立功受到褒奖，被吸纳为一名便衣警探。

不久，解放军渡江南下，势如破竹，福建的解放指日可待。这天，上峰把孙昌江单独叫到一间密室，由一个“国防部保密局”的上校给他布置秘密任务：由于现在共军气焰甚烈，政府已经迁往台湾暂避锋芒，考虑到他为人比较机警，长年不在河山，在家乡没有人知道他的底细，让他返回河山潜伏下来，等待时机迎接国军反攻，回到河山后，要按要求在某时某地留下特别的标记，到时会有人来用暗语和他联系，等那个人来后，把这些东西交给他。上校说完，交给他一个木盒，里面放着左轮手枪、子弹、密码本，还交给他一个皮箱，里面藏着一台美制无线电发报机，另外发给黄金十两作为他的潜伏经费，并当场宣布他正式加入“保密局”，军衔为陆军中尉。上校最后威胁说：你以前当海匪的材料都掌握在我们手里，你身上可是背着好几条人命的，你这种人，共产党是不会轻饶的，如果你不按我们说的做，我们就把你当海匪的证据交给共产党，你就是死路一条。一旁的上峰一边“恭喜”他“高升”，一边给他打气：有美国人的支持，不出三年，国军定能光复大陆，到时，所有的潜伏人员官升三级。

孙昌江虽然是草莽出身，但人却不笨，何况国民党大势已去，这是瞎子都看得出来的，他内心是一百个不愿意接受这个要掉脑袋的潜伏指令，哪怕官升三级也不干。这个态度当然不能向上峰表白，否则自己死无葬身之地。他当即表示同意潜伏，并伪装出一副临危受命慷慨激昂的样子，然后接受了短期的谍报训练，领了东西回老家。

孙昌江回到河山时，这里已经解放了。他按照军管会张贴的布告，以“历史上曾任过伪职人员”的身份前往公安局登记了其旧警察的历史，毕竟这段历史很短，而且也可以查到，只要没有劣行新政府是不会追究的。他说，长年漂泊在外，思念故乡，现在是新社会了，想回来谋一份自食其力的工作，和过去沦为剥削阶级工具的黑暗生活彻底告别。但是，他却隐瞒了特务身份。因为他知道“保密局”的厉害，担心如果选择自首的话会遭到“保密局”方面的密裁。

孙昌江回到阔别多年的家乡，没有住的地方，就暂住在弟弟孙昌林的寺庙内。虽然成化寺曾短期作为解放军野战医院，但大军很快就南下了。寺庙年久失修，山门上的红漆斑驳脱落，四周的粉墙风化出片片坑洼，连大殿也被拆掉了一半，一片破败景象，香火凋零，山门除了每月的初一十五照例打开之外，平时一直是紧闭着的。寺庙里已经没有和尚，挺清净的，有利于隐藏。他偷偷在寺庙的墙壁修了个夹层，把装着左轮手枪、子弹、密码本的木盒放了进去，装着无线电发报机的皮箱则于深夜沉入河底，黄金当然是自己留下了。

孙昌江没有按上峰的要求在规定的时间地点留下标记等待接头，但也没有把密码本付之一炬，远走高飞，一溜了之。他有自己的小算盘：贸然去接头太危险，接头人拿了发报机和密码本肯定会不时向台湾发报，没准哪天就被共产党逮住了，到时肯定会牵连到自己；但他内心还有侥幸心理，希望哪一天真像上峰所说，国军在美国人支持下反攻大陆成功，到时自己上交密码本就是潜伏功臣，可以享受荣华富贵，至于为什么没有完成接头，完全可以编造理由搪塞过去，说不定到那时那个接头人早就呜呼哀哉了。

那个扔到河里的装着无线电发报机的皮箱，在50年代初就被渔民打捞出来并上交了公安局，因为一直查不到是谁丢弃的，就成了一桩不大不小的悬案。

这些藏在寺庙的东西，孙昌江从来就没有动用的念头，也没有国民党方面的潜伏人员来找过他。50年代，中国大陆发生了翻天覆地的变化，大力提倡劳动光荣和勤俭、互助的社会风气，一派欣欣向荣的景象，受此感染，孙昌江倒也乐于在新社会过普通人的太平生活，在农机厂当了一个仓库管理员，娶妻生子，安心工作。这么十多年下来，连他自己都快忘记了当年还有过这么一桩事。谁知‘文化大革命’一开始，成化寺被这么一炸，让他彻底告别了以前的平静生活。

孙昌江当时是一个没有参加任何派别组织的工人群众，在那种“不革命就是反革命”的形势下被称为“逍遥派”，距“对立面”仅有数步之遥，因此作为一个重点对象来盘查，被戴上手铐押进公安局。虽然他曾经做过杀人越货的悍匪，但新中国成立后的历次政治运动早已把他内心的棱角磨平，此时人到中年，有家有小，面对写有“坦白从宽，抗拒从严”标语的监狱高墙，他不敢有丝毫隐瞒，把自己当年在福建当海匪、后来当过国民党警察及“保密局”分派的任务，如竹筒倒豆子，一一如实供述。他坦白说，虽然自己领受过“保密局”的潜伏命令，但回到河山后一直安分守己，从未进行过反动的特务活动。

审讯人员要孙昌江交代谁是当年与他接头的国民党特务，这个他却答不上来，他确实没有见过这个人，这是实话，但不交代就是“与人民为敌”，审讯就不会停止。没日没夜的揪斗，孙昌江身心都处于崩溃的边缘，简直生不如死，万般无奈之下，只得捏造一个人来充当这个“接头人”。这个人当然不能是活着的人，否则一对质，当场就揭穿了谎言，也不能是虚构的，否则查无此人，自己还是不能过关，那是谁呢？他忽然想到了韩世达，韩世达是恶霸之后，新中国成立初期就“潜逃”不知所踪，韩世达1949年至1950

年期间几次来过成化寺，此人喜欢下棋，和自己还对弈过好几盘，彼此有所了解。因为韩世达“潜逃”，他的家人也早就不在大陆了，无法对质，这个谎言应该没有什么漏洞。于是，经孙昌江之口，韩世达就成了国民党特务。审讯人员大为兴奋，以为发现了重大线索，成立了专案组，加大审讯力度，让他继续交代。到了这一步，孙昌江已是骑虎难下，只得发挥想象力，凭空编造了一个代号“黑蔷薇党”的“保密局”特别行动组，韩世达是组长，他是组员之一，至于这个潜伏小组的具体情况，因他是外围成员，并不了解。随后，孙昌江被冠以反革命罪判处有期徒刑15年，妻子为划清界限带着孩子和他离了婚。但这个案子没有就此了结，专案组又翻出十多年前韩世达“潜逃”一案的案卷，将可疑人物一一列出，经办此案的敖文年当年因为提出韩世达并非潜逃的主张，而被认定是“黑蔷薇党”成员，是打入人民公安队伍的国民党特务，其目的是混淆视听，放烟雾弹掩护韩世达畏罪潜逃。曹炳生因为站出来替敖文年等人分辨，也受到牵连，因为“被国民党特务拉下水”，“清除出革命队伍”，丢掉了工作，成了大会小会的批斗对象。在那个不讲法制、一切以阶级斗争为纲的荒唐年代，包括韩世达当年的同事、邻居乃至经办此案的警察等等，都被要求一一过关，采取背靠背的方法，互相检举，互相揭发。此案前后牵连了一百多人，有历史问题的人被批斗，出身不好的人被刑讯，搞得人人自危，有的人经不起恐吓为求自保就只好瞎指认，胡乱揭发，这么大肆折腾一番，十多人被定了罪，成了子虚乌有的“黑蔷薇党”成员，“文革”后拨乱反正，经重新审理，确定这些人都是被冤枉的，这才给这个荒唐的案子划上了一个句号。

孙宝章说完这些，叹息说：“这个冤案由我伯父而起，牵连这么大，你祖父因此去世，真是万分抱歉。”

曹元明颇为感慨，当法制不存在时，个人的尊严和生命的保障将无从谈起，爷爷这一辈人的悲剧，但愿永远不要重演。他说：“不能把责任都推卸到孙昌江一个人身上，他和我爷爷一样，都是那个时代的受害者。”

孙宝章有些哽咽地说：“听了你这番话，我伯父、我父亲泉下有知，会感到几分宽慰的。伯父出狱后开始吃斋念佛，每当想起这段往事都十分痛心，佛家是不许打诳语的，他诬赖好人，造下了好大的孽业，遭了现世报，就怕来世还遭报应啊。我替他向你赔不是了……”老人眼角噙泪，颤巍巍地站起来，鞠了一躬，曹元明赶紧将他扶住。

曹元明想：“这么看来，‘黑蔷薇党’一案完全是臆造出来的，它和韩世达失踪一案相隔十多年，二者并没有实质性的关联。”

虽然曾问过孙宝章有关韩世达的情况，他对此似乎了解不多，但曹元明仍不死心，又问：“韩世达来成化寺游玩，有没有说过什么奇怪的话，或者发生过奇怪的事情？”

经过这么一番谈话，孙宝章老人和曹元明已经有了些忘年交的意思了，他细细回想，说：“我清理过伯父和父亲的一些遗物，其中有几件东西是韩世达拜访寺院留下的礼物，你要不要看看？”

原来，孙昌江的妻子早就和他离婚，孩子也不和他来往，他晚年凄凉，死后由侄子孙宝章打理后事。孙昌江诬陷过韩世达是国民党特务，他和弟弟孙昌林在临终前对此都耿耿于怀，感到非常对不起韩家，把多年前韩世达留下的那些小礼物收藏好，希望有一天交还给韩世达的后人，以略表歉意。孙宝章虽然见过韩观樵，但韩观樵身为大公司的总裁，作为寺院的金主前来参观，随从前呼后拥，孙宝章不过是个老庙祝，又涉及这段尴尬的历史，实在不便拿这些琐碎的小东西去打扰他。当下孙宝章请曹元明过目，并请他转交韩世达的后人。

这些小礼物被绸布包裹着放在一个老式的衣箱中，里面有：几枚民国初年发行的元年大洋，朽烂的檀香扇，几件瓷器，一个暖手的铜炉等等，都是六十多年前的旧物，也都是当时常见的日用品，没有什么特别的。

孙宝章有些遗憾地说：“本来韩居士还给寺庙送过几部经书，但‘文革’那会儿都烧掉了。”

曹元明发现这些旧物中有个小盒子看上去比较新，似乎不像60年前的东西，便拿了起来，见这是个桃木做的盒子，盒子上写着“镰光寺”三个字，盒子漆得很漂亮，纹饰美观，但感觉风格不像是中国的东西，打开一看，只见里面放着一串陈旧的紫檀佛珠。

孙宝章说：“这串佛珠是韩世达当年赠给我父亲的，因为有些破损，我后来就拿这个盒子装了起来。”

曹元明顺口一问：“这个盒子是怎么来的？”

“是一个来河山旅游的日本游客留下的，他想到成化寺拜谒，但来到石桥的旧址时，当地已成白地，寺院早就不在了，他很感慨。导游知道我家原先是看守寺院的庙祝，就把我找去，那个日本人就把一串佛珠连同装佛珠的盒子送给我了。那是上个世纪八十年代的事了，过去二十多年了。”孙宝章晃了一下自己手上戴的佛珠，“喏，他送的就是这串珠子，这个盒子空了，反正原来就是装佛珠的，我就拿它装了韩世达留下的佛珠。”

现在的成化寺建于黄草坪，是近十年的事了，原来的成化寺“文革”时被拆毁。曹元明心想：“看来，那个日本人应该很早就到过河山，知道成化寺的原址。”他把盒子放回，准备把这些东西都交给韩吟雪。

曹元明正想给韩吟雪打电话，这时，陶鸿的电话来了：“元明，你回河山了吗？”

曹元明说：“回来了，有事吗？”

“你师母身体不舒服，可能是胆囊炎又发作了，你带她去医院看看。”师傅有些着急。

曹元明立刻赶到陶鸿家，只有陶师母一个在家，他知道师傅一定又在忙案子，问：“海刚人哪去了？”

陶师母脸色惨白，连连摇头：“不要提他，这个逆子，就知道气我！”

曹元明不敢再问，把师母送进了医院。这时，已经是晚上了，他想找邹衍，但电话又打不通，这样的事儿常有，他也不以为意。

师母挂完盐水，腹痛大为缓解，陶鸿匆匆赶来，神情疲惫，曹元明送师傅师母回家，安顿好师母，问陶鸿：“师傅，又出大案了？”

陶鸿说：“就在昨天晚上，一个幼儿园老师在市区神秘失踪了。”

曹元明有些吃惊：“神秘失踪？”

在密布摄像头的现代化城市里，从刑警嘴里说出“神秘失踪”这几个字是多么不可思议。

“是啊，就像一阵风消失在空气中一样，无影无踪了。”陶鸿的话里，透出了无奈。

曹元明问："一点儿线索也没有？"

"有线索，但等于没有。现在初步推断，有人用偷来的车绑架了这个老师。"陶鸿往里屋看了看，见妻子已经安睡了，低声说，"说来也真巧，失踪的老师就是海刚以前交往过的那个女孩。"

曹元明想了起来，陶海刚相亲时认识了一个美貌的幼儿园老师，拼命去追，但那个女孩嫌他工作不好，家里没钱，没房子，两人没相处多久就分手了。他喃喃地说："一波未平一波又起啊，这汤小雯的案子还没破，又出现这么个失踪案，今年可真邪门了。"

"臧队成天骂娘，也说今年撞了邪了！从市立医院挖出一具几十年前的白骨开始，恶性案件就接二连三，打砸医院，杀人，失踪，好家伙，什么牛鬼蛇神都出来了。"陶鸿点了一支烟，说起了这个失踪案的奇怪之处：

失踪的幼儿园老师名叫邓郁薇，23 岁，长得很漂亮，在城南幼儿园工作，她经常喜欢在微博、QQ 空间上贴出自己的照片，以及自己去了哪里，位置在哪里，甚至是自己在做什么。她的最后一条微博是昨晚 9 点 28 分发出的："我在旺角港茶餐厅，餐厅环境很好，菜的味道不错，可惜只有我一个人，好孤单。"然后，就没有她的消息了。她一晚没有回家，父母还以为她在朋友家过夜，今天一早她没上班，电话打不通，单位领导和家属赶紧把她所有的朋友都问了一遍，朋友都不知她的去向，这就报警了。

邓郁薇的交际圈很简单，现在也没有男朋友。巧的是，旺角港茶餐厅就在城南分局旁边。警方接到家属报案后，就在附近查找周围的监控录像，发现了绑架她的嫌疑车辆，但通过车牌找到车时，才知道这是偷来的车，偷车的时候，没有目击者，而且是摄像头盲区。警方发现车子很干净，没有留下指纹。绑架女孩的时候，显然没有使用暴力，女孩是被他骗上车的，如果他动用暴力，周围的人就会对他产生印象。骗女孩上车的地点，也是摄像头盲区。毫无疑问，在事发之前，犯罪嫌疑人已经多次踩点，找准了摄像头的盲区。

通过新浪与腾讯，警方查找到了一条线索：有一个手机 QQ 经常浏览这个女孩的 QQ 空间的内容，虽然他巧妙地删除了记录，但是这些记录是可以被追查到的。同时，新浪微博某个账号，也经常浏览这个女孩的微博。于是，警方将这两个账号所用的设备进行比对，发现是同一部手机，而且，在女孩失踪之前，这个手机又曾经浏览过女孩的最后一条微博。于是，警方想通过这个手机设备的编号找到购买人。但这个手机是来源不明的水货，QQ与微博都是假名注册。手机卡是路边买来的十元卡，没有任何姓名登记，卖卡的地方人流量很大，卖卡人也不记得买卡人的长相。而且现在该手机已关机，查不到位置。应该说警方的效率很高，案发后十几个小时内，该查的东西都查了，但整个犯罪过程滴水不漏，没有留下任何可用的线索——这是一起精心策划的高智商犯罪。

说到这里，陶鸿又点了一支烟："我接到报案，首先就担心海刚。这混蛋小子最近十几天都没回家，是不是被人甩了之后，脑袋转不过来就乱来，结果一问，昨晚上他和几个朋友整宿搓麻，有好几个证人，我这才放心。我让他妈打电话把他叫回家，几句话一说，他跟他妈又吵了起来，把他妈气的老毛病又犯了。"

看着师傅日渐苍老的面庞，曹元明心里真不是滋味，可怜天下父母心，可是又有多少儿女真正懂父母心？

翌日，曹元明去了城南公安分局刑侦大队，全队正召开紧急动员会议。

会上，臧进荣拍着桌子就嚷开了："今天大清早，郭局就把我叫过去，指着我的鼻子说了，不查出这个案子，停发我工资。我说，查不出，干脆把我一棍子敲倒，直接拉火葬场得了。"

教导员杜峰把郭局长的话原原本本地复述了一下："今年年初，市局在全市范围开展一次以'抓防范、治乱点、查隐患'为主要内容的治安整治行动，关键在于一个'防'字，做到防患于未然，提出力争'四个不发生'：不发生有影响的政治事件；不发生带有轰动性的涉枪、涉爆及特大杀人、抢劫及其他刑事案件；不发生重特大治安灾害事故；队伍不发生有影响的违法违纪案件。我们还大言不惭地说，这次战役，时间长，规模大，责任重大，成效显著。现在倒好，前不久的凶杀案还没破，现在又来了一个活不见人死不见尸的失踪案。你们几个当初可是立下了军令状的！案子不破，我们还有脸穿这身警服吗？这个案子就发生在离城南分局不到100米的餐厅，说句不好听的话，罪犯放个响屁你们都听得到，我就管你们城南分局要人！”

臧进荣板着脸训斥：“郭局管我要人，我呢，只能招呼到你们头上，责任要落实到个人。案子查不出，扣工资，甚至进火葬场，我都认了，反正我已经把药方给你们挨个儿开好了，治你们没问题！”

接着杜峰又讲了几点，无非一是宣布成立专案组，二是介绍案情，三是请众人“群策群力”分析这个神秘的失踪案。经过会议讨论后，对犯罪嫌疑人做出如下推理：

一、此人家庭稳定，收入也不错，有闲暇时间。

二、有驾照，经常驾车，因而在作案时，将车作为作案工具，表现得非常自信。同时也因为有驾照，因而不敢留下指纹，因为考驾照时要做指纹登记。

三、偷车技术娴熟，具备反侦察意识，动手能力强，喜欢研究刑侦知识，很可能懂一些技术。

四、此人相貌较佳，言谈不凡，穿着体面，因而能轻易骗得女孩上车。

五、此人为单身，或与妻子长期分居，可能有多处房产，以便藏匿受害者。

六、此人日常工作生活中做事谨慎小心。

可即使有着这样的推理，在这样一个近百万人口的城市里，想要靠这个来排查嫌疑人，不啻于大海捞针。

会议开完，大伙儿立刻忙开了。

曹元明对臧进荣说：“臧队，我回来了，给我分派任务吧。”

臧进荣横了他一眼，一言不发地走了。

曹元明站在那里，跟上去不是，走也不是，尴尬不已。杜峰走了过来，低声对他说：“你的调令下来了。况且，你还在休假，还是回家休息吧。”推了一下他的手臂，“回去吧。”

曹元明苦笑了一下，拖着沉重的步伐回了家。

汪敏正在厨房忙活，“咚咚”的欢快切菜声表明她心情不错，见曹元明回来了，围裙都不解就跑出来，一把抱住了他：“从单位回来了，调令看到了吗？”曹元明点了点头。

汪敏高兴地说：“今天我做了你爱吃的鱼香大虾，还有口蘑鸡汤，咱们好好庆祝一下。”忽然发觉他脸色铁青，“怎么了？是不是同事给脸色了？别管他们，过几年，看谁给谁脸色！”

曹元明烦躁地说：“你懂什么呀！”

汪敏一听这话，脸就拉了下来：“你别把单位的气往我身上撒，我可没惹你啊。”

曹元明倒在沙发上，过了半晌，说：“汪敏，我不想离开刑警队。”

汪敏一听跳了起来，话儿就像机关枪一般喷射而出：“你脑袋进水了，开这种玩笑？为了这个调令，我姨父费了多大的劲儿，你要不调，我妈还有脸见他吗？还有我们这个家，你就一点不为我和孩子想想？以前不是说好了吗？一个大男人，想反悔就反悔？自私，无赖，卑鄙！”

曹元明被她蒙头蒙脑一顿骂，气也上来了，说：“你还是个老师，怎么这么口无遮拦。我不是在跟你商量吗。”

汪敏气鼓鼓地说：“这事儿没得商量！我早说了，你要是不离开刑警队，我们就离婚！”

曹元明回了一句：“别动不动就拿离婚做要挟，又不是小孩子过家家！”

汪敏问：“你这个态度是跟我商量吗？你是已经决定了吧！”

曹元明不答，给她来个默认。

汪敏抹了一下眼泪，呜咽着说：“我这辈子跟了你，真是一场悲剧，什么事都靠不上你，上次学校评职称，你不是有老同学在教育局吗，让你找他帮忙，你就是不开金口，结果年资比我低的都跑我前面去了……这些我都忍着，不求你帮我，没有想到为你做点事都这么难。这样的日子，我烦透了！”她把围裙摘下，使劲往地上一扔，转身进了卧室，“砰”地一声把门锁上，任凭厨房里炒锅“吱吱”冒烟。

晚上，曹元明约了韩吟雪出来，把韩世达当年留在成化寺的遗物交给了她。两人在芳草湖边的长廊里见了面，边走边聊。曹元明谈了这段时间追查的一些情况，没有什么大的进展，因此谈得比较简短，而且，韩世达和袁素的这段情缘，曹元明略过不提，两位当事者都已不在人世，再提这些没有什么意义，没有必要去破坏韩老太太心目中一直完美的丈夫形象。

韩吟雪静静地听完，说："汤小雯被杀的案子，有进展吗？"

"你怎么知道这个案子？"

"前些天都在传这个案子，还没有头绪是吗？"

曹元明无奈地点点头。

"现在又出现了幼儿园老师失踪案，而且，这个案子侦破的希望也很渺茫，是吗？"韩吟雪对河山市的警察们在忙些什么，一清二楚。

曹元明说："也不能说侦破希望很渺茫，侦查工作刚刚开始，只能说，有一定难度。从某种程度上说，这个失踪案，和你爷爷当年的失踪有些相像。"

"你是说，这个失踪的老师，也像我爷爷一样被残忍地分尸了？"

"不，我不是这个意思。我是说，这是又一起'完美'作案。"

"什么叫'完美'作案？"

"所谓'完美'作案，就是指不留下任何一点儿证据，同时也保持着对受害者的绝对控制。以你爷爷的案子为例，他被害后，只有人报告人口失踪，但是没有发现尸体，也没有受害者去哪里的具体消息，事前没发现受害者与任何人有过联络。这样的案子很难侦破。"

韩吟雪淡淡一笑："都是借口。"

曹元明觉得她的情绪有些低落，问："你怎么关心起这几起案子来了？"

韩吟雪说："汤小雯被杀，还有这个幼儿园老师被劫走，都是在全市警察的眼皮子底下发生的，尚且无法侦破。你以前所说的'中国式破案'，一点儿效果都没有。我爷爷的陈年旧案，看来就更加没指望了。中国警察的能力，实在有限。"她顿了一下，略带讥讽地说，"我倒希望这三个案子都是一个人干的，或是有关联，让你们举一反三，这样你们破案才方便。"

"差着几十年的案子，怎么联系起来？"曹元明觉得韩吟雪的话有些不近人情，每个案子的情况都是千差万别，警方何尝不想立刻破案呢。他不想多解释，只是说："只要案子没破，我们都不会停止努力。"韩吟雪不再说话。

两个人沉默地走了一段路，曹元明把韩吟雪送到了家，韩吟雪抱着韩世达的遗物，说：“不管怎么样，我们家都很感谢你的辛劳。”向他鞠了一躬。

曹元明说：“别客气，我说了，这不单单是你家的事。”

韩吟雪点了点头：“对，也是你家的事，不但关系到你爷爷，还有你的太太。”

“我太太？”曹元明一怔。

韩吟雪微微侧头：“你看。”

曹元明回头一看，顺着韩吟雪的眼光望去，发现远处的树下站着一个女子，定睛一看，是汪敏！自己居然一直没有察觉，反倒是韩吟雪注意到了她在跟踪，曹元明顿时感到尴尬无比。

韩吟雪似乎一点儿都不以为意，朝他嫣然一笑，摆摆手：“晚安。”飘然进了门。

曹元明向汪敏走去，汪敏双手抱胸，靠在树上，冷冷地望着他。

曹元明问：“你怎么来了？”

汪敏冷笑一声：“跟你夫妻这么多年，你那点心思，我能猜不透？”说着自嘲一笑，“当警察的老婆有个好处，就是可以学会怎么跟踪，怎么追查。”

曹元明说：“你误会了，我和她只是普通朋友，是案子……”

“够了！”汪敏发出一声河东狮吼打断了他，脸涨得通红，夜宿枝头的鸟儿也被惊飞了。不等曹元明接着解释，她又像连珠炮似的叫了起来：“我说你怎么最近心神不定，脑子进水。我就纳闷了，你不是休病假吗，有什么好忙的？原来不是脑子进水，是撞桃花运了，忙着和别的女人幽会呢！你刚动手术，就这么急不可耐，你可真能啊！攀上个有钱的大美女，比我这黄脸婆强多了！当初我是瞎了眼，没把你这个见异思迁的流氓认出来！”

曹元明站在那儿任由她发泄，问：“你说完了没有？”

汪敏狠狠地瞪了他一眼：“完了！但我不想听你任何解释！不要再见你！”说完转身而去。曹元明一把拽住她，她用力甩开，快步奔进夜幕之中，只留下曹元明和他长长的影子在当地……

第十章　山穷水复疑无路

曹元明郁闷地开车回家，还没到家，手机就响了，是他妈妈打来的，问：“怎么和媳妇闹别扭了？汪敏刚才哭着从家里拿了几件衣服回娘家了，劝也劝不住。”

曹元明说：“妈，一点儿小误会，小打小闹，你别担心。她这个霹雳火脾气你也知道，过几天就好了。”他给汪敏打电话，但她的手机关机，把电话打到岳母家，一直占线，看来汪敏这个气生得不小。

曹元明躺在床上，辗转反侧，怎么也睡不着，接连发生的疑案让他有一种重返刑警工作岗位的迫切感，也许就如一些同事所说，他天生就是干刑警的料，现在却处于这样一种尴尬的境地。面对家庭的压力，他左右为难。他想等汪敏这两天消消气后，再登门向她解释清楚。

翌日，曹元明前往军分区干休所去找赖劲松老人，这是敖文年提到“黑蔷薇党”一案的知情人之一，这个冤案的情况已经清楚了，他去找这个老人，本意不在于打听这个案子，而是想从侧面了解一下从未谋面的爷爷。

赖劲松刚刚过了80岁生日，体格厚实，四方脸，一看就是北方人，只是步履迟缓，拄着拐杖蹒跚而行。两人在干休所的花园里见了面，曹元明说明来意，老人脸上露出了复杂的表情，有悲伤，有痛惜，也有悔恨，他的牙掉了不少，说起话来有些漏风，但吐字还能听清：“很可惜，你爷爷要是活到平反，以他的资历，起码是省厅级的离休干部。”

“您以前当过他的警卫员？”

“是的。”赖劲松咂了一下嘴，“不过，我这个当警卫员的没有尽到自己的责任，应该保护他，可我却害了他。”

“您指的是‘黑蔷薇党’那个冤案？”

老人沉痛地点了点头，说起了往事：

“‘文化大革命’开始时，我是县革委会主任的秘书。‘黑蔷薇党’案发生后，曹炳生就被扣押起来了，这个案子根本就是冤案，没有任何证据，但造反派可以无中生有。曹炳生有一篇日记上写有：‘夕阳挂在西边的树林上空，放出金色的光彩。’当时都唱‘毛泽东思想是不落的太阳’，所以这句话被诬陷为恶毒影射‘毛泽东思想日落西山’，他被打为现行反革命。

“当时，是我把曹炳生带进公安局审讯厅的。我对他说：‘你戎马半生，受党教育多年，新中国成立后在公安局做思想教育工作，之前一直没犯路线错误，政治还算清白，功劳苦劳都有，怎么年纪大了就这么死脑筋？跟这些反革命特务划清界限不就过关了吗？你得了他们什么好处？再坚持这种错误，二十多年的党龄还要不要？职务还要不要？你好好听着，我今天是挽救你，你必须表态，不说话肯定没法过关！’他说：‘这个厅子是国民党时期为审判革命志士专门建立的，后来回到了人民手里，用来惩治罪犯，体现的是人民的意志。可惜到了今天，非常遗憾，这里落到了你们这些肆意妄为的人手里，把一名跟随党走了几十年的干部弄到这里批斗，这本身就说明了问题。既然你们这支执法队伍是这样不分良莠，什么党纪国法都被你们置之脑后，那么，我这个党龄这个职务不要也罢。’你爷爷是好样的，到死也是一个顶天立地的人。唉，相形之下，我真是个小人，我对不起你爷爷啊！他是个怎么样的人，我当年跟随他出生入死，比谁都清楚，可我就是不敢站出来仗义执言，为了自保，为了撇清关系，反而积极参加了对他的审讯。”

曹元明心头酸楚。在那个无法无天的年代，全国河山一片红，“革命无罪，造反有理”，七万万颗沸腾的心脏喷薄出的热情形成了令世界震惊的破坏力。像爷爷这样被冤死的人，何止一个两个。

铮铮铁骨的爷爷，给了他一种信念的力量：做一个正直的人，一个正直的警察！

他问："我爷爷当年是解放军，后来怎么转行去干公安了？"

赖劲松说："1949 年，毛主席向全军发出号令：'打过长江去，解放全中国！'渡江战役发起后，我军势如破竹，解放南京、上海，河山也很快得到了解放。新中国成立后的城市，治安是个大问题，急需组建人民公安队伍，队伍人员主要从部队抽调。组建河山县公安局班子，曹炳生作为政委人选，心里是有些不乐意的。他是 1942 年日寇大扫荡的危急时刻参加八路军的，双亲都死于日寇的屠杀，所以作战很英勇，他又懂文化，老首长对他很赏识，和战友们结下了深厚情谊，很舍不得部队。他抗战胜利后随部队从山东经海路到辽东，是架子团的骨干，1949 年时，已是纵队保卫部的侦查科长了，年纪轻轻就是副团职干部，在部队干下去前程看好。他曾说：'生是部队的人，死是部队的鬼，这辈子要紧跟革命队伍不掉队。'老首长便语重心长地劝他：'眼下全国的解放指日可待，打江山易，治江山难，国民党逃跑了，但到处留下了数量众多的潜伏特务组织，还有畏罪潜逃的军警宪特、散兵游勇、还乡团、恶霸，以及江洋大盗等刑事犯罪分子。各类敌对分子的存在对于新生的人民政权是一个很大的威胁。巩固新生政权建立新秩序，这个任务可比消灭剩下的国民党残兵败将更艰巨。纵队首长把这个任务交给你，是对你的信任。作为党一手拉扯起来的战斗员和指挥员，不但没有躲避党分配的任务的理由，反而应该以更饱满的热情去迎接更加艰巨的挑战。'曹炳生最终做出了留在河山巩固新生政权的决定，他挥手送别南下部队时，一个堂堂七尺男儿留下了热泪。这样一个对党有着深厚感情的人，怎么可能是反革命！"说完连连叹息，身子微微发抖，显然有些激动，哆哆嗦嗦地从口袋里拿出药片，曹元明赶紧把矿泉水瓶子递给他，扶着他说："不提'文革'了，说说更早以前的事吧。看模样听口音，您是北方人吧，老家在哪儿？"

话一多，赖劲松的瘪嘴就开始流涎水，唾沫星四溅，他喝了几口水，平静了一下，继续说："我老家在热河隆化，热河省现在没有了，但隆化你应该听说过吧？董存瑞就是解放隆化时牺牲的。"

曹元明问："您当时和董存瑞在一个部队？"舍身炸碉堡的董存瑞是家喻户晓的战斗英雄。

"那倒不是。"老人有些不好意思，"当时我刚入伍，还是地方部队，董存瑞所在第32师是第11纵的……我虽然不认识是他，但认识另一个著名的战斗英雄——郭俊卿。”老人说起这些来眉飞色舞，一扫刚才的颓丧，“你不知道郭俊卿？电影《战火中的青春》看过吧，里面女扮男装的巾帼英雄高山，其实描写的就是她。”

“您谈谈当年和我爷爷打仗的事儿吧。”曹元明把老人从东拉西扯里拉回来。

“哎呀，说来惭愧，我参加解放军这么些年啊，没有消灭过一个敌人。”老人有点遗憾地说，“我参军是1948年春天，原来是个放羊娃，一次部队驻在我们村，我舅舅是村长，让我去帮部队喂马，我挺羡慕战士身上那些乌溜溜的枪支，经常不眨眼地盯着看，一个部队首长摸着我的头说：小鬼看上去很机灵的样子，想参加解放军吗？我就这样参军了，做了曹炳生的警卫员，那时他已经是营长了。我随部队参加了解放隆化和锦州的一些外围战斗，但没打过大仗，后来部队改编后南下解放全中国，我就跟随部队南下了，和曹炳生一同在河山转业安家。”

说到这里，赖劲松站起身来：“走，我带你去看看当年的照片。”

他带曹元明来到居住的房间，拿出一张泛黄的合影照片，说：“这是当年我和你爷爷的合影，我跟随他多年，只保留了这一张完好的合影，还是‘文化大革命’那会儿偷偷藏起来的，其他的照片，你爷爷的头像都被划上了叉叉。我一直觉得很对不住他，没有脸去看望他的家人，今天你来了，这张照片就送给你吧。”赖劲松当年冒险藏起这张照片，可见内心对曹炳生是深为怀念的，现在把照片送给他的后人，或许能消弭一丝内疚之情。

曹元明接过这张老照片，见上面是三个人，中间一人就是爷爷曹炳生，左边那人赫然便是年轻时的赖劲松，右边一人却不认识，三人都身穿棉军装，照片的背景是一座祠堂，照片上方写着“一九四九年元旦摄影留念”几个字。

他指着照片上右边这人问：“这个人是谁？”此人戴着狗皮帽子，面色较黑，脸上几乎没有表情，就像是张扑克牌，但是，曹元明在他的眉目之间捕捉到了似曾相识的痕迹，奇怪，一个六十多年前的人，怎么会给人以这种感觉呢？

“噢，他啊，名叫田力，是个军医，治好了我的伤，那时我刚康复，就和他一起合影了。背后的祠堂，就是野战医院。”

“田力？”曹元明吃了一惊，原来这个人就是田力，邹衍的亲生祖父！细看五官和邹衍是有些相像，怪不得有似曾相识的感觉。这个田力，曾在调查韩世达一案中被周冬梅和孙宝章提及过，想不到和自己的爷爷居然也认识，怎么有这么巧的事儿！一时之间，他真有点不敢相信。这可真是一个意外收获。

“您能谈谈这位田医生吗？”曹元明感到对田力的情况了解实在太少。

“田力对我有救命之恩啊。”赖劲松拉起衣服，露出右侧季肋部的一道明显的凹痕，“1948 年冬，我们路过板子河，当地老乡说附近山上有国民党残匪出没，曹炳生带我和几个同志去侦察敌情，遇到了一股敌人，我们把敌人打退了，但战斗中我中了一枪，打在肝脏上。”他指了指那道伤痕，“这是我第一次参加战斗，就负了伤，还是重伤，真够倒霉的。那时医疗条件很差，部队能做剖腹手术的医生没有几个，田力医生接到电话，连夜骑马过来给我做手术。那天晚上下着大雪，田医生赶了五十多里山路，还有十几里路时马脱力了，倒在地上起不来，他是背着药箱和马鞍趟着雪过来的，脸上眉毛上都是冰碴碴，也顾不得歇，喝了口热水，就在油灯下给我手术了，取出了子弹。再耽误几个小时，我就没命了。”

“这位田力医生不但医术好，人也不错嘛。”曹元明觉得，邹衍和邹和平都继承了田力这种悬壶济世的风骨。

“听说田医生是哈尔滨人，毕业于伪满时期的国立哈尔滨医科大学，那会儿，上大学的可是稀罕人物，军医大部分人都是从卫生员做起的，这样有正规学历的医生凤毛麟角。”

“这位田医生那时多大年纪？”曹元明见照片上的田力不过二十出头的样子。

“好像是 22 还是 23，比我大不了几岁，就已经是师里面的名医了。”

“他是什么时候参加解放军的？”

“他参加革命的时间比我长多了，1945 年就参加了东北民主联军。”

“这时间对不上啊，1945 年他应该才 18 岁左右，怎么就从医科大学毕业了呢？”曹元明很细心。

“呵呵，可能是我记错了吧，也可能他只是在那儿学习过，还没毕业伪满洲国就垮台了。”赖劲松觉得没必要计较这些细枝末节，“伪满洲国是日本人的干儿子，老百姓吃大米都犯法，不过也有好处，培养了各种技术人员。当时我们部队里很多技术人员，像汽车司机、医护人员、炮兵、工兵，都是以前在伪满学校和军队里受过的训练。”

“您对田医生还了解些什么？”

“唉，虽说是我的救命恩人，可我们不在同一个部门，部队整天忙打仗忙训练，没有什么时间交往，我几次带了礼物去谢他，都被他拒之门外，说救护受伤的革命同志是他的本分，每次都是谈不了几句话他就忙开了。后来，我们一起随军南下到了河山，很巧，他也转业到了地方医院，再后来，就去了朝鲜。抗美援朝打得惨啊，头几批入朝的部队像第九兵团来自我们华东地区，没带冬衣，很多战士都被冻伤，要截肢，需要大批技术过硬的外科医生，田力接到调令，二话没说就重新入伍，结果，一去不复返。”说到这里，赖劲松连连叹息，为田力的牺牲深感惋惜。

“田力在河山结婚了？”曹元明明知故问。

“是的，他爱人是河山本地人，是组织介绍的，叫……匡月芝，前年去世了。”赖劲松记性还不错，想了一想，“他的儿子当年竞聘市立医院院长，还是我托了卫生局领导的老关系呢，这个，也算是报答故人了吧。”

原来赖劲松和邹衍的奶奶、父亲有过来往，如果算上曹炳生的关系，那曹、赖、邹三家可说是三代之交了，只是因为有“文革”这个疙瘩，赖劲松没有和曹家再来往了。

“田力医生到了河山之后，有没有发生什么特别的或者奇怪的事？尤其是1950年那会儿？”

“结婚生孩子，都是很正常的事，没什么特别的。而且，我也说过，我和他平时来往不多。”

“请您再仔细回想一下。”

赖劲松搜肠刮肚地回想了一会儿，说：“我记得有一次他生病了，发高烧，说胡话，我当时还有点儿纳闷，田医生这么医术高明的人，也会生病？”

“医术高和生病没什么关系吧？”曹元明笑问。

“唉，你是没看过田医生动手术，他一上手术台就全神贯注，下刀如有神助，做的手术又快又好，割阑尾只要一刻钟，大家都说他是神医。”

曹元明不让他打岔，继续问：“那当时他得的什么病？”

“田医生喜欢南方的山水，一个人跑到千岩山游玩，结果回来后就得病了，什么病我也说不清，可能是重感冒吧。那时部队刚到河山不久，他是东北人，估计是水土不服。我们在一起开转业动员会，所以有印象。”

曹元明想起来了，孙宝章也曾说，他当年去千岩山大蛇谷采药时，遇到过田力。

这时，赖劲松忽然想起了什么：“田医生发烧时说胡话，翻来覆去说什么‘呐妥瑞’……搞不懂。你要说特别的事儿吧，这个倒有点儿怪。”

“呐妥瑞？”曹元明重复了一句，“什么意思？”

“不知道，有人猜是不是一种药名，事后问田医生‘呐妥瑞’是什么意思，他一口否认说过这个词。”

“嗯，关于这位田力医生，还记得些什么？”

“就这些了。”赖劲松有些奇怪，“你怎么对他这么感兴趣？”

“因为我正在查一个过去的案子，需要了解一些这方面的情况。”曹元明含糊地说。

“案子，什么案子？‘黑蔷薇党’案和他可没有半点儿关系。”

“嗯……是一个凶杀案，发生在60年前。”

“这不是有些莫名其妙吗？”赖劲松连连摇头，“我跟你说，田医生为人正直、善良，不爱说话，不招惹是非，从不喝酒，没有任何不良嗜好，这是有目共睹的，怎么会和凶杀案扯上关系？”

“正直、善良，这就是您对他的评价？”

“当然！”老人一副不容置疑的表情，“不光是我，大家都这么说！”

曹元明没有见过这位田力医生，但从谈话中，以及照片的面相上，他大致有对此人这么个印象：工作严谨、认真，医术精湛，沉默寡言，而且乐于助人，对人民军队和祖国很忠诚。从他爱下围棋以及游玩山水看，生活上还是有些情调的，不是那种死板的人。他到了河山后就结婚了，很快有了孩子，工作生活看来都比较顺利，和韩世达又无冤无仇，怎么看也不像是一个凶手，应该是一位值得尊重的先烈。

“那么，田力有一位同事叫冯德纯，您还记得吗？”找到当年的知情人太不容易了，所以曹元明不能放过任何一个机会。

“这个人啊……我有印象。他，不如田力。”赖劲松说。

“怎么不如？”

“技术不如，而且医德也不如。”

“噢，请您详细谈谈。”曹元明感兴趣地问。

“冯德纯这个人，心眼小，而且偏激……”

曹元明听到这里，心中一跳。

只听赖劲松继续说：“……他 17 岁参加了新四军，先是在苏北工作，后来去了山东，再去东北，入党比我早多了，按说资格不算浅，但是因为犯过错误，一直没提拔，反而从一线退居到二线，因为他有点文化，就去搞后勤了。”

“他犯过什么错误？”

“他当交通员时丢过一笔款子，具体情况我也不大清楚，加上为人不咋的，同事不待见，就去管仓库了。他当医生那是后来半路出家，都是人家一把手一把手地教会的，算是田力的徒弟了。”看来，赖劲松不但认识冯德纯，两个人关系也不太好。

赖劲松对冯德纯的评价“心眼小，而且偏激”，这和周冬梅回忆冯德纯为人豁达的印象大相径庭，但和敖文年提及冯德纯对韩世达的耿耿于怀倒有些吻合，看来，不同的人对同一个人的评价就像是罗生门，也许真相就隐藏在其中，但如何窥视到真相是件伤脑筋的事儿，毕竟，冯德纯早已不在人世了。

曹元明离开干休所，前往停车场时，见旁边的竹林有人影一闪，看背影有点像黄利平，心想：“好哇，大黄狗居然跟上我了。”黄利平也是受韩家之托在查韩世达被害一案，但反倒盯上了自己，他是想捡现成还是怎么的？曹元明过去一探，竹林里已经不见人影。

曹元明回到家，母亲带着小孩去了乡下，家里冷清清的，一点儿人气都没有，他看了看表，准备拿方便面什么的对付一顿晚饭，然后去岳母家找汪敏，赔笑脸说说好话，把她接回来。

这时，电话响了，是刑警队小宋打来的，他的声音火急火燎：“老曹，大事不好了。”

曹元明一凛，全队上下都知道他要走了，这会儿把电话打来，究竟是什么事？难道是汪敏有什么意外？他赶紧问：“怎么了？”

“汤小雯的案子破了！”

曹元明顿时放下了心，斥道：“这不是好事吗？怎么说大事不好？”他倒有些意外，这个案子看似没有头绪，怎么这么快就破了。

“你猜凶手是谁？”

“废话，我要是猜得到，前段时间你们不白忙活了吗。”曹元明心想：“听小宋这话，难道这个凶手我认识？”

“就是让你想破脑袋也猜不到，凶手是陶海刚，陶师傅的宝贝儿子！”小宋有些激动地说。

曹元明大吃一惊：“真的吗？”

“当然，而且是陶师傅大义灭亲，亲自把儿子押来投案的！”

小宋的话等于是在曹元明耳畔响了个重磅炸弹，他扔下手机就往城南分局赶去。他一到，见臧进荣和杜峰等人都在场，会议室里烟雾缭绕，陶鸿坐在靠椅上，两鬓染霜，呆若木鸡，仿佛一下子苍老了十多岁，曹元明打了声招呼，陶鸿只是点了一下头，什么也没说。

曹元明询问小宋，这才知道汤小雯一案侦破的经过：

侦破过程颇有些无心插柳柳成荫的味道。幼儿园老师邓郁薇神秘失踪后，与她相关的人员都被警方逐一调查询问，陶海刚与邓郁薇有过男女朋友性质的接触，自然也在被调查者之列，并做了笔录，留了指纹。陶海刚与邓郁薇失踪案原本就没有关系，所以他对于调查满不在乎，不料，就是这例行公事所留的指纹，成了指控他杀人的最有力证据。

这天，小宋调取河山市近期一些案件所留下的指纹，与陶鸿在汤小雯被害现场提取的那枚不完整的指纹进行比对，这是考虑到凶手可能有前科，希望能发现某些线索，这本来就是没有办法的办法，几率就像是中彩票一样，碰碰运气，然而这个头彩就这样诞生了：不久前派出所捣毁过一个赌博窝点，十几个参与赌博的社会闲杂人员全部留了指纹，小宋调来这些资料一一查找，不知是谁弄错了，把邓郁薇失踪案的几份指纹也送来了，于是就一起看看吧，谁知这一看就发现了问题：其中有一枚指纹和汤小雯被害现场提取的那枚斗形食指指纹有些相似，但两者比较，电脑得分只有七百多分，属于“低分候选指纹”。小宋给陶鸿看，问要不要放弃，陶鸿很有经验，仔仔细细反复比对，因为，就指纹比对来说，专家的人眼比电脑的可信度更高。他比了又比，直到确认两枚指纹起点、终点、分歧等12个稳定特征，以及纹形、间距全部同一，最终确认，这两枚指纹为同一个指纹！当下，陶鸿让小宋给市局刑侦技术支队打电话，让他们派人过来再次确认，然后问：“这指纹是谁留下的？”但得到的回答刹那间令他脸色苍白、摇摇欲坠——指纹的主人是他的儿子陶海刚！

沉默了半晌，陶鸿沙哑着嗓子告诉小宋：“这件事我来处理。”说完默默地出了门，开着警车回了家，路上，他买了儿子从小最爱吃的红豆糯米糕，回到家后，把儿子叫过来，说：“爸爸给你带晚饭了。”儿子不解，用奇怪的眼光看着他，一把推开糯米糕：“蒙小孩的玩意儿，我多大了，不吃！”一块糯米糕掉到了地上，陶鸿捡起来，吹掉上面的灰尘，慢慢地吃了起来，仿佛在咀嚼为人父母的滋味，香甜的糯米糕在他嘴里尝出来的却尽是苦味……

吃完后，陶鸿掏出了手铐，不管儿子的叫骂和妻子的责问，开着警车把陶海刚带到了刑警队，在曹元明的记忆里，这是师傅第一次公车私用。

刑警队立刻将陶海刚作为杀害汤小雯的犯罪嫌疑人正式收审，很快正式批准逮捕。

没有费什么周折，陶海刚就如实供述了他杀害汤小雯的经过：

和邓郁薇的短暂恋情对陶海刚是个很大的刺激，他感受到了金钱的强大和无情，迫切地需要钱！有了钱才能得到想要的女人！但怎么才能迅速地搞到钱呢？他选择发横财的办法很简单：劫财，哪怕杀人也在所不惜！

陶海刚的父亲是老刑警，他从小耳濡目染，对警方的那套东西有些了解。他知道，一旦发生命案，警方首先就会对死者的社会关系进行全面排查，和谁有仇，和谁有债，和谁有情，都会一一调查，对具有作案动机和作案时间的嫌疑人会进行全方位的调查取证，因此，杀认识的人暴露的几率很大，要杀，就要杀那些素不相识、生活圈子不存在交集的人——流窜杀人案是很难侦破的。陶海刚本想到异地杀人劫财，再神不知鬼不觉地返回河山市，但异地人生地不熟，要找准有钱的目标存在困难，就在这时，汤小雯进入了他的视线。那次他在市立医院陪父亲看病，听到邹衍议论，说这个姑娘刚从医院得到了15万的赔偿金。

于是，陶海刚开始跟踪汤小雯，知道她在“天马”夜总会当坐台小姐。他认为，三陪小姐交际复杂，自我防范意识差，反抗能力弱，经济收入丰厚，而且汤小雯刚从医院拿了15万的赔偿金，立刻成为了他首选的猎物。另外，城南分局刑警刚刚对“天马”夜总会实行了一次突击搜查，抓获过聚众吸毒者，陶海刚无意中从父亲和同事通话中得知该夜总会的监控录像设备老化、图像不清晰，而且存在很多死角，更加刺激了他的犯罪欲。

陶海刚来到“天马”夜总会，自称是包工头，点了汤小雯的台，让她在包厢内陪侍唱歌。两人在包厢内搂搂抱抱，温存亲热一番后，陶海刚提出性要求，汤小雯拒绝了，告诉他，上班时间不干这个，要干，得等到半夜12点下班后。这正中陶海刚的下怀，便说：“我等你下班，然后去我那儿。”汤小雯怕不安全，说现在警察正抓嫖呢。陶海刚说：“可以加钱，你们出一次台不是500吗，老子出600，怎么样？”汤小雯想了又想，说不如去我的出租屋，答应陪他到天亮，不过得800块。陶海刚暗自冷笑，嘴上答应了，其实内心已下了杀心。于是，汤小雯告诉了陶海刚她的住址，让他凌晨一点来敲门。这个一心赚钱的三陪小姐，没有想到死神已经张开了血盆大口等着她。为了迷惑警方，陶海刚有意过了三天才行动。

三天后，凌晨一点，陶海刚带着准备好了的作案工具来到廖家巷，敲响了汤小雯的屋门。汤小雯刚从夜总会回来，正要睡觉，听到敲门声问是谁，陶海刚说我们是老相识了，约好三天前的，因为工地上事多耽误了。汤小雯记起了他的声音，便开了门。他一进门就用裁纸刀逼住汤小雯，让她交出钱来。他原以为汤小雯会乖乖就范，谁知这个外表柔弱的女孩儿却是个火辣脾气，骂道：“你个傻逼想劫道，也不看看老娘是什么人，什么样的男人没见过？你要是真缺钱，老娘可以赏你一两百，敢亮刀子，老娘就喊人把你打成残废！”说着就要呼救，陶海刚一下子慌了神，他已经被汤小雯记住了面相，如果闹腾起来，自己吃不了兜着走，反正也没打算让她活，于是将汤小雯摁倒在地，一手捂住她的嘴，一手持刀抹了她的脖子。他本来计划先逼汤小雯交出银行卡，套问出密码，化妆取钱后，再回来杀人灭口，现在人先断了气，大笔存款已经得不到了。他四下乱翻，搜到一些现金、黄金首饰和笔记本电脑，不敢久留，清理了现场，确定没有留下作案痕迹后，便匆匆而去。离开时，他换下了染有血迹的上衣，来到郊外的一片树林中用事先准备的汽油烧掉，裁纸刀抹去指纹和血迹后抛入水库之中，首饰和笔记本电脑则用塑料布包好埋藏，等待风声过去后再找机会销赃，或者干脆不动用，现金则留了下来。

一进刑警队，陶海刚就知道一切都败露了，一切都无法挽回，他流泪大骂父亲："都是你没用害的我！当了一辈子刑警，没混个一官半职，连油水也没捞着，穷了自己还要穷下一代。要不是买不了房，结不了婚，我会走这条道？"

曹元明站在会议室门外，师傅的话颤抖着传了出来："也怨不得他骂我。养不教父之过，这孩子走到了这一步，我有不可推卸的责任。当刑警的三天两头加班加点，顾不了家，你看局里同事的小孩有几个学习成绩拔尖的。家长不管不问，孩子成绩能好吗？他要是读书出息了，能到这一步？"

陶海刚一直没有正式工作，曾有人对陶鸿说，找关系把儿子弄到局里上班吧，正式编制不行，聘用编制总可以吧，在公安机关里有一份工作，总比当工人强。可是，陶鸿一直没答应。

曹元明痛苦地看着憔悴不堪的师傅，这会儿的他，是那么凄凉，那么无助，说这话的时候，他的心在滴血！

陶鸿曾当过刑警队长，本来早当上大队长了，早年因为义愤打过一个调戏妇女的流氓，偏偏那个人是市委某领导的公子哥儿，立刻就告了他，把这事一直捅到市长那里，要扒下他这身警服。打人确实理亏，陶鸿又不肯低头道歉，不肯送礼走关系，自请辞去队长一职，给了个内部记过处分，本来上面想把他调机关养老，但陶鸿偏就爱上了刑警这行，哪怕在队里干杂活儿都行。

身躯瘦小的陶鸿蜷缩在椅子里，但在曹元明内心，师傅的形象却是无比高大，反衬出自己的渺小来。在醍醐灌顶的震撼之下，他下定了决心：回到刑警队，把韩世达凶杀案、把邓郁薇失踪案继续追查下去，不管有没有结果，不管是怎样的一个结果，总之一定要查到底，这是刑警的天职，也是他的人生意义之所在！

这天，邹衍打来电话："今晚有个朋友请吃饭，在国贸大楼的云顶旋转餐厅，档次不错，一块儿去吧。"

曹元明被近来一系列的事情搞得心情糟糕，随口一问："什么朋友？"

"一个医疗器械商。就是咱们的中学同学，罗胖子。老同学好久不见了，正好聚聚。"

曹元明意兴阑珊："我不想去。"

"我跟你说，这个宴会少了你还不行，你一定得来！"

"为什么？"

"有神秘嘉宾，你不来肯定后悔，晚上六点见！"邹衍说完挂断了电话。

曹元明想了想，反正自己一个人在家，晚上也没地方吃饭，还是去一趟吧。

他来到国贸大厦，在观光电梯里遇到了邹衍和韩吟雪。

"最近你脸色不太好，工作太疲劳了吧？"曹元明见邹衍脸色有些苍白，关切地问。

"嗯，最近是感到有点累。"邹衍抚摸了一下脸庞，笑嘻嘻地问韩吟雪，"你说是不是？"

韩吟雪瞪了他一眼："去你的！"两人并没有像亲密恋人那样紧挨着。

曹元明忍不住问："今晚有什么神秘嘉宾？"

"很快你就知道了。"邹衍还在卖关子。

一进餐厅，罗胖子就腆着肚子迎了过来，大嗓门老远就听得见："哎呀，曹老哥，多年不见，想死兄弟了！……对了，你们当年的三结义，怎么缺了一个？'六点零五分'呢？"

邹衍说："你说鲍书华？他当了汉奸，跑到日本给太君打工去了！"

罗胖子名叫罗嘉，在上海一家外资医药公司里做销售经理，十多年不见，他比读书时更胖了，脑门上光秃秃的，在灯光下额头锃亮，穿戴阿玛尼衬衣和领带，身上散发着淡淡的古龙水香味，一副成功男士派头。

韩吟雪悄声问邹衍："你们还有个朋友在日本啊，怎么叫他'六点零五分'？"

邹衍歪着脖子，说："你看，这像不像时钟里的六点零五分。"说罢"哈哈"笑了起来。

原来，他们这位名叫鲍书华的同学，有先天性的肌性斜颈，虽然做过矫正，但仍留有后遗症，所以一些同学给他起了这么个绰号。

韩吟雪皱眉说："一点都不好笑。"

曹元明瞪了邹衍一眼，邹衍抱歉地耸了耸肩。

落座后，三人寒暄一番，谈起了中学时代的往事，韩吟雪则悄悄地去了餐厅楼下的咖啡厅。

邹衍和罗嘉说得兴高采烈，曹元明却有点儿心不在焉，过了一会儿，只见韩吟雪和一位年轻的姑娘扶着一位中年妇女走来，他定睛一看，那个妇女居然是汪敏！原来这就是邹衍说的神秘嘉宾。他赶紧迎了上去，韩吟雪盈盈一笑，把汪敏往他身前轻轻一推："曹大哥，对不住噢，现在物归原主。"

曹元明携着汪敏的手去餐桌前坐下，汪敏还有些扭扭捏捏，邹衍笑着走来，把她按坐下来，说："你要是不肯赏光，我大哥这辈子都没胃口吃饭了。"

汪敏说："那还不是他活该。"说完嘴角露出一丝微笑，显然已经原谅了曹元明，看来，韩吟雪和邹衍已经向她解释清楚了那场误会。

曹元明知道，那晚他和汪敏的误会都被韩吟雪看在了眼里，她是个有心的姑娘，这才与邹衍一起来撮合自己和妻子。他感激地说："吟雪，邹衍，谢谢你们。"

邹衍说："咱们自家兄弟，不说二话，至于吟雪嘛，她责无旁贷，解铃还须系铃人嘛！"

韩吟雪举起盛着葡萄酒的酒杯，向曹元明和汪敏说："小妹浅饮一杯，算是赔罪了。"说完一饮而尽，大家一起鼓掌。

汪敏看着丈夫，有些不好意思地低下头。曹元明说："我戒酒了，你代我们俩谢谢这些朋友吧。”汪敏红着脸举起了酒杯。

罗嘉说：“我来介绍一下。”他指着那个陪着汪敏一起过来的漂亮女孩说，“这位是叶莺，我的现任妻子，也是汪老师的小表妹。”曹元明这才知道，为什么今天邹衍会拉上罗嘉，原来还有汪敏和叶莺是远房表亲的这层关系。

那个女孩叶莺纠正说：“未婚妻。”

罗嘉“哈哈”大笑：“没错，我们下个月领证，大家一起祝福我们吧！”

这下餐桌上的气氛活跃起来了，罗嘉让侍应生拿来菜单给几位女士，说：“这里的黑椒牛仔骨、蒸菜蚧和疙瘩海鲜汤是头牌，味道不错，我每次来都要点。”

三男三女边吃边聊，曹元明如释重负，不住地给妻子夹菜，他感到自己当刑警多年，对妻子对家庭亏欠太多。汪敏嘀咕：“够了，够了，我哪吃得了这么多。”韩吟雪看着这一幕，居然有些出神。

国贸的云顶餐厅位于河山市商业中心，360度透明观景，晚上六点餐厅开始旋转，以人所感觉不到的缓慢转速两个小时刚好一圈回到原处，也就是吃一顿饭的时间正好把大半个河山市区的夜景看了个遍，配合着溶溶月色，甚是惬意。

饭后，罗嘉告辞而去，一边搂着未婚妻，一边商量着新婚蜜月环球旅行的行程。

曹元明等人则到楼下咖啡厅聊天，他轻声问邹衍：“现在是不是都流行老少配？”

邹衍一笑：“罗胖子可是成功男人，哪个女子不爱？他这是梅开二度了，去年离的婚。”

“罗胖子以前小气得很，读书时借块橡皮都推三阻四的，今天怎么肯请吃大餐？太阳从西边出来了。”

邹衍说起了罗嘉请客的缘由：“罗胖子有一次问我，代理一种国外的手术机械臂能不能赚钱？我问他，这种机械臂是干吗的？他说，是代替助手拉钩的，在美国销量特别好。我说：‘哥们儿，你千万别干这亏本的买卖。这东西在美国卖得好，那是因为美国人工贵，一台手术只上两个医生，多上一个人，医院是要付出高额薪水的，买上一台这样的机械臂，能少上一个人，几十台手术下来，这成本就回来了，以后就是纯利。咱们中国，情况正好相反，人工不值钱，我们最不缺的就是人。这样的机械臂要买也只有大医院买得起，可你看凡是国内的大医院，哪台手术不是人满为患，多少人抢着要上，一些资深的住院医生都只有在一旁拉钩的份儿，你这机械臂卖给谁去？’他幸亏听了我的话，就没再动这心思，可他有个同事还真就代理上这个了，结果差点把老婆孩子赔进去了。这不，他赶来要请咱们大搓一顿，聊表谢意。”

“他跟你还常有联系，我跟他都十多年不见了。”曹元明有些感慨时光的流逝。

“隔行如隔山，谁让你和他之间的工作没有交集呢。”

“咱们的工作不也没有交集吗？”

“咱俩谁跟谁啊！”说到这里，邹衍和曹元明“哈哈”大笑起来。

“咱两家还是世交呐。”曹元明拿出那张田力和曹炳生、赖劲松三人的合影照片，这是赖劲松送给他的，指着照片上的田力对邹衍说，“你看，他长得和你像不？”

韩吟雪和汪敏凑上来看，问：“这是谁啊？”

邹衍说：“这是我的亲生爷爷，这应该是他当军医时的留影。这位是……”他指着曹炳生的头像问。

“你猜。”

“还用猜嘛，一看就是你爷爷呗。他也是军人？”

“是的，后来转业干上了刑警。”

“哇，你们两家真是世交噢。不但如此，你们俩一个医生一个警察，还都继承了祖业。”韩吟雪感叹地说。

“我去找人把照片复制一张，咱们一人一张。”曹元明对邹衍说。

“我们再传给子孙，说不定就成宝贝了。”邹衍笑着说。

“那你得加油喔。”曹元明说完，看了韩吟雪一眼。

“我一直在琢磨，怎么让一个巴掌响起来。”邹衍似笑非笑地看着韩吟雪。

韩吟雪没有理睬，转头问曹元明：“说了你们的爷爷，再说说我爷爷吧。我爷爷的案子，现在还没有进展，是到了山穷水尽的地步吗？”

曹元明一时无法回答。侦查工作大多数时候其实是一种枯燥的徒劳式劳动，出动多名侦查员进行长达数天甚至半月一月的调查，最后还是什么线索也没有摸到，那是常有的事。这个 60 年前的疑案，没有找到线索更是不足为奇。一些可能的涉案人员，冯德纯去世，袁素去世，田力去世……时光之神无情地中断了这些线索，而田力、袁素等人的一些情况，在案情未明朗之前又不好和韩吟雪说明。他走访了几乎所有能找得到的知情人，却连一点儿头绪都没有理出来，难道真的是“山穷水复疑无路”吗？

韩吟雪见曹元明无语，秀眉微蹙，轻轻地用小勺搅动着咖啡，气氛变得沉闷起来。

汪敏握着韩吟雪的一只手，轻声安慰：“天不藏奸，老天爷会开眼的。我就不相信，这么恶劣的一个杀人案，会一点破绽都找不到。”

“但是过去这么多年了，就算有破绽也不存在了，老天爷那时候可能打了个盹儿，没看到。”韩吟雪忧伤地说。

邹衍说：“恶人自有恶人磨，不是不报，是时候未到。”

韩吟雪瞪了他一眼：“言不由衷，虚伪。”

邹衍说：“我比窦娥还冤！你问问我大哥，我可帮了不少忙，巴不得这个案子早日侦破呐。”

曹元明点了点头：“车到山前必有路，一步一步来吧。”

汪敏拉着韩吟雪的手说：“咱们去散散步吧，晚饭吃饱了别老坐着。”

第十一章　柳暗花明又一村

经过国贸云顶餐厅这顿晚饭后，汪敏不再阻挠曹元明追查韩世达的案子，相反，她还鼓励丈夫：“杀人偿命，这是天经地义的，韩世达死得太惨了，如果这个案子连你们警察都放弃了，那世间还有正义可言吗。”

曹元明说：“是啊，而且韩世达失踪还牵连到一起冤案，冤枉了很多人，包括我爷爷，不给出一个公道，他们都不能瞑目。”

中午吃饭时，曹元明忽然“哎哟”一声，汪敏问：“怎么了？”

曹元明皱眉说：“我的牙。”原来饭里有一颗小石子，差点把他牙崩了。

“这些该死的奸商，米越来越次，价钱倒是越来越高。”汪敏骂了一句。

曹元明说了句：“倒霉。”隐隐感觉这不是什么好兆头，端起碗继续吃饭，这时，手机响了，又是小宋打来的：“陶鸿师傅出事了！”小宋的声音带着哭腔，透着惶恐。

曹元明脸色倏变：“怎么回事？你说清楚！”

“他，他心脏病发作了，心肌梗塞……”

“那快送医院啊！”

“送到市立医院了，但人已经……”小宋话没说完，但意思再明白不过了。这话犹如五雷轰顶，曹元明只觉得一阵眩晕，几欲摔倒，他定了定神，挂断手机就往医院跑，汪敏赶紧跟去。

曹元明赶到医院，急诊室围了一群人，都是刑警队的同事，他知道大事不好，冲进去一看，陶鸿的头上身上已经盖上了白布，他“扑通”一声跪下，抱住师傅冰冷的身体嚎啕大哭：“师傅啊……”

曹元明很早就没有了父亲，参加工作后，是师傅一直在工作上帮助他，生活上照顾他，在他心底里，其实已经把师傅当成了父亲，遇到麻烦事总是第一个想到向师傅请教，现在，师傅却撒手人寰，这怎么不令他痛彻心扉？除了心在痛，手术后的残胃也在剧烈地抽搐，犹如刀割。

曹元明再一次胃出血，再次住进了医院。

事后，曹元明知道了陶鸿去世的经过：

汤小雯被害后，警方考虑到她的被杀可能与哥哥汤小辉的古董交易有关，而汤小辉家中又被盗了，陶鸿便找到侦办盗窃案的三和镇派出所的民警盛东，告诉他，如果盗窃案有线索要及时联系。虽然后来陶鸿带儿子投案，汤小雯一案告破，但就在昨天，盛东仍例行公事给陶鸿打来电话，说是发现了汤小辉家丢失的包裹，问他要不要来看看。

汤小辉丢失的这些东西，可能涉及古董买卖或者走私，而且，杀害汤小雯的是自己的儿子，陶鸿感到很对不住汤小辉兄妹和他们的家人，能追回一部分财物也是好的，所以，他认为此事责无旁贷，不顾同事的劝阻，拖着疲惫的身体前往三和镇。但是，他毕竟是快到花甲之年的老人了，经历如此剧变，身心憔悴已经到了极点。小宋知道陶鸿内心的悲痛，一边开车一边和陶鸿聊天，聊着聊着，他突然就没了声音，倒在了副驾驶座上……

臧进荣和杜峰去看望病床上的曹元明。曹元明抱着臧进荣“呜呜”痛哭：“臧队啊，你打我一顿吧！是我没照顾好师傅啊！如果不是我要调走，不是我要请假，师傅哪里会这么忙？搁平常，去三和镇的应该是我啊！”

臧进荣眼眶红肿，看来为陶鸿的去世哭过。陶鸿是城南公安分局刑侦大队资格最老的刑警，臧进荣和他共事20年之久，悲伤之痛不比曹元明来得浅。他叹息一声：“这事怨不得你，也怨不得别人，老爷子要走，谁也拦不住。现在，最要紧的事是把老爷子的后事料理好，让他走得安心。”

杜峰说：“陶鸿师傅被定性为因公牺牲，他是我们刑警队伍中当之无愧的英模，是我们城南分局的光荣！我们今天连夜开会，布置一下，臧队负责追悼会的筹办，我负责老爷子老伴和家里的这块事儿。你不要过度悲伤，人死不能复生，你还是保重身体，好好养病。”

曹元明拉着杜峰的手，坚决地说：“杜教，我不走了，师傅就是我的榜样，我要在刑警队干一辈子！你们不要赶我走！”臧进荣和杜峰对望了一眼，什么也没说，只是拍了拍曹元明的肩膀。

臧进荣广撒英雄帖，除了向刑警口的单位报丧，区里、各镇等与城南分局有交情的单位都通知到了。凭着陶鸿的一世英名，尤其是绑子投案大义灭亲的壮举，接到帖子的人都来了，省厅、市局的主要领导都到场，对这位为人民公安事业奉献了一辈子的老英雄给予高度评价，就连没接到帖子的群众也来了很多，一是悼念，二是送慰问金。

追悼会庄严肃穆，人头攒动，曹元明在前来吊唁的人群中看到敖文年老爷子，许多人向这位刑警界的“活化石”打招呼，但他脸色阴沉，默默无言，一瘸一拐地来到遗像前行鞠躬礼。韩吟雪和邹衍也来了，他俩戴着墨镜，一身黑衣，韩吟雪以世达公司的名义向陶鸿家人捐款两万元。追悼会尾声，当遗体告别时，大厅内一片痛哭之声，曹元明跪下来，向师傅走的方向恭恭敬敬磕了三个头，向这位心目中的父亲道别。

望着渐行渐远、再也不会回头的师傅，曹元明思绪飘回到了十多年前，回想起师徒俩第一次见面时师傅的模样：身材瘦矮，头发稀疏，黝黑的脸颊，刀刻般的皱纹，一脸的憔悴与抑郁反衬着与年龄不符的苍老。站在这位警界前辈面前，他刚参加工作的激情顿时冷却了一半：难道这就是我的未来？对刑警生涯刺激和精彩的憧憬，一下子大打折扣。

曹元明当刑警的头几个月里，每天只是跟着师傅走访、询问、记录，生活就如白开水一样无色又无味。可是不久，在他心中，这位瘦矮的师傅的形象一下子变得高大了……

那段时间，河山市连续发生入室窃案。窃贼得手多次之后，有一天被回家的失主堵在了屋门口。令人惊奇的是窃贼竟用几句谎言从容脱身。等到失主走进卧室发现一片狼藉惊慌报警时，窃贼已消失得无影无踪。于是，失主成了唯一目击窃贼形象的人。但当警方要他协助查找窃贼时，他却因害怕报复，断然拒绝了。

这时，生活俭朴、一个茶杯都用了20年的师傅，开始一趟一趟地找失主，不但自己掏腰包买了很多新鲜水果，还很俗气地想方设法与失主套近乎。当曹元明对这位怯懦的失主表示不满、出言不逊时，师傅还毫不顾及他的脸面粗鲁地训斥了他，这令他非常生气。在师傅“掉价”地软磨硬泡下，失主推诿不过，终于答应协助查找窃贼。

在以后的时间里，师傅就像上足了发条的闹钟，不知疲倦地领着曹元明和失主跑遍了城市的每一条街道。

骄阳似火，他们的衬衣一会儿被汗水浸湿，一会儿又被身体烘干，几天下来，师傅更加黑瘦了，坐惯了办公室的失主更是累得叫苦连天，就连年轻力壮的曹元明也是腰酸腿疼。

随着时间的推移，曹元明对这种大海捞针式的侦查方法越来越怀疑，几次劝说师傅放弃。师傅严肃地看着曹元明，坚定地说:“我们一定能破案！”

可失主坚持不住了。

尽管每天有着不公平的午餐待遇——失主是啤酒炒菜，陶鸿师徒俩却每人一碗面条，失主还是委婉地提出了退出的要求，师傅再三恳求失主再坚持三天。

次日上午，他们在医院门口遇见了师傅的爱人，她正背着发烧的儿子到医院看病。曹元明急忙迎上前去，从师母的抱怨声中，才知道师傅好几天没有回家了。曹元明恳求师傅在医院里待一天，但师傅只是歉疚地看了几眼憔悴的妻子和委屈的儿子，转身离开了医院。

望着师傅离去的背影和师母无声的啜泣，失主的眼圈红了，三天期满，失主没有再言离去。

十几天后的一个中午，他们蹲在一个路口旁边的树荫下，注视着来往的行人和如梭的车流。突然，失主指着街道对面的一个粗壮的男青年，高声喊道:“就是他！”

瞬间，师傅就像一颗出膛的子弹，跳起来向对面冲击，撞倒了好几辆自行车，将窃贼扑倒在地，用瘦小的身体死死地压住了他。曹元明拼命地跑过去，用手铐牢牢地铐住了窃贼的双手。

窃贼是一名手法高明的流窜惯犯，不但城里几十起窃案随着他的落网而告破，而且还连带破了相邻几个城市的上百起积案。

破案了，师傅脸上露出了难得的笑容。失主更是高兴，执意要请陶鸿师徒俩到他家里喝几杯。曹元明正在兴头上，一口答应，和失主一起找师傅说了，师傅推辞不过，买了两瓶好酒去了。那天晚上，他们喝得很多，把大半个月来的风吹日晒和苦辣酸甜统统喝进了肚里，师傅醉了，声泪俱下地说："将来绝不叫儿子干警察，那是天底下最苦最累的活儿……"可就在全局上下正准备隆重表彰他们之际，局里有人反映陶鸿师徒俩到失主家里吃请。在当年，刑警队对这个纪律的执行是很严的。领导找师傅核实，师傅把所有的责任揽在自己身上，说徒弟不想去，是他硬拉去的。失主知道后，心急火燎地找领导，说他是诚心诚意的，并且陶鸿还带了两瓶酒。可这就更加确凿无误地证明陶鸿吃了请。领导研究，吃请要给处分，但鉴于陶鸿在这起特大案件侦破中的突出表现，处分就免了，但也不再立功表彰。于是，隆重的表彰会上，站在领奖台上的就剩下刚参加工作的曹元明一个人。

曹元明出院后，重新回到了刑警队工作，汪敏再无二话可说了。但是，师傅的去世对曹元明的打击太大，他不得不离开原来的办公室，换了一个房间办公，因为一进原来的屋子就会想起师傅，师傅似乎还坐在对面，师傅的茶缸似乎还在冒着热气，一想起来就会控制不住自己的情绪。他经常自责，责怪自己不该调职，甚至责怪自己当初没有接受韩家的好意——请有名的心血管医生来给师傅做心脏支架手术——师傅开始犯病时医生就说过有再发梗塞的可能，而且再发可能会出大问题，自己为什么就没听进去？每当想起此事，他就懊丧欲死。

曹元明去看了师母，儿子进了监狱，丈夫又去世，连遭打击的师母已经有些精神失常，住进了精神病医院，刑警队负责内勤的小陆等几个女警员正轮流照顾她。曹元明心想："以后我要把师母当自己的亲娘一样照顾。"

曹元明又去黄草坪看守所看望了陶海刚。法院还没有审判，但陶海刚已经戴上了重刑犯的手铐脚镣，他消瘦了很多，原先那副玩世不恭的神色已经变成了失神落魄。曹元明告诉他，汤小雯一案已经进入司法程序，会为他请一个好律师，由于他认罪态度良好，有判处死缓的可能，只要死缓期间没有犯罪行为，以后还可以改无期徒刑，这样的话，只要好好接受改造，他的人生还是有希望的，这也是他父亲在天之灵所期待的。听了这番话，陶海刚忍不住“呜呜”痛哭起来。

陶鸿是去查看汤小辉的失物时去世的，师傅的事要替他做完，于是，曹元明找到盛东，询问起此事。盛东告诉他：“前些天有人在河边发现了这个箱子，和汤小辉家失窃的那个箱子很像，后经确认，就是他的。”曹元明一看，见是个天蓝色的大旅行箱，ABS 树脂材质，外观和黎娜描述的一模一样。

他打开箱子一看，里面空空如也，问：“东西呢？”

“就只有这个箱子。”盛东说。

“箱子里没有东西？”曹元明又问了一遍。

“噢，还有这个。”盛东拿出一块迷彩色的布，“箱子是一个钓鱼的人在饮马河的河边发现的，这个好心人见这个箱子完好如新，在河面上半沉半浮漂流，像是刚丢失的，便拿着箱子到了派出所让我们找失主。我们打开箱子，发现只有这块布，还有几块石头和一些土，没有其他的东西。”

曹元明拿过来拿一看，见是块帐篷布，很结实，防潮而且不易燃，上面有折叠的痕迹。

“我们判断，这个箱子是小偷随手抛到河里的，里面的东西被拿走或是另行处理了，塞上几块石头是想把箱子沉到河里灭迹。不过当时可能比较匆忙，放的石土不够重，加上箱子密封性很好，就没沉下去，而是漂到了下游。”盛东说，“至于这块布，估计原本是用来包裹箱子里的东西，看来汤小辉对这些东西是很在意的。”

不用问，小偷仍没有踪迹。师傅就是为了这个空箱子跑了一趟，中途不幸去世。曹元明暗暗叹息，仔细检查了箱子，锁是被暴力破坏的，内部只有一些水浸的污渍，他问：“那些石头和土呢？”

盛东有些奇怪：“找这些干吗？”

曹元明说：“从石头和土壤的成分可以分析小偷抛箱子的地点。”

盛东看了他一眼，似乎觉得毫无必要。现在的盗窃案，很多都是不了了之。

如果不是师傅，曹元明也不会如此执着，又问：“在哪儿？”

“可能被垃圾车拉走了。”盛东喊来一个清洁工，问了几句，说，“你的运气不错，那个垃圾袋还搁在后院。你自己去看吧，我就不陪了。”

那个清洁工带着曹元明来到派出所后院的垃圾堆，里面堆着大大小小的垃圾袋，秋后的天气依然炎热，有的袋子破损，散发着腐烂垃圾的恶臭。清洁工捂着鼻子用棍子在里面翻了一会儿，指着一个黑色塑料袋说：“喏，就是那个袋子。”

曹元明看了一眼：“不会搞错吧？”

“不会，我用根红色编织绳扎的口子。”

曹元明把那个袋子拎出来，解开来，把里面的石头和土全部倒出来，用一根小树枝拨开仔细查看。这些土和石头，都是这一带河边常见的鹅卵石和黄棕壤，并没有什么特别，忽然，小树枝好像触到了什么东西，他挑开浮土，发现那是一颗纽扣，他拿起一看，见这颗纽扣直径约两厘米大小，暗黄色。他十分奇怪，这种老式样的纽扣，现在早就不用了，怎么会在这里出现？

曹元明问那个清洁工：“那天从箱子里倒出来的垃圾，都装这个袋子里吗？”

清洁工点头。

“袋子里还装过其他垃圾没有？”

“没有。”清洁工摇头说。

这个纽扣，看来就是汤小辉藏在箱子里的，小偷打开箱子后，把里面的东西卷走，却无意中掉下了这个不起眼的纽扣，就连派出所的民警也没在意。难道，这个小小的纽扣也是“古董”？曹元明擦拭了一下纽扣，感觉材质应该是黄铜，从锈蚀程度看，它的历史可不短。

除此之外没有什么发现，他把纽扣放进衣袋里，告辞而去。

曹元明回到家，妈妈带着儿子从乡下回来了；还有外婆，因为身体不适，想到城里医院检查一下。他把那颗纽扣给外婆看，外婆原来做过裁缝，戴上老花镜看了一会儿，说：“这应该是军队的制式扣子。”

“军队的？”曹元明有些奇怪，过去解放军一直讲究艰苦朴素，军装用铜纽扣有些难以置信。

“50 年代那会儿，我给一个解放军的空军军官缝过扣子，就是铜的，比这个还漂亮，上面有带翅膀的八一军徽呢。这个扣子上面没有文字也没有花纹，不好断年代，没准儿是解放前国民党军队的。”看来，外婆也没有见过。

第二天，曹元明带着外婆去市立医院做检查，遇到邹衎，关切地问：“你怎么了？最近脸色一直有些苍白。”

这不是曹元明第一次问这个了，邹衎的回答是一贯的不以为意：“我也盼着哪天走桃花运，满脸桃花红呐。”

曹元明说要不要查一查什么的，邹衎不耐烦地摆摆手：“好了，我是医生，我了解自己。”说到这，他转了个话题，“杨梅向我爆料了。”

“杨梅？”曹元明随即想起，就是那个急诊科的小护士，“爆的什么料？”

“你不是一直关注着汤小辉吗，现在，又出现了一个汤小辉。”

曹元明一个激灵：“什么意思？”

“就今天凌晨，急诊接到一个发高烧、说胡话的病人，也是个小伙子，他的症状、体征和血象等实验室检查结果都很像上次的汤小辉，有过那次前车之鉴，这次急诊科立刻取了淋巴结穿刺液，并做了血清试验，结果出来了：鼠疫！”

“那现在人呢？”曹元明心想：河山多年以来都没有出现过鼠疫，现在一下子出现两例，真是奇怪，这两例病人之间会不会有什么联系呢？

“刚刚送传染科隔离起来了，你是见不到了。”

“这个人病情危险吗？”

“很危险！”邹衎说，“他发热了三天才来医院，如果开始发热时就诊，挽回的希望还是有的，但现在已经发展为败血症型鼠疫，死亡率极高。”

这个病人拖延了三天发展成败血症才不得不到医院来，连这一点也和汤小辉相似，为什么迟迟不愿来医院呢？是在隐瞒什么吗？

曹元明打电话让汪敏来接外婆，他赶到急诊，找到杨梅，问清了那个鼠疫病人的姓名和相貌特征，再去传染科。这个病人名叫古强，现年 25 岁，河山本地人。他虽然被隔离，但如果有家属前来探视，或许可以询问到一些情况。现在看来，汤小雯的死和汤小辉没有关联，与警方最初的推测不符合，但曹元明总有种感觉：汤小辉的离奇死亡其中必有隐情，可能牵扯到古董走私，也可能有更深层次的秘密在里面，作为一个刑警，就要有这种查根究底的意识。

此后的事实证明，曹元明的预感没有错，但当时，他还没有意识到，一个令世人震惊的历史秘密，已经掀起了帷幕一角！

曹元明来到传染科，亮出警官证，向主治医生询问古强的病情，这时，一个二十出头的小伙子提着一个暖壶过来送饭，医生指着他说："这就是古强的家属，他的堂弟。"

那个小伙子看到身穿警服的曹元明，脸色一变，扭头走开，这引起了曹元明的警觉，他赶上去，拦住这个小伙子，说："等等，我有话要问你。"

小伙子脸色忐忑不安，显然担着极大的心事，被这么一拦，顿时哆嗦起来："不是我干的，不是我干的。"周围的人都投以奇怪的目光。

曹元明心中一动，把他拉到病房大楼外的一个僻静的角落，说："我知道不是你干的，那是谁干的？"

小伙子说："也不是古强干的，不是他干的。"

"那究竟是谁干的？"

"不知道，我真的不知道，我们不敢杀人啊……"小伙子说到这儿，腿一软，就要瘫倒。

曹元明心中大震，没有想到其中居然还有人命大案，喝道："你老老实实把话说清楚，如果有一句假话，那是要负法律责任的！"

小伙子坐倒在石阶上，定了定神，这才颠三倒四地说起了事情的原委：

他名叫古晨亮，是古强的堂弟，今天是来给他送饭的。古强年纪不大，却是个惯偷，尤其喜欢吃窝边草——在老家三和镇附近下手，吃窝边草有这么个好处：容易掌握对方的经济状况和作息规律，进出的路线熟，而且熟人防范性低，他怡然自得的是得手后回到作案现场看热闹，若无其事地和被盗人家打招呼。

古晨亮好逸恶劳，但人却不聪明，从小学习就一塌糊涂，初中毕业辍学在家无所事事，古强对这个小堂弟还算照顾，兴致来了会带他下馆子吃一顿。渐渐地，古晨亮估摸出这个不务正业的堂兄的钱是从哪儿来的，就想跟他一起干那没本钱的买卖，但古强嫌他笨手笨脚，不肯带这个“徒弟”。有一天古晨亮在镇子里闲逛，经过汤小辉家，汤小辉正站在门口和黎娜说话，提到“阁楼上那个箱子不要动，东西很重要”之类的话，他顿时来了精神，立刻报告了古强。像汤小辉这样的外地租房者，是古强最喜欢下手的目标，经过一段时间观察，他们发现汤小辉和黎娜好些天都没影儿了，屋子空着（汤小辉送进医院后去世，黎娜不久则因聚众吸毒被送进看守所），于是就大着胆子撬开了屋门，进去大肆洗劫一番。古强一个人拿了阁楼上那个天蓝色的旅行箱，古晨亮只分得了屋子里的一些杂物和零碎钱，不过这是古强头一次带他干这活儿，古晨亮自然不敢有什么废话。古强拿了那个旅行箱后，发现箱子有开锁密码，看来真如古晨亮所听到的，里面有宝贝，所以，他按捺住好奇心，没有当着古晨亮的面打开箱子，而是先把箱子埋起来，说等风声过后再开箱销赃。

过了一段时间，没听到什么风声，古强悄悄地把那个旅行箱挖出来，他想，如果真有什么宝贝就独吞，如果就是些平常物品那就把古晨亮叫来一起分掉。但一开箱却吓了一大跳，里面藏着的不是什么古玩财宝，而是一具人的尸骨！这可把古强吓得不轻，傻子也知道，杀人是死罪，这比盗窃要严重得多，如果这些骨头被人发现，警察找上门来，那有嘴也说不清了。他想了想，就把箱子装上石头和土扔到河里去，把里面的尸骨和一些零碎东西装进一个编织袋里，跑到一个山洞里浇上汽油烧掉，以免被人发觉，惹祸上身。古强没打算把这事告诉古晨亮，怕泄漏，他不说，古晨亮也不敢问这个箱子。熟料，没过几天古强就发烧了，起初以为是感冒，吃了几片消炎药不见好转，体温越来越高，很快他身上出现了密密麻麻的出血点，大便变黑了，吓得他魂飞魄散，连说：“这是冤鬼索命来了！”让古晨亮赶紧去成化寺给他拜佛求签。古晨亮这才知道那个箱子里藏着一具骷髅，但古强仍硬撑着不肯去医院，怕医生问起来，古晨亮会把这事说出来，到了最后，烧得稀里糊涂，家里人发现了，这才赶紧送去了医院，一进急诊，医生就下了病危通知。

古晨亮说完，一双眼睛惶恐不安地望着曹元明，就像枪口下的兔子，翻来覆去地说：“我们没杀人，没杀人。”

曹元明心想：“古强开箱后就得了鼠疫，这箱子是汤小辉的，两人染上鼠疫显然和那个失窃的箱子——准确地说，是那具尸骨——有关。那么，这具尸骨究竟是谁的呢？汤小辉是从什么地方挖出来的？为什么要把这具尸骨当成宝贝收藏在箱子里？如果这就是和掮客钱志成交易的‘古董’，那最后的买家又是何人呢？这里面究竟隐藏着什么秘密？”

这一切，都得先找到那具尸骨再说。这具尸骨很可能就是传播鼠疫的传染源，从公共卫生安全的角度考虑，也得尽快找到它。虽然古强一把火烧了尸骨，但是，一个没有经验的人在匆忙之中未必会把尸骨烧得一干二净，应该会留下一些残渣作为线索。

曹元明立刻打电话给刑警队，要求先控制古晨亮，让他继续交代问题，另外，作为和古强有密切接触的人，古晨亮也得接受隔离检查，以排除感染鼠疫的可能，因为从汤小辉之死来看，这种鼠疫的感染力是很强的，可以在人→人之间传播，引起人间的大流行。

很快，根据古晨亮的供述，由刑警队和市疾控中心组成的联合搜查小组来到了饮马河边一个废弃的小矿山，在一个洞穴里找到了古强焚烧尸骨的现场。穿着隔离衣、戴着口罩和防护眼镜的工作人员细细地清理现场，在灰白的骨灰中，找到了一些骨骼和牙齿的碎片，还有三枚烧得乌黑的金属制品：一枚较大，为椭圆形，另两枚较小，为圆形，一看到这两个圆形小疙瘩，曹元明就想起了自己口袋里放着的那枚铜纽扣，它们一模一样，属于同一个主人。

根据少许骨骼和牙齿残片，法医孟清推断：死者为男性，年纪20岁左右，死亡时间超过60年。由于尸骨被焚烧殆尽，难以进一步推断死因等情况。

很快，化验报告出来了：残留的尸骨中含有鼠疫杆菌！而且，经过比对，与汤小辉和古强身上分离出来的鼠疫杆菌是同一特殊类型，确定了这具尸骨就是引发二人染病的罪魁祸首。卫生防疫部门对这一带地区采取了防疫隔离措施，并通知全市医院和卫生院，一旦有疑似的高热病人就诊，要立刻上报。古晨亮经检查没有感染鼠疫，已经移送给公安机关。

曹元明听到孟清的推断，心里嘀咕：“怎么又是一具60年前的尸骨？”他想到了60年前去世的韩世达，韩世达死于谋杀，而这具尸骨由于绝大部分已烧毁，无法判断死因，自杀还是他杀？还是因鼠疫而病死？他想起了医学院细菌研究所主任薛建国说过，1945年2月河山爆发过大规模的鼠疫流行，从时间上看，这个人会不会是那时死亡的乡民？不，如果是个普通的乡民，汤小辉不可能如此郑重地把他的尸骨包裹起来藏进箱子。

想到这里，曹元明不由地摸出了口袋里那枚纽扣，这枚纽扣的主人应该就是这具尸骨。外婆说这不是老百姓的扣子，像是军服上的制式纽扣。

难道死者是个军人？

现场找到了三枚金属制品，刑侦技术人员对那枚较大的椭圆形金属制品进行的分析，证实了这一点。

这个金属片长5厘米，宽3厘米，上下打孔，材质和纽扣一样，是黄铜，是军人的身份牌，更确切地说，是抗日战争期间一个日本士兵的身份牌。身份牌上刻印的字迹由于火烧，正面已经模糊不清，经过技术处理后只可辨认出："×六××，中×二，番××"等内容，背面只有轻度火烧，字迹尚完好，为"名取和夫"四个汉字，应该是这个日本士兵的姓名。

就在这时，医院传来一个不幸的消息：古强经抢救无效死亡。

曹元明怔怔地望着这枚身份牌，感到脊背上嗖嗖的凉意：这个日本兵已经死去60年，但仍在祸害中国人，汤小辉和古强这两个身强体壮的小伙子，到死时都想不到，致他们于死地的是60年前的小小细菌。薛建国的话回荡在耳边："……休眠的芽孢复活了，就像打开了潘多拉魔盒。"这枚身份牌，就是死神的名片。

曹元明拿着这枚密封好的日军身份牌去找河山市民俗博物馆的馆长俞修身，询问他能不能看出什么名堂来。俞修身和曹元明有交情，博物馆曾经发生过一起盗窃案，曹元明很快破案，将失窃的文物追回，两人因此成为朋友。

俞修身看到曹元明带来的这块身份牌，微一沉吟，说："我有个省抗日纪念馆的好朋友叫吴大鹏，对这方面的研究很有心得，我们问问他吧。"因为这天正好是周末，当下俞修身便和朋友约好时间，和曹元明一起驱车去省城找他。

吴大鹏拿着放大镜仔细看了看这块身份牌，点了点头，问曹元明："这个东西很有意思，从哪里来的？"

曹元明回答："是在河山发现的。"

吴大鹏"噢"了一声，说："这倒有些怪了。"

曹元明问："怎么怪了？"

吴大鹏说："这确实是一块日本军人的身份牌。日军通常把身份牌斜跨在腋下，贴近身体，军官有时也把它别在腰间，以避免在作战中丢失。只有在战死焚烧前，由他人取下，与骨灰一起存放运回国。国内发现日军身份牌比较少见，这是日军侵华的又一新罪证。"他指着牌子上的"× 六 ××，中 × 二，番 ××"这行字，"你们看，这第一串数字是部队的番号，第二串表示这个士兵所属的中队，第三串数字，则是他在中队里的编号。我说它奇怪，就奇怪在这里。"说到这里，他的手指停留在第一串数字"× 六 ××"上面，"河山县城在 1940 年至 1945 年间为日寇侵占，攻陷河山的日军为藤田混成旅团之渡边联队一部，说是一部，其实进城的就是一个中队，相当于一个连，两百多号人吧。此后，接管河山地区防务的是代号'晃部队'的独立守备队，1945 年为防止美军在华东华南沿海登陆，这支守备队扩编为独立步兵旅团。这些日军部队的番号中，都没有'六'。所以，你这个身份牌，不应该是在河山发现的。"吴大鹏对侵华日军的战史了然于胸。

曹元明被这些日军部队的名称搞得有点糊涂，问道："什么是混成旅团，什么又是独立步兵旅团？"

吴大鹏说："混成旅团规模小于师团但与师团处于同一指挥层级，同受军司令部指挥或直属方面军司令部，是具有独立野战能力的战术单位；而独立步兵旅团则是日军在战争后期出现的番号，全部出现在中国战场，这种部队一般由守备队扩编而来，下辖四个步兵大队，而不像混成旅团那样有炮兵、工兵等技术兵种加成，所以，独立步兵旅团的野战能力不强。"

曹元明心想："如果这个身份牌不在河山，那难道是汤小辉从外地找到的尸骨再带回河山的？果真如此，排查的范围就太大了。"找到汤小辉发现尸骨的第一场所对于防止疫情的发生很重要。令人困惑的是，鼠疫菌的潜伏期为一天至六天，汤小辉发病后不到四天就死了，这么看来，汤小辉接触到这具含鼠疫杆菌的尸骨大概时间是在死前一周到十天，而以前查过他的出行记录，最近一次出门是去上海，那是他死前一个多月，时间上不吻合。

曹元明问："那么，这会是哪支日军部队的番号呢？"如果搞清了这是哪个部队的番号，结合那段历史，就可以确定大致的地区了。

吴大鹏打开电脑，翻看了一下资料，摇头说："不能确定。因为只能看清一个数字，番号里包括'六'的日军部队，那可能性就多了去了。"拿出一张中国地图，从北到南比划了一下，"从黑龙江到海南岛，这样的部队有三十多支，有陆军，也有海军，有野战部队、守备队、辎重部队、防疫给水部，太多了。"

"防疫给水部？"曹元明还是头一次听到这个名词。

"这个部门各个日军师团都有，其主要职能是确保防疫和军队饮用水的干净，防止传染病流行，再者就是兵要地志的制作。兵要地志就是作战地域的详细地图和军队分布图等。"

"那这个人名能查到吗？"曹元明指着身份牌背面的"名取和夫"问。

吴大鹏笑了一下："你把我当成掌管生死簿的小鬼了。抗战期间，日军在中国大陆战死了四十多万人，一将功成万骨枯，除非是有一定官职的军官，否则历史是不会记下他们的名字的。"

看来通过身份牌查不出什么了，曹元明道谢后回到了河山。

警方仔细检查过了汤小辉兄妹俩遗留的东西，没有发现什么线索。汤小辉的老母亲赶到了河山，这个不幸的母亲一下子失去了一双儿女，心情悲痛可想而知。曹元明将整理好的遗物交给了汤小辉的母亲，另外还有陶鸿留下的一笔15万元的存款，根据师傅的遗言，把这些钱交给汤小辉和汤小雯的家人，以稍许弥补陶海刚的罪孽。陶海刚的判决还没下来，虽然法律上没有子债父还一说，但师傅生前仍强调，哪怕和老太婆砸锅卖铁，也要承担陶海刚的经济赔偿责任。

曹元明去了一趟市局刑侦技术支队。陶海刚将从汤小雯那里夺来的首饰和笔记本电脑用塑料布包好埋藏在树林中，他被捕后，指认了埋藏地点，这部电脑被发掘出来，虽然电源已经损坏不能启动，但经过技术员的修复，硬盘上的一些数据还能读出来。这台笔记本电脑是汤小辉死后留给汤小雯的，曹元明希望从电脑中能找寻到一些端倪。

电脑中，可以看到汤小辉生前拍摄的一些照片，大部分都是他四处旅行时留下的，有十几张照片是河山市附近千岩山的景色，从日期上看，正是他死前一周左右拍摄的，这也再度确认，汤小辉在那段时间没有离开河山，这和查询他出行记录得到结果是一致的。这么看来，那具日军的尸骨，应该是在河山，或者说，很可能是汤小辉在千岩山一带发掘的。

汤小辉是一个好动的“驴友”，足迹遍及大江南北，又是一个孤僻的人，旅行都是单枪匹马，从不结伙。他到河山已经多年，千岩山应该早就去游玩过，为什么近来又会去那儿呢？可能正是冲着找寻这具尸骨去的。那么，是谁让他这么干的呢？黎娜曾说起，汤小辉死前不久说过，弄到了好东西，一出手能卖不少钱，而古晨亮也听到汤小辉对黎娜说过，阁楼上的箱子里装着的东西很重要。曹元明想到了那个古玩掮客钱志成，可惜此人现在不在国内。

曹元明又访问了汤小辉平时交往的朋友，以及带他做油漆匠的师傅。谈起汤小辉的死，他的师傅有些惋惜：“小辉很聪明，就是眼高手低，不愿干体力活，整天想着就是哪天发大财，自己开公司当老板，干活三天打鱼两天晒网，经常请假，一走就是好些天，也不知跑到哪里去玩耍。我说，这天上掉馅饼的事儿，哪能轮得到他？就是天上掉钱，你也得起早，晚了都被别人捡走了。就他这样贪玩的毛病，今后肯定一事无成。”

“他倒卖过古董，这事您知道吗？”

他师傅“嗐”了一声：“什么古董，都是骗人的玩意儿。他经常跟几个人穿着建筑工地上的工作服，戴着安全帽，假装建筑工人，拿着‘古董’去早市或者车站兜售，说是刚从工地上挖出来的‘宝贝’，其实，都是西贝货。”

根据汤小辉师傅提供的线索，曹元明等人破获了一起伪造古董改销一条龙的诈骗团伙，但是，曹元明却高兴不起来，因为从中没有得到他想要的线索。

曹元明继续在汤小辉的电脑硬盘中搜索，以前从黎娜那里得知汤小辉的QQ和电子信箱，就用技术手段查过古董交易方面的情况，并没有发现什么，这次还是同样的结果，看来这种交易都是面对面进行的，有意避免给警方留下线索。他没有灰心，仔细关注汤小辉浏览过的网页，发现汤小辉在千岩山回来的第三天曾登录过“迅风”快递公司的网址，又查了汤小辉的通话记录，这个时间打过“迅风”的投递电话。既然没有其他的线索，那么，这就是一条线索。曹元明立刻和“迅风”快递公司联系，询问汤小辉投递的是什么物品，送往哪里。这一问，就问出了名堂：“迅风”公司回答，汤小辉送的是一个密封的档案袋，很轻，至于里面装的是什么，快递员也不知道，只听说是很重要的一封信，接收人是上海闸北区止园路的钱志成，由于钱志成离开了中国，这个包裹无人签收。

曹元明精神一振，问：“那现在这个包裹在哪里？”

“应该还放在上海的分公司那儿，这个要查一下，因为无人认领的包裹积累到一定时间要集中处理。”

曹元明说：“请赶快查一下，如果还在那儿的话，我们这就赶过去。”

得到了肯定答复后，曹元明连夜驱车前往上海，赶到“迅风”上海分公司已经是夜深人静了，“迅风”快递公司24小时运营，分拣邮件的值班员从堆积如山的邮件里找到了那个汤小辉投送的包裹，交给了曹元明。

曹元明打开包裹，拆开档案袋，只见里面是一张硬纸板，材质是草纸，泛黄而且受潮后都是霉点，显然年代久远。这张纸板看来像是某本笔记本的封面，上面写着“Todes Notiz”几个外文字母，不是英文，但不能确定是哪国文字，反面则是钢笔手写的一首诗，灯光下字迹已经看不大清楚，不是中文，而是日文，其中可见“手术、青年、手足、解剖台、十字架”等汉字，但整体意思不明。他预感到此事非同小可，立刻返回河山，请河山大学外语学院日文系的一位老师翻译这首诗。

很快就翻译出来了，这是一首日本俳句，译成中文如下：

手术刀，割活人，鲜血淋漓；
铁桶内，青年心，缓缓搏动；
解剖台，弃碎尸，仅剩手足；
十字架，受染蚤，贪婪吸吮；
遭离弃，腐败鸟，何处是巢；
青春的，千岩山，犹在眼前。

“Todes Notiz”则是德语，意为：“死亡笔记”。

这首诗使曹元明如同置身于地狱之中，“手术刀，割活人，鲜血淋漓”一句，是在描写一个人被活生生解剖的惨景；“铁桶内，青年心，缓缓搏动”一句，令人毛骨悚然：一位青年被活活解剖，他的心脏盛在铁桶内，尚在缓缓搏动；“解剖台，弃碎尸，仅剩手足”，写的是内脏都摘除，解剖台上仅剩四肢的可怕场面。

再看后面几句：“十字架，受染蚤，贪婪吸吮”，这句就有点奇怪了，十字架？受染蚤？他一时还不明这里的具体含义，至于最后两句“遭离弃，腐败鸟，何处是巢；青春的，千岩山，犹在眼前”，则更有些莫名其妙，意境和前面几句不符。

从汤小辉寄出这个包裹的时间看，这张“死亡笔记”的封面，应该就是他在千岩山与尸骨、身份牌一起挖掘出来的，其主人应该就是那个染上鼠疫的日本兵，根据身份牌可知他名叫“名取和夫”。

汤小辉为什么把这个封面邮寄给钱志成？曹元明推测，这应该是他们之间谈好的交易，交易的主要物品是那具尸骨，而且价钱不低，汤小辉才会如获至宝把尸骨藏好。汤小辉把这张写有俳句的封面寄给钱志成，是表示货已经弄到手，有进一步讨价还价的意思，只是他没想到钱志成这段时间离开了中国。那么，这具尸骨究竟有什么价值呢？难道价值在于“死亡笔记”的内容？不知情的古强焚烧了这具尸骨，一起被焚烧的还有和尸骨一起的零碎物品，即使笔记本里有内容，也全部烧光无从得知了。“死亡笔记”又是什么意思呢？他的脑海里，一个个谜团接踵而至。

曹元明正苦于韩世达一案毫无线索，看到这个六十多年前死去的日本兵所作的俳句——像是恶魔的吟唱所描绘的恐怖场景，赫然就是韩世达被活体解剖的写照——这就不能不让他怀疑：这个日本兵和韩世达的死存在着某种关系吗？能不能由此找到什么线索呢？倘若如此，那真是“山穷水复疑无路，柳暗花明又一村”。

第十二章　不归之途

曹元明找到韩吟雪，告诉了她那具日本士兵尸骨一事，以及怀疑此事与韩世达被害可能存在某种关联的想法，问：“你奶奶说，日本人曾把道格拉斯神父关进监狱，你爷爷救过他，具体是怎么一回事？还有，你爷爷被日本兵斩去右手大拇指的事，能不能说一下详细情况？”

韩吟雪点了点头，说：“我马上回去问奶奶。”又说，“我爷爷救人和失去右手拇指是在抗战时期，被害是在1950年，那个时候不可能出现一个穿军装戴着身份牌的日本士兵来谋害他。”

曹元明说：“我以前也这么想，但是，从这个叫名取和夫的日本士兵临死时所留下的俳句看，这种活体解剖应该是他亲眼见过，甚至亲手干过的。他描述的被害人虽然不是你爷爷，但和你爷爷被害的遭遇很相像，在案子没有线索的情况下，我们就不能单纯地用巧合来解释这种相像。”

韩吟雪问：“这个日本兵怎么死的？”

曹元明回答：“检验残骨，发现这个人感染了鼠疫，至于最终的死因是不是鼠疫还不能肯定，因为尸骨被火烧后残留下来的太少了。我们推测是突然死亡，如果是一般的战死或者病死，同伴会取走他的身份牌。死亡前发生了什么，谁也不知道。从这首俳句的笔迹看，写得歪歪扭扭，力道越来越弱，看来，他是在身体极度虚弱的情况下完成的，可能是临终前有感而发，一个人在这个时候，往往会记忆起生前经历的一些难忘的场景。”

韩吟雪回去后，很快给曹元明打来电话，遗憾地说："我爷爷失去右手拇指的情况，奶奶也不清楚，因为爷爷生前不愿提这些悲惨的往事。只提到当时道格拉斯神父得了疟疾，多亏了我爷爷用奎宁救了他的命。"

曹元明轻轻叹了口气，在电脑上又打开了汤小辉死前不久拍摄的照片，从这些千岩山照片看，都是一些著名景点的风景照，遍布整个景区，不能提示什么线索。

千岩山位于河山市以南 30 公里，被开辟为国家级风景区，以"奇峰险壑、珍稀动植物和禅宗文化"为旅游品牌，从市区到千岩山，白天平均每 15 分钟就有一趟公交车，交通便利。

当前，河山市正集中警力调查在社会上影响恶劣的邓郁薇失踪案，警力犹嫌不够，曹元明负责追查汤小辉收藏尸骨一案，只有寥寥几个助手，不可能搞人海战术拿着汤小辉的照片四处询问景区的保安、服务员、清洁工等人，何况，景区游人如织，工作人员每天要面对大量的陌生面孔，不可能记住很多天以前这个外貌平常的小伙子去过什么地方。

千岩山，顾名思义便知当地是山峦叠嶂，这些山峰，有的以雄秀见长，有的以险峰争奇，有的以幽静取胜，进入景区，可见山野天池、绝壁怪石、苍松山花、流泉飞瀑，景致优美而多姿多彩，这却给侦查工作带来了很大的困难：千岩山方圆数十平方公里，汤小辉挖掘尸骨必然秘密进行，要在这么一大片复杂地形中找到这个地点，就像是从沙盘中挑出一粒沙子，令曹元明感到头都大了一圈。

曹元明到千岩山走了一遍，汤小辉的十几张千岩山照片中，在大蛇谷拍的最多，有四张，这四张都是站在山谷上面拍的，曹元明来到大蛇谷，对照着照片站在拍摄地点四处眺望，并没有看到什么异常。一个陪同的景区保安说："听老人们说，以前这里漫山遍野是蛇，人都不敢进来，只是偶尔有几个胆大的抓蛇人来过，所以叫'大蛇谷'。到抗战时，县城里进了日本鬼子，又闹瘟疫，有人逃难来到这里，个个都是有来无回。说来也怪，打那以后，这里蛇就少了很多。大炼钢铁的时候，千岩山上的原始森林被大片砍伐，蛇就更很少见踪迹了。"

曹元明怏怏地返回市区，路上接到邹衍的电话。

“我有大麻烦了……”电话里邹衍的声音虚弱而惶恐，这和以前自信的他判若两人。

“怎么回事？”曹元明预感到大事不好，紧张地问，“你慢慢说。”

“你到医院来吧，我住院了，在血液科。”邹衍说完挂断了电话。

邹衍正当壮年，平时很注重锻炼身体，是冬泳健将和网球高手，至今仍是医学院运动会男子三千米长跑纪录保持者，怎么会突然住院了。

曹元明火急火燎地赶到医院血液科，看到邹衍的母亲正在走廊的一角抹眼泪，忙问：“伯母，邹衍怎么……？”他曾猜测邹衍会不会是意外受伤，但受伤应该住外科病房，怎么会在血液科呢？

邹母看到曹元明哭出了声：“小明啊，邹衍这孩子命不好啊……”这时，办公室的门打开了，血液科主任和邹衍的父亲邹和平走了出来，邹和平脸色沉痛，扶着妻子进了办公室，让她不要在病房走廊里哭，影响其他病人的情绪。

曹元明问起邹衍的病情，邹和平摘下眼镜，揉了一下眼睛，低声说：“情况不好，你问李主任吧。”血液科李主任告诉曹元明，邹衍近一个多月来一直感到乏力，今天中午去游泳，突然发现全身皮肤多处出血点，便知大事不妙，在门诊一查血常规，红细胞、白细胞及血小板均严重低于正常值范围，其中血小板是 1.0×10E9/L，只有正常水平的百分之一！立刻做了骨髓穿刺，初步诊断为急性再生障碍性贫血。

曹元明近来发现邹衍脸色不好，几次提醒，但他却不以为意，医生一直关注的是他人的健康，而自己身上的毛病却往往被疏忽掉了。

曹元明不了解这种疾病的预后，再障不是癌症，给人感觉不像绝症，现在医学昌明，就算是癌症也有很多方法可以治疗，但是，从邹衍父母的表情中，他却感到了那个可怕的后果，忐忑地问：“李主任，这种病危险吗？”

李主任眉头紧锁：“很危险，可能发生败血症和严重的内脏出血，如果没有有效的治疗，病人通常只能活半年到一年。”

曹元明犹如五雷轰顶，恍惚了一下，这才回过神来：“那有效的方法是什么？”

“唯一有可能治愈的方法就是异基因造血干细胞移植，通俗点说就是骨髓移植，如果能找到 HLA 配型相符的供者，移植应尽早进行。当然，移植也是有风险的。”

“什么……HLA？”曹元明一脸迷惑。

“就是人类白细胞抗原，它由遗传决定，存在于细胞的表面，形成了免疫系统辨识异我的标记，就像每个人的身份证一样。只有 HLA 配型相符，骨髓移植才能成功，否则，就会被机体当做异己排斥，甚至导致死亡。”

曹元明担心地问：“那邹衍能不能找到合适的骨髓呢？”

“这就要看他的运气了。常见的 HLA 分型，在几百人中可以找到相符者；少见的，可能有五千分之一到万分之一的几率；而罕见的，就要到几万甚至几十万的人群中去寻找了。等不到合适骨髓就去世的病人不在少数。”李主任的语气并不乐观。

曹元明说：“时间紧迫，邹衍的希望就寄托在你们身上，一切拜托。”

李主任说：“应该说是寄托在骨髓配型上。时间就是生命，第一年移植成功率可达百分之九十。我们肯定会尽全力，会第一时间联系中华骨髓库，但愿他有好运气吧。”

曹元明走进单人病房，邹衍戴着口罩，正躺在病床上输血。他回想起不久前还生龙活虎、神采奕奕的邹衍，一阵揪心般的酸痛，在床边坐下：“你感觉怎么样？”

邹衍乜了一眼：“什么时候学会这外交辞令？来看我，也不带点吃的。”

“你想吃什么，我这就去买。”曹元明站起来。

邹衍叹了口气，摇了摇手：“坐下吧，他们不让我随便吃外面的东西。你呀，怎么一点幽默感都没有了？看来我的情况严重啊。”

曹元明说：“可不能这么说。你是我破案的福星，以前帮我破过贩枪案，最近又帮我找到了那个患鼠疫的窃贼，没有你，我在刑警队还怎么混？”

邹衍勉强笑了一下：“可惜你们刑警队太小气，不给我发奖金啊。”

“这样吧，我打个报告给你争取一下。”曹元明问，“韩吟雪知道你住院了吗？”

“没有。”邹衍无力地摇了摇头，“我不想让她看到我这个样子。”

“我去跟她说。要相信，爱情能创造奇迹。”

“爱情？奇迹？”邹衍冷笑了一声。

“李主任说了，骨髓移植的效果挺不错的。”

“但愿吧。”邹衍“哼”了一声，“真他妈的倒霉！你相信报应一说吗？”

“我当然相信，恶有恶报，善有善报。你救过那么多人的命，老天会眷顾你的。”曹元明赶紧安慰他。

邹衍双手枕头，望着天花板出神，好像有什么心事，不再说话。

曹元明痛心地发现，这位好哥们儿眼神中的光彩正一丝一丝地消逝，周围的一切都如夜色般黯淡下去了。

韩吟雪得知消息后，赶来看望了邹衍，经过几天输血和输液，邹衍精神略有好转，坐起来和韩吟雪、曹元明谈天说地。因为受到探视时间的限制，不一会儿，韩吟雪和曹元明告辞出了门，去找李主任了解治疗情况。

事与愿违，在骨髓配型上，邹衍的运气极差。

在遗传学上，父母和子女只有一半的位点相符，医学上叫半相合，所以父母的骨髓不适用于子女。由于子女从父母处各得到一条染色体单倍体，所以在兄弟姐妹间有四种可能存在的HLA形式，找到HLA配型完全相合的供者的几率为四分之一。在进行骨髓移植时，首选是兄弟姐妹间的HLA配型完全相同者，其次是HLA基因型部分不同但表型相同的家庭成员，再次是HLA位点有一个不同的家庭成员或HLA表型相同的无关供者，最后是有一个位点不符的无关供者或有两至三个位点不符的家庭成员，选择越往后移植的效果越差。总之，有血缘关系者处于优先地位。

邹衍是独子，母亲那边的几个表兄弟验了骨髓配型，都不符合。邹和平也是独子，邹衍没有堂兄弟。

据李主任说，联系中华骨髓库和台湾慈济骨髓库，都没有找到HLA配型相符的骨髓！

韩吟雪听到这个不幸的消息，脸色煞白，攥紧了手帕，说：“看报道，中华骨髓库还为一位远在万里之外的阿联酋小伙子提供过骨髓，怎么邹衍反而配不上呢？”

“邹衍的HLA类型在中国人中很少见。”李主任无奈地说，“HLA有同宗同族性，由于遗传基因的巨大差别，不同人种、不同国家的人，HLA配型几乎不可能成功。也许，那位阿联酋小伙子的祖先有华人血统，才会发生这样的奇迹。”

韩吟雪转过头来，低声说：“这种不幸的事，怎么会发生在他身上？”她的眼睛里噙着泪花。

曹元明握住了她颤抖的手，说：“别灰心，骨髓配不上，还有其他的治疗办法，邹院长、李主任会请国内著名的血液病专家来给邹衍制定最好的治疗方案。”

接下来，邹衍接受了一系列可谓炼狱般的治疗，抗淋巴细胞球蛋白、抗胸腺细胞球蛋白、环孢素、激素、雄激素、丙球、集落刺激因子等等一圈药物用下来，三个月后，病情果然得到了明显缓解，出院后在家休养。曹元明和韩吟雪去看他，邹衍虽然人瘦了一圈，但精神不错。那天，河山市下了今年的第一场雪，虽然雪不大，但兴致勃勃的邹衍不顾家人劝阻，还是和韩吟雪驱车去芳草湖游玩了一圈，拍了好多雪景照片。游玩后，他俩又叫上曹元明夫妇、罗嘉夫妇以及杨梅和她的男朋友等一大帮朋友到“江枫渔火”吃饭，席上觥筹交错，气氛热烈而有节制，大家都为邹衍病情好转而高兴，在曹元明的提议下，开吃前全体举杯为邹衍的健康干杯。

酒过三巡，大家开始畅所欲言，这时，杨梅的男朋友因为公司有事先行告退，而罗嘉的小娇妻叶莺则谈起了新婚旅行的种种见闻，说到去香港买玉器的事，对市场的行情说得头头是道。

杨梅听了，从身上取下一枚玉器，说：“这是我男朋友送我的玉观音挂件，光泽不错，手感也挺温润的，他说是新疆的和田玉，是他外婆留给他的，很珍贵，当年是拿两根金条换的。姐姐你懂玉，帮我看看。”

叶莺拿过来看了一会儿，以不容置疑的口气说：“这不是和田玉，是青海的料子，还是新坑，一千块差不多了，地摊货。”

杨梅一张小脸涨得通红，说：“和田玉和青海玉本来就是一类的嘛，都是昆仑玉，没有什么区别。”

罗嘉轻轻咳嗽一声，提醒妻子说话客气点，不要这么尖酸刻薄，叶莺不理，反而冷笑一声，说：“当然有区别！昆仑玉色白，和田玉色泽发红。不但颜色有区别，而且质地也有微妙的区别。还说什么两根金条，讲故事，蒙你这不懂事的小姑娘呢！”

杨梅气鼓鼓地说：“不要你看了。”一把把玉观音拽过来，不料，两人争执之间，一失手，这枚玉器“当”一声掉到了地上。杨梅“哎呀”一声，赶紧拾起来，爱惜地抚摸了几下，却发现玉观音头上摔出了一道裂缝，虽然裂缝很细微，但已经破相了，心中甚是难过，就要哭出来。

韩吟雪安慰她：“我知道有家首饰店的师傅，修补玉器的手艺十分高明，明天我就带你去找他。”

杨梅抽抽噎噎地说：“再怎么修补，还是能看出破绽来，这是我男朋友的传家宝，怎么办呢？”

叶莺见自己口不择言闯下了祸，也不安起来，连连向丈夫使眼色，意思是：“你赶快给我想个办法。”

罗嘉干咳了一声，赔笑着说：“小妹妹，不要着急，我有个好办法。”

杨梅带着哭腔问：“什么好办法？”

罗嘉说：“我有个朋友，是古玩收藏家和鉴定专家，对玉石这一块儿很在行。他的收藏我见过，那是包罗万象，无奇不有。你这样的玉观音，我见他手里有好几件，材质和大小都差不多。他曾经和我谈起，近期要到河山来游玩，等他来的时候，我请他顺便带上这几件玉观音，和你手里的比较一下，一来比美，做个鉴定，二来呢，如果有一模一样的，只要你喜欢，我把他手里的买下来，送给你，作为赔礼，好吗？”

这话听起来合情合理，杨梅说：“不要了，那多不好意思。”

罗嘉大度地说：“别客气嘛，应该的。”他先把场面上的话说圆，至于以后赔与不赔，其中大有转圜余地。

韩吟雪知道罗嘉这样的生意人说话有水分，便问：“你那位朋友尊姓大名啊？”

罗嘉笑眯眯地说：“韩大小姐也有兴趣，那我真是求之不得。”从腰包里翻出一张名片，递给韩吟雪，“他叫钱志成，我和他是多年的老朋友了。”

一旁的曹元明听到“钱志成”三个字，立刻一个激灵：这个人不正是让汤小辉挖掘尸骨的那个掮客吗。他顺手接过名片，这张名片很别致，是青花瓷式样，上面写着“明大进出口公司销售顾问”以及“古玩鉴定国际专家钱志成”，问罗嘉：“你这位朋友，是不是一个加拿大籍华人，住上海闸北区止园路？”

罗嘉很是诧异：“你怎么知道？”

曹元明说：“他和我们的一起案子有关。”

罗嘉问：“他犯法了？”

“现在还不能这么说，但是有些情况要向他问清楚。”

“噢，这样啊，他这段时间不在国内。”

“你现在能联系上他吗？”

罗嘉有些尴尬地摇了摇头。

“你们不是多年的老朋友吗？”韩吟雪语带讥讽地问。显然，刚才罗嘉跟杨梅所说的，大半是吹嘘。杨梅醒悟过来，气愤地瞪了他一眼。

“你刚才说，这位钱先生近期要来河山游玩？”曹元明问。

“他出国前是说过，听说河山的景色不错，回来后，要来河山玩玩。”

曹元明心想，钱志成来河山，说不定与汤小辉手里的“货”有关，又问：“你是怎么认识他的？”

“在一个酒会上，其实，我对他了解不多。”罗嘉没想到自己一句大话引来了这样的麻烦，额头冒出了亮晶晶的汗珠，掏出手帕擦了擦，“我只知道他是做古玩买卖的。”

“你不是做医疗器械的吗，怎么和古玩商人搞一块儿了？”这会儿轮到邹衍发问了。

“生意场上的应酬，多一个朋友多一条路嘛。”

饭后，曹元明和罗嘉单独谈了钱志成的事，向他说明找到这个人的重要性，又问了几句，见罗嘉确实不能提供更多的情况，便说：“只要你一得到这位钱先生回国的消息，就马上通知我，好吗？另外，希望你对此保密。”

罗嘉点了点头，带着妻子逃也似的离开了。

元旦时，曹元明夫妇请邹衍和韩吟雪吃饭，邹衍的身体得到进一步恢复，评估病情可以从事轻体力劳动，他开始慢跑锻炼身体了，许久不见的神采又回到了脸上。

大家说说笑笑，说的最多的，还是对2011年的期盼。邹衍说，打算春节后就回医院上班。邹衍诊断为急性再障后，以前那些和他打情骂俏的女孩们，个个避而远之，只有韩吟雪常常来看望他。汪敏旁敲侧击地询问韩吟雪对邹衍的意思，但韩吟雪避而不谈。曹元明总觉得邹衍和韩吟雪的关系一直不冷不热，但作为旁人，在这个敏感时期又不好置喙，而眼下让他烦心的案子还不少：由他负责追查的汤小辉收藏尸骨一案，仍无线索，难以交差；一度轰动全市的幼儿园教师失踪案，几个月来也毫无进展，河山市民对公安局意见极大，各种添油加醋的传言风声鹤唳，搞得人心惶惶，晚上单身姑娘都不敢去僻静的地方，省厅和市委的领导气得几次拍桌摔杯："一个大活人就在你们眼皮底下消失了，满大街的摄像头都成了摆设，这是犯罪分子在打我们的脸，不是奇耻大辱是什么？"城南分局人人出门都像背着一口黑锅，挺不直腰杆。此时面对韩吟雪，最让曹元明心焦的是，关于韩世达的案子，仍不能给她任何的承诺，甚至一条经得起推敲的线索都没有。他曾经提到那个染鼠疫死去的日本兵可能与韩世达之死有关，也只是追查到了死胡同时，死马当活马医的联想，而现在，他却依然还在死胡同里转悠，没有找到出口。

好景不长，不幸再次来临。春节时，邹衍一次看似平常的感冒导致了再障的复发，而且来势凶猛，由于眼底出血一度出现失明，被送往医院急救。经过一个多月的治疗，才脱离了生命危险。曹元明去隔离病房探视，邹衍虽然复明了，但形销骨立，胡子拉碴。当曹元明走进病房时，迎接他的是一片惨白：白色的灯光，白色的床单，白色的脸颊，白色的眼神。"这样的人，也会死吗？"曹元明痛苦地想。

"'吱吱'作响的电手术刀，手术切口上方缭绕的烟雾，人肉烧灼时发出的焦糊气味，黄澄澄的脂肪层，粉红色的肠子……这熟悉的一切，我可能再也看不到了……"邹衍的声音，虚弱而遥远，透出无限的不甘和痛楚，没有血色的脸庞上，那种招牌式的坏笑永久地消失了。

曹元明看到了邹和平，这位父亲似乎一夜白头，额头的皱纹写满了忧愁，他聆听几位请来的专家在会诊，像个认真的小学生一样做着笔记。远远看到这一幕的曹元明鼻子发酸，想起了死去的师傅和父亲，想起了那些为了孩子竭尽心力的父亲们。

邹衍因为严重的贫血、血小板减低和白细胞缺乏症，住进了无菌层流病房，探视受到严格限制。曹元明只好向邹和平打听邹衍的病情，这天，他去医院找邹和平，没见到人，心想这段时间邹伯伯太疲劳，可能在休息，这时，听一个医生说邹院长出国了，他奇怪地问："去哪儿了？"

那个医生说："好像去日本。"

曹元明一怔："日本？怎么可能？"

那个医生说："怎么不可能？邹院长很喜欢旅行，周游世界是他一直以来的想法，以前是没时间，去年一退休就去欧洲玩了一圈，德国、法国、波兰、意大利……"

曹元明越想越纳闷，邹衍病情这么重，邹和平怎么有兴致出国旅游？况且，日本刚刚发生震惊世界的大地震和福岛核电站泄漏事故，这会儿去旅行不是很奇怪吗。

就这样又过了十几天，曹元明突然接到电话，是血液科李主任打来的，他以为邹衍的病情出现了意外，心提到了嗓子眼，开口就问："邹衍怎么样了？"

"邹衍的病情还是老样子。不过……"电话那头，李主任的声音听起来十分沉痛，沉吟半晌，最后说，"电话说不清楚，你来一趟医院吧。"

曹元明一颗心突突直跳，不敢怠慢，立即赶到医院。李主任把他带进了一间小会议室，只见邹衍的母亲有气无力地半躺在沙发里，面无血色，双目红肿，两个护士一左一右陪护着她。看到曹元明进来，邹母拉着他的手，放声痛哭："小明啊，我们这个家完了，全完了！我上辈子是造了什么孽啊！"

李主任告诉曹元明一个噩耗："刚接到日本方面的通报，邹和平院长在日本逝世了！"

曹元明大为震惊，没想到邹和平此去日本，竟然是不归之途！

他内心除了深感痛惜，还有接踵而至的疑惑：邹和平这个时候去日本显得很蹊跷，现在又突然逝世，这究竟是怎么回事？他问："邹院长的身体不是一直好好的吗？是车祸吗？"

"不，是猝死。"

“猝死？”曹元明心中一片混乱，隐隐觉得事情没有那么简单，“好好一个人，怎么一下子就猝死了？是心脏病？”

李主任摇了摇头：“猝死原因现在还不明。大部分猝死都是心源性的，但老邹心脏没毛病，血压也不高，估计不是心脑血管方面的问题。”他叹了口气，“老邹这半年来一直操心过度，人憔悴了不少，年纪又大了，去日本这一路疲劳，很可能因此诱发猝死。”

曹元明定了定神，问：“邹衍还不知道吧？”

“我们暂时没有告诉他，他现在不能受刺激。”

曹元明扶着邹母消瘦的肩膀，脑子里浮现出邹和平和蔼的音容笑貌，少年时代，正是他把自己从窃贼的路上拉了回来，这位医德双馨的老院长突然猝死异国他乡，谁都难以接受这个残酷的事实。

“邹院长为什么要去日本？”曹元明问道。

“这个……”李主任把头转向邹母。

邹母两行泪水又流了下来，无力地摇了摇头：“别说了，现在说这些有什么用？我后悔没有劝住他啊！”说到这里，泣不成声，以头抢地，旁边的护士赶紧拉住她。

这时，市立医院的陆院长进来了，扶着邹母说了些节哀顺变的话，站起来，朝李主任使了个眼色。

李主任把曹元明拉到房间一角，低声说：“今天请你来，是希望你帮邹家处理一下邹院长的后事，去一趟日本。这是……邹院长爱人的意思。本来，我们是准备让一位常务副院长去的。”

陆院长走了过来，说：“邹家一脉单传，邹衍和邹和平都没有兄弟姐妹，老邹的爱人年纪大了，身体又不好，这个打击太大，我们怕她会想不开，随时随地都要人看护，请她姐姐从外地赶来照顾，这样一来，邹院长的后事，只有拜托你了。我们都知道，你是邹衍最好的朋友。”

虽然工作繁忙，但曹元明一口应允：“我马上回去请假，即刻动身。”

李主任说：“你办理入境日本的手续，可能还要几天。”说到这里，他顿了一下，压低了嗓音，“邹院长随身带着一个棕黄色封皮的笔记本，上面详细记录着邹衍的病史、治疗方案和疗效评价，你看到这个本子，或许就会明白邹院长为什么要去日本了。”说这话时，他有些吞吞吐吐。

曹元明明白其中有隐情，点了点头，问：“邹院长在日本的什么地方去世的？”

“千叶县山武郡的一处旅馆里，千叶这个地方，就在东京旁边。”

陆院长说：“请假的事，我会帮你在公安局领导那边说话的，旅途所需费用，医院来出。你有什么困难，医院能帮得上的，一定帮你。”

曹元明说：“困难谈不上。希望院方和大使馆联系，引起他们的重视，让大使馆和日本当地的警方交涉，尽快查清邹院长的死因，提供详细报告并且妥善保存遗体。”

陆院长点了点头：“我们马上去办。”又问，“你还需要一个日语翻译吧？”

曹元明想了一下，说：“我有个中学同学，名叫鲍书华，跟我和邹衍的关系都挺好，他在日本东京好多年了，日语说得和日本人一样好。我联系一下他，如果他有时间接待我，就不需要再带翻译了，否则太麻烦。”

陆院长和李主任对望了一眼，说：“这样最好。”握住曹元明的手，“小曹，辛苦你了。”

曹元明义不容辞地说：“邹衍的事，就是我的事。”

曹元明乘坐国航的班机从上海浦东机场起飞，飞机越过白浪滔滔的东海飞往东瀛列岛。经过两个多小时的飞行，舱内广播传来了空中小姐甜美的声音：“女士们，先生们，飞机即将抵达东京成田机场。”这是曹元明第一次出国，他有些好奇地鸟瞰窗外，机身逐渐下降，绿色覆盖的平缓丘陵映入眼帘，丘陵四周可见高速公路和建筑群，还散落着一些水田和高尔夫球场，露出一派繁忙而又恬静的景色。

曹元明下了飞机，拉着行李箱匆匆穿过机场大厅，好友鲍书华已经说好来接他。

曹元明和邹衍是初中就成为好友的，到了高中，两人又认识了鲍书华，结成了三人小团体，三个朋友还在人民公园的梅园里结义为兄弟，自称“梅园三结义”。以年资排辈，曹元明最大，做了大哥，本来鲍书华年纪比邹衍大，但他自甘老三，让邹衍做了老二。鲍书华家境不好，脖子又有点残疾，被同学看不起，一直有些自卑，曹元明为人仗义，邹衍家境优越，有两人撑腰，此后在班上才没人敢欺负他。

鲍书华在东京的矢佳株式会社做技术员，在日本生活了整整10年，可以说是一个“日本通”。他双手高举写有“接曹大哥”的大纸牌在人群中踮着脚四处张望，见到曹元明后使劲挥动纸牌：“大哥，我在这儿！”

曹元明赶了过去，两位多年不见的好朋友拥抱在一起。他见鲍书华头颈仍有些歪斜，面色焦黄，神情忧郁，看来在异国过得并不顺心，奇怪的是，还戴着口罩，穿着一件厚厚的夹克衫，问：“怎么这副打扮？”

鲍书华“嘿”了一声：“你来日本还真会挑时候。”从口袋里掏出一个棉口罩给曹元明，又变把戏似的掏出一个小药瓶倒出一颗药片，连同一瓶矿泉水递给他：“吃了它。”

曹元明有些莫名其妙：“你这是干什么？”

鲍书华说：“这是碘片，吃了可以保护甲状腺免受核辐射。这些东西……”他指了一下口罩和矿泉水，“现在东京的超市里都脱销了。”

“怎么现在日本流行起这个名堂来了？”

“你来之前没有做功课吗？不知道福岛地震和核电站泄漏事故？”鲍书华瞪大了眼睛。

“知道，现在地震不是过去了吗？”

“地震是过去了，但核泄漏还在继续。东京离福岛只有200多公里，这里的辐射量已经超过了往常的20倍，而且继续处于上升的趋势。”说到这里，鲍书华的语气转为讥嘲，“不过，日本的共同社说，这对人的健康没有影响。”

“难怪，在机场，我看到很多在日本的中国侨民和留学生都回国了。”

“这里的外国人，能回国的都回国了，当地人则很多往大阪、名古屋迁移。”

“你怎么没走？”

“我走了，谁给你带路？”鲍书华避而不谈不走的原因，“这种情况下，最好呆在家里，关紧门窗，不要外出。东京的街头已经没有以往的喧闹情景，大街上很冷清。不然，可以带你去逛逛。”

“我可不是来旅游的，没心思逛街。”

“了解。”鲍书华语气沉重，“邹衍真不幸，没想到，我居然是以这样的方式帮他，唉……”

曹元明拍了一下鲍书华的肩膀：“咱们别愣在这里，抓紧时间，边走边说。”

两人出了成田机场，坐上了一辆出租车，沿着296国道往东而行。成田机场虽然是东京的国际机场，但其实不在东京，而是坐落于千叶县。

日本的出租车是清一色的丰田皇冠，司机是一位五十多岁的男子，穿着蓝色的制服，戴着白手套，一本正经的表情。曹元明和鲍书华上车时，正遇到一对中国人夫妻带着小孩和大堆的行李从这辆车里下来，看来是搭乘班机回国，因为行李太多，司机下车帮忙搬运，忙活了好一会儿。

出租车行驶在逶迤于竹丛和树林之间的国道上，公路平整，路况优良，正值雨后，路边的菩提树和樱树长势茂密，葱翠欲滴，山涧的清泉汇聚成小溪，潺潺而流，远处天边是一道亮丽的彩虹。初到日本的曹元明，对这个岛国的第一印象还不错，但没几分钟，这种好感就被打破了。

曹元明上车后浏览窗外的景色，一直没说话，鲍书华一口流利的日语，让出租车司机误以为他们是日本人，开始喃喃自语：“这类低素质行为恶劣的家伙们，真不应该让他们来日本。”

“怎么了？”鲍书华不动声色地问。

“刚才那一家子中国人，在车里给孩子吃零食，我替他们搬行李，告辞时连句‘谢谢’都没有，一点礼貌都不懂。”

“不能这么说吧，人家赶时间。”

司机来劲儿了，看来对此早就牢骚满腹：“怎么看中国人都是缺乏教养啊！我以前当过旅游巴士司机，载中国人的巴士，车内地板上总是满地的瓜子壳和苹果核。车座靠背上设有烟灰缸，里面被各种口香糖、擦鼻涕纸一类的东西塞得满满当当的，只能让随车的导游将注意事项用中文翻译给他们听：请将垃圾放在随车配备的塑料袋里，以方便回收。导游用中文说得清清楚楚的，但这些中国人一句也没听进去，等晚上把这些中国游客送到宾馆后进行车辆点检时，发现没有一个中国人照规矩将垃圾放到塑料袋中，一切照旧。实在服了，也许是穷惯了。”

“中国人现在可不穷了，听说樱花期来日本玩的中国人，花起钱来吓人呢。”鲍书华说。

“其实不尽然。中国人赴日旅游准入标准被放松，大部分来日本的中国人都是穷光蛋，这些人一放进日本，马上就会在旅行的中途消失得无影无踪，八成窝在日本什么地方打黑工呢。那些中国游客住的旅店，多是五六千日元一晚这个档次的廉价旅馆。几乎从来没有见过这些中国人用自动贩卖机购买过罐装咖啡和茶水什么的，这些人都是将茶叶放在一个用过的玻璃包装杯中，沏上水后带在身边，旅行时就喝这个，水不够了就在高速公路服务站添加。因为这么干的中国人实在是太多了，以至于丰桥的服务站前排满了中国人，听说如今已经有地方禁止中国人来随便取开水了。这些中国游客吃午饭，也是专找便宜的地方。啥时候从高速下来进入国道了，导游会来一句‘请在那个牛肉盖饭快餐店旁停一下’（牛肉盖饭是日本最廉价的快餐类型），这真叫人讨厌啊！

“在秋叶原，专门用来给中国游客购物用的土产店，在这些店，日本的民间艺术品和食品都被高价卖给中国游客。像干海参一类的东西，日本人几乎不吃的玩意儿，也就是说不需要花钱进货的东西，也被以五万日元的高价卖给中国游客了。中国游客则认为这些东西‘好吃，滋养身体’，所以会花钱购买。”

“这个嘛，日本人也迷信健康食品。”

“中国人比日本人还要迷信所谓的健康食品。关键是，中国人欺骗自己的同胞。实际上这些店铺的老板全都是中国大陆人、台湾人，仅店员是日本人而已。这些巴士上的导游，也都是在日本生活的中国女性。她们日语说得都很溜，很多都在这里和日本男人结婚了，就是这些所谓‘日本土产店’的托儿。她们和这些店家串通好了的，只要把旅游巴士的客人带到店里来，就可以拿到三万到五万日元的回扣，最多的时候一个月可以靠这手儿赚两百万黑钱。

中国客人中偶尔也能碰到真正的富豪，就为了给自己家中花园里买一棵百年树龄的松木，出手就几百万日元，松树没法用空运，只能用集装箱走海运，就一个运费还要另掏几十万日元。要能为这类中国客人办事情，自己光中介费就可以拿好几十万日元。尖阁诸岛（钓鱼岛）事件闹起来后，来日本的中国游客少了，我敢肯定对尖阁诸岛事件真正怀恨在心的，就是这帮女导游了吧。”这个日本司机数落起中国游客和导游来，口沫横飞，滔滔不绝。

“现在地震了，想请人家来，人家还不来了呢。”鲍书华略带讥讽地说。

“不来才好呢……”司机咕哝了一句，还想继续发牢骚。

这时，曹元明插了一句：“你们在说什么？”

那个日本司机听到这句中文，吓了一跳，偷偷用后视镜看曹元明的脸色，见他脸色没有异常，这才暗自松了口气，板着脸再也不说一句话。

鲍书华把这个司机的话翻译给曹元明，说：“你别介意，这可能是日本人的一种失落感吧。战后的日本创造了一个经济奇迹，一跃成为仅次于美国的第二经济大国，而且在许多工业领域都超过了美国。1989 年日本鼎盛时期的经济总量是中国的九倍，但是，近十几年日本却陷入泡沫经济破灭之后的长期衰退，现在经济总量反而被中国超过，看到来日本的中国人大把花钱，有些人心里当然不平衡。”又低声说，“日本人都是欺软怕硬的，表面上客气，实际上很虚伪，对你有意见不会当面说出来。你看，这个司机起初以为我们是日本人，所以就喋喋不休嘲讽中国，一发现我们是两个中国男子，怕惹上黑社会，就不敢多嘴了。”

曹元明皱眉说：“黑社会？难道这儿的中国人给日本人的印象这么差？”

鲍书华说：“也不都是，主要是日本的黑社会犯罪经常拿中国人当幌子，不过，在日本的中国人犯罪率比日本人高，这倒是事实。”

曹元明默然无语。

千叶市是千叶县的县厅所在地（日本县的行政级别比市更大），是东京的一个卫星城市，从成田机场到千叶市不过 30 公里。出租车驶入千叶市，这时，一位骑摩托车的日本警察示意停车，原来出租车司机忘了系安全带，警察拦下后递上了一张罚单。

这位出租车司机看来是位直率的人，而且因为刚才的话正憋着火呢，这时居然冲着警察发火了，大骂警察全是欺负老实人的饭桶，没有胆量去捉杀人放火的坏蛋，对系不系安全带的小事却来精神！另外，满大街乱扔废弃的自行车，你们不去好好管理，白拿我们纳税人的钱不干正事……

这可出乎曹元明的意料，既然这个日本司机欺软怕硬，为什么敢对警察发火？更没想到的是，那个警察却只是恭敬地弯着腰，聆听司机臭骂一通，直到司机骂不出词来，他才小心翼翼地递上罚单，说："给您添麻烦了。"

出租车停在了绿树掩隐的千叶县警署门口，接待曹元明的，是千叶县警察本部搜查一课的一名警探，他名叫立花裕司，是一位警部补（警部补是日本警察的警衔之一，位居警部之下、巡查部长之上）。立花裕司长着一张娃娃脸，头发梳得一丝不苟，面容清秀文雅，身材修长，态度恭敬，说话轻声细语，给曹元明的第一印象，他不像个刑警，不像印象中的日本男子。

曹元明作为20世纪70年代出生的人，对日本人的印象是这样的：矮胖子，满脸横肉，留仁丹胡，一双绿豆小眼露出凶光，戴屁帘帽，一把军刀横于胯前，龇牙咧嘴喊"巴嘎牙路"，经常被英勇的抗日战士揍得屁滚尿流。这是从小就从书刊和影视剧里培育出来的条件反射。他也看过一些日本影视剧，像《追捕》《人证》《血疑》等，但没有改变他自幼形成的这一印象，后来风靡一时的日本动漫和青春偶像剧，则因为学习和工作紧张而无暇关注，因此，他对当代的日本人的认识存在很大偏差。

曹元明和鲍书华谈到对日本警察的疑惑，感觉他们"不像中国的警察"。

鲍书华笑着说："现在的日本和过去完全不一样了，过去大男子主义盛行的日本已经变得阴盛阳衰了，日本男子都变成了温顺的食草男。你要是和日本警察打交道多了，就会发现他们最大的特点是脾气好、礼貌、细心、周到。"他举了个例子，"有天晚上我骑自行车回家，听着随身听，一个年轻的警察把我拦下车，我以为是要检查什么，停了下来。我那时刚到日本，日语还不流利，一张口说话，警察听出我不是日本人，问我那里人，我说中国人，他指着我的随身听说骑车不要听，这样很危险，因为汽车喇叭声你会听不到，我忙说谢谢。我忙着回家，和他说再见又很快地踏上自行车，他还在后面说：'小心点，不要骑那么快'。"

说到这里，鲍书华揶揄地说："这警民之间温情脉脉的一幕，在国内，只存在于电视剧当中。"

曹元明仔细一想，这种情景他确实没有遇到过，也明白了为什么那个出租车司机居然敢扯着嗓子骂警察了，他想起这个司机提到“满大街乱扔废弃的自行车”，便问鲍书华真有这回事吗？

鲍书华回答：“是啊。说来难以置信，日本城市到处都是废弃的自行车，大部分七八成新，也就是说自行车在人们的眼里一文不值。但你的自行车要是丢失了，去报案，日本警察会像接一个大案一样，认真记录立案，并派出警力到处查找。我一个在北海道留学的朋友丢了自行车，因为他上学刚好路过警察署，所以就顺便报了案，从此，警察们就真当个案子办了，还不时地找那个留学生询问丢失自行车的细节。最后，我朋友都厌烦了，不愿理睬，甚至都忘了丢自行车的事。可万万想不到的是，两年后警察竟然能从上千公里远的日本最南边的城市鹿儿岛找回了自行车，并像邮递员送快递那样，开着小货车将擦拭一新的自行车送上门来！”

说到这里，鲍书华换了一种语气：“我舅舅在国内丢了一辆摩托车，刚买的，崭新崭新的，报警做了笔录，给了一张报警回执单，但是接下来一直没有消息，如石沉大海一般，这车算白丢了。日本警察和中国警察，就有这么大的区别。”

在鲍书华眼里，日本警察简直个个都是活雷锋。曹元明满不是滋味，说：“我不知道日本警察是如何做到这么高效率的。我想替中国同行诉苦一下：以一个 20 万人口的小县城为例，外来人口 10 万，总共有 30 万人，而警察只有 50 个，每天的盗窃案至少是 10 起，抢劫案就算 1 起吧，纠纷每天 10 起，打架每天 5 起，各类求助 20 起。你想，一个案子就需要辗转各地，破案起来又需要很多天，这段时间又会积蓄超多的案子，况且抓住了，有些依照法律判得很轻，有些还构不上刑事责任，你说怎么干？别看是一辆自行车被盗，查起来得花好几天，几千的办案经费就去掉了，而这辆破自行车估价为 100 元，这样的模式领导会支持么……”鲍书华摇了摇手，打断了曹元明的辩解：“好了，不谈这个，你先和日本同行交流一下。”

第十三章　身世之谜

立花裕司向曹元明介绍了邹和平之死的大致情况："我们是4月15日中午接到一家名叫'笹井屋'的观光旅馆报案的，说是清洁工进屋打扫房间时，发现在此住宿的一名中国籍老年男子身亡。鉴识课的调查结果显示，死者死亡时间是当天凌晨1点至3点，勘查死亡现场，没有发现任何打斗或者挣扎的痕迹，门窗完好无损。尸体目检后，再送去解剖。同时警署在第一时间与中国驻日大使馆联系，并派警员询问'笹井屋'的老板和店员，看看死者之前有没有什么异常的言行。结果，尸检结果和询问调查，都没有发现异常之处。由于死者是旅日的外国人，所以无法进行死者周围社会关系的调查。总之，在排除了自杀和他杀的可能之后，我们认为这是一起意外的死亡。"

曹元明想了一下，问："那么，你们认为死亡的原因是什么？"

立花裕司拿过法医签署的尸检报告，说："睡眠中死亡综合征。"

"什么？"曹元明让这个词搞得一头雾水。

立花重复了一遍"睡眠中死亡综合征"，并在一张白纸上写下了这个词的英文："dead-in-bed syndrome，DBS"。他说："我们在邹先生的包裹中发现了这个。"他取出了塑料袋包装起来的血糖仪和胰岛素笔针，"他是一位糖尿病患者，对吗？"

邹和平患有糖尿病，这是曹元明知道的，说："是的，但他自己是医生，一直很注意控制血糖，以前从没听说他发生过糖尿病的并发症。"

立花点了点头，说："DBS 的主要特点是：一、以前未发生过糖尿病并发症；二、既往体健，死亡前一天身体状态如常；三、猝死发生于睡眠中；四、床单平整，无临终前挣扎、出汗痕迹；五、尸检结果为阴性，无明确致死原因；六、更倾向于在男性中发生。以上这几点都符合邹和平先生的死亡情况。"

当下，曹元明和河山市立医院的陆院长通了电话，汇报了日本警方的验尸报告和死因推断，说："为谨慎起见，我想请医院的内分泌科专家介绍一下 DBS 的情况。"

河山市立医院内分泌科的蓝主任告诉曹元明："DBS 是一种无法用病理结果来解释的不明原因的猝死，其发病机制可能为：糖尿病患者经历反复、严重的低血糖打击后出现心脏复极化异常，同时可能合并有潜在的遗传因素或基础心脏疾病，最终引发恶性心律失常、阻塞性睡眠呼吸骤停而猝死。邹院长死于 DBS，确实有这个可能。"

曹元明问："可是，邹伯伯没有心脏疾病啊？"

"我刚才提到了一点，就是潜在的遗传因素。据我所知，邹院长的母亲匡月芝，就是在睡梦中不知不觉地去世了，这和他的死很相似。匡月芝也是糖尿病患者，糖尿病是有遗传倾向的疾病。"

曹元明还是觉得不踏实，又问："为什么会发生 DBS 呢？"

蓝主任回答："DBS 潜在的发生机制非常复杂，确切的发病机制仍未明确，大部分学者推测 DBS 主要与夜间严重的低血糖有关。这部分患者一旦发生无意识性低血糖或低血糖相关的自主神经障碍时十分危险，因为他们的胰高血糖素和肾上腺素对于低血糖不能完全充足的反应性分泌，低血糖往往容易持续数小时。糖尿病患者中存在的遗传因素是心脏复极化异常的重要原因。但 DBS 因其发病率低，获得样本难度大等因素，使得开展遗传学工作存在很多困难，目前仅发现 DBS 和 SCN5A 基因变异有关。"

曹元明听不懂那些专业术语，但他抓住了一点"大部分学者推测 DBS 主要与夜间严重的低血糖有关"，继续问："糖尿病患者发生低血糖原因有哪些？"

"糖尿病患者发生低血糖的原因很多，比如，控制血糖时使用胰岛素剂量过大，或者睡前错把短效胰岛素当中效胰岛素注射。”

“谢谢。”曹元明放下了电话，思忖片刻，问立花裕司：“邹和平的胃里发现过什么药物吗？”

立花回答：“发现了一些地西泮的残渣，但胃内残留量很少，估计就是两三片这样的剂量，可以使人入睡，但不至于引起死亡。从体内消化代谢的时间上推断，这种药是在死前大约两个小时服用的。”

邹和平为儿子的病情操劳，夜不能寐，只能求助于药物，这件事曹元明早有耳闻。他从警多年，接触过一些自杀案例，知道地西泮这种安眠药是比较安全的，它的致死剂量是100至500毫克每公斤体重，一个成年男性，不要说3片，就是一次吞服30片，也不会致命。何况，邹和平不存在服药自杀的动机。

曹元明心想：“这么看来，邹和平的死因就只有用DBS来解释了。”

这时，晚霞铺满了西方的天际，到了下班时间，几个日本警察请曹元明到附近的一家餐馆吃饭——据鲍书华说，日本男人如果下班后就回家是要被人看不起的，都要出去吃喝到深夜才回家。

他们吃的是鸡素烧，就是日本的牛肉火锅，火锅里放上黄油，烧热后，把牛肉里脊片、大葱、魔芋丝、口蘑、莴苣、白菜心、胡萝卜、韭菜什么的整齐摆在里面，浇上烧火锅专用的酱油，然后咕噜咕噜地炖，烧熟后，每人一个生鸡蛋打到小碗里，蘸着鸡蛋吃。味道还真不错，据说这是在美国最受欢迎的日餐了。

他们聊起了天。日本警察对这位中国同行很有兴趣，请教了中国警方对刑事案件的侦查流程，而曹元明对日本同行有着同样的兴趣，他想：“天下警察是一家，这话放之四海而皆准。”

一位名叫长屋哲男的警部，40多岁，细眯眼，下巴上留着胡子刮光后的青印，说他以前到过中国旅游，印象是天气很热，热得他上气不接下气，那是十多年前的事情，那时的中国还比较落后，但聊天过程中一点儿都没有感觉到他看不起贫穷的中国。长屋颇有点自豪地说：“日本的刑事案件破案率平均为百分之四十，重大案件为百分之七十左右，而凶恶案件在百分之九十以上，堪称世界一流。”也许是为了照顾中国同行的面子，他补充说，“与世界上其他国家相比，中国和日本两个国家的凶杀案发生率都较低，而破案率都比较高。”

曹元明说：“在中国，刑事案件的破案率约在百分之三十左右，比日本低一些，但是，杀人案这样的重大恶性案件是要求必破的。中国警力严重不足，能在人口如此密集的国家做到这一点，这和对毒品、枪支弹药的控制、对大案要案的重视程度，是分不开的。”

长屋分析说：“日本的犯罪率低，源于日本社会的管理理念是倾向于创建安全、安心的环境。公务员自不必说，日本很多企业都有年功序列制度，只要员工踏踏实实做事，企业一般是不能随便炒鱿鱼的。由于社会医疗保险、失业保险、养老保险都很到位，社会比较成熟，人心浮躁的因素少了很多，所以违法犯罪行为就少了很多。”

随着谈话的深入，对于日本警察制度的弊端，日本同行们也不忌讳。

立花裕司警部补说：“日本社会治安良好、犯罪率低，可是面对恶性犯罪，日本警察就显得有些手足无措。日本警察每天的最大工作量是处理迷路人的问路，每个警察都带着厚厚的地图，随时准备告诉你路怎么走——这是警察的全部工作吗？”

警部补大致相当于中国的一级警司，立花裕司和曹元明两人年龄和职位相仿，彼此很谈得来。因此，立花谈到了一起让警察蒙羞的恶性案件：

1995年3月30日，日本警察厅长官（相当于中国的公安部长）国松孝次，在自家门口的停车场被人打了黑枪，身中三枪，在医院里躺了一年半，换上了人工直肠。当时正是奥姆真理教事件闹得正欢的时候，确实到后来很多线索都指向奥姆，但由于缺乏核心证据，几次抓人又放人，就是无法提起公诉，弄到现在国松都卸职多年了，还不知道找谁去报仇。

立花说：“我们推断，国松被刺案的背景很复杂，不是一起单纯的刑事案件，而是有政治背景。和中国不同，日本的政界和黑社会勾结由来已久，这是在明治时代就形成的痼疾，二者互相利用，相互保护，黑社会协助政治家拉选票，提供政治献金，充当政治打手，已经成为体制内的一个构成部分。所以，在侦办此类案件时，很令人头疼。”

看来，日本警察也有很多无奈。

后来，曹元明有一次在酒店看电视，虽然不懂日语，但新闻有字幕，日文中汉字比较多，结合画面连蒙带猜，也知道个十之六七。一条新闻引起了他的兴趣：一条街道上，数名日本警察围住一辆汽车，却不敢进入车内制服歹徒，然后精彩的一幕就出现了，只见车内歹徒冲出，手中似乎还拿着凶器，警察不但不敢上前，反而吓得转身就跑。这要是在中国，警察非得被骂死不可。无怪那个日本司机大骂警察全是欺负老实人的饭桶，没有胆量去捉杀人放火的坏蛋。

长屋哲男警部还介绍了一些日本警察近年来在侦查中采用的新技术，如佐贺县警察开发了利用聚乙烯胶带的粘着面采取指纹的方法，青森县警察发明了静电足迹采集器，东京警视厅利用激光技术提取残缺指纹，等等。

而一个女警察的提问则让曹元明忍俊不禁："中国警察是不是都学过少林寺的功夫？"

总之，刚到日本，事情还算顺利。

接下来，就是转交邹和平的遗物，以及商谈处置遗体的事宜了。

然而，就在曹元明清点邹和平的遗物时，他发现了蹊跷之处：其他物品都在，唯独丢了那本棕黄色封皮的笔记本！这个笔记本，是邹和平用来记录邹衍病情的资料，而且，河山市立医院的血液科李主任曾说，邹和平为什么去日本，在这个本子里能找到答案，所以，曹元明对此特别留意，但是，这个笔记本却不翼而飞了。他询问了警署，立花裕司的回答是，现场仔细清理过，没有这个笔记本。

为什么在邹衍病重时，邹和平却远渡重洋来到日本？难道日本真的有治疗急性再障的灵丹妙药？这一直是曹元明内心的疑问，但现在解开这个疑问的笔记本不见了，这更令他疑窦大增：难道是不慎丢失了？不，邹院长一向小心谨慎，这个记载着爱子病情的笔记本，必然会像宝贝一样保存，不慎丢失的可能性太小了。那又是谁拿走了这个笔记本呢？小偷，不，邹和平身上值钱的东西多了，为什么偏偏看上这个笔记本？如果是有意拿走的，那又是为什么？难道邹衍的病情存在什么不可告人的秘密吗？或者，邹和平发现了其他什么不可告人的秘密记在这个本子上？一连串的疑问就像疯长的野草塞满了他的大脑。

曹元明又拿起了邹和平留下的血糖仪和胰岛素笔针，在邹和平贴身的上衣口袋里还有一个小小的记事本，以一天三次的频率定时记录下了每次的血糖测量值和胰岛素用量，这是一个老医生的职业习惯。曹元明忽然想到，如此谨慎的人是不可能弄错胰岛素针的剂量！从小本子上看，邹和平的血糖一直控制得很平稳，使用胰岛素剂量过大、或者睡前错把短效胰岛素当中效胰岛素注射引起低血糖进而导致 DBS，这样的可能性，与不慎丢失那个棕黄色封皮的笔记本一样小！

两起可能性很小的事件同时发生，那么，这二者很可能不是孤立的，而是存在某种联系。这是长期刑警生涯培养出来的直觉。

那么，这种联系是什么呢？

望着邹和平的遗物，曹元明悚然惊觉："难道邹和平之死不是意外？"

如果是谋杀，那么笔记本的丢失就好解释了：因为笔记本中记录下了对凶手不利的东西，凶手带走了它。但是，邹和平之前从未到过日本，在日本又会得罪什么人以至于要痛下杀手呢？

"谋杀"这个字眼一出现在曹元明脑海里，就再也挥之不去！

他仔细检查了邹和平的遗物，看看能不能发现有价值的线索，他的眼光落到了那台尼康数码相机上。他打开照相机，浏览其中保存的照片，这些照片都是邹和平来到日本后拍摄的风景照，数量并不多，只有寥寥二十多张，请立花辨认，都是千叶县山武郡一带的景色，没有其他地区的景色，可能是无心到处游玩的缘故。从照片上的日期看，在邹和平去世前两天，他没有拍照，所以不知道他这两天去了哪里。

曹元明请立花裕司带他去看一看邹和平的遗体。邹和平的遗体存放于当地的一家殡仪馆内。从寒气森森的冰柜内拉出邹和平僵硬的身体，看到那熟悉的面孔，想到和这位长辈从此人鬼殊途，曹元明一阵痛心，更感到追究死因的责任重大。

虽然尸检没有提到邹和平身上有伤痕，但曹元明既然怀疑是谋杀，当然要仔仔细细地检查他身上的每一寸皮肤。在邹和平的腹壁和右上臂，可见一些细微的针孔痕迹，这是注射胰岛素留下的，而在左边胳膊上，也发现有一个细小的针孔！这些痕迹非常微小，不经意就漏过去了。一般人用胰岛素针进行皮下注射，在皮肤上几乎不会留下痕迹，邹和平虽然年届六旬，但平时很注意养生保健，皮肤依然白皙光洁，而且可能有点儿瘢痕体质，所以仔细看，能看到一点痕迹。

曹元明一颗心提了起来："邹伯伯是左撇子，他给自己打胰岛素针，如果打在胳膊上，一定是打在右边，怎么左边胳膊上也有针孔？难道……是别人打的？"

这时，曹元明脑海中闪过了一个可怕的景象：一个黑影溜进了"笹井屋"的室内，给服用安眠药后沉睡的邹和平注射了大剂量的胰岛素，使他在睡梦中无声无息地死去。这种杀人于无形的手段确实高明，不会留下丝毫证据，几乎就要骗过警察和医生，只是，凶手没有想到邹和平是左撇子，而想当然的在他的左侧胳膊打针，从而露出了破绽！

曹元明把这个想法告诉了立花裕司，立花吃了一惊，思忖片刻，说："如果真的是谋杀案，那么，警署将设立调查本部开展调查。不过，现在还没有足够的证据……"

曹元明打断他说："事不宜迟，现在请你带我去一个地方。"

"您是说……'笹井屋'？"立花立刻想到了这一点。

曹元明、立花裕司、鲍书华三人匆匆赶到"笹井屋"，这是一座精巧的观光旅馆，采用的是日本常见的回游式庭院，受到最近福岛核泄漏事件的影响，生意冷清。

"笹井屋"的老板姓植田，是个矮胖的中年人，这是一家夫妻店，还雇了三个零工，发现邹和平去世的是一个老年的女清洁工，此前警方已经问询过，没有发现什么奇特之处，这次再来询问，老板和店员们虽然脸上挂着职业性的笑容，但语气里已经有点儿不耐烦了，客人死在旅店里可是件不祥之事，传开了生意就更不好做了。

曹元明去了邹和平居住的房间，房间仍然空着，打扫得干干净净，木质地板光可鉴人，卧具全部换新，什么痕迹也没留下。

植田回忆说："这位邹先生是 4 月 8 日来到鄙店住宿的，算起来，到他去世那天，正好一个星期。"

“他是一个人来的吗？”曹元明通过立花裕司询问。

“是的。”

“他有没有说来此的目的？”

“说是旅游，每天一早都见他背着包出去，晚上才回来。”

“去了哪儿？”

“这个我们就不便询问了。他早出晚归，几乎不和其他人交流。”

“他会说日语？”

“会说一点儿，不过他英语很好，日本服务业的英语普及率很高，外出没有什么问题。”

“请再仔细回想一下，他在和你们交谈时，有没有透露关于去向的信息？”

“这个嘛……”植田想了一下，喊了一声，“孩子他妈！”

老板娘应声过来。植田问：“那天，这位邹先生不是向你打听过路吗？”

老板娘问：“哪一天？”

“就是他去世的前两天。”

老板娘想了想：“嗯，他问起去木更津在哪儿搭公共汽车比较方便，我告诉他，从这往西一公里的寺前车站，去那儿的车很多。”

“他有没有说去木更津的什么地方？”

“没有。那天出去后他没有回来，第二天晚上才回来，结果后半夜就去世了。”

曹元明一凛，邹和平去木更津与他的死可能存在关联，那晚估计是在木更津留宿。他看了一下地图，木更津位于千叶县西南部，面临东京湾。立花告诉他，木更津市人口十多万，如果没有进一步线索，在这样一座城市里要找到邹和平去了哪儿，是不可能的。

“那么，查一下当天木更津市的旅馆入住登记的记录，总可以吧？”

曹元明知道，在日本进行中国式的人海战术搞大搜索，是行不通的，那就先搞清楚邹和平那晚住在哪里。根据日本政府的规定，外国游客在日本的酒店、汽车旅馆等地住宿都必须登记姓名、国籍和护照号码。

“明白了。”立花裕司马上拨通了警署的电话，请求他们通过互联网调查木更津市及周边地区旅馆的入住记录。

曹元明问植田："我可以看一下邹先生去世当晚的监控录像吗？"

植田有些歉然地说："实在对不起，鄙店没有安装摄像装置。"

"没有安装？"曹元明有些惊讶，在河山市，全市大小酒店旅馆都要求安装视频监控，将入住旅馆的人纳入公安机关的视线范围。

立花告诉曹元明，日本没有强制旅馆安装视频监控的法令，日本的治安情况良好，有些旅馆有意不安装监控，特别是情人旅馆，这是为了取得客人的信任，他们不想自己的隐私留下记录。

"在去世的那晚，邹和平情绪上有什么异常吗？"

"没什么异常……嗯，对了，他回来时好像有点高兴的样子，晚餐加了一瓶红酒，以前他的脸色都是沉沉的。"一个店员回忆说。

曹元明又询问了几个问题，但老板和店员们没有提供更多的线索。

不一会儿，警署的调查结果就反馈过来。"调查过了，那天木更津市没有邹先生的入住记录。"立花耸了耸肩。

难道邹和平是住在亲戚朋友家？可是，没听说邹和平在日本有亲戚朋友啊。

曹元明想了一下，既然老板娘提到了邹和平在寺前车站上车，那就去看一看吧。

寺前是一个不大的乡间车站，给人以整洁有序的印象，候车厅里，一群旅客正安静地坐着，电子显示屏上，来往班车的车次和时间一目了然，但当拿着邹和平的照片询问售票员时，几个售票员都表示不记得有这么一个人来买过票，毕竟，每天来往的旅客很多，匆匆一瞥之间，不会留下什么印象。

寺前车站，顾名思义，车站后面就有一座古寺。由于无法继续追查下去，曹元明有些沮丧，和鲍书华索性就去古寺一游。

寺门有些破旧，屋顶上是长满青苔的老瓦片，寺门旁的山樱倒是苍翠繁茂，映衬着还留有一丝朱色的门柱，颇有些古色古香的韵味。从偏门进入寺院，可见正殿屋顶下装饰着鱼尾形脊瓦，下方立着八根大柱子，整体风格与中国的古寺有异曲同工之妙。他们沿着正殿宽宽的房檐，绕去了后方，寺里的鼓楼和讲堂都经过了修缮，朱色焕然一新。

寺庙静悄悄的，一个游客也没有，也没有看到僧人。

两人从正殿门口出来，旁边有个卖护身符和明信片的小屋，一个老头从屋里探头出来，问："您是来拜谒本尊的吗？"

曹元明答道："不，仅仅是参观一下。"

"是外国人？"老头有点兴奋地说，"您是第一次来我们这儿吧，请进来看一看。"寺庙平时游客不多，老人看来有些寂寞，遇到外国人更是少有。

小屋里还摆放着一些瓷器，上面有"镰光寺"的汉字标记，有些纪念意义。曹元明就买了几个瓷器碟子作为纪念品。

当老头包装纪念品时，曹元明瞥见了旁边放着的芳名册，册子是用和纸（具有日本文化特色的一种纸张）装订而成，很厚，正好摊开着，他随手翻了翻，都是些来寺庙礼佛许愿的人留下的姓名，突然，三个汉字跳进了眼帘："邹和平"！

曹元明赶紧定睛一看，没错，从字迹上看，这确实是邹和平本人的签名，在一堆日本人姓氏中显得卓尔不群。他指着"邹和平"三个字问老人："这个人什么时候来过？"

"这个嘛……"老头前后翻了翻芳名册，侧头想了一下，"是上个月的事儿了。"看来因为是罕见的中国人的姓名，所以给老人留下了印象。

"具体是哪一天呢？"曹元明又问。

"这个就记不清了。"老人抱歉地说。

"麻烦您仔细想一想。"曹元明掏出邹和平的照片给他看，再次确认，"是这位吗？"

老头很认真地看了看照片，点头说："就是这位先生。"

"这是我的一位长辈，来这里旅游时不幸去世了，请帮帮忙回忆一下。"

老人拍了拍脑袋，说："这是个中国游客，我记得那天来的时候下着雨，他一个人带着挎包和照相机……"从柜台下拿出一本日历，往前翻到上个月，一页一页翻过，日历上用铅笔记着当天的天气和提醒事项，他手停了下来，"是上个月 13 日，没错，就是那一天。"

曹元明心想："对了，就是'笹井屋'老板娘说的那一天，邹和平向她问去木更津的路。”又问：“你说这个游客当时带着照相机，确定吗？”

“没错，我还看到他在寺院里照了几张相。”

得到肯定回答后，曹元明心头疑云更盛：“邹和平的照相机里没有镰光寺的照片，而且，那两天拍的照片都没有，是他自己删掉了吗？不，他人删掉的可能性最大。为什么要删这些照片呢？显然是不想让其他人知道他来过什么地方。”

曹元明问老人：“后来这位邹先生又去了哪里？”

“这就不知道了，他进寺拜佛后，就往那个方向去了。”老人指着车站说。

看来，邹和平只是途经镰光寺，看到这个寺庙勾起了他的某种思绪，比如对爱子的关切，于是拜佛许愿。在做出重大抉择前人们往往会祈求神祇的保佑。

在木更津，有什么在等待着邹和平呢？

曹元明告辞而去，老头说：“谢谢惠顾。”

猛然之间，曹元明站住了，脑海里闪现出“镰光寺”的名称，这绝不是自己第一次看到这个寺名……他想了又想，终于想起来，以前孙宝章老人给自己看过一串佛珠，装佛珠的盒子上面就写着“镰光寺”三个字，佛珠是一个日本人送的，是二十多年前的事了，那么，这和邹和平的旅日之行，会有什么联系吗？

曹元明呆呆地站立了一会儿，又返回寺内，这时，云散去了一些，淡淡的阳光下，正殿的八根柱子在地面倒映出一排整齐的影子，很有立体感。据老头说，这个寺庙建于足利尊氏时代，战国时代（室町幕府后期到安土桃山时代之间大约百年间政局纷乱、群雄割据的日本历史）以来历经兵火而荒废，寺运一直不振，战后伴随日本经济起飞有了些起色，但最近因为经济不景气，又归于沉寂。

他在寺内转悠了一圈，没有看出什么门道，但仍不死心，又转到了寺院后面。

既然怀疑邹和平是死于非命，在陌生的异国，而且是没有线索的情况下，要侦破只能靠自己多看多想了，虽然不见得能查到什么，但不能有一丝一毫的懈怠。

寺庙后面的树阴下，排列着几十块破旧的墓碑，上面长满暗绿色的青苔，有的倾斜或倒下，有的横卧在地上。墓碑上所刻文字久经风吹雨淋，风化严重，几乎难以识别，只是依稀可辨刻有“文化”、“文政”、“天保”、“万延”等字迹，这都是日本江户时代的汉字年号。

“我们像是在考古啊。”鲍书华自嘲了一句。

不过，有几座墓碑比较新，字迹还算清晰完整，一座墓碑映入眼帘，写着“名取茂门之墓”六个汉字，鲍书华随口读了一下，忽然，曹元明回转头来，问：“你说什么？”

鲍书华见他脸色郑重，便指着墓碑说：“我读墓碑上的字啊。”

“你说的是日语？”

“这有什么奇怪的，习惯了，过几年，说不定我连梦话都是日语。”

“不，不……”曹元明想起了一件很重要的事，举起一根手指，问，“‘呐妥瑞’用日语读是什么意思？”

鲍书华不假思索地回答：“用汉字写出来，就是‘名取’二字。”

“什么名取？”

“噢，这个可以是姓氏，也可以是地名，日本有个城市就叫‘名取’，在宫城县。”

“是这个吗？”曹元明指着眼前那块写着“名取茂门之墓”墓碑问。

鲍书华说：“对，刚才我就是在读这几个字，发了这个音。这个读音有什么奇怪的吗？”

曹元明缓缓点头。

作为一个优秀的侦查员，必须具备良好的记忆力，而就在听到鲍书华读这两个字时，就像是触动了内心的灵感机关，让曹元明想到了赖劲松曾经提到的一件事：田力在发高烧时说胡话，反复出现“呐妥瑞”这个读音，而事后又矢口否认。

“呐妥瑞”这个读音，在中文里没有任何意义，难道……曹元明心中猛然一跳：“这个田力是日本人？‘名取’是他的姓氏吗？还是他出生的地方？还是有其他的含义？如果他是日本人，那么，邹和平、邹衍其实都是有日本人血统的！”

想到这里，曹元明眼前陡然一亮：这就能解释邹和平来日本的原因了！

邹衍患了急性再障，现在病情复发，急需骨髓移植救命，而在中华骨髓库和台湾的慈济骨髓库，一直找不到合适的HLA配型，河山市立医院血液科李主任说过，“邹衍的HLA类型在中国人中很少见”，现在看来，这是因为邹衍继承了祖父田力的日本人基因的缘故。李主任还说过，家庭成员的骨髓一旦和病人的配型相符，其移植效果要好于同等条件下的无关志愿者。邹和平来到日本，应该就是为了找寻血亲提供骨髓，虽然有碰运气的成分，但无路可走的情况下，救子心切的他没有其他更好的选择，只有去日本碰碰运气。

曹元明顿时豁然开朗，精神大振，但一个大大的疑问依然盘旋在脑海里：“为什么邹和平会被人害死呢？”

曹元明没有把这些想法告诉鲍书华，因为这仅仅是推理，还没有实证，他问鲍书华：“你是搞生物技术的，中国人和日本人基因差别大吗？”

鲍书华有些奇怪：“你怎么关心这个？中日两个民族的基因差别大得很。”

这个回答和曹元明的推理相符，他只是有些疑惑：“中国人不是和日本人同文同种吗？都是黄种人，基因差别怎么会这么大？”

“谁说中国人和日本人同文同种？这是日本人当年侵略中国搞的宣传。”

曹元明不好意思地问：“不是听说中国人和日本人长得很像？”

“像吗？我看一点都不像！那是西方人的说法，他们看黄种人，无论中国人、日本人和韩国人，都一个样，就像我们看西方人，英国人、法国人、德国人都一个样，其实这些民族的长相特征并不一样。只要你在日本呆久了，你就能轻易地分辨中国人和日本人的长相差异。日本人外貌主要有两大类型，长州型和萨摩型，长州型有一些大陆系的血统，掺入了部分韩国人和中国人的基因，而萨摩型就是南岛系血统。日本虽然是单一民族国家，但日本人的祖先来源多样，血统很杂，有通古斯 - 朝鲜人、阿伊努人、冲绳人、中国人和日本本土五大来源，总体而言，日本人和中国人的基因差异很大，和韩国人还近一些。虽然日语中有大量的汉字，但从语言分类上看，和汉语属于完全不同的语系。什么同文同种，都是胡扯。”

曹元明点了点头，心想，邹和平已死，那么，了解这位田力身世内情的，只有邹衍和邹母了，搞清楚这一点，对于查出邹和平之死的真正原因是至关重要的。从邹家对田力三缄其口的态度看，其中确有隐情，得面对面询问。邹和平的生母匡月芝、继父邹水根都已过世，邹衍的母亲是最可能的知情者。曹元明当下向立花裕司谈了自己的看法，说要回国一趟，在死因未最终确定之前，希望日方继续妥善保存邹和平的遗体。

走的时候，鲍书华说："你第一次来日本，还没去东京逛逛呢。"

"这是个遗憾，不过没有时间啊。"

"没时间逛街，请你吃顿好的总是应该的。"鲍书华请曹元明到东京六本木山吃了一顿饭，这里汇集了世界各地的美食。

鲍书华说："日本料理不是生的，就是酱汤；英国菜有名的难吃；意大利菜主要是面条和比萨；美国呢，汉堡包；印度菜，咖喱饭；越南菜加柠檬也加辣椒；俄国菜，土豆沙拉和红菜汤，都不咋地。这里能与中餐媲美的，也就法国大餐了，吃法国菜吧。"

曹元明说："既然来了日本，还是品尝一下经典的日本菜吧。"

于是，鲍书华请他吃了三重木盒的松花堂便当，非常精美的日式料理，五颜六色切成各种花型的吃食，感觉像是在吃一个个小时候的香橡皮，另外还要了一份金枪鱼刺身，最肥最粉的部位放到嘴里有奶油的味道，入嘴即化，的确美味。

曹元明飞回了国内，一下飞机就去邹衍家。但邹家无人，一问邻居，才知道邹母因悲伤过度病倒，他又赶到市立医院。医院这时开始搬迁，一片忙碌景象，到处乱糟糟的。曹元明来到干部病房，迎面遇到护士们搀扶着病人鱼贯而出，一个护士长模样的人还呵斥他，让他赶快让路。这时，坐在轮椅上输液的邹母看到了曹元明，让护士停下来，问他："小明，老邹的后事处理得怎么样了？"

曹元明见老太太形容枯槁，大为衰老，心中难受，说："邹伯母，我有些要紧的事想问你，你现在身体怎么样？"

邹母见曹元明风尘仆仆的模样，知道其中有变故，说："放心，我还死不了，事情重要吗？"

曹元明点了点头："与邹伯伯的去世有关。"

邹母一把抓住他的手："那快说啊。"

曹元明环视了一下四周，说："我们找个安静的地方。"他从那个嘟着嘴的护士手里接过轮椅把手，来到一个刚搬走空无一人的病房，掩上房门。

邹母急切地问："究竟出了什么事？"

曹元明说："邹伯伯的死有蹊跷，我怀疑他是被害！"

"什么？"邹母全身一震，她经历过儿子重病垂危和丈夫突然逝世的打击，已有了一定的心理承受能力，"小明，你把话说清楚，老邹在日本得罪了什么人吗？他这个人从来谨慎小心，怎么会惹下杀身之祸？"

曹元明把邹和平之死的可疑之处说了，并且提到棕黄色封皮的笔记本丢失和照相机中照片被删等疑点，说完，他望着邹母，缓缓地说："伯母，我有几个问题，请你一定要如实回答，否则，邹伯伯就会死得不明不白！"

邹母似乎意识到了什么，点了点头。

"邹伯伯的亲生父亲田力，是不是日本人？"曹元明开门见山地问。

邹母沉默了片刻，缓缓地说："这事儿我本来不知道，老邹是临去日本前，才告诉我的。"

"田力的日本姓名叫什么？是日本什么地方的人？"曹元明想，果然不出所料，那么，田力会不会是姓"名取"呢？或者是千叶人？

邹母摇头说："老邹只告诉我他的生父是日本人，至于具体情况，他不让我多问，我什么也不知道。"

"邹伯伯去日本，是为了给邹衍找合适的骨髓？"

"是的。老邹一再叮嘱不能告诉别人，只有李主任知道一点点，但这些都瞒不了你。"

"为什么不能告诉别人？"

"他说，这里涉及一些敏感的历史问题，但究竟是什么问题，他不告诉我。这个秘密，他保守了几十年，如果不是邹衍病得没有办法了，他可能到死都不会说。"

"田力不是在朝鲜牺牲了吗，邹伯伯到哪儿再去找他的那些血缘亲属？"

邹母说："我问过老邹这个问题，他说自有办法。"

“什么办法？”

“我不知道，很多事他都不和我说……听他话里的意思，好像邹衍的亲爷爷还在日本生活。”

“什么？”这下轮到曹元明震惊了。如果田力现在仍在日本，那当年的牺牲就是一场骗局，他参加抗美援朝最后却溜回了日本，这个性质就很严重了。无怪邹和平要对此守口如瓶。

曹元明心念电转，直觉告诉他：田力与邹和平之死很可能有关。从一些人的回忆看，田力是日本人的身份一直隐瞒得很好，周围无人知晓。是因为邹和平到日本后揭穿了这个秘密才引来杀身之祸吗？如果田力还活着，也80多岁了，60年前伪装身份一事已经不会受到制裁，何至于要杀人灭口？

“邹伯伯到了日本后，跟你联系过吗？说了些什么？”

“联系过，但只是说些旅途顺利，身体还行之类的话，要不就是问邹衍怎么样了。我问他在日本事情办得怎么样，他总是避而不谈。”

“那本棕黄色的笔记本，您以前看过吗？”

“看过一些，写的都是邹衍的病情，没有其他的。”

曹元明心想，邹和平到了日本后，肯定在这个笔记本中记录了找寻合适的血亲骨髓供者的信息，这里面必然牵涉到了田力或者他的亲人，也许正是因此，这个笔记本被拿走了，并引来杀身之祸。

邹和平最后找到了自己的亲生父亲吗？不能肯定，但很有可能。从时间上看，他和失散数十年的生父见面就发生在去世前两天，地点是木更津一带。无论如何，解开邹和平之死谜团的钥匙，就在田力身上。

曹元明把这个想法告诉了邹母：“你要尽可能地回忆邹伯伯以前说过的话，任何可能与田力有关的，都要告诉我。”

邹母回忆良久，但最终，还是令人遗憾地摇了摇头。

“那么，田力有没有留下过什么遗物呢？”

“嗯，好像是留下了点东西。”

曹元明跟随邹母来到家里。地板上那层薄薄的灰尘和有些霉味的空气，告诉他这个破碎的家庭已经很长时间没有人了。邹母望着蒙黑纱的邹和平的遗像潸然泪下，半晌才回过神来，从储藏室一个老式大箱的底下翻出一个木箧，说："这是我婆婆匡月芝留下的，应该是她和前夫的东西。"

这个木箧镂空雕花，外镶青玉，样式精美，像是过去女子用的梳妆箧，不过要大一些。打开后，里面用绸布裹得严严实实，打开绸布，见里面有匡月芝和田力的结婚照、结婚证，以及田力获得的二级解放勋章，一支钢笔和一件鸳鸯戏水图案的刺绣，都很陈旧了，看来是两人的定情信物，这些东西都看不出什么问题。里面还有一个小小的绒布袋，拿在手里沉甸甸的，打开一看，见是码得整整齐齐的一叠"银元"，但仔细一看，又不是银元，上面光溜溜的没有图案，而且，年代久远的银元由于氧化作用会变暗，这些圆圆的金属片却银白闪亮，曹元明掂了一下，感觉比白银要重，"是铂金吗？"铂金可比白银贵重多了。此外，箧里还有一架老式的莱卡照相机，后经行家检验，是二战时德国原厂生产，配的是索纳 2.0 镜头，这在艰苦朴素的上世纪 50 年代可是奢侈品了。那几枚金属经鉴定，的确是铂金。曹元明感到很疑惑："如果是田力留下的，那可真有钱啊，他是从哪里搞来的铂金呢？"

邹母这里获取的信息量太少，邹衍病情危重，不能打扰，而且以前问过他关于田力的情况，邹衍几乎一无所知，因此，曹元明又去军分区干休所找了赖劲松，问："田力的战友，还在世的你认识谁？"

赖劲松说了几个人的姓名，曹元明一一打电话询问，有的人是田力在解放战争时代的战友，没有提供更多的信息，而其中一位和田力在志愿军同一部队服役的老军人，怀着悲痛的心情介绍了田力牺牲的情况："1952 年，朝鲜战场处于相持阶段，双方依托战壕和坑道对峙，所以，我们野战医院的部分工作人员就护送一批重伤员后撤到国内的安东（今丹东）休整，其中就有田力。他 1951 年初到朝鲜后，已经一年多没有回国，穿梭在战火纷飞的前线抢救伤员，不辞辛苦，不怕牺牲，立过二等功，受过嘉奖，本来可以安排他回家探亲，但他拒绝了，到安东没几天又要求重返前线，不料出了不幸。那年夏天的一个晚上，田力去金化前线给一位伤员做手术，就在这时，我军对敌军阵地进行了一次连级规模的夜袭，由此引发了双方的一次激烈炮战，炮战发生时，他正在返回的路上，就此失踪。天亮后，部队顺着他返回的路线搜索，但没有找到他的尸体，估计是被炮弹击中粉身碎骨，或者被爆炸的土石覆盖了。在战场上，活不见人死不见尸的失踪很常见，一般都是死亡，或者被俘。朝鲜停战后，交换战俘时，在名单上没有他的姓名，因此，他最终被认定为牺牲。”

曹元明暗自点头，看来，田力并没有死在朝鲜，而很可能越过了战线，向美军投降，吐露了自己是日本人的真实身份，此后便回到了日本。只是，现在该到哪里去找这个田力呢？

曹元明想起了田力发高烧时提到的“名取”，这个名取，和那个镰光寺的“名取茂门”有关吗？还有，那个染鼠疫死去的日本兵“名取和夫”，与此又什么关系吗？

孙宝章曾说过，二十多年前，一个来河山成化寺拜谒的日本游客给他留下了盒子上有“镰光寺”标志的佛珠，这个日本游客又是何人呢？他怎么知道原先成化寺的旧址？孙宝章少年时见过田力，那么，这个日本游客应该不是田力。为了保险起见，曹元明又去找孙宝章，孙宝章果然否认那个日本游客是田力，但除此之外，却再也没有其他信息可以提供了，毕竟那已经是二十多年前的事儿了。

曹元明再次陷入了线索中断的困境。

第十四章 埋藏山中的历史

曹元明去市立医院血液科看望邹衍，但时候不巧，一到病房，就看到邹衍因为突发心律失常正在急救，看着正在死亡线上挣扎的好兄弟，他心如刀绞。

曹元明退出忙碌的病房，在候诊室坐了一会儿，这时，手机响了，是罗嘉打来的："喂，老曹吗？"

曹元明以为罗嘉是来问邹衍的病情，悲伤地说："邹衍的情况不好，正在抢救。"

罗嘉"噢"了一声，似乎并不在意，说："你要我找的那个钱志成，他回上海了。"

曹元明精神一振："消息可靠吗？"如果找到了这个钱志成，那么，就可以知道汤小辉收藏那具染有鼠疫的日本兵遗骨的真正原因，这个日本兵名叫"名取和夫"，也许，和田力发烧时念叨的"名取"是同一个人，虽然只是推测，但追寻下去，可能会发现某些线索，不管这种可能性是如何微小，都不能放弃。

"可靠！我一个朋友昨天在大都会和钱先生打过高尔夫球，他刚回来没几天，住的还是老地方。"罗嘉说，"老同学，我可是按你的要求及时报告了，咱是安分良民，剩下的事就与我无关啦。"说完就挂了电话。

事不宜迟，必须马上找到这个钱志成。曹元明向分局报告此事，让分局向上海警方提出协查请求，回家匆匆拿了几件换洗衣服，就驱车前往上海。

钱志成通过海关时使用的是加拿大护照和英文姓名，所以入境记录上没有“钱志成”这个人，但找到他却出乎意料地顺利。当曹元明和当地一位派出所民警来到止园路的公寓门口时，正遇到一个西装革履、仪表堂堂的男子出门，门卫说：“钱先生，您走好。”曹元明看过汤小辉在上海时入住宾馆的监控录像，记住了前来碰头的钱志成的外形特征：走路有明显的外八字。直觉告诉他就是此人，便喊了一句：“钱志成！”

对方停下了脚步，回过头来，有些狐疑地问：“你们是什么人？”此人果然是钱志成。

派出所民警亮出了证件：“请跟我们去一趟派出所，有些事情要问问你。”

钱志成露出了为难的表情：“我现在很忙。”

曹元明说：“我们也很忙。不是请你喝茶，是遇到了大案，需要你的协助，每个居民都有这个义务。”

钱志成皱着眉头，只好跟去了派出所。

钱志成虽然自幼在加拿大长大，却说得一口地道的上海话，人高马大的他，话音倒是糯糯的。他矢口否认自己倒卖过出土文物，坚持说，交易的古玩都是来自合法渠道的。

曹元明问：“那你认识汤小辉吗？”

钱志成愣了一下，摇头说：“不记得了……好像不认识。”

“不认识？那汤小辉的手机里怎么会有你的电话号码？”曹元明立刻揭穿他的谎言，“你想看看宾馆监控拍下的你们约会的画面吗？”

钱志成有些尴尬，说：“噢，你这么一说，我想起来了，是有这么个人。我和这个姓汤的小伙子做过几次生意，但来往数额不大。”

钱志成隐瞒和汤小辉的交往，更让曹元明起疑，两人的交易从不经过银行、网络等公开渠道，明显是涉及了一些非法的情况，他问：“你们最近一次谈的是什么生意？”

钱志成说：“这个我记不太清了，都是去年的事儿了，得好好想想。”

“我帮你想。”曹元明拿出那个汤小辉寄给他的包裹，把那张写有俳句的“死亡笔记”封面放到他面前。

“这个……”钱志成怔住了，心中紧张地考虑着说辞。

曹元明不让他有充分的时间编织谎言，说：“汤小辉已经死了，而且就是死于这笔交易。”

“什么？”钱志成全身一震。

“你让他去挖一具尸骨？对吗？他就是因此染上鼠疫去世的！”曹元明直视钱志成。

钱志成的脸色慌乱起来，低下头躲避着曹元明的目光：“我……我没有想到结果会是这样。他给我寄这个东西时，我正好接到噩耗，我妹妹一家人在渥太华出了车祸，就立刻赶回去了……”他见警方已经掌握了这么多的证据，知道狡辩没有用，抬头说，“我认了，你们到底想知道什么？”

“这笔交易的来龙去脉，你要如实交代。”

“可以。但我只是一个中间人，有些事情我也不知道。”

“那你的上家是谁？”

“一个日本人。”

曹元明一凛，问：“他的姓名？”

“名取昭夫，是一个80多岁的老头，也是古董商人。”

曹元明心想：“那具日本士兵尸骨的身份牌上的姓名是‘名取和夫’，法医鉴定死了60多年，死时是个20岁左右的青年，从年岁和姓名看，看来与这个名取昭夫是兄弟。”他问：“名取昭夫为什么让你找这具尸骨？”

“这个我就不知道了。按规矩，我也不问。他的要求是找到这具尸骨，同时必须给出可以证明这具尸骨身份的证据，开出的价格是500万日元。这具尸骨据他说是埋在河山市的一座大山的某个山洞里，找起来比较费力，还有一定的风险，我就转交给下家，就是汤小辉了。”

“名取昭夫为什么找上了你？你又怎么和汤小辉拉上交情的？”

“汤小辉这个人年纪虽轻，却很狡猾，我跟他做过几笔生意，有几次他是拿假货糊弄我，没有瞒过我的眼睛，因此我对他没有什么好感，谈不上交情。当然，也不是每次都是假货。有一次我卖给名取昭夫一个康熙年间的鼻烟壶，是汤小辉从河山民间弄来的，品相不错。名取昭夫问起鼻烟壶的来源，我就顺口吹牛，说我在河山有专门的供货渠道，那些人挖地挖墓找宝贝的本事很大。名取昭夫记住了这句话，于是，就跟我谈了这笔生意。他说，只要找到尸骨，便妥善保存，到时他会让人到河山来提取DNA验明尸骨的身份，只要身份无误，便就地火化，将骨灰带回日本，因为一具人骨是无法通过海关的。实际上，在河山和我做交易的，只有汤小辉一个人，我就找了他。汤小辉一直想赚笔大钱，和我交易几次后嫌赚得少。我告诉他，我做这行20多年了，看货火眼金睛，出价很地道，没有那么多花头，做生意嘛，讲究的就是诚信，想做大的，要看时运，不是想做就能成，你得要有料。你要是真想做大的，我可以给你一个机会。于是，我就以25万人民币的价格，把找寻这具尸骨的活儿包给了汤小辉。"

"这位日本人名取先生，怎么知道这具尸骨的埋藏地点呢？"

"他给了我一张绘有坐标的地形图，说是他曾经去过河山，实地勘查过地形。"

曹元明联想到镰光寺后面那个刻着"名取茂门"的墓碑，心想："那个到过成化寺旧址、送给孙宝章带有'镰光寺'字样的佛珠盒子的日本人，可能就是名取昭夫，只要找到他，就可以知道隐藏在名取和夫尸体背后的秘密。"

"这个日本古董商的地址和联系方式呢？"

"他是日本千叶人，住址我不知道，联系方式嘛，我要回家找一下。"

千叶县就是邹和平去世的地方，这个名取昭夫，会不会认识田力，甚至与邹和平之死有关呢？既然能查到此人的联系方式，那就好办了。

曹元明跟着钱志成到了他家，不但找到了名取昭夫的联系电话，还找到了那张绘有坐标的地形图，这张地图钱志成一式两份，一份给了汤小辉，一份自己留着。这是一张万分之一的大比例地图，这样精度的地图，民间是买不到的，只有测绘局和军方才有。地图一看就是出自专业人员之手，很准确地标明了河山市千岩山的各种地标，包括道路、河流及山峰，以及等高线、边线和南北子午线。由于地图原稿是20多年前绘制的，又经过了GOOGLE电子地图的校正，并采用专门制作定向图的软件OCAD进行数字化处理。在千岩山大蛇谷的某处，标上了一个醒目的红色圆点，显然，这就是埋藏尸骨的地点。

曹元明返回河山，将地图交给城南分局，市里立刻组织了一支由地质队员、卫生防疫人员和武警、民警组成的联合搜查队进入了千岩山风景区，封锁了大蛇谷，按地图的标识开始了发掘工作。

传说住着一位蛇神的大蛇谷，是风景区里罕有人迹的偏僻角落，因为山谷是封闭的，几乎无路可走。大蛇谷旁边是白莲花水库，30多年前一场大暴雨导致山体滑坡形成泥石流，把山脚下几户村民连人带房子都吞没了，改变了这一带的地貌，山谷也被阻塞，直到今天，偶尔有爱好探险的人进入谷中，平时除了鸟鸣声，就是死一般的寂静。

这个描绘地图的日本人，肯定是实地勘测过，中国对外开放后，屡屡发生外国人在中国土地上的非法测绘案，显然这就是其中一例，而且当时未被察觉。地图上标有一条简易土路，由于地貌改变，早已看不出来，但按图上的指引，拨开覆盖的蔓蔓植被，仍能找到当年路基的痕迹。这条秘密的道路，连当地的老人都不知道。

大蛇谷一带是喀斯特地貌，谷底可见大小不等的溶蚀裂隙性洞穴。地图上标记的红色圆点，是一个巨大的岩洞，进入岩洞后，等眼睛适应了黑暗，可见洞内岩石犬牙交错，崎岖不平，到处是石笋和石钟乳，有的石头层层叠叠状如莲花，古树的根系垂到洞里，时而挡住去路。有的地方可见火烧的痕迹，残留的食品袋和标签纸，看来是探险爱好者来过。山洞四通八达，小洞穴很多。搜索队员在明亮的头盔灯光下仔细搜查地面，几名队员沿着干涸的地下河道崎岖而行，前进了两百多米，路越来越窄，后来只容一人通过。他们发现有一处岩壁底下被新鲜的泥土覆盖，有近期人工开凿的痕迹。扒开这些泥土，果然看到用碎裂岩石堵住的一个洞口，大小正好够一人匍匐前进，清理洞口后，穿过这段狭窄的裂缝，他们来到了一个新的洞穴中，真是别有洞天。但是，他们很快发现，这不是一个普通的洞穴，准确地说，这是一个人工改造过的洞库，三面是岩壁，一面是水泥浇筑的大门，但门的那面已经堵塞。由于这个洞库已破坏，湿气进入，潮湿的地面生长着苔藓和地衣，触目惊心的是，地上散落着几具人的骨架，以及生锈的三八式步枪、子弹、水壶、防毒面具过滤片、朽烂的军装、背包与皮带卡子、钢盔、皮靴等等物品。从尸骨上找到了几枚黄铜纽扣，和曹元明保存的那颗纽扣一模一样。

洞库的一角码放着几只朽烂的箱子，搜查队员小心翼翼地打开，都是些变质的罐头，看来洞里的这几个人靠这些食物活了一段时间。从这些尸骨上的金属身份牌可知，这些死去的人，都是当年的侵华日军官兵。岩壁上，这些死于此地的日本兵纷纷用刺刀刻下遗言：

“我如朝露降人间，和风樱花随春谢。”

“我们视死为天命，将日本男儿堂堂之躯化为支那之土，但灵魂将回归大八洲（日本的古称），化作护国之鬼。”

“肉躯纵曝武藏野，白骨犹唱大和魂。”

“真心祈祷早日回到母亲的梦中。”

落款分别是：“大日本帝国陆军伍长名取和夫，上等兵大桥惣助，一等兵森田彻男、二等兵川岸卯吉。”

岩壁上“名取和夫”的姓名说明，汤小辉就是从这里带走了那具染有鼠疫菌的尸骨的。汤小辉没有拿走那些枪支子弹、钢盔什么的，因为这些东西太引人注目，有了身份牌，从尸骨上可以取下碎骨进行DNA验证，这已足够证明身份了。

洞内遗留的尸骨是三具，加上被带走的“名取和夫”，一共四人。

经过检验，这些尸骨均含有烈性的鼠疫杆菌。

洞库的地面，还散落着一些细碎的灰白色物体，经过分析这是陶瓷碎渣。

法医检查了现场，从这三具尸骨后脑的弹孔看，他们是在食物还未耗尽的情况下，被人从后脑击毙的，从盘腿的姿势看，死的时候比较从容，可能是名取和夫用步枪将这三人逐一射杀，然后自杀。在这个密封的洞穴中，名取和夫是四人中军衔最高的，在绝望状态下（从尸骨含鼠疫菌看是在这些人鼠疫病重时）决定集体自杀以减轻痛苦。因为名取和夫的尸骨被焚毁，这些只是推测。

至于这些日本兵为什么会死在这里，看来只有找到那个出钱搜寻遗骨的名取昭夫才知道。

名取昭夫、名取和夫，从姓名看，很容易让人联想到，这二人是兄弟俩。

这个含有鼠疫菌的洞穴被立即封闭，防止有闲杂人员靠近，引起鼠疫大流行可不得了，同时，市疾控中心和公安局将此事迅速上报了省厅。

洞穴中留下的三具日军士兵的身份牌完好无损，上面有部队的番号，曹元明将这些身份牌拍照，再请省抗日纪念馆的吴大鹏辨认他们是属于哪支日军部队的。

吴大鹏说："这个就对了，这三人都隶属于当年驻扎河山的日军'晃'旅团，番号'539'部队，你上次拿来的那个身份牌，就不是这个部队的。"曹元明上次拿来的是名取和夫的身份牌，番号是四个字，只能辨认出其中一个"六"字。

"这倒奇怪了，不在一个部队的四个人，却死在了一起。"曹元明将千岩山大蛇谷那个神秘的洞穴一事告诉了吴大鹏，并给他看了一些现场的照片。

吴大鹏听到这些日本兵的尸骨里都含有鼠疫杆菌，忽然想到了什么，在一张白纸上写下了"1644"四个数字："这个名取和夫，可能属于侵华日军的'中支那防疫给水部'，这个部队的总部设在南京中山东路原南京陆军中央医院，代号荣字1644部队。"

曹元明"嗯"了一声。

吴大鹏继续解释："1644部队名义上是防疫给水部队，其实就是细菌部队，专门制造鼠疫、霍乱、炭疽、伤寒等病菌。'中支那防疫给水部'的活动范围就在我们华东地区，这个部队的番号带有一个'六'字，那几个日本兵又染上了鼠疫，因此，我就联系到了它。"

曹元明想了一下："你的意思是说，这些死去的日本兵是被他们自己制造的细菌武器夺去生命的？"

吴大鹏点了点头："完全有这个可能。日本的731部队你知道吧？"

曹元明说："当然知道。这个1644部队和731部队是什么关系？"

731部队是日本关东军在东北设立的一支细菌部队，以惨无人道的活体实验而臭名昭著，它和南京大屠杀、"三光政策"一起成为中国人最熟知的日寇罪行之一。

"731部队的创始人是石井四郎军医中将，而1644部队是由石井四郎在1939年4月带领731部队的部分人员、设备来南京建立的。刚开始部队的名称为'石井（四）部队'，1941年曾称'多摩部队'，不久又改称为'荣字1644部队'。可以说731部队与1644部队是表里一体的，从某种程度上可以说后者就如同前者的一个分部。这在番号上就可见一斑:1与6之和为7,3与1之和为4,1644中的最后一个数字'4'的日语发音为'石'。日军在华东地区多次实施细菌战,残杀无辜百姓,比如1940年10月在浙江宁波,1941年11月在湖南常德,1942年7月至8月在浙赣铁路沿线。实施这三次细菌战时,远在东北的731部队都组织了一支远征队,由这支远征队与南京的1644部队配合去完成实施任务。"

"原来如此!"曹元明咬牙切齿,"这几个死去的日本兵,真是自作孽不可活。日本人搞这种天怒人怨的细菌武器,不失败是没有天理了。"

"当年的日本人可不这么想,细菌武器被他们当成了一张王牌。731部队名义上称为'关东军防疫给水部',又有'石井部队''东乡部队''加茂部队'等代称,后来关东军总司令部下令全军各部队及机关都要使用番号,它便得了个番号'满洲第731部队'。这支秘密部队归属日本陆军省、陆军参谋本部和关东军司令部双重领导。日本人为发展细菌武器不遗余力,731部队的仪器设备都是当时最先进的,关东军宪兵则为它提供了源源不断的活人作为实验材料。这个部队的人事配备也是很强的,细菌战研究工作人员就有2600余人,其中将级军官就有5名,校级军官30余名。其实日军的细菌部队远不止这一个,731部队只是最著名的。"吴大鹏介绍说,日军继731部队后陆续建立的规模较大的细菌部队有:

1938年2月设立北京(甲)1855部队(北支防疫给水部);

1939年4月设立南京(荣)1644部队(中支防疫给水部);

1939年8月设立广东(波)8604部队(南支防疫给水部);

1941年12月,太平洋战争爆发后,战局向南方扩展,翌年3月,日本陆军又在新加坡设立了(冈)9402部队,称南方军防疫给水部。

上述各细菌部队的控制中心是设在东京新宿陆军军医学校内的防疫研究室,顶头人物就是专攻细菌学的石井四郎。

不过,由于日本战败时销毁了大量的细菌战罪证,加之战后那些从事细菌战研究的罪魁一直未得到追究,日军细菌战的很多秘密都湮没在了历史长河中。

听完吴大鹏的介绍,曹元明顿时意识到:"如果能找到这个名取昭夫,搞清楚这些日本兵的死因，那说不定能揭开当年日军实施细菌战的某些不为人知的秘密和罪行！”

这些隐藏于重重历史帷幕后的谜团，令他震惊，也令他振奋。

“是啊。死在日军细菌武器下的中国人有千千万万，直到今天，日本还有人不肯承认这些罪行。如果你能够为那些死去的亡魂伸冤，你将是世界上最了不起的刑警。”吴大鹏说，“既然千岩山大蛇谷埋葬的这些日本兵感染了鼠疫，那就可以这么推测，那个名取和夫是第1644部队的，其余三人是当地驻军中抽调来协助细菌作战的，可能是在实施细菌战时出现了什么意外而一起丧命……至于具体细节，就是谜了。”

“日军有在河山进行细菌战的记载吗？”

“没有。如果我们的推测确实，那么，侵华日军的累累罪行上，将又会添上重重的一笔。”

曹元明想到，医学院细菌研究所主任薛建国提到1945年2月，河山曾经发生过鼠疫大流行，他还有些纳闷为什么是冬天发生鼠疫，这很反常，现在想来，会不会是日军搞的细菌战呢？

吴大鹏说：“当时河山是日军占领区，按理说，日军不会在自己的控制区内实施细菌战。”

曹元明点了点头：“现在这些推论缺乏有力的证据。我会马上再去日本调查，这个案子牵扯到的东西太多了！”

案情进展到这一步，所涉及的深度和广度，已经远远超过了一般的刑案，这不仅带给曹元明出乎意料的震撼，还让他感到了前所未有的使命感和紧迫感。

吴大鹏说：“年代久远，两国之间又存在诸多隔阂，查起来难上加难啊。”

曹元明说：“对于困难我有充分的估计，但既然找到了端倪，就绝不会放弃。从某种意义上说，死去的名取和夫也是细菌战的受害者，相信那些有良知的日本知情人会配合我们调查。”

吴大鹏说：“祝你成功！但我要提醒你，从历史上看，日本人的良知从来都是靠不住的。”

曹元明心中一凛，想起了邹和平的突然死亡，更强烈地预感到，这背后不但隐藏着凶手，而且隐藏着不可告人的罪恶……

曹元明向分局领导报告了邹和平的死因。臧进荣说："你整理好材料，我们上报省厅、公安部，通过外交渠道与日本警方协商，争取立案展开调查。不过，这公文来往走程序最耗时间，破案是等不起的。"

"我明白，马上动身去日本！"曹元明把吴大鹏的分析告诉了臧进荣。

听到邹和平被害案可能与侵华日军的细菌战有关，臧进荣骂道："他奶奶的，这帮阴魂不散的日本鬼子，到现在还在祸害中国人！哪国鬼子都是这操性，不揍得他服服帖帖，就是蹦跶个不停。当年蹲猫耳洞揍得越南鬼子满头是包，现在边境上他屁话也没有。日本鬼子当年是没被咱们打服啊，真想拎着冲锋枪跟小鬼子再干一仗。"

这时，对千岩山大蛇谷的发掘工作有了新进展：在这一山区范围内，发现隐蔽在山岩深处的多个日军洞库遗迹，每个洞库都建成了坑道式的出击通路，有弹药、枪炮、粮食、医药等地下仓库和指挥所、了望点。在日本战败时，日军爆破毁坏了这些洞库，销毁了储存的物资，而名取和夫等人葬身的洞库因为有大量烈性传染菌则未加以破坏。

曹元明正准备再赴日本，这时，接到了韩吟雪的电话，说她父亲想见见他。

这段时间，曹元明先是查汤小辉收藏尸骨一案，后来又忙着邹和平的事儿，韩世达一案的追查就落下了。他本想推辞，但韩吟雪说，只是去公司见一面，简短谈个话，不会耽误什么时间。曹元明便答应了。

世达公司包下了河山市很气派的一幢写字楼作为办公地点，韩吟雪把曹元明带到了顶层韩观樵的办公室，里面正在谈话，韩吟雪做了个抱歉的鬼脸，让曹元明在外面稍等。

门是虚掩的，里面传来一个嗓门洪亮的人的话声："韩总，这个项目看起来不错，却是个有去无回的买卖。石桥那块地有不少钉子户，那些人看似衣衫破烂，其实都是地痞流氓，有几个简直是亡命之徒，前些年也有外地公司过来搞合作开发，结果来一个死一个，都是血本无归。现在政府把地拿出来拍了，这些钉子户就狮子大开口，政府也跟着哄抬物价，把我们当唐僧肉，都想咬一口。”这个正在汇报的人看来是世达公司的某个业务经理，隐隐听见一个男子的低音，似乎是说你有什么看法，这个洪亮的嗓音回答：“依我看，我们不如找几家本地的公司一起来经营，以免招忌，虽然利润平摊，但风险也降低了。我们公司这两年接连拿下几个大项目，树大招风啊，多少人都眼红，就算硬把地吃下来，规划、建设、消防、环保，能折腾死我们，到时候就只能低价把项目转了。”

听到这里，韩吟雪轻轻咳嗽一声，敲了敲门。

曹元明并不是有意去聆听人家的商业机密，他想：“世达公司这些年确实势头很猛，刚拿了小镜湖的地和市立医院的地，这次又要拿石桥那边的地，胃口这么大，它的资金链承受得了吗？”

石桥虽然是个镇，但与三和镇一样，随着城市化的快速发展，已经和市区融为一体，据说，新的市政府要向那边搬迁了，最近那儿的地价一直看涨。

韩吟雪带着曹元明进了办公室。

办公室的一侧墙壁上挂着山水国画和书法，另一侧的博古架陈列着一些青铜器和瓷器，巨大办公桌旁的花丛中，一架循环水车模型正发出潺潺的水声，整个布置显得清雅古朴。

那个经理模样的人见韩吟雪带着一个陌生人进来了，便中断了谈话，告辞退出。

韩观樵微笑着对曹元明说：“请坐。”他的嗓音低沉而有磁性。

曹元明暗自打量了一下韩观樵，见他神态儒雅，两鬓染霜，看来操心的事不少，眉目之间依然可见年轻时的俊朗风采，与韩世达有些相似，穿着虽然随意，却有一种雍容的气质。

只听韩观樵问韩吟雪：“刚才老刘的话都听到了吧，你怎么看？”他并不避讳眼前的曹元明，显示了一种不见外的信任。

韩吟雪说：“我不同意他的看法。这个项目，我们要单干。我们前期投入那么多，为什么要拉上别人一起分享？这个项目说难处当然有难处，但说简单也简单，只要搞定两个人：市长和规划局长，就 OK 了。地痞流氓还能斗得过公检法？这根本就不是问题的关键。”韩吟雪的话冷静而锐利，与平日的娇媚可爱大相径庭，让曹元明刮目相看。

韩观樵“呵呵”一笑：“我们是外来户，老刘是河山地产界的老江湖，他的意见，我们还是要尊重。”转头对曹元明说，“这位就是曹警官吧，幸会。我父亲的冤案，有劳你多方奔波调查，韩家上下，都感激在心。”

曹元明说：“不必客气，我既然向韩老夫人做了承诺，就会不遗余力地查下去。只是现在调查仍然没有什么进展，我感到很惭愧。”

“不用惭愧，你已经做了很多努力。这个案子本来就很难办，只要你尽了力，我们韩家是绝对不会亏待你的，至于最终是个什么结果，看天意吧。”说到这里，韩观樵叹息了一声，“我这个做儿子的，从小只能在照片和母亲的口述中怀念父亲，这么多年来，连他的尸骨都无从安葬，为人之子，还有比这更痛心的吗？”他神色酸楚，平静了一下，“请你把掌握的有关案情完完全全地告诉我，好吗？”说完，两眼炯炯有神地看着曹元明。

这种眼光让曹元明有些不自在，他略一沉吟，觉得还是如实相告比较好，便把一路追查韩世达一案所了解到的信息，包括韩世达曾经有过的外遇，以及对邹衍亲生祖父田力的怀疑，全部一一说明。

有些事情韩吟雪还是第一次听到，她和父亲交换了一个惊讶的眼神。

“我必须强调，所有这些怀疑对象，比如去世的冯德纯先生和袁素女士，都是与之相关的人的回忆所编织而就的人造现象，现在还没有任何的物证可以证明他们与本案有关。”说完，曹元明又补充了一句。

“那么……那位田力呢？他还活着吗？”韩观樵关注的并不是冯德纯和袁素。

“也许还活着，但是，同样没有证据证明他与本案有关，要说关联，就是他那时在‘慈康’医院当过外科医生。”

“接下来，就是去日本找到这个人啰？”

“是的，我准备再去日本，因为田力不仅可能与韩世达一案有关，还可能与邹和平院长的去世有关。”

“嗯，请详细说说。”韩观樵对此很感兴趣。

曹元明把邹和平在日本猝死一事说了。

韩观樵沉思了一会儿，说：“你到了日本后，如果案情有进展，请及时告诉我们，这算我的一个小小的要求，可以吗？”

“当然可以。”

“听吟雪说，因为长期劳累，你身体有小恙。警察是份苦差，你要是有兴趣，此事一了，可以辞职到我公司来。你的才干和为人，吟雪是十分赞赏的，我相信她的眼光。”说到这里，韩观樵看了一眼女儿，韩吟雪如玉的脸庞泛起一抹淡淡的红晕，他继续说，“像曹警官你这样的人，即使不干刑警，一样可以大有作为。你还年轻，现在转行，完全来得及。”

曹元明说：“谢谢您和吟雪的好意，只是我不能遵从。”

“年轻人，你再考虑一下，然后答复我。我保证，你过来后，会有一个光明的前途。我轻易不许诺。”韩观樵说。

“曹大哥，这个好机会，有多少人渴求不得。”韩吟雪在一旁相劝。

“不用考虑了。”曹元明微笑着说，但语气十分坚决，“你们的好意，我只有心领了。”

谈话结束，韩吟雪开车送了曹元明一程。

“你什么时候去日本？”

“明天就走。”

“这么快？”韩吟雪轻轻地“咦”了一声，似乎有些遗憾，“我看你去年胃溃疡手术出院后到现在一直在忙，从没看你安安稳稳休息过几天。”

“习惯了。我这么多年来，从来没有休过公休假，一年中，能有两三个月的周末能休满双休的，算是本年风调雨顺、国泰民安了。深更半夜的，一有电话就得出门。上级部门一句话，一个文件，可以让一个国庆长假成为梦想。”

“那你为什么不愿意来世达公司？这样的话，你不用没日没夜地操劳，可以照顾嫂子和孩子、老人，可以好好保养身体，也不再需要面对那些可怕的生命危险和心理创伤，何况，收入也是刑警不可比的。”

“命运已经把我和刑警这个行当拴在了一起。我注定就是个忙忙碌碌的小警察，与荣华富贵无缘。”

“你也相信命运？”

“也许吧。”

“你真傻！”韩吟雪轻轻地说了一句。

“什么？”曹元明没有听清。

“没有想到，邹衍的祖父居然是日本人，还当过解放军。”韩吟雪换了一个话题。

“听说日本刚战败那会儿，国内一片废墟，饭都吃不饱，很多日本人留在了中国，这些人分两大类，一是日本人的遗孤，这在东北很多，都是开拓团移民的子女，后来日本经济发展起来了，很多遗孤长大后又回去了；还有的，就是被国共双方留用的技术人员，比如军医、护士、无线电技术员、司机、飞行员，邹衍的祖父就属于后一类。”

“邹衍的祖父是怎么混进解放军的？”

“具体情况就要找他当年老部队的战友去问了，田力所在的部队医院是新中国成立后第一批裁军时撤销番号的，时间很长了，找起来比较麻烦，而且我也没有精力去查。”曹元明说到这里问，“你现在经常去陪邹衍吗？”

“没有，医生不让他接触外面的人。”韩吟雪淡淡地说。

“希望你多陪陪他，算是我的一个请求吧。邹衍生了这个病，父亲又突然去世，他现在的精神支柱只有你了。”

“请不要这么说。邹衍对我说过，他不需要这种廉价的怜悯。”

韩吟雪语气中的冷淡，让曹元明有些意外，说：“其实邹衍内心不是这么想的……”

“你怎么知道他的内心？”韩吟雪打断了他的话，“我早说过，你虽然跟他朋友这么多年，却未必有我了解他。”

“又是女人的直觉吗？”曹元明问。

韩吟雪幽幽地说：“你根本不了解邹衍，你和他，其实是完全不同的。”

“这话怎么说？”

“我今天不想提邹衍，就说你。我只听到你说别人的好话，说你们队长好，说你师傅好，在我面前最多的是说邹衍好，从来没听你说过自己好。”

“我有什么好说的？工作上，我不是好警察；生活上，不是好丈夫。”

“我可不这么认为，相反，我觉得你是个好警察，是个……好丈夫。”韩吟雪若有所思地轻声说。

“想不到我在你心目中的形象如此高大？”曹元明不以为意地“嘿嘿”一笑。

“我从没有见过一个男人像你这样，对工作这么执着、这么淡泊钱财名利。”韩吟雪回头莞尔一笑，夜风拂来，秀发飞扬，路灯下的她宛如仙女一般。

面对韩吟雪灿如云霞的笑容，曹元明有点目眩，一时不知说什么好。

“嗯，日本有死刑吗？”韩吟雪见曹元明有些走神，又换了一个话题。

“有死刑，但日本判死刑的人很少，日本的法律很多地方和我们中国不一样，像有心理障碍的杀人、强奸杀人什么的，几乎不会判死刑。”

“就是说，即使杀害邹老先生的凶手被抓住，很可能不会判死刑？如果是这样，还不如废除死刑。处死罪犯，被害人也不会复生，不如将罪犯永远关押。”

“日本的法律我刚刚开始研究。我一直认为，死刑是不能废除的。法律的主要作用不是制裁罪犯，而是对犯罪分子起到震慑作用，达到制止犯罪的目的。没有哪种刑罚比剥夺一个人的生命权来得更严厉。所以我强烈建议保留死刑，只有这样才有足够的震慑，使人顾忌到犯罪成本，不去犯罪。”

到了家门口，韩吟雪送给曹元明一个崭新的手机，这是一款新出的伯爵手机，以品质优良著称，流线型的典雅外壳泛出淡淡的金属光泽。

曹元明不接受：“这是干吗？”

“你在日本，要经常和国内联系，国际长途是很费钱的噢，这部手机里已经充足了话费。看你那部老手机，漆皮都掉光了，该换换了。”

曹元明说：“太客气了，我可不能收下这个礼物。”

“你要是不收，我可再也不理你了。你去日本查案，那边物价那么贵，时间一长，你受得了吗？”韩吟雪嗔道，“我们家三番五次表达谢意，你总是不接受，现在连个小小的手机也要拒之门外，我都送到你家门口了，你这不是看不起人吗？”俏脸一板，看来是真生气了。

日本物价昂贵，曹元明深有体会：一个肉包100日元，一份盖浇饭1000多日元，坐三站地铁200多日元……说实在的，他经济上是有些紧张。汪敏托姨父找关系调动工作，人情是一回事，送礼也是要的，虽然曹元明最后没去市局机关，但那是他自己的主观原因，有些送出去的钱不可能再要回来。

曹元明是个不拘小节的人，犹豫了一下，就收下了这个手机。

韩吟雪这才转嗔为喜，说：“这个手机防潮、防震，但是不防盗，所以你要好好保管它噢。”

曹元明“呵呵”一笑：“多谢多谢。”

韩吟雪最后说：“曹大哥，一路小心。”

临行前，曹元明又去了医院看望邹衍，邹衍已经睡了，他不忍打扰，默默地看着身上插着各种管子的邹衍，看着心电监护仪上的那些跳动闪烁的数字，病房里安静极了，偶尔传来呼吸机的“滴滴”响声。

虽然和邹衍只隔着一层玻璃，却仿佛隔着的是生与死的两个世界。

邹衍得知了父亲去世的消息，病情又恶化了，昏睡中的他，能梦见天国里的父亲吗？

曹元明擦拭了一下潮湿的眼角，暗暗发誓：“好兄弟，你安心吧，我就算是豁出命，也要找到那个杀害邹伯伯的凶手！”

第十五章　迟到的忏悔

曹元明再度飞到日本，鲍书华仍一如既往地在机场接他，并一直陪着他。

一下飞机，曹元明便根据钱志成提供的联系方式打电话求见名取昭夫，没想到的是，电话不通！询问日本电信电话株式会社，对方答复，这个手机的用户确实叫名取昭夫，但一个月前已经停机了。

为什么名取昭夫会停机呢？难道是预感到了什么？

钱志成只知道名取的这个手机号码，并不知道他的地址和其他联系方式。曹元明找到立花裕司，试图通过警方查找名取昭夫的下落，但立花遗憾地告诉他，在没有涉案证据的情况下，这是侵犯他人的隐私权，所以不能动用技术手段。

曹元明一时犯难了，忽然想到，既然这个名取昭夫是古董商人，说不定在网上能搜寻到他的信息。于是，曹元明打开雅虎日本的网址，试着输入“名取昭夫”的姓名搜索，只有一些零星的信息，没有什么价值，不过，一条信息引起了他的注意：一本名叫《飢餓の島》的书，是昭和年代战争的回忆录系列之一，署名作者是“名取昭夫”，书再版了几次，看来销量不错，最近一次出版是五年前，出版社是德间书店。这本书的作者是参加过太平洋战争的日本老兵，从年岁看，此人应该就是要找的那个名取昭夫。

于是，曹元明去书店买下了那本《飢餓の島》，回到酒店，连夜让鲍书华将这本书的大体内容翻译出来。

书名翻译成中文，就是“饥饿的岛”的意思，说的是太平洋战争期间，一个叫洛丁岛的小岛上发生的人间惨剧：

洛丁岛面积仅15平方公里，呈纺锤状，周围都是珊瑚环礁。在太平洋战争前，有土著居民100人左右，岛上居民人数若再增多，便没有足够的粮食供给，因为这是在环礁上形成的小岛，海拔仅数米高，岛上虽然长有茂密的热带植物，可却无法开辟供养100人以上的土地。太平洋战争爆发后，这些土著被日军强行迁走。

昭和十八年春，日本陆军在这个小岛上设立了一个热带传染病研究所。虽说叫研究所，可实际规模不大，仅20人左右的编制，名取昭夫便是其中之一。研究所在岛屿北部的热带丛林中，被湿地包围着，巨蜥、鳄鱼、毒蛇在那儿栖息，因为有铁丝网拉的屏障，所以岛上其他部队的人员不能进去。

由于战局的变化，自昭和十八年秋以来，日军开始向这个小岛增派军队。最初登岛的，是陆军南洋第五支队野战高射炮队的700多名官兵，尔后，海军的设营队和防空警备队也陆续抵达，总人数超过了1500名。这是根据大本营制定的《今后执行之战争指导大纲》中《绝对国防圈》的设想而增加的。倘若往某岛运送军队的船舶在中途被击沉，这些士兵便争先恐后地游向附近的岛屿，飞机也会意外地着陆，在洛丁岛上就有两架着陆时毁坏了的飞机残骸。所以在南方战线，即便是在一个小岛上，往往有陆军也有海军。

这些日本军人绝大部分都没有活到战争结束，名义上当然都是战死的，不过，真正的死因是饿死。

一个仅能容纳百多人的小岛，转瞬之间变为千余人的战斗部队驻扎地，供给的紧张程度可以想象。

各种粮食都见底了。而且，战局还不断地恶化。

昭和十九年6月15日，美军在塞班岛登陆，7月7日全歼日本守军，接着又攻占了关岛和提尼安岛，马里亚纳群岛落入美军之手，“绝对国防圈”破产了。期间经过几次大海战，日本海军联合舰队被摧毁殆尽，日军在太平洋上基本丧失了制海权，海运瘫痪。从塞班岛战役开始，洛丁岛就成为补给断绝的饥饿之岛。

运输船无法抵达，没有粮食了。岛上最先被剿灭的是蜥蜴、鳄鱼、蛇、老鼠等。在野生动物被猎光之后，主食就是番薯和南瓜。岛上没有发生真正的战斗，仅仅是空袭，而性能低劣的日本高射炮自暴自弃地沉默着，因为还击非但不能击落敌机反而会引来更加猛烈的空袭。总之，这个弹丸小岛在受到几次猛烈轰炸之后，全岛陷入了一种任凭风吹雨打的状态。

什么椰子、椰子的干核以及木瓜之类的，一切野生树木都被烧光了，土地用来栽培唯一的食品来源——薯类和南瓜。司令部指挥的不是对敌军的战斗，而是为生存而斗争，每天每人的粮食配给从500克逐渐降低到最后的50克。

饥饿的人不断倒下。仅有的一点粮食，就是被称为B-24的苍蝇群，因为这种铁灰色的苍蝇很像敌机中的B-24轰炸机，由于看不见食物而聚集起来。一个士兵仅50克苍蝇为食品，士兵们只好贪婪地到海滩去捉海星吃。但是，谁吃了海星就会患严重痢疾，伴随腹痛，身体衰弱，很快就会垮下去。

死神接踵而至。起初，士兵们给它取的名字叫“膝盖颤抖症”，症状是膝盖晃晃荡荡不能举步，从步行困难到腓肠肌绞痛，胫部知觉麻木，膝腱反射消失，站立困难，凹陷性水肿，心脏衰竭，肌肉萎缩，在历经了这些发展阶段后，全身各处的皮肤都出现青白色，这时就是死期到了。

岛上有飞机场，并且有几架海军的“零式”战斗机。可在战局恶化的昭和十九年4月，飞机全部撤走了，机场被炸毁。炸毁的跑道用来种植作物，而耕地又实在有限。岛上的陆军中有农学院征来的人，他们进行南瓜的人工交配，然而偷吃南瓜的士兵太多了。由于发现了要受死刑，因而往往生吃。由于营养失调，胃液减少，生吃会引起严重的痢疾，这夺去了许多人的生命，但即使如此，每晚田地里都会响起处决偷吃者的枪声。

供战斗所用的食品还有，那是有令严禁吃掉的。这是假定敌人登陆时，就把这些仅存的食品吃掉，以增强体质好进行最后的“玉碎”突击。

罐头腐烂了，一腐烂就膨胀起来，如果这样吃下去，会出现呕吐、下痢、腹痛、荨麻疹等等症状，无论怎样也无法抢救。于是人们把罐头盖打开敞着，让苍蝇来产卵，极短时间内就会涌现出光溜溜的蛆，然后再把它吃掉。吃蛆不仅不会中毒，而且还有营养，腐烂的罐头成了蛆的培殖场。

蛆的培殖甚至用及人体，虽然有命令，饿死者的尸体一律要扔到海里，可是人们仍将尸体放在那里，以待生蛆食用。

整个小岛笼罩着死亡的阴霾，成了名副其实的“饥饿的岛”。

士兵们渐渐地沉默了，阴郁支配了一切。其间，偶然会出现好像什么东西撕裂了似的狂笑声，这是精神错乱者。几乎所有的精神错乱者都冲向海里，嘴里唠唠叨叨地念着什么“潜水艇送来的粮食，浮上来啦！”“运输船来啦！”之类的语言，最终消失在环礁和浪涛之中。

这种状态一直持续着，最后，仅仅因为抢吃死尸而相互残杀的人也出现了。

在地狱般的煎熬中，所有的日军士兵都在渴望敌人登陆，以便能在炮火中痛痛快快地战死。但是，令人啼笑皆非的是，盟军并没有登陆。庞大的美国舰队和海军陆战队，在打开日本绝对国防圈的缺口后，进行“蛙跳作战”，攻击矛头转向了硫磺岛和冲绳岛等地。

洛丁岛仅仅遭到了忽三忽四的轰炸，被弃置不理而残存着。

昭和二十年9月19日，日本宣布无条件投降一个月后，美军的驱逐舰和登陆舰来到了洛丁岛，日本的特设医院船也入港了。岛上被收容的日军人员有300余名，个个骨瘦如柴，犹如活骷髅，其余1200名士兵死在了这个饥饿的孤岛上。

名取昭夫幸运地活了下来，写下了这本回忆录，是想用惨痛的历史警示那些对战争一无所知的年轻人，告诫他们要珍惜生活，珍惜和平，避免战争悲剧重演。

“我小时候经常挨饿，饥饿的滋味太恐怖了。”翻译完这本书的鲍书华颇有感触，“实际上，这样的惨剧不仅发生在日本军人身上。”他的祖父在抗战期间参加过中国远征军，受尽了磨难。远征军第一次入缅抗战以惨败告终，10万大军仅余4万，而且大多为非战斗损失。以第五军为例，总兵力42000人，战斗伤亡不过7300人，撤退途中损失却达15000人，这些人大部分是翻越荒无人烟的野人山回国途中因饥饿死去的。

在那场战役中，撤退进入原始森林的中国军队很快便溃不成军，而从缅北一路追击至滇西的日军在穿越林海后依然保持着强悍的战斗力，其组织性纪律性要远远高于国民党军队。

在战争中，日军在濒临绝境死伤殆尽的情况下，也绝不投降而是像猛兽般顽抗到底，甚至让有些盟军官兵认为他们面对的是半兽人军团。然而，日军毕竟是人组成的，在饥饿和疾病面前，他们并不是金刚不坏之身，相反，由于给养和药品不足，日军的非战斗减员比美军、英军都要严重得多。

太平洋战争对日本军队来说是一场不折不扣的饥饿战争，像洛丁岛这样的惨剧，在许多太平洋孤岛都上演过：日军在菲律宾，总共死亡52万人（超过了在中国大陆长达8年战争的全部死亡人数），在巴布亚新几内亚，死亡19万，这些官兵大部分都是死于饥饿和热带流行病，而不是战死。

曹元明心想："名取昭夫对那场战争有切肤之痛，因此有了反省战争的觉悟，无论如何要找到他。"他灵机一动，让鲍书华打电话给出版方德间书店，自称是某报记者，看了《飢餓の島》一书很感慨，想采访一下作者，了解一下作者的近况，就这样，得到了名取昭夫的家庭电话。

这个家庭电话终于拨通了，曹元明通过鲍书华翻译，自称是从中国来的商人，带来了名取昭夫想要的东西，请他验货。接电话的是名取昭夫的女儿，她说主人很忙，没空会客。曹元明执意要见面，请求只要抽出15分钟就行。

对方仍然拒绝："我父亲生病了，现在需要绝对安静，不能会见任何来客。"

说完就要挂断电话，曹元明赶紧说："请转告名取先生，我们找到了他兄弟的遗骨。"

对方吃了一惊："什么遗骨？"

"死在中国的名取和夫，是他的哥哥还是弟弟？"

"请稍等。"对方放下话筒，似乎是去和名取昭夫交谈，过了片刻，她拿起了话筒，"那么，就有劳您了。"看来，名取昭夫很重视这具遗骨。

名取昭夫的住所位于千叶市幕张区的一座丘陵上，是一座三层楼的西洋式小别墅，四面是落地窗，光照很好。房子建在比路面高一层的地基上，从大路到家门口由一段石阶连接，住房下还有隧洞式车库。曹元明和鲍书华赶到时是傍晚，四周一片死气沉沉。开门的是一个中年妇人，是名取昭夫的女儿，她面带戚容，挂念着重病的父亲，一再叮嘱谈话时间要短。

鲍书华问："老人得的是什么病？头脑还清醒吗？"

她回答："肝癌晚期，卧床不起一个多月了，头脑还是清楚的。"

曹元明暗暗庆幸："还好赶到了，否则晚来几天，可能就见不到这位八十多岁的老人了。"

这位中年妇女把他俩带到一间朝南的居室，晚霞照映下，室内一片明亮的金黄色，给人暖洋洋的感觉，窗户上摆着修剪过的插花，地面很清洁，但是，这里总有挥之不去的一股死亡气息，这种气息来源于病榻上的名取昭夫。听曹元明说明来意后，这个老人蜡黄的脸庞露出了一丝激动的红晕，让女儿扶他坐起，取来了助听器戴上，半躺着问："你们是从中国来的？"

曹元明点了点头："钱志成先生告诉了我您的手机，但是没打通，我就托其他人找到了您家的电话，多有打扰。"

"噢，钱先生那里一年来都没消息，我近来身体很虚弱，以为等不到这一天了，家里人不让我用手机，说我需要静养，真是失礼了。"老人长叹一声，"只要东西找到了，谈好的价钱，我一个子儿都不会少。"

"如果您能如实回答我的几个问题，那么，我们不但会将名取和夫的骨灰交给您，还不需要任何报酬。"

"什么问题？"名取昭夫忽然产生了警觉。

曹元明拿出那张德语写的"死亡笔记"的封面，背面写有"手术刀，割活人，鲜血淋漓……"的日本俳句，递给名取昭夫："这是名取和夫的笔迹吧？"

老人接过来，戴上老花镜仔细看了看，缓缓点头，确认了来客所言不虚。

曹元明又递上那张千岩山大蛇谷的地图："这图是您画的吗？"

老人又点了点头："是我画的。"

曹元明说："虽然那个地方经过了山洪和泥石流，地貌改变了，但地图还是很精确，这很像是一张军用地图。您以前当过兵，去过河山，是吗？"

老人沉默了一下，说："我以前参加过旧日本军，学过制图，这张地图的底稿，就是一张军用地图。我去过中国的河山，不过那是战后了，二十多年前吧，是为了找寻和夫的尸骨，但作为一个外国人，没有挖掘的条件，只能勘测地点。就在一年多以前，医生诊断我得了肝癌，死期将至，不能再耽搁了，我就想把他的遗骨迁回日本安葬，这是我母亲的遗愿，战争使我们家破人亡，一家人只有在九泉下团聚了。所以，我就找了钱志成先生帮忙。”

“名取和夫，是您的亲兄弟？”

“我们俩是孪生兄弟，我比他早出生五分钟，我们出生那年，正是昭和元年，为了纪念这个新的天皇年号，我父亲给我们取名‘昭夫’和‘和夫’。那时谁也想不到，这个动荡的昭和时代，对日本来说是一场灾难。”

“对于中国人来说，这是一场更大的灾难。”曹元明忍不住纠正，但话一出口，他就有点担心，这个“鬼子兵”听了这话如果产生强烈的抵触和反感，那么，接下去的问询就无法进行了。

名取昭夫听了这话，沉默不语。曹元明紧张地等待，名取终于开口：“你说得不错。那个时代，日本军队干过太多伤害中国人的坏事。”

曹元明心里一宽，把发现名取和夫遗骨一事的前前后后都说了，并谈到了那四名困死在狭小山洞中的日本兵，以及因此染上鼠疫相继死去的两个当代的中国青年。

名取昭夫脸上肌肉微微牵动，默然叹息。这时，他女儿进来斟茶，低声提醒：“爸爸，已经十分钟了。”他摇手说：“你出去，把门关上，不要管我，我要和这两位客人好好谈谈。”女儿还在劝告，他脸色严厉起来：“我们要谈重要的事，女人不要插嘴，明白吗？”女儿只得退出。

房间里只剩下三个人，名取昭夫问曹元明：“曹先生，您不是商人，对吗？”老人虽然行将就木，但思维依然敏捷。

曹元明说：“实不相瞒，我是一名中国的刑警。在追查一起命案时，遇到了很多疑点，其中就包括了名取和夫之死的谜团。”他掏出了自己的护照和警官证放到名取眼前，“我一开始根本没有想到这个案子会涉及如此深远，现在深感责任重大，迫切地需要知情人提供详情。所以，我就专程前来拜访您，拜托了！”他学着日本人的模样正襟危坐，鞠了一躬。

名取“嗯”了一声，没有问是什么案子，而是望着窗外的夕阳怔怔出神，似乎在追忆往事。

室内一片寂静，隔了半晌，曹元明小心翼翼地说：“过去的创伤谁都不愿提及，如果您有所不便……”

名取昭夫回过头来，淡然一笑：“到了这个地步，我还有什么不便的！干了这么多坏事，如果不好好地反省和忏悔，死后是要下阿鼻地狱的。”

这个昔日太阳旗下的侵略者，或许是人之将死其言也善，到了垂暮之时，并不掩饰对那场侵略战争的厌恶。

曹元明问：“那么，能谈谈您这位孪生弟弟是怎么死的吗？”

“关于和夫的死因，我也不清楚，战后收到的阵亡通知书上只是简单的一句话：‘战死于中国河山县’。如果不是您，我还真不知道他感染了鼠疫。”

“战后才收到阵亡通知书？”

“是的，当时我们兄弟三人都在军队中服役。我俩还有个大三岁的哥哥，是海军的轮机兵，在莱特湾大海战中随‘武藏’号战列舰沉没了。我的父亲在东京开了一家很小的皮革工厂，专门为军队生产皮靴，后来在东京大轰炸中工厂被焚毁，父亲和妹妹都烧死了。战后，我们全家活下来的只有我和母亲，我们刚给父亲和妹妹修好坟墓，就接到了两张阵亡通知书，一张是哥哥的，死于昭和十九年 10 月，一张是弟弟的，死于昭和二十年 2 月，都是尸骨无存。我母亲伤心欲绝，加之战后营养不良，没几年就去世了，临终前的遗言就是希望全家人能葬在一起。我们家就这样被战争摧毁了。哥哥在世时，因为他是海军，我是陆军，我们经常为哪个军种对日本更重要争论得面红耳赤，现在想来，真是太可笑了。”

曹元明心想：“昭和二十年就是 1945 年，就是那年 2 月，在名取和夫死的时候，河山发生过反常季节的鼠疫大流行。”他问：“您怎么知道和夫死亡的具体地址？”

“那是他的战友在战后告诉我的，在军队测绘的地图上标注出来。我二十多年前去河山，发现地貌地形发生了很大变化，一些人工建筑，比如道路、桥梁变化最大，地图上标出了成化寺，这是一个古刹，本来我打算进去祈祷，一看也没有了，于是重新画了一张地图，去年结合卫星地图又做了一些修正，就成了现在你看到的地图。”

名取昭夫果然就是向孙宝章赠送佛珠的那个日本人。

“名取茂门是您的什么人？”

“你们去过镰光寺？”

曹元明点了点头。

名取昭夫拿起枕边的一串佛珠抚摸了几下，说：“那是我的叔父。镰光寺是我以前经常去许愿的地方，我母亲的葬礼也是请他们做的法场。后来我年纪大了，身体不好，就不去了。”看来，人到老年的他，诚心皈依了佛门。

曹元明心想，如果不是恰巧看到名取昭夫这个叔叔的墓碑，这个案子还不知要费多少周折。他问：“您弟弟的战友没说明他的死因吗？”

“没有。因为死因涉及机密，所以不能说。”

“那这位战友还在吗？”

“已经去世多年了。”

“连死因都不能明说，这是什么部队？”

名取昭夫说：“说来就话长了。我估计和夫染上的鼠疫来自于秘密制造的细菌武器，所以不能说，只能写‘战死’。”他说到这里，剧烈咳嗽了几声，皱紧了眉头，他女儿闻声进来了，看了一下挂钟，说：“该吃药了。”从床头柜拿出药瓶，端起水杯喂给父亲吃，乜了曹元明和鲍书华一眼，目光中很是不满，好像在说：“你们怎么还不走？”

名取昭夫吃完药，又挥手让极不情愿的女儿出去。他深吸一口气，不等曹元明和鲍书华发问，再次开口：“我们俩兄弟是一同被招入 731 部队的。“731”的创始人石井四郎和我一样是千叶县人，他这个人很重同乡情谊，所以，在 731 部队中有很多千叶人。”

听到“731 部队”这个词，曹元明和鲍书华都吃了一惊，虽然过去了 60 多年，但这仍是一支光听到名字就会让人不寒而栗的恶魔兵团。

“很惊讶是吗？在今天，731 部队已经不是什么秘密了，通过公开的信息渠道，很多中国人和日本人都听说过。但在当年，这是一个天大的机密，即使是和 731 部队毗邻的关东军其他部队，都不知道我们是干什么的。长官就曾直截了当地说过：731 部队所在的哈尔滨平房地区被指定为特别军事区，就是关东军的飞机也不能从我们头顶上空飞过，否则会被击落。”名取昭夫喝了一口茶，继续说，“昭和二十年终战时，参谋本部作战课的中佐参谋朝枝繁春飞到满洲，找到石井四郎军医中将，告诉他：‘如果全世界知道日本使用了活人来进行细菌、毒气及冻伤研究的话，天皇就会被作为战犯起诉。’并传达大本营陆军部命令：‘请贵部永久地从地球上消失，并完美地销毁一切证据。’平成九年，朝枝繁春在朝日电视台的节目中作证，承认他说过这些话。虽然在战败的混乱中，但这个命令仍然得到了严格的执行。731 部队撤退时，石井部队长对成员们下达了命令：‘一、回到故乡后，要永远隐瞒自己在 731 部队服役的事实。二、不得担任一切公职。三、部队成员之间不得相互联络。’要大家发誓：‘要共同背着 731 部队的秘密走进坟墓。’打了败仗毫无光彩可言，更何况干过那种伤天害理的事情，所以我打算把这段历史全部忘记，但是根本办不到。回国后的那些年，我没有安宁过一天，经常被活体实验的梦魇缠身，美军占领日本后又不分白昼黑夜地搜捕战争罪犯。不能归乡的队员数不胜数，冒用他名、伪造军历，进入流浪人群的也为数不少。但是，要几千人保守这么大的一个秘密是不现实的，随着岁月的流逝，731 部队的罪行逐渐暴露在了阳光下。”

他指着陈旧封皮上那行德语“Todes Notiz”说：“死亡笔记，这是我们在 731 部队学习时用的笔记本，当时很多医学术语都是德语。”

他翻过这张封皮，指着“……遭离弃，腐败鸟，何处是巢；青春的，千岩山，犹在眼前”这行字，说：“这是和夫在被部队无情抛弃后，对罪恶的悔悟。年纪轻轻便困死于远离故乡的异国山洞，与阳光和新鲜空气隔绝，只能留下这种绝望无助地感慨。这支部队自成立伊始，便笼罩着非人类的气息。”

曹元明盯着名取昭夫问：“可是，731 部队的罪行并没有得到追究。为什么？”

“这里的原因很复杂。731 部队集中了日本当时第一流的细菌学、血清学和免疫学方面的专家，这些人回国后，都隐瞒了自己的过去而重返医学界，散布在各大学的医学部、国立的研究机关，为战后日本的复兴而竭尽全力。现在，仅我所知身居要职的人，就有相当数量。比如石井四郎的亲信内藤良一中佐，就是绿十字公司创始人，这是日本最大的血库存储基地，在六名公司董事中，三人是原 731 部队成员。你说要追究战争中的罪责，如果把在 731 部队工作过的人都揭露的话，那后果不堪设想，不仅是捅了医学界的马蜂窝，影响也会波及各个领域。”说到这里，名取有些吃力，靠在靠枕上喘息。

“原来如此。”曹元明等名取恢复了些体力，继续问，“您说原因很复杂，还有其他原因吗？”

名取昭夫迟疑了一下：“可以说，以上说的并不是主要原因。”

“那主要原因是什么？”曹元明有些惊讶。

名取昭夫闭上了眼睛，良久无语。

曹元明见谈话进入死胡同，便想换个话题，他想起一事，问：“您写过一本书，《飢餓の島》，对吗？”

名取昭夫睁开了眼：“你看过这本书？”

曹元明点了点头。

“这本书出了中译本？”名取的眼神中闪过一丝光彩。

“不，我看的是日文版。”曹元明问，“您不是731部队的吗？怎么跑到太平洋上的一个小岛上去了？难道，那个热带病研究所只是一个掩护的幌子，实际是731部队派遣的细菌部队分支机构？”他想起吴大鹏曾说，731部队在北京、南京、广州和新加坡等地都设立有分支部队。

名取点了一下头：“我在书中没有揭示的秘密，没想到被一个中国读者猜到了。”

“洛丁岛在哪儿？”

“呃……那是菲律宾和西加罗林群岛之间的一座由小小环礁构成的热带海岛，现在回想起来，那儿的一切还是令人感到窒息。”

曹元明心想：“731部队的手伸得可够长的。”问：“731部队为什么要在那么偏远的地方设立研究所？”

名取昭夫说：“这话说来就长了。昭和十七年，日军占领了马尼拉。这时，得到陆军大本营支持的731部队决定，研究所向南方发展。由于731部队的不断努力，细菌繁殖、细菌爆炸等研究项目已大致完成。当时的问题在于，严寒的西伯利亚与酷热的南太平洋，细菌的使用环境完全不同，既然已培养出了在严寒下也能猖獗的鼠疫菌，那么，与此相反的鼠疫菌也应该有。于是，731部队在洛丁岛设立了热带传染病研究所，在那儿进行以美军为对手的细菌战研究，我就是在昭和十八年被派到这个岛上去工作的。以美军为对手的细菌战，与以中国人为对手是不同的，存在着体格和其它方面的问题，而且，若不进行在热带自然状态中的实验，便不会奏效。实验需要活的美国人作为实验材料，占领菲律宾和马来亚后，盟军的士兵就容易得到了。在三年的研究中，洛丁岛上的研究所总共使用了150个美国人和英国人，这些俘虏是用运输船在夜间秘密运来的。进行活人实验要在极度秘密的情况下进行，在孤悬大洋的小岛上，不用担心泄密，但为防止意外情况发生，人员都是从其他部队抽调来的，在军历上也无记录。”

名取还说，在岛上断粮的情况下，研究所的人员靠“实验材料”——盟军俘虏的肉充饥，“把人肉用盐腌起来，风干后能吃很久”，所以研究所二十多人无一人饿死。

曹元明暗暗吃惊，“731”恶魔的食谱上，不但有中国人，连西方人也难逃魔掌。“这么胡作非为，就不怕战后被定罪吗？”

但是，无论是对中国人还是对美国人所犯下的罪行，在战后，731部队都没有人因此获罪。

“当时，军方就已拟定出一套以战败为假定对策的方案，如果战败，势必要追究战争罪犯，而在这些罪行中，研究、使用细菌武器的人要受到严重处罚。正因为这样，所以要绝对保密。战后，美国人在洛丁岛登陆后，到研究所去转了转。研究设施早已全部破坏了，是烧毁的，一是为了毁灭罪证，二是怕细菌扩散。但是，纸里毕竟包不住火。”说到这里，名取昭夫换了一种语气，“美国在太平洋战争后成立了一个搜寻战场上失踪人员的机构，他们对人权问题是非常重视的。数年后，还有成百上千名失踪人员的下落未能查到，但这个机构却关闭了。这些销声匿迹的人去了哪里？有可能是因飞机事故或沉船等死亡，因为在太平洋战争中美军有十万人死亡，相比之下，几百上千的失踪数字不算大的出入，当然，也许另有原因——这就是这个官方搜寻机构的模棱两可的结论，没有一个定论。官方的机构虽然关闭了，可失踪者的家属不甘心，他们组织起来，私设了搜寻组织。这个民间组织决定进行半永久性地搜寻。你只要想想搜寻纳粹余孽的犹太人组织，就可以理解了。搜寻组织与驻日美军和中央情报局联系，想依靠他们进行人道主义的调查。

这个民间组织发现了洛丁岛上的日本驻军曾经关押过战俘的消息，但战后移交的战俘营名录上，没有这个地址，便提出了质疑。

“日本方面的回答是：在洛丁岛，只有少量日本驻军，以及一个研究热带传染病的医疗机构，规模很小，没有关押过美军俘虏。

“对手并不好糊弄。他们认为被派往洛丁岛的日军，不是从日本本土而是从关东军防疫给水部来的，调查应该从那儿进行。不过，防疫给水部没有花名册，证据在撤退时已被烧毁，在关东军里没有记录。因此，他们一无所获。要是最终查明失踪的150人是在洛丁岛的研究所被用于活体实验了，那将会掀起轩然大波。一想到这个，我们就不寒而栗。这样的秘密，对于民间机构可以隐瞒，但是，能隐瞒得了美国政府的情报机构吗？如果驻日美军，或者说美国政府与日本政府秘密联络，那么，一切内幕都会被揭开。”

“内幕败露了吗？”曹元明问。

“没有。”名取昭夫发出了阴郁的声音。

很显然，美国军方和中情局对这个半永久性搜寻失踪人员的民间组织，保持了不可思议的沉默，并没有真正去帮助它。

曹元明明白了，名取昭夫绕了一个大圈子，以隐晦的方式说明：731部队罪行没有得到追究的最主要的原因，在于美国政府的包庇！不难想象，如果没有日本的太上皇——美国占领当局网开一面，731部队的成员怎么可能安然无恙？

曹元明清楚地看到了政治的残酷无情。731部队在洛丁岛上用了一百多名美国人和英国人进行活体实验，用各种细菌虐杀同类这一事实，美国政府为了政治的需要，竟佯装不知而将其埋葬于历史的沟壑中！

“名取和夫的身份牌上写着，他是1644部队的，这支部队其实是731部队的分支，他去河山，和您去洛丁岛热带病研究所一样，是执行细菌战任务，对吧？”

“是的。731部队就像一只贪婪的大章鱼，把触角伸及到日军的各个战场，它也成了日本帝国陆军在海外从事细菌战研究和人体试验相关研究的秘密军事医疗部队的代称。”

“1644部队在河山都干了些什么？”

“这是军事机密，我没在那儿干过，所以无从得知。”

接着，名取昭夫提到一件事：“我的孩子在美国留学，我打算去美国看看他，当乘坐的国际航班在洛杉矶降落后，我却被机场保安告知‘被拒绝入境，将由下一个航班强制遣返’。美国司法部的解释是：‘第二次世界大战中，您涉嫌参与了反人道的残虐行为。’虽然有通过律师提出抗议的权利，但我明白这是徒劳的。像我这样的人，一举一动都在他们的监视之下，他们明明知道我要去美国，却事先不拒签，而是等到我落地后再发出驱逐令，这是一种变相的侮辱。战争期间，我在洛丁岛参与过虐杀美国俘虏的罪行，美国人没有确凿的证据能定我的罪，只能用这种方式发泄某种怨气吧。”

“像我这样的小喽啰……”名取嘀咕道。他的言下之意是：本应作为战犯接受审判的731部队首领如石井四郎、内藤良一等人可以不被追究罪责，反而被美国人奉为座上宾，而自己这样的无名小卒却为什么要受到处罚？

此后，曹元明与吴大鹏在国际电话里长聊此事。吴大鹏熟知二战史，对曹元明说：“你的调查和发现很有意义，等你回国后，我们一起整理你搜集到的资料，这对于揭露被刻意掩埋的真相和罪行，有着很重要的历史意义。对那些死去的同胞冤魂，也是一个安慰。”他举了抗战期间常德的例子来说明细菌战的恐怖：日军只用了一架九七式轰炸机，在城区上空投下36公斤鼠疫跳蚤（用破布、羽毛等作载体），而且在攻击之后马上被当地中国军方发现有异常，并很快判断为细菌战攻击，立即在上级支援下进行了消毒和全民防护宣传，全城当天就普遍焚烧各种可疑垃圾。但尽管如此，两天之后鼠疫就开始流行，十几天之后进入剧烈流行，最终，常德市和周边乡镇因鼠疫流行死亡七千多人！

曹元明一声长叹：“这种战争罪行居然没被追究！”

吴大鹏说，战后对于日本人化学战与细菌战的战犯是否追究，美国人有自己的顾虑和企图。

其一、1925年订立的关于禁止使用毒气和细菌武器的《日内瓦国际公约》，日本虽签字了，但国内却未予以批准，而美国同样没有批准，如此要是在法庭上饶起舌来，没准会招惹很多麻烦。

其二、美国在广岛、长崎扔了两颗原子弹，有些底气不足，日本政府曾提出抗议，说原子弹的残酷性远超毒气和细菌武器，在法庭上，东条英机就利用了这一点，反驳了法官有关毒气武器的审讯。

其三、美军一直把研制和实验细菌武器与化学武器作为一个优先任务，731部队耗费了巨额资金和无数生命，在这方面取得了领先的成果，美国只需勾销战犯的罪状，便可以空手筹码在袖子里头做成交易，获得罪恶的研制成果，来充实自己的武库。这一点是最重要的。

1950年6月，朝鲜人民军大举南下，朝鲜战争爆发。联系到一年前蒋介石政权在中国大陆的溃灭，美国人感到，这是共产主义在全世界展开战略进攻的前兆，决心加速武装日本，将日本改造成远东的反共堡垒，追究日本战犯的重要性和迫切性都大大下降了。

其实，日本的细菌战研究自始至终都没有逃过美国人的眼睛。

1939年，日本东京陆军军医学校的助理教授内藤良一（此人后来位居石井部队的中枢，可以由上而下地掌握整个石井机关，公然宣称自己是“石井的大掌柜”），在洛克菲勒研究所访问时搜集了有关黄热病病毒的资料，并以三千美元的高价收买该所职员盗取疫苗，因此，洛克菲勒研究所的鲍威尔医师向陆军部军医总监西蒙斯准将寄去了长篇报告。这种露骨的行径引起了美国陆军参谋部二部的关注。

1942年4月，美国大使向美国国务卿报告中国外交部谴责日军于1940年10月在宁波使用鼠疫作战，并于1941年11月在常德故伎重施。

1943年11月，伊藤次郎大尉在九江地区误入中国军队防区，被抓获后供出日军研制和使用细菌武器的一些情况。重庆的美国顾问团得到情报后，立即派来三名美国顾问，并自带美籍日侨作为翻译，与伊藤秘密交谈一周之久，了解日军细菌武器的详情。

1944年6月，美军终于掌握了日军使用细菌战的决定性证据。在太平洋的马里亚纳群岛海域，从击落的日本海军二式水上飞机的机舱内，发现有细菌炸弹教育的两本手册，证实了日军具有进行细菌战实力的事实。

盯上日本细菌战成果的不光是美国一家。战后，苏联通过审讯被俘的关东军高级将领以及细菌部队研究者，得知了日军细菌部队是用活体实验来获得数据。美国方面得到这个消息后，独占日军细菌战资料的愿望更加迫切，立即派出了科学调查团前往远东调查日军细菌战的实况，其后写成《桑德斯报告》。我得一笔逆财，你拣一条小命，这对于美日双方来说，实在是一件两全其美的事。白白地获取日本的细菌武器，不知要使美国省下多少力气。日本的细菌战经验，对美国的细菌战研究计划和国家的安全保障具有重要价值，远比用它追究石井等人的战犯罪更为重要。

曹元明和名取昭夫谈到后来，华灯初放，月亮在落日后的余晖中冉冉升起。

还有最后一个重要的问题。

曹元明拿出了一张照片，这张照片是赖劲松提供的，是曹炳生、赖劲松和田力的三人合影，时间是1950年元旦。“您认识这个人吗？”他指着田力的头像问名取昭夫。因为田力在发高烧时，提到了“名取”。

名取昭夫戴上老花眼，认真地端详照片，因为年代久远，他需要在时光的长河中慢慢打捞记忆。

曹元明屏息等待，他的心跳忽然加速：名取昭夫点头了！

“这个人，是我在731部队的战友。”

仿佛是漆黑的迷宫忽然打开了一扇大门，一瞬间，曹元明的声音激动得微微颤抖起来：“他叫什么名字？您在战后还见过他吗？”

“嗯……我在战后没有见过他，我不愿提起731部队的往事，也从来不在原队员的聚会上露面，不和这些人来往。姓名嘛……”名取想了想，对鲍书华说，“请给我取一本影集。”

鲍书华顺着他的视线望去，在书架上找到了那本影集，递给名取昭夫。他翻开这本陈旧的影集，找到一张泛黄的合影照片，指着其中一人说：“就是他。”

曹元明望去，见这是四个日本军人的合影，他们都很年轻，有的满脸稚气，并没有印象中鬼子兵的那股戾气。名取所指的那个人，面目特征赫然就是“田力”。

照片边幅上写着“天皇昭和十八年春ハルビン少年兵の写真”。名取说：

“这是昭和十八年731部队接收的一批少年队员，我因为是早一年的兵，所以作为接兵伍长和他们合影。”他翻过照片，照片后写着这几个人对应的姓名,“田力”对应的是“堀田礼三郎”,更令人兴奋的是,姓名下方还写着“木更津市仓贺町154号”这个地址。

曹元明大喜，真是不虚此行，一直以来苦寻的答案，就在眼前了！

“731部队的少年兵是怎么回事？”在这样一支从事非人道研究的部队中，存在这样稚嫩的成员，让曹元明感到意外。

“这些少年有两个特点：第一，他们出身的家庭经济情况都不富裕；第二，少年们都正在国民学校里上学，在校时是成绩优秀的人，有上进心、求知欲很强。”

“为什么要招收这么小的孩子？”一想到这些乳臭未干的少年被训练为杀人不眨眼的机器，曹元明就感到脊背发凉。

“731部队是从日本内地抽调许多军医、医学工作者和研究人员组成的，但从创建之日起，就深为研究人员奇缺而苦恼，尤其严重的是，专门研究细菌战的骨干技术人员的数量不足。制造细菌和进行实验，需要理论指导和研究的学者，也需要许多协助学者整理实验资料和制作各种解剖标本的研究人员和助手。在战前的日本，培养卫生临床技术人员的教育机构比较少。石井四郎十分重视这种情况，立意要培养出既掌握细菌战的技术秘密，又在防谍方面具有铁的纪律的熟练技术人员。从这一点出发，计划大量培养少年见习技术员——731部队从少年兵培养出来的骨干干部。于是，关东军司令部和731部队教育部派人到日本全国各地，动员那些希望求学但由于家境困难又不得不放弃的少年们说：‘当军队的少年见习技术员吧！’对于由于家贫而无法升学的少年们来说，军队的少年见习技术员是一个获取资格、求学上进的好途径。这和其他学校不同，少年见习技术员有获得军人身份的保证，成为一名帝国军人是那时每个日本男子的夙愿，不但可以领到月薪，而且根本不用担心吃住等一切问题。在‘为国奉公’的教育气氛笼罩全国的时代，许多少年应征入伍了。北起青森县南至鹿儿岛县，经过考试合格的十四五岁的少年们只身从内地（日本）来到了哈尔滨，也有少数是从满洲的日本移民中选拔的，堀田礼三郎就是这样加入731部队的。当然，他们那时根本不可能知道 731 部队是一支负有何种特殊任务的部队。”

“田力”自称是东北人，而据赖劲松回忆，“田力”毕业于哈尔滨医科大学，现在看来，他只是有在中国东北生活的经历，养成了一口流利的汉语，而真正学习医学知识的地方，不是在明窗净几的医科大学里，而是在鬼气森森的 731 部队！

曹元明问：“能详细谈谈这个堀田礼三郎吗？他的解剖水平怎么样？”凡是回忆“田力”的人，都提到他精湛的外科技术。

“接兵后不久，我就去了太平洋战场的洛丁岛，和他们相处时间不长。在 731 部队，对少年兵实行的是填鸭式教育，课程繁多，起初有些少年跟不上趟。初到北满，在异国寒风的呼啸声中，寂寞与不安冲击着少年兵的内心，他们毕竟太年轻，还需要时间适应这一切。但堀田礼三郎因为是来自满洲的移民家庭，所以适应起来很快，而且聪明伶俐，动手能力很强，解剖课上手很快。我记得的，大致就是这些。”

曹元明留了个心眼，照片上有四人，除了名取昭夫和堀田礼三郎，还有两人，问：“这两人是什么情况？”假如按照片的地址找不到堀田礼三郎，那么，通过这两人可能有办法。

“这两人在战争期间就死去了，他俩在昭和十九年到过洛丁岛，将岛上培养出来的菌株运回满洲，但搭乘的潜水艇半途上被美军驱逐舰击沉了。”

说到这里，窗外已经一片漆黑，但曹元明内心却一片雪亮，许多沉积已久的谜团逐一揭开，他发自肺腑地感激：“名取先生，这些信息很重要，太感谢您了！”

名取昭夫说：“731 部队的罪行没有得到追究，旧日本军队犯下的罪行，全体日本国民都有责任。在中国人面前，我是有罪之人，所以不能接受你的谢意。”

曹元明感叹：“如果日本人都能像您一样清醒认识那场战争就好了。”

名取一针见血地指出：“作为日本人，必须意识到，正确认识那段历史不仅是对中国和韩国好，更是对日本好。在战争进入了热核武器和太空技术的时代，这个狭小的岛国比任何时候都脆弱，反省过去的错误，才能与邻和睦相处，这才是日本的生存之道。”

曹元明递上名片:“您的话很有道理。这是我的电话，如果想起什么有关堀田礼三郎的事，麻烦和我们联系。祝您早日康复。”

曹元明和鲍书华离开了，他心潮起伏，久久不能平息。名取昭夫曾经是一名侵略者，犯下过战争罪行，但他和东史郎一样，都是晚年的良心发现者，虽然忏悔来得迟了，但这种真诚的忏悔是值得尊重的。

第十六章　魔鬼仍徘徊在人间

回到酒店，曹元明头枕手臂躺在床上想："西方犯罪心理学里面有句名言：一个人过去的行为是他将来的行为的 best reference（最好的参考）。化名'田力'的堀田礼三郎原来是 731 部队的少年兵，早年就耳濡目染乃至亲手解剖过活人，那么，韩世达很可能是发现了这个秘密而被他以惯用的手法肢解杀人灭口。孙宝章回忆，当年曾见'田力'到过千岩山大蛇谷，说不定是在缅怀那些死在此地的袍泽。堀田礼三郎与名取和夫是战友，当年一定是随着日军 1644 部队在河山进行过细菌战，而且关系还不错，所以他在发高烧神志不清时才会念叨着'名取'。如此推论，那韩世达对日军在河山的细菌战是了解一二的，但他在战后却从未提及过，为什么呢？"

再往下想，邹和平来到日本找寻生父堀田礼三郎，很可能发现了不为人知的秘密而被杀害。根据名取昭夫提供的信息，堀田的老家在木更津，正是邹和平猝死前两天去过的地方。

只是，那场战争已经过去了 60 多年，当年的罪行早就不追究了，凶手为什么还不放过邹和平呢？

所有的疑点都迅速地向堀田礼三郎聚焦，找到他，就能解开韩世达和邹和平两人的被害之谜！

鲍书华在大学读的是生物技术专业，所供职的矢佳株式会社是一家生物医药公司，曹元明问他："日本细菌学的水平究竟怎么样？"

名取昭夫展示过一张731部队和日本微生物学会会员的联谊合影，拍摄于1942年，照片上的人，包括石井四郎，均为资深的细菌学研究者。但在曹元明眼里，这些人毫无人性，都是学术界的败类，是“731”这个魔窟里发酵出来的魔鬼。

“这方面日本着实出了几个世界级的厉害人物。不过，他们并不都是细菌战的罪魁，很多人对医学是有贡献作用的。”鲍书华掏出一张1000日元的钞票，指着上面一位穿西装的日本人的肖像，“这个人叫野口英世，被日本人称为‘国宝’，印在了钞票上。他早在1904年就前往美国洛克菲勒研究中心进行螺旋体的研究，首次在神经梅毒脑切片上发现了螺旋体，并利用人工培养基从奥罗亚热患者血中和秘鲁疣患者疣结节中分离培养出杆状巴尔通体，阐明了这两种疾病之间的关系。他还从事了脊髓灰质炎、沙眼和狂犬病等疾病病原体分离的研究。野口的死很可惜，他远赴非洲的加纳研究黄热病，从一个病人血中分离出钩端螺旋体，他因此宣布，螺旋体是黄热病的病原。然而，他走了霉运，由于给他提供病理材料的医生误诊，拿到的实际上是一个出血性黄疸病人的样品。野口无法面对各种质疑，最终选择自己感染黄热病而死亡。在那个年代，微生物学家经常拿自己当做病原体的感染对象，常常因为感染病原体而死亡，但他们把这种死亡当做自己人生的圣战和无上的荣誉。野口英世葬在纽约的墓地成了日本游客的圣地，上面的碑文上写着：‘他毕生致力于科学，他为人类而生，为人类而死’。除了他，那时的日本，还拥有北里柴三郎、志贺洁和秦佐八郎等一大批细菌学的国际大家。”

曹元明记得薛建国也提及过北里、志贺等日本细菌学家的名头，问：“北里柴三郎，就是发现鼠疫杆菌的那个人？”

鲍书华有些意外：“嗯，你也知道北里柴三郎？他是破伤风血清疗法的发明者和鼠疫杆菌的发现者之一，在微生物学界是有杰出贡献的。”

如果没有这些日本细菌学专家打下的基础，731部队的细菌武器恐怕无法在短期内取得那么大的进展。曹元明感慨不已：“科技就是双刃剑，可以造福人类，也可以给人类带来巨大的灾难。”

“是啊，就像核科技的发展，可以研制出瞬间毁灭一座城市的原子弹，也可以建造核电站给千家万户带来光明。”

“你们矢佳公司开发的是什么产品？”

“主要是生产各种疫苗，每年的流感疫苗需求量都很大，光是这个就要忙活好一阵子。”

“看来你们公司的生意很红火。”

“还不错，公司的头头们和厚生省、日本医师协会的关系不错，能拿到大订单。”

“平时一定很忙吧？为了给我当翻译，你请假这么久，耽误了工作，真是过意不去。日本的道路、车站和商店，都有汉字标识，交通和日常生活没有问题，我还能说几句英语，一个人也行。”曹元明两次到日本，鲍书华都一直陪伴身边，形影不离，曹元明有些过意不去，他看出来鲍书华在经济上比较拮据，在外国打拼不容易，不能给这个朋友增添太多麻烦。

上次到日本时，曹元明曾去过鲍书华的家，家里没有其他人，鲍书华说在日本养小孩成本太高，所以没有要孩子，妻子在便利店打零工。鲍书华的家是在下北泽租的一个小房子，只有六个榻榻米大，有个小煤气灶、换气扇、水池，还有一个封闭式卫生间，里面有一个刚好能容纳一人的浴缸，以及马桶和洗脸池，由于房子小，冰箱只能摆门口，人进门要侧身。鲍书华说东京寸土寸金，这么个小房子月租也要四万日元。

除了一开始去过几次餐馆，平时鲍书华和曹元明都是拿面包、蛋糕充饥，吃腻了干粮，就自己做散寿司吃：煮好一锅米饭，在米饭里放点寿司酱，把超市里买来的生鱼片、鸡蛋饼和紫菜卷放进去，用木勺搅和几下就成了。有时候，把米饭泡到味增汤里，再加点最便宜的烤秋刀鱼，就是一顿饭了。

“你这是什么话？你能看懂路标，但听不懂日语，怎么调查？帮你就是帮邹衍，他都这样了，我这个朋友出这点儿力不算什么。”鲍书华的话，让曹元明心里一阵温暖，倍感欣慰：“友谊无价，我没有交错这个朋友。”

第二天，曹元明和鲍书华带着“木更津市仓贺町154号”这个地址兴冲冲地赶到木更津市政机关，想通过查找户籍簿找到堀田礼三郎现在的住址。接待他们的市政机关工作人员是一位年轻女性，名叫中泉泳子，和中国政府机关里那些冷若冰霜的“公仆”不同，泳子彬彬有礼，耐心认真。曹元明听说日本的户籍制度在明治时代就得到了完善，历年来的记录都保存下来了，起初还满怀希望，但花了一整天翻遍了几十年来的户籍记录，就是找不到“堀田礼三郎”这个姓名，“仓贺町154号”这个60多年前的地址，由于城市发展和道路建设，也早就不复存在了。

曹元明想起名取昭夫曾说，堀田一家后来移民到中国东北，那会不会因此没有留下户籍记录呢？泳子告诉他们，即使是移民，作为家长姓氏的“堀田”也会留下记录，但是，并没有找到“堀田”这个姓氏移民的记录。

会不会是这个地址有误呢？泳子提出了另一种可能性：“这个地址是真的，但已经成了‘幽灵户籍’。”

曹元明问：“什么是‘幽灵户籍’？”

泳子说：“就像遭到原子弹轰炸的广岛、长崎一样，一家人全部死亡的，称为‘幽灵户籍’，这样的户籍无法核实，到一定时候就会自动注销，不会保留记录。”她接着解释，“第二次世界大战期间，木更津建有日本海军的机场和军用仓库，战争末期成为神风特攻队的训练基地，因此，1945年这里遭到美军的猛烈空袭，投下了数以千计的燃烧弹，全城化为一片火海。城市被烧成了荒野，居民死伤惨重，剩下的都逃亡乡下。要申报所有的死亡者是不可能的，因为成千上万的人死于一瞬间，这是毫无办法的。”

曹元明拧紧了眉头，深感失望，泳子见状，说：“别着急，忙了一天，您先坐一会儿。”让曹元明和鲍书华在会客厅里喝茶，她去和同事商议，过了一会儿回来，对他俩说：“在千叶县，‘堀田’这个姓氏很少见，这附近有个岸香村，以前有不少人姓这个姓氏，木更津一带的姓‘堀田’的人几乎都是打那儿来的，您不妨去那儿打听一下。”又拿来一张地图，仔细交代去那个村庄的路径。

曹元明和鲍书华道了谢，离开了市政机关。

泳子细致周到的接待让曹元明如沐春风，他想起了斯文和善的立花裕司，这些日本年轻人，一点儿也不像他们那些凶神恶煞般的祖父辈。他把这种感觉告诉了鲍书华，说：“日本的政治家经常发表一些右翼言论，比如否认南京大屠杀、慰安妇这样的战争罪行，参拜靖国神社，还有钓鱼岛问题、否定和平宪法，从这样的舆论看，日本的政治右倾化了，似乎军国主义要复活，但到了日本，日本的国民给我的感觉却不是这样，难道我看到的只是表象？”

“你的感觉没错，不要相信国内的那些宣传。日本现在的政客都是抱着唱卡拉 OK 的心态在搞政治，你方唱罢我上台，没有长远眼光的政治家，内阁更迭很快，他们的言论代表不了民众。日本是一个言论自由的多元社会，有各种不同的声音发出来很正常。普通的日本人，根本对政治不感兴趣。”鲍书华以在日本生活多年的口吻下了结论，“军国主义不可能在日本复活，光是美国这一关它就过不了。日本人不会忘记美国人给扔了两颗原子弹，美国人更不会忘记这一点，虽然二者现在是主仆关系，但一旦放开了日本脖子上的锁链，难保它不会反咬一口。再说，日本已经进入后工业化的老龄社会，平静而缺乏朝气，没有对外扩张的动力，虽然有个别右翼分子会不时发出一点儿噪音，但在日本社会居于主导地位的是和平主义。”

“和平主义？”曹元明带着疑惑重复了一句，在他心目中，日本是一个扩张成性的国家，这一观念通过多年的宣传教育已经根深蒂固。他问：“日本的军费开支不是高居世界前列吗？”

鲍书华对此有不同的理解：“日本没有军队，自卫队只是一群穿军装的公务员，士气和训练都不行。日本防务开销的很大一部分用于发薪水，因为薪水低就招不到人。自卫队对年轻人没有吸引力，一直为招不到优秀的人才苦恼，这跟旧日本帝国陆海军完全不同。军队的气质和精神根植于它所处的社会，在富足环境下成长起来的平成男孩很脆弱，驱使这些人像他们的昭和前辈那样上战场拼命是不可想象的。看看福岛核泄漏事件中自卫队懦弱无能的表现就知道，这样的队伍是不能用来打仗的。我曾和一个陆上自卫队的曹长交谈过，他说宪法没有赋予自卫队交战权，如果日本参加战争就是违宪，他就辞职。我说：‘如果敌人打来，自卫队都像你这样不去拼命的话，那日本会灭亡的。’他说：‘尊重生命和人权是现代社会的准则，这样动不动就要人去送命的国家，灭亡就灭亡好了。’怎么样，你听了这话吃惊吧？如果当年的神风特攻队员们听到这话估计要气得从坟墓里跳出来。我问：‘日本人不是有大和魂吗？’他不屑一顾；‘大和魂？拜托不要说这种漫画里才有的语言了！’”

曹元明闻言不语，思索了一会儿，说:“我觉得你的话不对，既然日本社会居于主导的是和平主义，为什么那些日本政客会屡屡发表右翼言论呢?他们是要靠选票维持政治生命的，这样做显然是为了争取民众的支持嘛。如果右翼言论没有民意基础，这么干岂不是拿自己的政治前程开玩笑?一个民族、一个社会就算提倡言论自由，一样要有起码的道德底线，德国也是民主国家，但如果德国的政客发表纳粹言论、否认战争罪行，不但没有政治前程，还要负法律责任。”

鲍书华愣了一下，不再提这个话题，问:“我们要和日本警方联系吗?有他们的协助，查起来会更方便。”

曹元明说:“还是不和他们联系为好，我们现在是以私人身份在调查，名不正言不顺，官方正在走程序，等等再说吧。”他留了个心眼儿，邹和平被谋杀，日本警方却认定为意外死亡，还整出一个糖尿病DBS来，说不定幕后另有文章。他引用了《平原游击队》的一句台词:“悄悄地进村，打枪的不要。”

鲍书华“嘿嘿”一笑，说:“我明白。”

两人次日一早便赶往岸香村。不一会儿，汽车便驶离了国道，沿着一条约五米宽的乡村柏油道路行驶，来到了一座村庄，村公所前写着“岸香村”三个汉字。这是个渔村，房子整整齐齐地排列着，墙壁都是白色的，港口停泊着十几艘渔船，一群孩子正欢快地在码头前的空地上踢足球，海鸥在空中鸣叫，空气中渗透着鱼腥味。

街道上没有什么人，这是一个有点儿冷寂的村落，和繁华的日本都市恍如隔世，看来，由于离东京比较近，很多年轻人都去大城市发展了，就像中国那些青壮年外出打工只剩下留守老人和儿童的村子。

通过询问村公所，曹元明失望地了解到，村里现在已经没有姓“堀田”的人家了，不过，村里后山有一座公墓，那里还葬着一些姓“堀田”的人，都有些年头了。

墓碑也能提供信息，如果不是当初无意中看到“名取茂门”的墓碑，案情也不会有进展。

于是，曹元明和鲍书华爬上竹丛旁的坡道，走过萝卜和白菜地泥泞的田间小道，看见了附近一带村民的公墓。在公墓地上，果然见到一些刻有“堀田”姓氏的墓碑散立四周，就像村民说的那样，这些人只是同姓，倒不一定有血缘关系。

立在那里的墓碑尽管经历了风吹雨打，想必还能将堀田家的历史铭刻在上面。于是，他们仔细地辨认墓碑的碑文。

这些墓碑中，有一块引起了曹元明的注意，它正面刻有“崇源院诚忠健太郎居士”的戒名，墓碑的旁边写道：“堀田健太郎，生于大正四年2月13日，故陆军步兵大尉，殁于昭和二十年5月，终年30岁。”

“堀田健太郎，从名字看，好像是堀田礼三郎的哥哥，嗯，昭和二十年……就是1945年，从年龄看，完全有这种可能。”曹元明蹲下来，拂去墓碑上的杂草泥土，让字迹更清晰一些，然后拍下了照片。

“这个墓不像有60多年的历史，可能是后来修的。”鲍书华说。

公墓很久无人打扫管理，长草丛生，景色荒芜。

“如果‘田力’还活着，不会连父母的坟墓也不修缮吧。”曹元明心想，给另外几块刻写着“堀田”的墓碑拍了照，但这几块墓碑，都看不出什么名堂。

“村里真的连一家姓‘堀田’的人都没有吗？”曹元明仍不死心，又回到村公所问一位上了年纪的工作人员。

“确实没有了。”那个工作人员认真地查看户籍本，“如果硬要追根究底的话，以前有个姓‘堀田’的男人过继给松田家当养子，改了姓氏，叫……松田不二夫，开了个海鲜加工厂，就在那边。”

顺着指引的路线望去，绵延的田园前面，隐约显现作坊之类的建筑物。

曹元明和鲍书华来到那座海鲜加工厂，这是个很小的工厂，大门紧闭，没有机器的声音，看来今天没有开工。一个少年正在门口擦拭一辆漂亮的本田摩托车。曹元明问：“请问松田不二夫先生是在这儿吗？”

那个少年皮肤黝黑，虎头虎脑，一双黑亮的眼睛，问：“你们是什么人？”他听到曹元明说汉语，有些好奇。看来这个村子平时就没有外国人来。

曹元明通过鲍书华翻译说：“我们是从中国来的，想找你爷爷谈点生意上的事儿。”

少年说:“爷爷出去送货了。”

“那他什么时候回来?”

“要等到晚上呢。”

曹元明和鲍书华无奈地在加工厂门口等着。少年擦拭完摩托车,骑上车一溜烟地出去了。

眼看着太阳就要落山,周围的景色变得模糊起来,少年才骑着车回来了,后座还带着一个染黄头发的少女,看到他俩还没走,少年有些奇怪,也不搭话,拉着少女的手自顾自地进了屋子。

曹元明的胃又开始隐隐作痛,吃了一片药,和鲍书华在石墩上吃了点面包巧克力算是晚餐。

又等了个把小时,天色黑了,鲍书华不耐烦起来:“算了,明天再来吧。”

曹元明说:“来一趟不容易,再等等。实在不行,咱们只有三顾茅庐。……你听。”

这时,远处路上传来了汽车的声音,不一会儿,一辆小货车驶入加工厂的院子,一个七十多岁的老人从驾驶室下来了,他古铜色的皮肤,腰板挺直,动作利落,看上去一点不显衰老。

“爷爷!”那个少年从门口出来招手迎接。

曹元明心想:“松田不二夫终于到场了。”说:“你爷爷的身体不错。”

“那当然,他原来是神田大学的游泳教练,现在还经常冬游呢。”那个少年对松田,“爷爷,有客人等你好久了。”

“是吗,怎么不请他们进屋喝茶?”松田老爷子有些不满地责问。

少年把嘴凑到爷爷耳边,轻声说:“是中国人噢。”

松田抚摸了一下孩子的头,问曹元明:“你们找我有事吗?”

曹元明点了点头。

“那屋里坐吧。”松田让二人进了加工厂的住屋,给他们倒上清茶,“你们是中国来的?我的生意可没有那么大,能做到国外去。”

“我们来,是想向您打听一个人。”

“嗯,原来是这样,请说吧。”松田爽快地说。

曹元明把几张墓碑的照片给他看:“这是在岸香村公墓拍下的,您知道这些人吗？”

“堀田健太郎”那张墓碑的照片被放在了最上头。

“堀田健太郎？”松田不二夫搔了搔花白的头发，侧头想了会儿，“嗯，是有这么个人。”

“这墓是哪年修建的？”

“不记得是哪一年了，大概有30多年了，是海外迁回的遗骨。”

“海外？究竟是哪里？”

“好像是冲绳。”

“那么，这个修墓的人是谁呢？”

“不大清楚，那会儿我在外地工作，不在村里。应该是他的亲属，听说是由遗族会出面的。”

鲍书华告诉曹元明：“遗族会是第二次世界大战后，由战死的日本官兵的遗属组成的一个全国性组织。”

“他们这家人您还有印象吗？”

“没有什么印象，虽然我们是乡亲，不过在我很小的时候，健太郎一家就移民去了满洲。”

听到“满洲”一词，曹元明心中一跳，这和堀田礼三郎的身世吻合，问：“全家都去了吗？”

“都去了，那是昭和初年的事情，这一带很多村民都去了满洲。我们这儿虽然是渔村，但过去有很多人都种田，只是山多田少，靠种稻子要养活一大家人不容易，听说那边土地肥沃广阔，于是就响应政府的号召移民过去了。我家原来开了个酱油作坊，日子还过得去，听说满洲冬天冷得很，就没移民。”

“堀田健太郎的兄弟姐妹有几个？”

“四五个吧，有男孩有女孩，移民搬家时，他妈还抱着个刚断奶的小女孩。他们家是佃户，除了种稻，还养蚕，孩子又多，日子过得紧巴巴的，健太郎是他们家的长子，听说他考上了陆军士官学校后，给家里寄钱，家境才好一点。”

如果堀田家有四五个兄弟姐妹，那么根据排序，排行老三的叫“堀田礼三郎”就合情合理了，石井四郎在兄弟中正是排行老四。

“战后他们家的人回来过吗？”

“没有，太惨了。”老人连连摇头，“还是不移民好，这边到满洲去的，能回来的不到一半。听说当年俄国人突然就打了过来，撤退都来不及，很多人死在异国他乡，尸骨无存。”

“连一个都没回来？”

“没有。要说有，那也不是战后，而是战争结束前的一年，健太郎回来过一次，不过他那时已经是军官了，挎着军刀，很威风，村长还请他喝过酒。听说他从小学习成绩很好，是全村最有出息的一个人了。”

“他的坟墓是谁修的呢？”曹元明仍不死心。

“不是说了嘛，这个我不清楚。”松田不二夫对这种重复的提问有点不高兴。

“那么，健太郎其余几个兄弟姐妹的情况，您知道吗？”

“不记得了。”老人想了又想，还是摇头。

“其中，有没有一个叫‘礼三郎’的兄弟？”

老人抱歉地笑了：“真记不得了。”

曹元明又拿出其他几张刻有“堀田”姓氏的墓碑让老人看，但都没有得到有用的信息。

谈话到此为止，曹元明将一枚中国结送给老人表示了谢意。

回来的路上，曹元明说：“看来，下一步得去遗族会打听了。”

“算了吧，你是根本不了解情况。”鲍书华劝阻。

“怎么了？”

“日本遗族会是个右倾组织，成立的主要目的有两个：一是表彰战争‘英灵’，促使政府官员参拜靖国神社，并保护靖国神社；二是要求日本政府提高遗属补助金。这样一个组织，能配合中国人的调查吗？他们不跟你搞鬼才怪呢。就拿刚才那个少年来说，见我们是中国人，连门都不让我们进。日本人看似彬彬有礼，都是装出来的，实际上很排外。”

“看来，只有请日本警方出面了？”曹元明若有所思。

“即使千叶县的警方出面，遗族会也不会买他们这个面子，因为你调查的结果肯定是对日本不利的。”鲍书华解释说，“遗族会势力很大，目前掌握着 140 万遗属家庭，有会员 900 万，1 万多个支部遍布全日本。遗族会是自民党的重要票源，为了争得这部份选票，日本政要就得以参拜靖国神社等形式来获得遗族会的支持。桥本龙太郎、小渊惠三、森喜朗等前首相都曾任遗族会会长。一些甲级战犯的后代，比如板垣征四郎的儿子板垣正，东条英机的孙女东条由布子，都是遗族会的重要成员。虽然日本有声音要将战犯从靖国神社中分开祭祀，但是靖国神社一直拒绝，这背后就离不开遗族会的大力支持。”

曹元明觉得鲍书华的话有道理，问："我听说日本老兵还有个组织，都是对华友好人士组成的，找他们帮忙查查怎么样？"

“你说的是，站在日本谢罪老兵背后、为还原侵华历史不断努力的‘中国归还者联合会’？简称‘中归联’的那个？”

“对，就是这个。据说全部是新中国成立后由抚顺战犯管理所和太原战犯管理所释放的侵华老兵组成的。”

鲍书华苦笑了一下："老早就解散了。"

此路不通，曹元明默然无语，静静地思索起来。

堀田健太郎的墓是一座孤寂的坟墓，墓志铭很简略，没有赞美之辞，没有落款人，仿佛不想与尘世有什么瓜葛。如果这位堀田礼三郎真的就是堀田健太郎的弟弟，是他为兄长修的坟墓，那么，他不在墓碑上落款，是刻意地隐瞒自己的身份，过起了改头换面的生活，不想让人知道他的过去，连乡亲都不知道，那么，想通过遗族会或者“中归联”找到他，是不现实的。

那又是什么让堀田礼三郎隐姓埋名？战争的创伤？恐怕说不过去，战后，数以百万计的日本老兵不都活得好好的吗？他们没有隐瞒自己的过去，领着日本政府发放的比普通日本国民的养老金高出很多的“军人恩给”安享晚年。如果隐瞒了自己的真实姓名和历史，那他个人和家属是不可能领到政府发放的养老金和抚恤金的，他又如何生活呢？

这样看来，一定是为了保守着不可告人的秘密，这个秘密，就是 731 部队的历史。

韩世达被杀，情杀和财杀的可能性基本可以排除，那么，剩下的可能就是仇杀，以他与人为善的个性看，要考虑杀人灭口的可能，韩世达必然是因为发现了这个秘密才被害的。

“你这个日本通，再帮我想想办法嘛。”曹元明对鲍书华说。

鲍书华在网上搜索了一会儿，说：“这个堀田健太郎、还有堀田礼三郎的信息，可以在网上进入防卫研究所图书馆进行查找。”

曹元明精神一振：“这些资料可以公开查吗？”

鲍书华告诉他：“日本战败后，复员军人的档案分别被防卫厅也就是现在的防卫省和厚生省两家接受，具体就是防卫省战史室和厚生省档案馆。2000年日本颁布《信息公开法》，要求所有政府部门能公开的信息都要向公民公开。所以，现在防卫省战史室已经数字化的资料，以电子信息方式对读者公开。”

曹元明听了很高兴，他俩不可能长时期呆在日本的档案馆和图书馆中查阅那些尘封的档案，通过互联网则是一个十分简单、便捷而且成本极低的方法。

曹元明打开互联网，进入防卫研究所图书馆，面对那些卷帙浩繁的资料，他不禁感叹日本人对史料收集工作的精细，相形之下，作为那场战争的胜利一方，中国方面保存下来的史料却远没有如此完备：

这里收藏有陆军方面的资料约813万册，约150个系列，海军方面的资料约315万册，约90个系列。这些资料有下列三种情况：一是第二次世界大战结束时被美军没收后归还的史料；二是战后由厚生省复员局整理保管的资料；三是为了编纂和研究战史，由防卫研究所收集或接受捐赠的史料。目前正在公开的陆军省大日记类的军事机密等14种日记中的昭和时期部分，约1100册，制作成缩微胶片有图像300多万张，时间跨度自1888年至1945年。其中有：

一、陆军关系史料，包括日本军队参加西南战争（明治维新初期的内战）、甲午战争、日俄战争、第一次世界大战出兵青岛和西伯利亚、“九一八事变”、卢沟桥事变、太平洋战争等不同时期事变、战争的作战纪录，以及陆军法令、部队、学校、人事等军事行政方面的史料。

二、海军关系史料，包括甲午战争、日俄战争、中日战争、太平洋战争的作战记录，关于海军部队、舰船、技术、学校等方面的史料，以及裁减军备和法令、人事等军事行政方面的史料。

不过，虽然这些资料对重大事件的记述十分详实，但也不可能对数百万计的参战官兵中的每一个人都留下详尽记录，查找“堀田健太郎”一词，词条是这么写的：“堀田健太郎，男性，籍贯：木更津市仓贺町，生于大正四年2月，陆军士官学校第51期毕业，第62师团步兵大尉，从六位勋六等功七级，殁于昭和二十年5月冲绳战场。”

词条很简短，和墓碑上相比，增加的信息量有限，不过提到堀田健太郎的籍贯是木更津市仓贺町，这和名取昭夫提供的堀田礼三郎的住址吻合，由此看来，健太郎和礼三郎应该是兄弟俩。

再看第62师团的记录：昭和十八年5月在中国以独立混成第4旅团（原驻山西阳泉）、第6旅团（原驻山东张店）人员为基干组建，辖步兵第63、第64旅团，驻山西榆次，历任师团长本乡义夫、藤冈武雄，曾编入华北方面军第一军驻山西榆次，实有11676人。该师团1944年春参加了打通大陆交通线“一号作战”的平汉战役，7月调往冲绳编入第32军，翌年6月在冲绳战役全军覆灭，番号撤销。

日本战史对第62师团给予了高度评价，这个师团原本是治安师团，起初分散部署在山西省59个县300多处据点里，没有炮兵单位，步兵装备的是明治三十八年式步枪和大正十一年式机枪，而不是更新式的九九式步枪和九六式机枪，只是作为补充部队调往冲绳。但在嘉数高地战斗中，这个原来不被大本营看好的师团表现出了顽强的战斗力，在每个士兵只配发了200发子弹的情况下，毙伤美军10000多名，摧毁了130辆美军坦克。

战史中还提到，第62师团在华北治安战中，经常以几十人的小部队击溃八路军成千人的袭击。

显然，日本人的战史也是注水猪肉。

“这个堀田健太郎大尉，原来参加过侵华战争，当年在华北，一定指挥手下干过屠杀老百姓和八路军的事吧。”祖父是八路军的曹元明忿忿地想。

日本本土在1952年恢复主权，但是1972年美国才将冲绳交还日本，冲绳战役的日军遗骸就是那个时候被大量发掘运回本土安葬的，看来，堀田健太郎的坟墓就是那时修建的，所以显得不是很陈旧。

第 62 师团在战争中全灭，战后幸存的人少之又少，更何况过去六十多年了，要找到还记得这个堀田健太郎的旧部战友，已经没有可能了。

但是，在网上图书馆查找“堀田礼三郎”，记录却是空白。

曹元明让鲍书华打电话给防卫研究所图书馆，说想查找旧军队的人员名单，但图书馆查不到，该怎么办？

对方回答：“因为终战时一片混乱，有人害怕盟军追究责任，把一些在籍军人的档案销毁了，导致复员困难，所以查不到。您可以查一下战友会的名册。”

“这个战友会名册，在什么地方可以见到呢？”

“厚生省有全国的战友会名簿。”

然而，无论是防卫研究所的图书馆，还是厚生省的全国战友会名簿，都找不到“堀田礼三郎”，不但如此，“名取昭夫”“名取和夫”这些在名为“防疫给水部”实为细菌部队中服过役的军人，都查不到。当年的陆军省还有大本营都没有留下他们的记录，战后的战史也抹掉了它的存在。这些在战败时就销毁的军籍，只要本人不再申报，别人就不知道，何况“731”这样的绝密部队，本人是不会重新申报的。

曹元明打电话给名取昭夫，想就这个难题请教老人，但老人的女儿冷冰冰地拒绝了：“你们上次一走，父亲就累倒住院了，请不要再来打扰！”随后挂断了电话。

连日的奔波查找，曹元明整个人瘦了一圈，站在车水马龙的街头，一种深深的无助感包绕着他：这些被蓄谋抹掉的东西，在 60 多年后的今天，依靠个人的力量是不能再还原了。这些人和事，就像砂砾一样被历史长河卷走，取而代之的是如今那繁华的街道，昔日永远地被湮没了。

曹元明疲惫地倒在酒店的床上，窗外是如墨的乌云，闪电狰狞地撕开黑漆漆的天空，天际传来一道道滚雷。接下来该怎么办？他辗转难眠。

突然，手机响了，曹元明拿起来一看，很意外——是邹衍！

他赶紧接听：“邹衍，你身体怎么样？发生什么事了吗？”

电话里传来邹衍虚弱的话音:“你现在日本吗?”

“是的。”

“我爸的死因查明了吗?”

“还没有。”曹元明深感自责,“我真没用!”

“我快不行了。”电话另一端的邹衍,戴着氧气面罩沉重地喘息。

“邹衍,不要这么说,不能灰心哪……”曹元明赶紧安慰他。

“不要劝我了,我早有心理准备。医生这个职业是和死神搏斗的,但最后完败的注定是医生,所有的人都逃不过那个必然的结局。死,没什么可怕的,因为死亡也是生命的一部分。”邹衍说完,“格格”冷笑,让曹元明感到不对劲:“你怎么了?”

邹衍半晌没说话,似乎在下决心,过了片刻,轻声说:“也许这就是报应!”

曹元明一头雾水:“什么报应?”

邹衍沙哑地说:“我要告诉你一个大秘密。你说过,我是你破案的福星,我就再帮你一次,也是最后的一次。”

“什么?”曹元明握紧了手机,从邹衍的话音中预感到了巨大的不祥。

“粮食快要吃完了。”邹衍冒出来一句没头没尾的话。

“什么地方的粮食?”

“地下室的粮食。”

“地下室?”

“那个失踪的城南幼儿园老师邓郁薇,被我关在地下室。”

邹衍的话很微弱,但远比窗外的雷声更惊人,曹元明全身大震,手机差点掉地板上了,他几乎不敢相信自己的耳朵,定了定神,问:“这是真的吗?”

“快去救她吧,不然就要饿死了。我上次给她送吃的,还是两个月前的事儿了。这个游戏我是玩不动了,你们警察可真没用,从来没有怀疑过我,这个结局一点都不刺激。”

曹元明脑子还在“嗡嗡”作响,问:“哪个地下室?”

“前年我在城南青萍小区买的房子,你去过,就在地下储藏室的下面,我修了一个地窖。”邹衍声音越来越弱,“我就要死了,枪毙我吧,这样更痛快一点……”

曹元明恍惚之中喊道：“邹衍，不要绝望！你这属于自首，可以从轻处罚。而且，只要那姑娘没死，以你现在的病情，还可以保外就医……”电话里传来了盲音，邹衍挂了电话。曹元明赶紧打过去，但邹衍关机了。

曹元明呆呆地坐在床上，滂沱大雨像鞭子一样抽着窗玻璃，抽着他的心。他万万没有料到，那起震动全市的神秘失踪案的真凶，居然是邹衍！心思稍许平静了片刻，再回想案情，当初案情讨论会上归纳的犯罪嫌疑人的诸多特征，每一条放到邹衍身上都是符合的，但偏偏熟视无睹，是的，正因为是自己身边最熟悉的人，才忽略掉了很多本该注意的细节，包括案发前和案发后邹衍晚上经常性关机，行踪难测，以及韩吟雪提到的“直觉”……

那么，邹衍的犯罪动机又是什么呢？这样一个高富帅，去哪里不能泡个漂亮女孩回家？就是天天约炮，也能满足自己的欲望，何必非要冒着进监狱的危险，把这样一个孤独的女孩弄回家呢？要知道，强奸犯进了监狱基本上是生不如死。

答案想一想其实很简单：寻求刺激。

当一件事很容易就能做到的时候，人就会失去对这件事的兴趣。而且，自愿献身的女孩，与被囚禁的女孩，她们在遭受蹂躏时的表情与反应，都是不同的。只有后者，才能满足心理变态者的需求。而前者，对于邹衍这样的高富帅来说，已是索然无味。

邹衍长得非常帅，开的车是法拉利，而很多女孩们天天幻想高富帅开着豪车与自己偶遇，把这些幻想的内容发到网上，整天拍照发微博，和陌生人分享自己的位置。当有人真的按照她的幻想去做了，那却不是她梦想成真了，而恰恰是噩梦的开始。

邹衍的心理已经变态，好在他的良知没有完全泯灭。

曹元明再次拿起手机，拨通了河山市城南公安分局的值班电话。

曹元明又失眠了，连日找寻堀田礼三郎都没有结果，让他心焦不已，邹衍的自首则给予他沉重一击，他不断地回想和邹衍一起相处的情景，邹衍危在旦夕，等他回国后，可能再也见不到了，两人难道要以这样一种方式永别吗？

凌晨时曹元明起身上厕所，一起床就觉得不对劲，感到很吃力，头晕、口渴，上完厕所，他不看便池就知道便血了，一搭脉搏，每分钟有一百多次。他喝了一杯水，吃了一片奥美拉唑，叫醒了鲍书华："不好，我的胃又出血了。"鲍书华一睁眼，见曹元明脸色煞白，吓了一跳。

当下，鲍书华赶紧把曹元明送到"田口成人病医疗中心"，这是一家中等规模的市民综合医院，从入院诊查到住院大概一个小时。曹元明住在一个双人病房，有电视和冰箱，床褥是蓝色的，窗帘和地板是淡黄色，给人的感觉温馨整洁，床的水平高度、靠背可以用遥控器自由调节。第二天胃出血就止住了，医生说可以进食，只是日本菜本来就清淡，医院的菜更是几乎看不到一点儿油腻，盐分也很少，三餐的量都不多，曹元明觉得有点饿。他恢复了点体力，就下床活动活动，顺便把日本医院和中国医院做了一个对比。

从硬件上看，河山市立医院不比这个医院差，但软件方面就不行了。这家医院医生和护士的服务态度是一流的。就诊时，由于鲍书华去付费了，曹元明只能指着胃部和日本医生比划着交流，那个医生一点没有不耐烦，而是用汉字标签与他一一对照，确认无误后才开始诊疗。这时电话来了，他连声抱歉，用手势向曹元明表示"我要接个电话"，得到同意后才接电话。由于电话时间有点长，他又中断通话，尴尬地请求延长时间，同意后才继续通话。曹元明想起当年在河山市立医院拔牙，拔到一半，那个牙医接到电话说要去医院门口接个快递包裹，把他晾在一边十多分钟。日本病房里见到最多的是护士忙碌的身影，所有的治疗操作和护理全部由她们完成，包括生活护理，服务态度无可挑剔，24 小时随叫随到，周到细致，不厌其烦，不像国内那样需要家人或聘请他人陪护。

同住一个病房的是个日本老头，没事就喜欢看报纸，床头放着一叠厚厚的报纸。曹元明无事可干，就拿几张报纸过来翻翻，他不懂日文，但日文中夹杂着许多汉字，照着图片，有的新闻大致内容也能蒙个十之三四。

一则政治新闻引起了曹元明的极大兴趣，他让鲍书华翻译了其中的内容：

日本众议院解散，临时内阁发布大选公告，为期一个月的众议院竞选大战打响。现年 55 岁、出身千叶县的民友党干事长稻垣骏二提出，民友党应当联合维新党、日本未来党等在野党，组成各党派大联盟，以数量克服各党实力上的劣势，从而达到对抗自民党和民主党的目的，争取更多的众议院席位进而成为执政党。但评论家认为，这个设想很可能成为没有击中棒球的“空振”。

鲍书华放下报纸问：“你对日本的政治感兴趣？”

“不。”曹元明指着报纸上稻垣骏二的大幅肖像，“你看这个人，像不像邹和平？”他拿出邹和平的照片给鲍书华看。

鲍书华有些疑惑地说：“像吗？”

“我认为像。”虽然研究犯罪分子的面相是曹元明和邹衍开的玩笑，但一个出色的刑警，必须善于捕捉对方的面部特征，对于这些特征要有过目不忘的本领。

“茫茫人海，遇到两个相像的人没什么奇怪的。”鲍书华有些心不在焉。

“邹和平有一半日本人血统，他的亲生父亲是千叶县人，这个家族的男性相貌的遗传特征很明显，特别是鼻子，高高的鼻尖，挺直的鼻梁，邹衍和堀田礼三郎是祖孙辈，都能看出来是一脉相承。这个稻垣骏二也是千叶县人，年纪比邹和平要小一些，两个人的相貌都和堀田礼三郎有相似之处，会不会存在什么联系呢？”化名“田力”的堀田礼三郎的相貌特征，已深深烙印在曹元明脑海里。

“你可真会联想。”

“刑警不会联想可不行，在怎么也找不到堀田礼三郎的情况下，这就是线索。”曹元明晃了一下报纸，就像重新充满了电的机器人，兴奋地蹦下了床，“我现在就要出院。这样一个公众人物，找到他不难！”

曹元明首先是搜集稻垣骏二的竞选海报，在这个竞选旺季，很容易就在选区的街道上找到了，在千叶市的民友党竞选总部，他还拿到了该党一份详实的资料。工作人员以为他是来采访竞选的中国新闻记者，十分热情，告诉他，民友党是从千叶县起家的新兴党派，干事长稻垣骏二是日本政坛的新星，由于有强大的资金支持，政治前景看好，甚至可能成为未来的首相。

曹元明了解到，竞选日本的国会议员一个名额大概需要 1 亿日元，约合 800 万人民币，政治就是有钱人的游戏。他问：“看来民友党的干事长很有钱啊，背后有哪些大财团支持？”

工作人员笑着说：“这个我无可奉告，您请看资料吧。”

从这些竞选广告和资料里，曹元明得知，稻垣骏二的父亲稻垣夕张在50多年前创立了矢佳株式会社，现在不但成为日本屈指可数的生物医药公司，还是好几个慈善基金会的金主。现任该公司董事长的是稻垣夕张的长子稻垣圭一。稻垣夕张退休后，80多岁的他身体还很硬朗，担任了一家高尔夫球协会的名誉主席，看来日子过得十分悠闲。

资料里还有稻垣父子的题字，稻垣夕张写的字是“一期一会”，看到这四个汉字，曹元明立刻愣住了，这笔迹有些熟悉！以前在追查韩世达一案时，他在河山市立医院病案库查阅了保留下来的部分1950年左右的老病历，不但从病历签名上还原了一些当年的医生姓名，还知道了他们的笔迹。稻垣夕张的笔迹，和“田力”的笔迹，在他的脑海里重叠了起来。

曹元明立刻在网上查找稻垣夕张的图片，很快，电脑屏幕上出现了一张清晰的标准像，就在这一瞬间，他停止了呼吸：虽然照片上的稻垣夕张已是满头银发，但他那副穿透了历史的五官却毫无保留地显示：此人就是化名“田力”的堀田礼三郎！就是那个一直苦苦追寻却总是像影子一样捉摸不定的魔鬼！

“我一直有个预感：那个魔鬼仍徘徊在人间！现在，终于找到他了！”曹元明激动地打电话告诉韩吟雪，“一切都将真相大白！”

曹元明虽然还没有掌握切实的证据，但已经将稻垣夕张——准确地说是堀田礼三郎——锁定为凶手，并分析他的作案动机：这个人现在是日本有钱有势的头面人物，为什么当年要杀害韩世达，为什么现在要杀害邹和平，一切都是为了保守魔鬼部队的秘密，如果这个秘密泄露，在当年，会给自己带来杀身之祸，在今天，对政坛上冉冉上升的次子将带来难以估量的负面影响，对自己的晚年生活也将是极大的冲击。

俗话说“虎毒不食子”，但历史和现实告诉我们，很多人还不如畜生。

第十七章 肮脏的交易

早晨的清风叩开窗扉，踅入房中，令人为之一爽。

锁定了堀田礼三郎后，曹元明摩拳擦掌，迫不及待地要出院，鲍书华却没有那么兴奋，他去问了主治医生，过了好一会儿，回来告诉曹元明："医院说要再观察三天，不同意你现在出院。"

曹元明说："我的病情自己最清楚了，没事的，医院又不是监狱，不能限制我的自由。"

鲍书华又把那个医生请来，"叽里呱啦"说了一大通，总之就是劝告他留院。鲍书华说："就再观察一两天吧，人既然找到了，还能飞到天上去？"

曹元明只得答应再住院一天。他想起一事，问鲍书华："你在矢佳株式会社工作了几年？"

鲍书华说："有六七年了。"

"算是老员工了，见过这个堀田礼三郎，或者叫稻垣夕张的人吗？"

"没有。"鲍书华否认。

"稻垣圭一呢？"

"也没有见过。"

"这两人是公司的先后两任董事长，你这个老员工都没见过，奇怪了。"

"有什么奇怪的，公司有几十个部门和分公司，雇员上千人，规模很大，我是公司研发部下属一个实验室的技术员，这样的底层苦力，不认识他们很正常。”

“没想到事情这么巧，你居然就在堀田礼三郎开创的公司里工作。”曹元明若有所思，“你说公司有上千员工，这么大的企业，堀田的第一桶金是怎么来的？”

据鲍书华的介绍，稻垣家族产业规模十分可观，不但掌控着矢佳株式会社，在日本关东地区的地产、物流和零售业等方面都拥有大量投资，在千叶是炙手可热的豪门，而一手创办下如此庞大产业的堀田礼三郎，却出身贫寒，娶的日本妻子也是平民子女，在讲究门第和人脉的日本社会里要打下如此基业，难度不是一般的大。

鲍书华摇头说：“详情不知道，不过，他起点可不低，一开始就盘下了几家药厂，后来又搭上了日本经济起飞的顺风车，一下子就赚了大钱，真是天生富贵命啊。”

鲍书华不知道堀田的第一桶金是怎么来的，他的回答只是说明，这一桶的含金量很大，堀田不是白手起家，也不是小本经营。

曹元明说：“你问问公司里那些资深的老同事，多了解一下稻垣家族的情况，搜集的资料越多越好。”

鲍书华“嗯”了一声，说：“我这就去打电话联系一下。”

曹元明拍了一下他的肩膀：“越快越好。”

鲍书华联系到了一个名叫清水光实的退休老人，他是矢佳株式会社最初创立时的员工，对稻垣一家的情况很了解，于是，曹元明和鲍书华赶往清水家。

清水家住在千叶市郊外的一处农庄。他们从医院出来，辗转几次公交车，已经是夜间 8 点多，农庄遥遥在望，是一个很大的葡萄园，两人走在一条长长的树影斑驳的林荫道上，林中光线昏暗，像在隧道里一样。

初夏的静夜，水平如镜的河流倒映着月亮、星星，路边的杨树散发出苦涩的、令人困倦的气味，油菜田里飘来一阵阵蜜似的幽香。

“这儿跟中国差不多。”曹元明不禁想起了家乡。

这时，手机响了，是臧进荣打来的电话。

“那个畜生，我们已经控制住了。”

曹元明一怔之后，才明白他说的是邹衍。

“那个女孩怎么样？还活着吗？”

“还活着，不过被折磨得不成人形，精神失常，严重脱水和营养不良，几个月不见天日，去演白毛女都用不着化妆，那模样把几个女警都吓坏了。原来多么水灵漂亮的一个姑娘啊，就这么给毁了！食物已经吃完，再晚两三天，没准命就没了。你说，这个姓邹的是不是个灭绝人性的狗畜生？他妈的，如果他不是半死不活地躺在病床上，老子当场就给他几个大耳刮子！”

臧进荣说，邹衍干这事是蓄谋已久，他在地下储藏室往下四米修了一个地窖，通过仅够一人爬行穿过的隧道与储藏室相连，这个地窖是精心设计的，有照明、除湿和通气设备，里面放着一张大床，床边是放饮用水、干粮的篮子，一台小电视机和一个小书架供被囚禁的女孩排解寂寞，角落里有一个抽水马桶，床上放着皮鞭、蜡烛、浣肠器、绳索、自慰棒等性虐工具。

虽然臧进荣是在骂邹衍，但曹元明感到脸上火辣辣的，他磕磕巴巴地问：“邹衍……他有什么话给我吗？”这些天多次试着拨打邹衍的手机，都无法接通，他知道，邹衍已被限制了自由。

“他说，对不起你。”臧进荣的话里，透出了几分凄凉的意味，显然，对于邹衍的罪行，他不但深为愤慨，也感到惋惜。

曹元明握着手机的手微微颤抖，如鲠在喉，他知道，再也不能和这位自幼长大的兄弟像往常那样侃大山，说着那些半正经半不正经的话了，过了半晌，说：“臧队，邹衍犯了这么大的罪，我作为警察，事先一点儿都没察觉，是失职的；作为他最好的朋友，没有把他往正路上引，我对不起他，对不起他的父母……”说到这里，他有些哽咽。

从道义和法律上说，邹衍的罪行不可饶恕，而且心理是变态的，他很自负地享受着和警察玩猫和老鼠的游戏，警察离他越近，他越兴奋，甚至连曹元明也成了邹衍捉弄的对象。但是，从感情上，曹元明却对邹衍恨不起来，心中更多的是痛，而不是恨。

“你不必自责，这一切都是邹衍咎由自取。是你不辞艰辛赴日的行为感动了他，让他在生命的尽头良心发现，没让罪行发展到最不可挽回的地步。现在不是悲伤的时候，眼前还有更加艰巨的案情在等着你，这里包含了韩世达和邹和平的死，间接包含了汤小辉兄妹的死，还包含着几十年前难以计数的同胞的亡魂，你的担子很重啊！”

“我一定追查到底！”曹元明迅速调整心情，语气中透出不挠的坚决。

臧进荣说：“你在日本孤军作战，一定要注意个人的安全！你面对的不是一个对手，而很可能是一个罪恶的集团。我们已就邹和平被害一案与日本警方取得联系，立案调查在手续上还需要一些时间。如果在此期间你的生命受到了威胁，不要耽搁，立刻回国。”

“明白。”曹元明简单汇报了一下近来的调查情况，“矢佳株式会社的创始人稻垣夕张及其家族，很可能与本案有密切关联，要查一下他们的背景。”

“好，我知道了。”

曹元明顿了一下：“臧队，我有个请求。”

“你说，只要我能办到，一定办！”

“请帮邹衍办理保外就医手续，我可以担保。人性都有善恶的两面，只不过，他向恶的一面一时之间麻痹了头脑，现在浪子回头，善的一面重新树立起来了。他的时日不多，我不想他走得太悲催。”曹元明小心翼翼地说，他知道，这个请求对疾恶如仇的臧进荣而言是一个大大的难题。

臧进荣沉默了一会儿，回答：“好，我担保！”

“另外，那个染鼠疫的日本兵名取和夫的骨灰，连同他的身份牌，请你通过红十字会转交给日本方面的家属。”

臧进荣也答应了。

曹元明放下手机，望了一眼鲍书华。鲍书华没有什么表情，曹元明没有告诉他有关邹衍犯罪的事，而他对曹元明在通话中提及的邹衍，似乎也不怎么关心。

两人拐过一片树林，很快就要到农庄了。这时，身后传来了轻微的“沙沙”声，一辆汽车从树林后缓缓冒了出来，听声音越来越近，曹元明下意识地往后一看，月光下，这辆汽车没有开车灯，他忽然警觉起来，与此同时，汽车引擎忽然轰鸣起来，加大速度如同离弦之箭向着两人直冲而来。

“不好！”曹元明一把抱住还在发呆的鲍书华，一起滚落到路基下的草丛中，汽车呼啸着一闪而过。

两人的脸上和手上都被荆棘划出道道血痕，曹元明爬起来跑上去一看，路上空荡荡的，周围又恢复了寂静，那辆汽车已经无影无踪了。

鲍书华脸色苍白，在地上摸索了一会儿，拾起了眼镜，怔怔地坐在地上，似乎还没从这起未遂车祸中回过神来。

“跑了！妈的！”曹元明回身拉起鲍书华，“怎么样？伤着了吗？”

“我还好，看清了车牌吗？”

“没有，没开车灯，连车的颜色都看不大真切。”

“多亏你救了我一命。”鲍书华满脸死里逃生后惊魂未定的表情。

“自家兄弟，说这话就见外了。咱们是生死之交。”曹元明拍了拍鲍书华的肩膀，“我早就说了，你、邹衍、我，我们三人不是亲兄弟，胜似亲兄弟。”

鲍书华愣了一下，说：“报警吧，这是蓄意谋杀。”

曹元明打开随身带着的小电筒，仔细看了一下路面，那辆车没有留下刹车的痕迹，也没有留下其他什么物品，他摇了摇头：“我们拿不出凭据，报警等于无用。眼下，还是赶紧去找清水先生吧。”

两人匆匆赶到庄园的门口，按响了门铃，开门的是一个老妪，看来是清水光实的妻子，她打开了门灯，看到他们身上的尘土草屑，吃了一惊。鲍书华连忙掏出名片递给她：“失礼了，我是清水先生的同事，跟他约好了的。”

清水光实七十多岁，矮个子，穿着和服在会客厅里和两人见了面，一番寒暄后，他问鲍书华：“你脸色不好，心神不宁的样子，出什么事了？”

鲍书华强笑了一下：“没什么。”他指着曹元明说，“这是我的一位朋友，来日本调研生物医药企业的发展情况，想和您聊一聊，请多指教。”

“欢迎远道而来的客人。不过，我已经退休多年，对现状不太了解，至于过去的情况，也只能说个大概，还请见谅。”清水很客气，但可能是顾虑到商业上的机密，并没有深入话题的打算。

曹元明通过鲍书华翻译：“请问，您进入矢佳株式会社是什么时候？”

清水搔了搔花白的头发：“那是昭和三十三年的事儿，我职专毕业，二十出头。这时矢佳刚刚创立，比我更老的员工，仍健在的寥寥无几。”说起这个资历，清水有点儿自得。

“当时矢佳是个什么状况？”

“矢佳那时雇了一百多员工，是绿十字制药下属的一家子公司，五年后，矢佳成为了独立的生物医药公司，东京奥运会那年，成为了上市公司，发展十分迅速。”

“这么看来，矢佳的创始人稻垣夕张先生，一定很了不起。”曹元明开始旁敲侧击。绿十字公司创始人中，大部分是原731部队成员。

“是的。稻垣先生是一位阅历丰富、见识深刻的人，但也很有人情味。他的地位虽然崇高，却一点也不骄傲，对人一视同仁，平易近人，和他交谈时，经常会听到令人温暖感动的人生哲理。我衷心祝福他永远健康，因为我希望能永远在他生日的这一天，送花给他。”清水光实的话，充满了日本企业里那种下属对上级的忠诚之情。

“稻垣先生的阅历很丰富？能详细谈谈吗？”

“只能大致说说，他出身寒门，年轻时到过满洲，在大陆颠沛流离，历经磨难，战争结束多年后才回到日本，孤身一人开始创业。”

曹元明心想：“这和堀田礼三郎的经历是一致的。”问：“孤身一人创业？那启动资金怎么来的？”

“在银行办的抵押贷款。”

“那么，是拿什么做的抵押呢？”很难想象，只身从朝鲜战场逃离的堀田，能携带什么贵重物品。

“这……我就不知道了。”听到这个触及堀田礼三郎隐私的话题，清水的脸色立刻警觉起来，转头望了一眼鲍书华，不悦的眼神似乎在说：“你这个朋友究竟是什么人？怎么会提这种问题？”

清水夫人会意地走了过来，说：“您明天还要赶早上的班机去札幌，要早点休息。”

“对不起，就这样吧。”清水看了看挂钟，干脆地中断了谈话。

“打扰了。”曹元明和鲍书华只得告辞。

这次险些让他们付出生命的谈话就这么简短，没有任何收获。

两人忐忑不安地回到酒店，一路上留心来往的汽车，还好没有再发生意外。

鲍书华关好门，脸上阴得似乎要滴出水来，喃喃地说："看来我们遇到大麻烦了。"

"在意料之中。"曹元明说，"这反而说明，我们找对人了，踩着了老虎的尾巴。"

鲍书华幽幽地说："今天的车祸，你不觉得蹊跷吗？对方要置我们于死地，而且对我们的行踪了如指掌。你就没怀疑过你旁边的人？"

曹元明一怔，皱起了眉头，站起来踱了几步："难道有人在一直在跟踪我们？"他忽然想起了什么，让鲍书华向服务员要来一个工具箱，用一把小小的螺丝刀卸下了手机的电池板，挑出埋在板子下面的一个小小的金属器件。

"这是什么？"鲍书华瞪大了眼睛。

"是定位装置！"曹元明仔细看了看，全身血液一片冰凉，"韩吟雪为什么要跟踪我？"这部手机是临行前韩吟雪送他的，没想到其中居然做了手脚，如果不是因此泄漏了自己的行踪，那辆蓄意制造车祸的汽车又怎么会如影随形而来呢？难道韩吟雪一家处心积虑要置自己于死地？曹元明想到这，不禁毛骨悚然，这种一百八十度的剧变，让他脑子一片混乱。

鲍书华看着怔怔出神的曹元明，说："我猜想，真正动手的不是韩家，而是你要找的稻垣家，韩家只是把你的行踪和侦查的动态告诉稻垣家。这是一笔交易，你成了牺牲品。"

曹元明没吭声，回想了一下自己不久前和韩吟雪的通话，告诉她就要找到那个魔鬼，真相就要大白时，韩吟雪的声音非常高兴和激动，丝毫没有作伪的成分，难道她是一个演技高超的美女蛇？不，从韩老太太到韩吟雪，对杀害韩世达的真凶那种一直以来的痛恨，不像伪装。

再说，先后化名"田力"和"稻垣夕张"的堀田礼三郎，就是杀害韩世达的凶手，韩家和稻垣家之间，可谓有深仇大恨，怎么会联手拿这个做交易？如此一来，韩家还要让警察介入调查此案，不是多此一举吗？

"什么深仇大恨？在金钱面前都是浮云。"鲍书华听了曹元明的质疑，不以为然。

"你怎么知道？"曹元明望着神色与平常迥异的鲍书华，缓缓地问，"今天去找这个清水先生，是谁提供的地址？”

“地址是一个同事提供的，就是我们部门的一个课长，名叫平山恒一。清水光实是公司老员工中唯一和我相熟的，只能找他……看来有问题。”

“你认为问题出在哪里？”

“我也不知道。”鲍书华叹息了一声，叹息中充满了悔恨和酸楚，“我没有想到他们会下狠招对付你，更没想到连我也要杀掉……”

“他们又是谁？”曹元明眉毛一挑，顿了一顿，“有很多重要的事，你都在瞒着我，是不是？”

鲍书华有些激动地说：“我今天要把我知道的一切都告诉你。不过，我要先请求你的原谅，我对不起你，对不起我们的友谊！我不是人！”说到这里，他眼睛里涌出了两颗大大的泪珠。

鲍书华的双手冰凉，微微颤抖。曹元明递给他一杯茶，让他平静下来。

“话要从邹衍的父亲邹和平来日本说起。有一天，准确地说，是4月10日，邹和平来到日本两天后，就找到了我。我的联系方式是邹衍告诉他的。”鲍书华说到这里，有些不安地看了看曹元明的脸色。

曹元明心中一凛，不动声色：“你继续说。”

“邹和平找到我，就是为了打听矢佳株式会社的前董事长稻垣夕张的情况。稻垣夕张是一个八十多岁的老头，很早就退休了，我从来没见过这个人，所知也很有限。我很奇怪，问为什么要打听这个人，但他没有回答。我问起邹衍的情况，他也没有说什么，后来是你给我打电话，我才知道邹衍得了急性再障。那时邹和平脸色很沉重，看来担负着很大的心事，我想请他吃顿饭，带他到东京走一走，散散心，但他拒绝了，说还有很多事要办，就告辞了。我当时万万没有想到，几天后邹和平就去世了。”说到这里，鲍书华脸色悲戚，喝了一口茶，“邹和平前脚刚走，一个中国籍男子跟着就找到了我，他自称姓黄，是河山人。在异国他乡，能遇到一个老乡是件很高兴的事，但这个姓黄的却是个不讨人喜欢的家伙，他自称是国家安全局的，还拿出了证件给我看，说是到日本执行秘密任务，让我不得泄露，接着就问我，邹和平找我干什么？我吓坏了，还以为邹和平涉及了危害国家安全的案件，以至于国内派特工跟踪到了日本。我赶紧说，我一直安分守己，就是和邹和平拉拉家常，他是我一个好朋友的父亲。”

曹元明问：“那个姓黄的叫什么？”

“国家安全局的证件上写着的是‘黄磊’。”

“他长什么样？多大年纪？”

“四十多岁，瘦高个儿，有一米八五的样子，鼻子上有颗黑痣，说话有点瓮声瓮气，确实是我们河山的口音。”

曹元明顿时明白了，这个化名“黄磊”的，就是黄利平！什么“国家安全局”，那是骗子的伎俩。黄利平现在干的是私家侦探的活儿，同样受韩家委托调查韩世达死因的案子，还跟踪过自己，想不到居然比自己还更早一步到了日本。他怎么知道邹和平的行踪的？很可能是邹衍告诉韩吟雪的。可怜的邹衍，他信任的姑娘，反倒出卖了他。想到这里，曹元明心头一阵酸痛。

“这人根本不是什么国家安全局的，他其实是个私家侦探，是韩家雇来的。他真名叫黄利平，原来是我在河山市城南公安分局刑侦大队的同事。”

鲍书华长舒一口气，说：“原来如此，其实我后来也发觉不对头，但没有办法。他让我全面搜集稻垣董事长一家以及矢佳株式会社的资料，说这些对国家都是有用的。日本人喜欢搜集经济情报，听说中国也有人在做这样的事，所以我就答应了。他列出了十几个方面的情况让我去收集，包括稻垣夕张、稻垣圭一的人生履历、处事风格，以及矢佳株式会社的股东资料、股权比例、收益状况、决策机制等等。这些东西很多都是保密的，我一个外国雇员，所知有限，而且，我内心对这种特务工作是抵触的。所以，第一次交给他的资料，他看了后很不满意，说不全面、不详细。我说已经尽力了，他说我没有尽全力，这是在为祖国服务，每一个海外的炎黄子孙都有尽全力的义务，还威胁说，如果我不配合，就把我提供的这些资料交给矢佳的头头们，那时我的饭碗就保不住了。我听了很不高兴，这简直是流氓行径，一点诚信都没有，哪像是国家派来的情报人员。他见我脸色不善，马上说，这些工作不是无偿的，只要做好了，就帮我偿还赌债。”

“赌债？你赌博了？”曹元明有些奇怪，鲍书华为人谨慎低调，怎么会进赌场？黄利平让鲍书华搜集矢佳的资料，背后肯定是韩观樵的指使。

“是我妻子。她前年到的日本，人生地不熟，语言不通，又不爱学习，整天无所事事，就被几个台湾人拉进了地下赌场。像她这样头脑简单的人，进了赌场就是砧板上的肥肉，起初别人给了她点甜头，到后来越赌越大，前前后后输掉五百多万日元。我的家境你清楚，父母和岳父家都是农村的，没有什么钱，还要供妹妹读大学，日本消费又高，我这几年积蓄实在不多，为了还赌债，我们只好租小房子度日，汽车也卖了，还是没还清，黑社会隔三差五找上门来催讨，躲都没地方躲，真是苦不堪言。听这个人说可以帮我还赌债，那是求之不得。于是，我就答应他继续搜集矢佳株式会社的情报，他要我绝对保密，对谁都不能说。所以你来日本后，我没有向你透露这方面的事。因为我真不知道邹和平的死因背后会有这么复杂的原因。直到今天发生了这起蓄意的车祸，我才知道大事不妙，我们的调查一定是触怒了某些人，以至于要置我们于死地——不但要杀你，连我也逃不了。"

说到这里，鲍书华脸上的肌肉微微抽搐，心有余悸地说："大哥，你一定要救救我。现在该怎么办？"他感到自己孤立无援，在这里遇到危险，曹元明可以一走了之，而他一家子都在日本，要丢下工作回国，谈何容易。他内心充满了懊悔，早知道是这么个结果，他就不给曹元明当翻译了，不搅这趟浑水。

曹元明经历刑警生涯多年的风雨，处变不惊："不要害怕，如果我们退缩了，他们就得逞了，自古以来都是邪不胜正！在我们背后，有正义，有法律，有祖国。"他顿了一下，问，"你怎么知道韩家和稻垣家在暗中做交易？"

"去找你以前那个同事黄利平吧，他最清楚。我是从他透露的话里猜到的。"

"黄利平还在日本？"

"是的，昨天我还跟他通话，告诉他，我们今天要去找清水。"鲍书华看了一眼目光严峻的曹元明，低下头说，"这都是他要求的，必须汇报你的一举一动。"

"所以，我到日本后，你就始终跟着我，从不离开片刻。我还当你是出于友情……"曹元明愤怒地说。

鲍书华的头埋得更低了，几乎要埋进双膝："我知道现在说什么，你都不会原谅我。"

"原来我一到日本，就在对方的监视之下，韩吟雪送我那个手机，只是在笼子上再加了一道锁。"曹元明暗自叹息，最亲密的两个朋友现在却都陌生得让他害怕：邹衍囚禁女孩作性奴，而鲍书华则出卖朋友牟利，带着他四处奔走查东问西，其实都是做无用功。自己身为刑警竟然像个傻瓜一样一直被蒙在鼓里，是这世界变得太快，还是人变得太快?

房间里死一般的寂静，空气似乎凝固了。

曹元明点燃了一支香烟，从不抽烟的鲍书华也要了一支，咳嗽着抽了起来，一团烟雾将两人的距离隔开了。

过了良久，曹元明打破了沉闷："你跟邹衍，是不是有解不开的芥蒂?虽然我们三个人结拜兄弟，但是，你俩之间的某些事，我不大清楚。如果因为多少年前的一点矛盾产生了积怨，直到现在还无法化解，甚至埋藏内心不断膨胀，那就是你的不对了。"

"那可不是一点矛盾……"鲍书华忍不住争辩了一句，可见曹元明猜得没错。

"是因为那个姓欧阳的女同学？"

鲍书华抬起头来，点了点头。

他们高中有个同班女同学名叫欧阳绚，和鲍书华是邻居，鲍书华一直陪着她上学和回家，心底里早就暗恋上了这个清秀文静的女孩儿。那时，有几个校外小流氓在路上欺负瘦小的鲍书华，调戏欧阳绚，曹元明和邹衍出手赶走了他们。但是欧阳绚高考落榜，复读高三，曹元明就不知道后事了，只隐约听说后来和她好上的不是鲍书华，而是邹衍。

"你和欧阳绚没有正式确定关系，只是暗恋她，就为了邹衍后来和她好，你就一直记恨邹衍？"

鲍书华咬牙说："我没有表白，是不想打扰她学习，想等到她考上大学再表白。其实我感觉到她对我也有意思，只是不敢点破这种朦胧的感觉。邹衍却对我说：'你不要多想，她对每个人都挺好的。'高中毕业后，邹衍不但横刀夺爱，把她搞到手后，还不善待她，玩腻了又甩了她。欧阳绚本来就是一个敏感脆弱的女孩，按平时成绩就算考一本没有十足把握，上个二本是没有问题的，但复读时被邹衍搞大了肚子，还让她怎么高考，根本就没脸见人！她妈简直气疯了，她悄悄躲到乡下卫生院做了人流，学也不上了，去邹衍上大学的城市找他。邹衍倒好，躲着不见她，她只好流落到外地打工去了。她的人生就这么给邹衍毁了！我不是人，出卖朋友，但我只是觉得对不住你，而邹衍不配当我的朋友！”说到这里，他擦了一下眼角，把烟蒂狠狠踩灭，“我什么都不如邹衍，没他帅，没他家有钱，别人叫我‘歪脖子’‘六点零五分’，他也这么叫，从来没真正把我当朋友。他明知道我喜欢欧阳绚，但下手毫不留情，毁了我的初恋，也毁了欧阳绚一生……那天下着雨，她在雨中离我远去的背影，就像烙铁印在我的心里，现在还感到火辣辣的疼……我永远不会原谅邹衍！”

“你……是不是一直在等一个报复他的机会？”

鲍书华不点头也不摇头：“说实话，听到邹衍得了再障，我内心没有一丝悲伤。如果他像你一样把我当朋友，你来日本查找杀害他父亲的凶手，就算别人给我再多的钱我也不会动心！”

曹元明默然无语，邹衍风流过头了，真是报应不爽。邹衍自诩“风流而不下流，好色而不好淫”，其实就他的这些所作所为看，就是个下流的淫棍。韩吟雪说得不错，交往多年的朋友未必就真正了解对方。如果自己早知道邹衍和鲍书华的矛盾，对邹衍多加劝告，说不定很多悲剧就不会发生。

室内再次出现了沉寂，两人接着抽烟。

看着一地的烟蒂，曹元明问：“你还准备跟那帮人走下去？”

“不！”鲍书华语气坚决，“起先我不知道他们的真正用意，现在我终于看清了，他们这是……这是要杀人……这太可怕了，不光杀了邹和平，还要杀我……杀我们……我是被他们利用的，原谅我吧！”他抓住曹元明的手，“我们一起对付他们。”

“好！”曹元明点了点头，“你现在回头还来得及！”鲍书华在调查邹和平死因时的伪装让曹元明深感痛心，如果不是这起未遂车祸，也许他还会一直装下去，但是在日本，没有一个精通日语的人帮忙，什么事都干不成，所以，必须继续信任鲍书华。

“为了安全起见，以后晚上睡觉，我们俩轮流，睡四个小时换一次班；走路时分开一段距离，最好靠墙走，注意观察四周，看到有人跟踪或者其他异常情况，要相互提醒；吃饭喝水去外面买便当，不要让酒店服务生送来。”

鲍书华点了点头：“接下来该怎么办？去找提供清水地址的平山恒一课长吗？要报警吗？”

曹元明摇头说：“不，没有用。我要直接和黄利平谈，你找个借口把他约出来，别说我要见他。”

对于黄利平的为人，曹元明是有些不齿的。自己刚参加工作不久，和师傅一起千辛万苦抓住了一个盗窃惯犯，但局里有人反映师徒俩到失主家里吃请，结果师傅的嘉奖就这样没了。这个偷偷打小报告的人，据事后分析，很可能就是“大黄狗”黄利平。黄利平当年竞聘副队长失利，就是因为平素为人不咋地得不到群众支持。他从刑警队辞职干起了私家侦探，完全是冲着“利”字去的。但是，大家毕竟同事一场，有较深的了解，在异国难得能遇到这么个人，通过他，可以进一步搞清其中的内幕——反击越直接就越有效。

于是，鲍书华给黄利平打电话，说要当面谈谈报酬的事，双方约定在千叶大学旁边一家名叫“时光屋”的咖啡馆见面。

“时光屋”半埋在地下，进门和窗户都很低矮，里面光线昏暗，设计者有意把灯光弄暗造成一种神秘色彩，每张桌子上的灯都只能照亮这张桌子，桌子四周用薄纱拦着，看不清周围人的脸。这里的咖啡是现磨的，室内弥漫着浓郁的咖啡香味和桌椅散发的淡淡的原木香味。黄利平一身风衣，戴着墨镜，按约定时间到了，鲍书华已经坐在那里等他了。

“怎么要加价？不是谈好了吗，替你偿还赌债。”黄利平一坐下，便开门见山。

“我差点连命都没了，加点钱不应该吗？”鲍书华说。

“怎么回事？曹元明起疑了？”黄利平低声说。

“不，是有人要杀死我俩。”

“开什么玩笑？”黄利平有些惊讶。

“既然要我的命，那给再多的钱也不干。这事到此为止吧。”

“你在胡说什么？不是跟你说过吗，我们是在做交易。所谓交易，就是用钱来解决问题。只要我们好好合作，就有一个双赢的结局。谁会要你的命？你的命又能值多少钱？”

“我没有心思开玩笑。”鲍书华把那天晚上去清水家途中差点被汽车撞死的事说了。

黄利平愣了一下，说：“或许这只是意外。”

鲍书华讥讽道：“要是你经历过这么一次车祸，还能说出这种话来，那你就是神。”

黄利平沉默了。

“反正你们在曹元明身上安装了定位装置，他的行踪都在你们的掌握中，那还要我干什么？我真不想干了。”

“他在想什么，下一步要干什么，这些只有你知道。”

“那就加钱，还得保证我的人身安全。”

“钱的事我不能做主，要请示一下老板。”

“请示韩观樵？”鲍书华明知故问。

黄利平白了他一眼：“当然，你我都得从他那里拿钱。”

“为什么不换个老板？”

“什么意思？”

“你不是说，韩观樵要拿这些东西和稻垣圭一做交易吗，为什么我们不直接找稻垣圭一？这样卖的价钱更高。”

“你疯了！”黄利平喊了一声，又赶紧压低嗓门，“这根本没有可操作性！”

“怎么没有操作性？把我直接带去见稻垣圭一不行吗？”一只手从后面搭在了黄利平肩膀上，他愕然回首，见那人居然是曹元明！他目瞪口呆，顿时明白，自己陷入了曹元明和鲍书华的套中。

曹元明搬了张椅子坐下：“大黄，没想到能在这里见到你，看来这不是巧合。刚才你和鲍书华的话，我都听到了。”

黄利平很快从慌乱中镇定下来，说：“我是拿人钱财，替人服务，对不住的地方，还请见谅。我对你，其实并没有恶意。”

“可是我差点就像邹和平一样，不明不白地成为了异国之鬼。就一句‘没有恶意’，太轻描淡写了吧？”曹元明盯着黄利平的双眼。

黄利平躲开了锥子般的目光："我没有想到他们会这么干。"他和鲍书华一样，使用了含糊的"他们"一词。

"他们是谁？"

"我……不太清楚。"黄利平有些尴尬，"我是个私家侦探，不是杀手。说实话，我真没有想到事态有这么严重，还好你没事。"

"现在你知道有人要害我了，你打算怎么办？"曹元明紧追不舍。

"虽然我们关系一般，但一起共事多年，也算是刑侦战线上的战友，如果我知道有人要害你，肯定不会袖手旁观，更不会做帮凶。"

黄利平这话说得诚恳，但曹元明不为所动："好，我要的就是你这句话。你知道吗，中国警方正和日本方面交涉，邹和平之死马上就要进入司法调查程序，这是一桩谋杀案，可不是闹着玩的，你跟他们可别走得太近，否则为几个钱把自己搭进去，那就不划算了。"

黄利平强笑了一下："邹和平之死，跟我有什么关系？"

"你从中国一路跟踪邹和平到日本，能说与此无关吗？"

黄利平的脸阴沉下来。

"我相信你没有参与到这起谋杀案中。你起初没有想到邹和平会有生命危险，就像没有想到我会有生命危险一样，你只是被人用钱收买了，向他们提供情报，我猜的对不对？但现在，邹和平的死摆在眼前，我和鲍书华刚死里逃生，事情已经很严重了，你还要执迷不悟吗？在他们看来，你是被利用的工具，一旦出了问题，是随时可以丢卒保帅一把抛弃的工具。到时候，你怎么撇清自己？"曹元明盯着黄利平晦暗不明的脸色，"大黄，站到我们这边来吧，站到法律和正义这边来，一切都还来得及，这是你洗脱嫌疑的最好办法！"在异国孤身作战的曹元明，迫切需要同盟军，如果把知晓内情的黄利平争取过来，那将是给予对手的沉重一击。

黄利平呷了一口咖啡，含在嘴里不吞下去，这是他脑海里在激烈交锋的反映。

曹元明耐心地等待他的回答。

终于，黄利平开口了："我可以把我知道的一些情况都告诉你。但我不站队，我有我的职业道德，跟谁都不结伙，以前没有，以后也不会。"到了这一步，他知道，有些事情是瞒不住的了，权衡再三，不如说个明白。

曹元明大喜，和黄利平开始了一问一答。

“是韩观樵让你调查韩世达一案的？”

“是的。”

“我看你也查了一些东西，有什么发现？”

“惭愧，还是你查得深入。我了解的东西，你都掌握了，你了解到的情况，有些我还不知道。你把调查进度告诉韩吟雪，她再汇报给韩观樵，两相比较，韩观樵对我的效率很不满意。”

“那你后来怎么跟上了邹和平？”

“这也是韩观樵授意的，目的同样是为了查清韩世达的死因，因为他怀疑邹和平的亲生父亲与此有关。我妻子做外贸的，会说日语，他就让我来了，顺便带着妻子旅游一趟。”

曹元明回想了一下，他向韩观樵父女提及邹衍祖父“田力”一事，是在邹和平去世之后，在此之前，顾及到邹衍和韩吟雪的关系，他一直不提此事，韩观樵怎么会怀疑到这一点？但细想就不难明白了，黄利平曾跟踪过自己，自己多次找人询问“田力”的情况，他从中肯定嗅到了风声，还有更重要的一个可能：邹和平到日本之前向邹衍交代过什么，而韩吟雪又从邹衍那听到了什么，这么一联系，无怪韩观樵会怀疑到这一点。

“你在日本跟踪邹和平的这段时间，发现了什么吗？”这个问题非常重要，黄利平是刑警出身，如果邹和平见过什么特殊人物、到过什么特殊的地方，都逃不过他的眼睛，这样，不但能找到堀田礼三郎的下落，就连杀害邹和平的凶手，也能找到一些线索。

“我不想瞒你。”黄利平说，“邹和平在日本的行踪，白天的情况十之八九都在我的掌握之中，不过，”他加重了语气，“邹和平去世的那天晚上，‘笹井屋’究竟发生了什么，我不知道，我不在那个旅馆里住宿，因为我没有未卜先知的本事，没料到他会突然去世，否则就是整宿不睡，也不会放过那个凶手。”他极力撇清自己和邹和平遇害的瓜葛。

“邹和平都去过哪些地方、见过哪些人？”

“有关的情况，我记录了厚厚的一本。这个本子作为业绩交给了韩观樵，不过，真正有价值的东西，我都记在了这里。”黄利平指了指脑袋。

“你知道堀田礼三郎的情况？”

“是的。你调查的进度，鲍书华和韩吟雪都知晓了，加上我的这些情报，韩观樵就和他的杀父仇人谈起了交易。”

“什么交易？”曹元明意识到，这是一个核心问题。

黄利平顿了一顿，说：“世达公司的资金链断了，只有两条路可走：一、注入资金；二、宣布破产。需要注入的资金是一个很大的数字，到哪去找这么大的金融资源来补充资金链的缺口，让公司起死回生，简直是难于登天。韩观樵为此吃不香，睡不着，虽然表面上镇定自若，不知情人还以为世达公司正蒸蒸日上，其实他都快要急出病来了。而矢佳株式会社有的是钱，因此在韩观樵眼里，稻垣家族不是仇人，而是救命的金菩萨。有韩世达、邹和平两条人命案在手，就有了要挟稻垣家族的筹码，等于找到了登天的天梯，不怕他们不出钱。”

曹元明听到这里，内心腾起一股怒火，韩观樵居然拿自己父亲的死做交易筹码，毫无人格和民族尊严可言，真是无耻之尤！

“这么说，韩观樵掌握了他们杀害韩世达和邹和平的证据？”

“没有。这些证据还得等着你去发掘，所以他觉得鲍书华是监视你的最好人选，让我找到鲍书华谈，最后加价到550万日元，他终于同意了。作为友谊的价钱，我觉得这已经很高了。”

鲍书华听到这里，满脸羞愧。

这么看来，制造车祸的应该不是韩观樵。

“姓韩的老狐狸，真是处心积虑。”曹元明骂了一声，“稻垣一家是恶狼，他们先下手了，想杀人灭口，我一死，调查就中断了，韩家拿不出切实的证据，要挟就无从谈起了。”

“看来确实如此，我是直到现在才明白这一切。”黄利平一再为自己开脱。

曹元明仍然还有疑问：“世达公司的资金出了什么问题？我听说这个公司最近生意很红火嘛。”

“生意场上都是假象。‘世达国际投资公司’其实是在美属维京群岛注册的投资公司，然后在香港再注册一个影子公司，维京作为控股方。公司的主打业务是帮助国内的企业向海外转移资产，通俗地说，就是帮一些有问题的奸商和官员洗钱——香港公司去想办法做贷款，用贷款收购国内资产，然后出卖股份偿还贷款把钱洗出来。近年来，这个公司靠这个积累了不少资金，转向了热火朝天的房地产市场，有点洗手上岸的意思，连做了几笔大买卖，貌似很风光，但韩观樵这个人，野心太大，刚愎自用，结果在一个大项目上栽了跟头，又遇到房地产市场调控的不利大环境，引起了资金链的连锁反应，陷入了资金周转的窘迫中。”

“你对世达公司的内幕怎么这么了解？”

“我有个朋友在世达公司做业务经理。”

曹元明想起那次去见韩观樵时，在门外听到一个业务经理模样的人正向韩观樵阐述不同意见，听韩观樵叫他“老刘”，便随口一问：“你这位朋友姓刘？”

“这你也知道？”黄利平有些吃惊，感到自己真的没有隐瞒的必要了。

“世达公司资金出问题是什么时候的事？”曹元明继续问。

“就在今年年初。”

曹元明心想：“韩老太太和韩吟雪委托我调查韩世达一案，这是去年的事，至少在那时，她们是真心的。这么看来，韩吟雪虽然告诉了父亲有关此案的一些情况，但可能并没有参与这起交易。”虽然这种推测还无法证实，但他内心是万分不希望韩吟雪卷入这种欺骗和利用他人、拿自己先人生命做筹码的肮脏交易之中。

他思忖片刻，问：“堀田礼三郎和邹和平是什么时候见面的？”

“应该是4月13日，就是邹和平去世的前两天。这只是推测。那天，我在木更津市看到了一辆黑色的豪华车，是丰田世纪，把邹和平接走了，去了九十九里滨附近的一座海边别墅。为了避免被发现，我只能远远跟踪邹和平，没有看到堀田礼三郎这个人，从豪车和别墅的规格看，对方是大财主，应该就是堀田礼三郎吧。”

黄利平的跟踪和分析水平是可靠的，毕竟是经验丰富的老刑警了。

曹元明回忆了一下，4月13日，就是“笹井屋”老板娘回忆邹和平向她问路的那天，问的是去木更津的路，在寺前车站上的车，而且，邹和平还顺道去了一趟镰光寺祈福。

这位白发萧萧的老人，来到日本时内心一定充满了悲痛和无奈，他用手术刀救过许许多多人的性命，但独生爱子的性命却无人来救。从鲍书华的介绍可知，矢佳株式会社因为是生物医药公司的缘故，十分热衷于慈善事业，东京、大阪等几个著名的血库、骨髓库都接受过这个财团的资金捐助。所以，走投无路的邹和平，千里迢迢地来到日本寻找救命稻草。他以为日本的生父会像他一样对子孙充满慈爱，并给予大力援助，也许，去日本看一看从未谋面的生父，一直是埋藏在心底的愿望。见到生父，邹和平应该很高兴，根据“笹井屋”老板的回忆，他回来后还喝了红酒做了个小小的庆祝，只是他万万没有想到，父子相见之后，他就命赴黄泉了！而他又有服安眠药的习惯，酒后服安眠药会产生双重抑制作用，使人昏睡不醒，以至于有人潜入房间都浑然不觉。

“堀田的那座别墅的位置在哪里？”曹元明打开笔记本电脑，点开了卫星地图。

“离这儿不远。”黄利平准确地指出了地址。

曹元明长舒了一口气，从去年开始的追查看来就要水落石出了，那个60年前杀害韩世达的凶手——有可能一个多月前杀害邹和平也是此人指使——那个在日军细菌部队从事过活体解剖的少年兵，仿佛已经站在了曹元明的面前。

“这个魔鬼，必须得到惩罚！”

“这段时间太累了，去洗个温泉放松放松，听说日本是温泉之国。”谈完了话，曹元明对鲍书华和黄利平说，“一起去，我请客。”

“附近有家叫‘草汤’的温泉，据说很不错。”鲍书华说。

“我就不陪了。”黄利平说。

“案子告一段落了，庆贺一下嘛。”

黄利平苦笑着说：“我可麻烦了，不知该怎么向韩观樵交差。”

“他自己的麻烦多了去了，你就甭操心了。难得在日本一起泡温泉，这是缘分，哪个同事能有这个缘分？”

黄利平无奈地点了点头。

当下，黄利平开着那辆租来的铃木吉姆尼吉普车拉着三人去了草汤温泉。这家温泉是置身于大自然怀抱的“露天风吕”（即户外温泉）。

三人洗完了温泉，换上宽松的浴袍，来到庭院休息，午后温泉的空气中弥漫着淡淡的硫磺味，这里远离城市的喧嚣，他们喝着日本老牌的麒麟啤酒，品尝海鲜烧烤，远眺海天一色的天际。九十九里滨是日本第二长的海滨，蓝色的大海与天空、白色的沙滩、绿色的防沙林交织成美丽的图画，因此被列入“日本海滨百选”。夏天除了海水浴，还有焰火大会和免费参加的地拉网等活动吸引了大批游客。另外，此处因为面向大洋而受惠于波浪资源，冲浪和帆板等运动整年不衰。这里海产品也很丰富，烤制新鲜的鱼类和贝类的“海鲜烧烤”很是有名。

在这种惬意的放松中，曹元明的心仍不轻松，在日本的这段时间，他感受到了细腻、温和、精致的日本社会氛围和文化气息，但是，在案件的调查中，又发现了这个民族残忍的阴暗面，惨无人道的细菌部队，活体肢解，甚至连自己的亲人都不放过。曹元明很纳闷，日本民族的这种美和丑都是同样强烈，而且统一于一体。

鲍书华对此体会较深，说：“日本人就是这样，干什么都喜欢走极端，所以容易变态。变态的残忍根植于日本的文化之中。日本人自虐的自杀方式——切腹，全世界独一无二。据说古代的千利休自杀时，切腹后还把自己的肠子拉出来挂在架子上静静欣赏，直到死去。他的行为被日本人视为死亡的最高境界。对自己都如此残忍，对敌人就更不用说了，这样的例子太多太多了。”

“日本人容易变态？”

“当然了！”鲍书华掏出手机，点开里面的照片，划拉了几下，递给曹元明，“这是新宿一家不起眼的小店，你看看里面卖的是什么？”

曹元明拿来一看，见画面里的冰柜里陈列着一排试管，里面是黄棕色的冻状物，标签用漂亮的字体写着“某某子，某某学校，某某岁”，下面还有一行小字，看不大懂，好像是食谱。他问：“是冰激凌？”

“让你猜破头也想不到——是大便！”

“大便？”曹元明着实意外，“这店里卖的是……大便？这也有人买？”

“少见多怪。这样的店多得是，你说有没有人买？”鲍书华“嘿嘿”冷笑，“这些都是美少女拉的大便，有女孩的职业、年龄、三围介绍，下面的小字呢，写的是这个女孩在解大便之前三餐的食谱，供不同口味的顾客选用。”

“口味？”曹元明眼睛瞪大了。

“没错。吃屎，这在日本是很时髦的文化，而且价格还很昂贵呐。”鲍书华点开手机里的一个视频，“今年年初，香港一家电视台来东京拍纪录片，就是专门讲这个的，我去当翻译，帮了几天忙。”视频里，在一个布置得团花簇锦的贵宾室里，几个端盘子拿勺子的裸体男子等在一边，满脸激动之色，一个身材高挑的俏丽女郎穿着白围裙打扮成女仆的模样款款步入，然后当众褪下内裤，蹲下解大便，完了鞠躬：“请慢慢享用。”后面几个男子分食的镜头太恶心就没有了。

“你说日本男人变态不变态？”

“日本女人也变态。”曹元明只感到胃部一阵痉挛，喝下去的啤酒差点倒翻出来。

“错，这个解大便的女人，是我们的同胞。”

“中国人？”

“还是为了挣钱，什么尊严和脸皮，都不重要。”鲍书华的话里透出深深的无奈，“说出来不怕丢人，为了还老婆的赌债我想尽办法。有个日本富商喜欢养金鱼，是那种很名贵的金鱼，就让我去他家喂金鱼。”

“喂金鱼又没什么丢人的。”

“你知道这个变态让我怎么喂吗？他让我看着AV打飞机，把射出来的东西射到鱼缸里，说这样的饲料才有营养。一次给五万日元，我就干了。没几次，又把我辞了，说我的血型和鱼的品种不符。”说到这里，鲍书华语带哽咽，“妈拉个臭，狗日的！日本人有钱变态，我是没钱变态，出卖尊严，出卖朋友！”

曹元明拍了拍他的肩膀，安慰说：“这些都过去了。在日本混得艰难，那就回国吧，回到家乡，有什么困难我们这些朋友一起扛。”

两人在聊天，黄利平却是一副心事重重的模样，靠在玻璃墙上默默地吃烧烤。

鲍书华冷静了一会儿，觉得不好冷落黄利平，就问他："你干刑警好好的，国家编制，铁饭碗，为什么要辞职干私家侦探？"

"离开这个恶心的工作是明智之举。"黄利平冷笑一声，扳着指头说，"我从警工龄16年，月薪4000元，加班费每月500元，住房公积金扣1000元，半年奖5000元，年终奖3到4万，其他杂七杂八一年能发个三五千，就这些了，其他一分钱没了，至于灰色收入，我不屑，那种烂黑钱收多了，要损阴德。24小时值班，随时出现场，节假日还要加班加点，累死累活，为这点钱，值吗？"

"就因为钱少，又累，这工作就恶心了？"鲍书华说，"那我们这些讨生活的工作没有不恶心的。"

黄利平拿着牙签剔牙："这个职业让人有双重性格，很多考进来的人说最多的一句是：严重违背个人当警察的初衷。公安系统是个大染缸，许多领导有点权就贪腐，我个人的总结可能有点夸张：派出所长以上枪毙百分之八十，分局长以上全部枪毙，肯定没冤案。"

见曹元明脸上露出了不以为然的表情，黄利平对他说："我知道你心里一直怀疑当年你和陶鸿吃请是我打的小报告，我今天索性把话敞开了说，像你师傅那样的好警察，我第一个佩服，绝不会做那种小人！"

曹元明嘴唇一动，却把话忍住了。

黄利平"哼"了一声："你肯定想问打这个小报告的是哪一个？嘿嘿，就是现在的大队教导员杜峰。"

曹元明"嗯"了一声，颇感意外。

"不相信？你师傅早年打过一个调戏妇女的流氓，那人是官二代，老爸在市委当大官，一直记恨在心，嚷嚷着要把你师傅的警服给扒了，你还记得不？杜峰后来能当这个教导员，走的就是他爸的关系，这下明白了吧？"黄利平冷笑数声，"好警察现在越来越少，越来越吃不开，你师傅的榜样我学不了，只有拍屁股走人。在公安局要晋升极其困难，当个主任科员就顶天了，三十多岁，自己的政治生涯就到头了。想往上爬的如果没关系，要付出比别人多十倍的努力，扎实搞工作那不过是扯淡，靠这个爬上去的非常少，即使上去了，也是累得病魔缠身，那个好不容易当上大队长的老曾，不是自杀了吗？说是抑郁症，你想，拼了老命当上了大队长，没几年就肾衰了，谁想得通？就自寻短见了。要爬上去不仅看人脉，还要看钱送得多不多。杜峰这小白脸，别看一脸孔的铁面无私，在外面有大笔的‘副业’，收黑钱捞人比谁都会来事儿。当年我就是因为挡了他的财路，给我穿小鞋，才逼得我另起炉灶。干私家侦探，至少生意是明码标价，合同白纸黑字，没有那么多恶心的东西。我说你小子，哪天也脱了这身黑皮，跟我一起干好了。”

曹元明淡淡一笑，不置可否。

黄利平牢骚还没说够，打了个饱嗝，又对鲍书华说：“现在国内官民冲突激增，冲在前面的就是我们这帮二B警察，把手中的警械砸向老百姓而不是正在实施犯罪行为的人，那是我们该干的吗？警察洗完地，政府官员分钱，我们就是一群走狗，谁管你死活？抓个人进来，领导一个电话你就得放人，放人的后果还得你承担，刑拘后的人经过领导过问都能取保，出了事没人给你负责。时间长了，谁不担惊受怕？”

黄利平正说得起劲，这时，木板走廊上传来了木屐的“嗒嗒”声，一位挽着发髻的侍女带着一位中年男子来到庭院，这个男子穿着职业西服，体格敦实，络腮胡子，毛发浓密，似乎有古阿伊努人的血统。他来到鲍书华面前，微一鞠躬：“鲍君，你好。”

鲍书华愣了一下，想了起来：“你是……相泽先生？”

那个男子点了点头：“打扰了，请问，哪一位是曹先生？”

曹元明说：“我就是。请问你是谁？”

那个男子掏出名片，恭恭敬敬地递上：“鄙人是稻垣先生的秘书，受他的委托，前来见你，请多关照。”

曹元明听鲍书华翻译此话，心中一惊：“居然是他先找上门来了。”看了一下名片，上面写着“相泽俊树”这个人名，他明知故问：“哪个稻垣先生？”

“就是您苦苦追寻的稻垣夕张先生。”

“他怎么知道我在找他？”

相泽俊树回避了这个问题，说：“稻垣先生想见见您，和您好好谈一谈，说不定，你们会成为忘年之交。”

曹元明沉吟了一下："我怎么能肯定你提到的这个稻垣就是我要找的人？"

"请您看看这个。"相泽俊树从口袋里拿出一张泛黄的旧照片交给曹元明，照片上是一个男子和一个女子的合影，女子是年轻时的匡月芝，男子正是"田力"，同样的结婚照，邹家也保留着一张，曹元明曾经见过。

"为什么要和我谈谈？" 曹元明警觉地问。

"老人在世的时间不多了，他对过世的邹先生、对匡女士一直怀有深深的歉疚，有些事并不如你想象的那样，如果他不说出来，终将把遗憾带入坟墓。在告别尘世之前，放下这个包袱，是老人的一个心愿。" 相泽的语气始终是客气的，"如果曹先生觉得不妥，可以不见，这完全是您的自愿。您不必急于答应或拒绝，请好好考虑。我会在门口恭候您。" 说到这里，相泽转头对黄利平说，"如果我没猜错，这位是黄先生吧，请您赏光，一起去吧。" 说完，鞠了一躬，"失陪了。" 离开了庭院。

鲍书华说，相泽俊树原来在矢佳株式会社的运营部和研发部工作过，和他同事过几个月，问曹元明："我们去不去？"

曹元明没有马上决定。假如堀田礼三郎真是怀着歉疚之心前来邀请，那就意味着这个牵连重大的历史沉案即将大白天下，作为一个富有好奇心的侦探，难以拒绝这种诱惑。

黄利平不主张去："来者不善，善者不来。"

邹和平就是在见过"田力"之后被害的，而不久前那起蓄意的车祸更是一个警告：此去吉凶未卜。但曹元明思量再三，还是决定去走一遭。明知山有虎，偏向虎山行。一个八十多岁的糟老头子，有什么好怕的。当年他作为一名侵略军在中国的土地上杀人作恶，现在垂垂老矣，我这个八路军的后代反倒不敢去见他，真是岂有此理！鸟之将死，其鸣也哀；人之将死，其言也善。一个行将就木的老人，也许就像名取昭夫那样，良心发现，愿意倾吐心中的块垒和忏悔。

"人家既然找上门来，我们的一举一动肯定都在他们的监视之中，逃避是没用的，索性来个当面锣对面鼓，交锋一下。" 曹元明转头对黄利平说，"一起去吧，多一个人也好有个照应。"

黄利平沉吟不决。

“这个案子不是一起单纯的刑事案件，它和那段屈辱的历史不可分割，我相信你还是有一颗中国人的良心。”

“好了，好了。”黄利平一摆手，“别搞这一套，帽子太大，我承受不了。”

“去吧，去了之后，对韩先生那儿好有个交代。”鲍书华也来相劝。

黄利平想了又想，最终还是点了点头。

看到曹元明、鲍书华和黄利平三人出来了，相泽俊树一点也不意外，似乎这已经在他预料之中。

门外停着一辆黑色的丰田世纪，相泽拉开车门，做了一个请的动作：“请上车。”

黄利平见这车正是曾接走过邹和平的那辆车，感觉这黑漆漆的车就像一具棺材，说：“不必了，我们自己开车，你带路。”

相泽礼节性地微笑了一下：“那么，请跟我来。”

于是，黄利平开着铃木吉普，载着曹元明和鲍书华，跟在这辆空空的丰田世纪后面，往东南方向开去。

“日本是靠左行驶，你开车注意点。”鲍书华提醒黄利平。

“我在日本开车不是一两天了，还用你提醒！”黄利平满不在乎地说。

汽车沿着海岸公路行驶，转过一个海岬，远远看见靠海的山崖上矗立着一座巨大的灯塔，下方的海岸是一片茶色的侵蚀岩，在夕阳的照耀下，灯塔的白色墙壁与湛蓝天空相映成趣，鲍书华说，这就是入选世界百座灯塔的犬吠埼灯塔。

接下来的是一条盘山路，路很窄，只能勉强容两车错车，一边是几近垂直的山坡，一边是悬崖，下面是幽深的大海。黄利平小心翼翼地跟着那辆丰田世纪。曹元明望去，山上密布着有武藏野遗风的树林，栎树、橡树、榉树、枞树……高耸入云，到了半山腰，看到了一座精致的小别墅，这座别墅几乎为树林所包绕，这就是此行的目的地了——那个躲在历史帷幕之后的老人，就住在这里！

相泽俊树领着三人穿过别墅前的一个小花园，这是典型的日式园林，素雅、清幽，栽种着馨木、雪松、红枫等花木，一丛丛长青灌木施以精心修剪，看去好似坟丘或馒头，园林里还可见庭石叠放的假山和一眼小井，地上全部覆盖着细草和苔藓，不见一片裸露的土地。

踩着铺满松针的点石道路，道旁伫立着花岗石雕的石灯笼，发出朦胧的灯光，遥远的地方隐隐传来太平洋的涛声，虽然是个面积有限的花园，却能感受到自然山水的无限意境。

鲍书华嘀咕了一声："这位老人很会享清福啊，真是成功人士。"

这时，来到了一座房屋前，相泽俊树让三人在外等候，他进屋通报。

这是一座日本传统风格的房屋，开敞式布局，地板架空，出檐深远，门是木格和半透明的棉纸。除了石灯笼的光芒，整个花园和房子都是黑沉沉的，弥漫着一种神秘的静谧气氛。虫声唧唧，听起来和中国的虫子没什么两样，这使得曹元明想起了和韩老太太初次相见的情景，那也是在郊外的一座别墅，也是在虫声唧唧的夜间。

仿佛是时空的轮回，今晚，该轮到另一个老人来讲完那个残缺的故事了！

不一会儿，相泽出来了，礼貌地请三人进屋，来到茶庭门口，从木桶中取来温水和毛巾，在一种叫"蹲踞"的石制"手水钵"洗手，接着打开茶室的门，茶室没有电灯，只点着几支蜡烛。昏黄的光线下，可见一个瘦小的人影正襟危坐在茶案前，就像来自暗夜的幽灵。烛火在摇曳，以致他的影子也在摇动，看来就像是随时准备站起来。

"诸位请坐，不要拘束。"那个幽灵发出了苍老的声音，是字正腔圆的汉语。

曹元明心跳忽然加速，三人脱了鞋袜，来到茶案前盘腿坐下。

相泽给三人斟茶，一股清茶的芳香溢了出来，这是上等的玉露。他随后向老人鞠了一躬，低头退出房间，带上了房门。

眼前的这位老人，一副鸟类般清癯的面庞，给人以精悍的感觉，眉目之间和邹衍、邹和平果然有几分相似。

曹元明屏息凝气，期待已久的场景终于出现了，这个老人即将带着他穿越历史的隧道，让沉埋的往事大白于天下。

第十八章 本案无法终结

“您就是曹元明先生吗？”老人见到曹元明，眼中精光一闪，“在您的脸上，能找到您祖父曹炳生的影子。”

曹元明点了一下头，看着这个干瘦的老人，强抑内心的激动，淡淡地说：“不知道该称呼你为堀田先生，还是稻垣先生，或者是田先生？在你脸上，我也看到了邹和平先生的影子。”

老人脸上肌肉一抽，露出了哀痛的神色，语带酸楚：“我一直在思念这个儿子。”坦然承认了他就是化名“田力”的堀田礼三郎。在曹元明等人的注视下，他站了起来，拉开身旁一扇侧门，里面是一间小小的佛堂，案桌上摆放着一块青色的牌位，上面写着“故男邹和平生西之莲位”几个汉字，他将一束鲜花供在佛龛上，在亡子的牌位前合掌祈祷冥福。

曹元明等人也向邹和平的灵位致哀。曹元明心想：“看来，这个老人是承认这个儿子的，也确有悲伤之心。”

四人重新回到座位。稻垣夕张，不，应该称其为堀田礼三郎，向三人举起了茶杯：“诸位远道而来，老朽只能以清茶一杯接风洗尘，怠慢了。”

茶香沁人心脾，但曹元明只是浅浅抿了一口：“不必多礼了。堀田先生请我们来，不是为了喝茶吧。有什么话，请直言。”

堀田礼三郎微微一笑：“曹先生很直爽，我也不绕弯子了。今天的故事会很长，您长久以来的疑问，将一一解开。”

曹元明问："为什么你要帮我解开这些疑问呢？"

"您的祖父曹炳生当年救过我的命，对此我一直铭记在心。"堀田喟叹了一声，"岁月如梭，往事如烟，我累了，该到了一个了结的时候。我想来想去，也只有您是了结这段悲剧的最佳人选。"

曹元明没有被这段充满感情色彩的话打动，如果不是案情追查到了显山露水的阶段，这只老狐狸会自动请上门来吗？

"希望你能如实地告诉我一切。"

堀田点了一下头："我们都说汉语，不需要翻译，更不需要旁听者。"拍了一下手，相泽俊树的影子出现在了纸门后，拉开门鞠躬说："先生有什么吩咐？"

堀田向鲍书华和黄利平一摆手："你请这两位先生去书房欣赏一下我收藏的字画。"

相泽向两人做了一个手势："二位，请吧。"

鲍黄二人虽不乐意，也只好随着相泽出了房间。黄利平离开时向曹元明使了个眼色，曹元明会意，悄悄地打开了随身携带的录音笔。

室内只剩下堀田礼三郎和曹元明面对面而坐。

"请不要使用录音设备，可以吗？"耄耋之年的堀田，目光仍然敏锐。虽然用的是请求语气，但是曹元明却不得不遵从。或许，他们三人在泡温泉时，身上的衣服和携带的物品，已经全部被相泽检查过了。

"从哪儿开始说起呢？"堀田似笑非笑地说，这种表情让曹元明有些不舒服，他想了一下，问："我祖父救过你的命？怎么回事？"

"啊，说来就话长了，那还是从头说起吧。我以前在731部队干过。"堀田对曹元明的调查进展看来一清二楚，所以毫不掩饰这一点。

虽然早就知道了，他亲口承认，还是让曹元明内心的怒火再次升腾，他盯着这个魔鬼部队的成员，竭力用平静的语气说："你们家是移民去中国东北的吗？为什么要加入731部队？"

"我家原来的户籍是千叶县木更津市仓贺町，昭和十三年，大陆战争最炽热的时候，移民到了满洲的佳木斯。昭和十八年春天，我作为少年见习技术员加入了731部队，那年我只有16岁。我的大哥健太郎曾写信告诉我，石井将军在哈尔滨建立了一个有丸之内大厦 14 倍那样大的研究机构，类似于美国洛克菲勒学院或法国巴斯德研究所，里面有电气火车，还有飞机，待遇非常好。他还特别提到，石井部队长也是千叶人，会照顾同乡。这对一个农民子弟来说，当然有很大的吸引力，于是，我就加入了这支部队。”

这段回忆，和名取昭夫的回忆是吻合的。

堀田礼三郎的兄长，果然是堀田健太郎。曹元明拿出了那张堀田健太郎的墓碑的照片：“这个墓是你为兄长修的吧？”

“是的。”堀田从内室拿出一张框架照片，黑白照片上是一个穿戴昭五式军装和大檐帽的日本军官，携着一个少年，背后是成排石阶的斜坡，坡后的背景是一座宏伟的日式建筑。

“这就是健太郎，旁边这个少年就是我。照片是他毕业时拍的。”堀田的语气中怀着对亲情的思念。

“这是在哪儿？”曹元明问。从堀田礼三郎对健太郎和邹和平的态度看，这个人是顾念亲情的，果真如此，接下来的谈话就更容易了。

“东京的市谷台，陆军士官学校的所在地。”

堀田礼三郎不戴助听器，头脑敏捷，谈吐清晰，而且对几十年前的往事有惊人的记忆力。

他谈起日本开拓团殖民中国东北的原因：“日本在关东大地震中蒙受重创，尚未恢复过来，华尔街金融危机的惊涛骇浪又席卷了这个岛国，仿佛是雪上加霜，滨口内阁不顾反对，解除了黄金出口禁令，导致米价暴跌、农民破产，诸如此类，引发了日本经济空前大萧条的‘昭和恐慌’。那时，我们家有四个孩子，都穿得破破烂烂，房子歪歪斜斜摇摇欲坠，一年到头吃不上几次白米饭，逢年过节才有一点儿鱼，几乎没有肉。要养活一大家子人，父亲实在是力不从心。在日本本土这种令人窒息的情况下，认为满洲是维系日本存亡的生命线的国家舆论抬头了，听说那里沃野千里，人烟稀少，只要肯出力气，吃饭没有问题，父亲就带着我们移民了。日本人都把满洲当作是本国的领土，而毫无侵略的意识，与其说是继承俄国人的侵略、掠夺中国人的土地和财产，毋宁说是一种旨在保卫日本的正当行为，这已成为当时的一种时代潮流。”

曹元明不能接受堀田的观点。人和人是如此的不同，同样出身于731部队的名取昭夫，对日本帝国主义的罪恶的认识就要深刻得多。堀田礼三郎在解放军部队里呆过多年，经历过中国大地翻天覆地的革命，却依然没有磨砺掉内心的殖民主义“大陆梦”。

“还是谈谈你在731部队的事吧。”

“对于这支部队，你了解多少？”

“很多中国人都知道这支臭名昭著的部队，731部队惨无人道地拿活人做实验，部队的司令官是大魔头石井四郎。但我不了解详情，对于731部队的一切，包括你在其中的经历，我都很有兴趣。既然大老远把我请到这里，总要满足一下我的好奇心吧。”

“我经常回忆在731部队成长的往事，731部队的烙印是不可磨灭的，它决定了我的命运，我一生的悲喜荣辱，都与之相关。”堀田礼三郎若有所思，顿了一顿，继续说往事：

“从敌人的角度讲，石井四郎是个魔头，但也是个天才，能使前线部队免受霍乱、痢疾、伤寒的侵袭，能随时供应滤菌净水的‘石井式滤水机’，就是他发明的。同时，他也是个野心家。当时日本陆军中军医的最高军衔是中将，因为军医暨医务局在陆军中属于地位最低的部门之一，之所以地位低下，是因为该部门不直接参与战斗。他对此很不满意，‘我一定要晋升大将’成为了他的口头禅。军医暨医务局如何才能直接参与战斗呢？他很早就有一个绝妙的设想：使用细菌发动军事攻击，细菌武器是资源贫乏的日本用以出奇制胜的新式武器。这个设想在当年是很超前的，有人赞誉：‘如果石井早生了20年，日本将在东方无敌。’他试图建立一个无与伦比的综合性医学研究机构，至于最终目的，是想把医学研究还原为军事研究、成为世界上最具威力的大规模杀伤武器的发明者和制造者呢？还是要满足极度膨胀的出人头地的欲望，而成为大机构里的大老板晋升为大将呢？这个我就不知道了，或许兼而有之吧。

“别说是我这样的少年队员，731部队对那些医学界的大腕同样有很大的吸引力。石井说：‘日本国内不能做的事情，去北满就能做了。’用人体实验或活体解剖作为诱饵招揽年轻医师，另外还有充裕的研究经费，可自由活动的实验场所，颇具诱惑力。解剖取标本对了解疾病与人体的关系有很大帮助，如患传染病的人心脏是否增大，肝脏是否变色，各感染期各器官的变化情况，对于这些研究项目来说，活人解剖是最有效的手段。另外，要想了解人体摄入各种药物或异物后有什么反应，以及药物经过多少时间，在什么器官上发生什么变化，活体解剖也是最理想的方法。我还记得来自名古屋大学医学部的金井教授说，他以前为了研究一种病毒性脑炎而不得不开挖坟墓解剖腐臭的死尸，现在来到了731部队能自由地解剖活人，感觉这里就像是天堂。”

魔鬼的天堂，就是人的地狱。堀田娓娓道来，似乎是在诉说一件理所应当的事情。曹元明感到一阵寒意，没有打断魔鬼的回忆，静静地聆听。

“天堂似乎有些夸张。我被招入731部队时，名义上是学习‘细菌学、血清学、预防医学，以及相关的病理’。起初，我们观摩了部队长发明的石井式滤水机，参观研究室所从事的普通琼胶细菌培养基的制造，还要学习汉语。部队给每个少年队员缝制了新制服，用上等羊毛面料，与军官服装质量一样，还给每个人发了长筒皮靴、里子是兔毛的防寒服、防寒面罩和防寒手套，我们心里憧憬着‘五族共和’的满洲梦。进入实验室后，我们要求身穿白大褂，脚蹬长筒胶靴并佩带手枪，根本不是一般的学徒装束，这才发现，这里用活人作为细菌、毒气和冻伤试验的材料，起初的惊讶和恐惧可想而知，但后来却感到，称其为天堂并不为过。731部队有自己的机场、铁路，甚至飞机，里面的设施完备，许多都是当世一流的进口仪器。就拿实验室那些看似不起眼的蒸发器皿来说，都是铂金制造的，这是因为铂金不会氧化，在测定实验用细菌时，细菌在器皿内不会死掉。铂金价值比黄金还高，按当时物价计算每一套器皿的价格就要上千美元，那可是70年前的美元。当日本国内因为海运封锁和轰炸陷入饥馑时，这里却餐餐丰盛，牛奶和肉敞开供应，餐后还有水果。”

和赖劲松对“田力”的回忆“不爱说话”不同，堀田礼三郎很健谈，之所以化名“田力”时沉默寡言从不喝酒，看来由于内心藏着的秘密太多担心言多必失。

曹元明听到“铂金”一词时，忽然想到了什么，但没有来得及细想，因为还要继续关注堀田源源不绝的回忆。

堀田呷了一口茶，继续讲述刚刚进入 731 部队的场景：

“我们这批少年兵首先是在哈尔滨集中。哈尔滨被称为‘东方小巴黎’，是俄国人、欧美人和中国人都能共存的国际色彩浓郁的城市，美资银行的哈尔滨分行、号称哈尔滨最大宾馆的马迭尔宾馆、俄国资本的百货公司、秋林洋行、中央大街最高的建筑——日资松浦洋行等鳞次栉比，咖啡馆内散发着咖啡、糕点和雪茄的芳香，酒吧里飘逸着伏特加的醇香，电影院中上映着美国电影。哈尔滨的特征是几乎所有的街区都是清一色的西式建筑物，东正教教堂的尖塔仰视苍穹，尤其引人注目的是法国新艺术风格的建筑。哈尔滨车站的景观，从开阔的站前广场开始，宽阔的马路呈放射状向外伸展，两旁一朵朵金合欢绽放，白杨树沿路绵延，这里是 1909 年伊藤博文遭到暗杀的现场。”

初次目睹繁华都市的景象，对于来自农民家庭的堀田来说，这种记忆是深刻的。

“我们这些新兵在火车站集合，乘坐卡车摇摇晃晃地离开哈尔滨朝南进发，一条红褐色的道路在杳无人烟的平原上弯弯曲曲，蜿蜒不断。一路上，卡车飞扬起尘土，一直向前行驶。广袤的平原和无边无际的高粱地，落日又大又圆，有时可见一座座由柳树和围墙环绕的低矮房屋，很快眼前又是一片平原，延伸到地平线尽头，就连树木也寥寥无几。一个多小时后，茫茫大地的尽头，由铁丝网圈起的围墙出现在眼前。那围墙横在卡车前进道路上，并向道路左右两旁一直伸展，可以看见步哨沿着铁丝网巡逻。卡车在铁丝网前停下，那里是部队的检查站。几名卫兵检查了我们所有人的身份证明。通过后，不久便看到一块地面，刚觉得它像是飞机跑道，突然又有一群高高的建筑物出现在眼前。看到在一望无际的平原上忽然出现了崭新的建筑群，大家都不由地睁大了眼睛。

“卡车继续沿着围墙前行，不久就停了下来。混凝土建造的坚固建筑物入口处竖有这么一块告示牌，写着：‘任何人未经关东军司令官批准擅入，将严厉惩处。关东军总司令部。’除了这块告示牌，就再也看不到其他标有部队名称的招牌了，然而，这里就是满洲第 731 部队的总部。”

历经六十多年岁月沧桑，那块告示牌依然清晰地烙印在堀田的大脑皮层。

“在竖有告示牌的总部建筑物后面，还连着几栋建筑物。从警卫室进来，右侧前方耸立着三根大烟囱，后面是被称为物资部的建筑，左侧有个动物饲养场，中间建有最坚固的三层楼的白色建筑。环绕整个总部有一条壕沟，边上筑有高墙，墙上布满通着高压电的铁丝网。总部内有步哨站岗，戒备森严。壕沟外侧是机关宿舍和大礼堂。

“在总部一号楼的诊疗室一角，我们被分配到床位，以后就在那里起居。最初进来时，全然不知这是一支什么样的部队。崭新、漂亮、宽敞的房屋，有抽水马桶和中央集中供暖，水龙头能放出热水，这些都是以前从未见到过的，所以大家都十分好奇。抵达后休整了一天，大家都是在整理行李中度过的。第二天，我们就开始接受教育。

“部队里有宪兵室，宪兵长年驻扎。第一次上课，站在我们这些少年兵面前的就是宪兵。那宪兵盯视着大家说：‘不许看、不许听、不许说’是部队的铁的纪律。他对从一号楼沿走廊连到中央的巨大建筑物作了一番解释。刚刚抵达的我们不可能知道，那幢建筑物就是细菌制造工厂，即七号楼和八号楼，独立建在一群建筑物中间，四周都有建筑物环绕，通称为‘口号楼’。宪兵严厉地说：‘没有批准绝对不能登上‘口号楼’的楼顶上。’因为登上‘口号楼’的楼顶，就能俯视关押在七号楼、八号楼里的俘虏。他还说，要是从这里出逃，将被处以等同于‘临阵脱逃’的刑罚。宪兵拿出陆军刑法，强调了‘临阵脱逃’这句话的意义。

“必须如此严格保守的秘密是什么呢？我当时觉得不可思议。因为队长是军医，部队里有很多医生都是来自大学，下士官只能当个卫生兵，看来这个部队的档次很高。

“抵达这里很久以后，我才第一次听到‘马路大’（马路大，日语词‘丸太’，本意为剥去树皮的圆木，731 部队用它暗指用于人体实验的俘虏）。关于‘马路大’，是严格保密的，这些人就是关在七号楼、八号楼的俘虏，能进出这里的 731 部队成员是极其有限的。

“有一天深夜，居住在总部一号楼边上诊疗室里的我们被车灯惊醒了，全体人员都从床上爬起来，跑到走廊去看发生了什么事。这时，宪兵从楼上跑下来，大声喊叫：‘是搬运‘马路大’，不许到走廊里去。’但我还是看到了，作为实验材料的‘马路大’以一根、两根来计数，戴上手铐，腰上再拴两道绳索，五人或十人排成一串，被强行拉走。

“我们一直对严禁入内的七号楼和八号楼非常感兴趣。有一次，我和几个同伴做了一个勇敢的举动，在深更半夜进入特别班的入口探险。入口处一直有警卫看守，牢固的铁格子门窗紧紧关闭。里面到处都堆放着面粉、猪肉、蔬菜等各种食物。由于搬运人员也不能进入铁格子门窗之内，只好将食物往里扔。里面用这些煮饭做菜，给‘马路大’提供保持身体健康的营养饭菜，‘马路大’如果不够健康，那么实验的效果就会大打折扣了。高耸的烟囱冒出烟雾，那是在焚烧在实验中死亡的‘马路大’。

“731部队最为人诟病的就是人体实验，大批的进行在活人身上检验所有杀人细菌效力的实验。拿来作为实验品的‘马路大’，据说是有间谍嫌疑、破坏活动、反满抗日的中国人和俄国人，实际上也有老百姓，他们是从各宪兵队戴上手铐脚镣送到731部队的，有男人、也有女人，甚至有孕妇。我记得很清楚的一项实验是将人缚在十字架木桩上，从飞机上投下装有被鼠疫菌污染了的跳蚤的陶瓷炸弹，看跳蚤能以多大的准确率爬满人体……”

听到这里，曹元明悚然一惊：是的，这就是名取和夫临死前所作俳句“十字架，受染蚤，贪婪吸吮”的场景！

但堀田讲述这些时，语气中并没有怜悯和悲伤，反而有兴奋之色：

“除了细菌实验，还进行冻伤实验。在严寒的户外，将人体各部露在外面，或剥出下半身，使其冻到能用棍棒敲得发出冰那样的‘咚、咚’作响声，以研究如何预防、治疗冻伤。冻伤囚犯待实验完毕后就放在那儿，手脚腐烂脱落，直至死亡。在冻伤治疗中，发现有一种用摄氏37度的温水简易治疗法，并在北满部队中使用——让全队人员排尿，把受冻伤的队员浸在温尿中治疗。因为战场上常常不能使用火。另外，还有低压实验、火器杀伤实验等等。

“一些教授和讲师以文职技师的身份由日本各大学医学部派来此地。石川太刀雄丸（病理）、冈本耕造（解剖）、田部井和（伤寒）、凑正男（霍乱）、吉村寿人（冻伤）、笠原四郎（病毒）、贵宝院秋雄（天花）、二木秀雄（结核）等人，都是当时日本国内有名气的专家。他们都是研究班班长，各自从事自己的专业研究。正是在这种难得的教学氛围下，我的医学成绩有了突飞猛进的提升。如果不是进入 731 部队，我这样穷苦人家的孩子是不可能接触到这些先进事物的。"

曹元明想起了汤小辉和古强，从某种意义上说，他们也是"马路大"。他一直没有打断堀田，这时再也忍不住，问："731 部队生产最多的细菌是鼠疫杆菌吗？"

"不仅鼠疫杆菌，大量生产的细菌还有伤寒菌、副伤寒菌、痢疾菌、霍乱菌和炭疽菌等等。"堀田对此的记忆是鲜活的，"由培养基生产出的鼠疫菌，感觉上几乎都是透明的，显得很漂亮。搅拌纳豆培养基，一拉就会拉出很多丝，如果接触到那种丝，就会受到感染。痢疾菌气味像黄瓜，霍乱菌刮取时，有一种沙沙的感觉；炭疽菌有些混浊，鼠疫菌和炭疽菌是会通过口腔感染的，工作时要戴厚厚的口罩和防护眼镜。听说，还有一种叫作防菌服的橡胶工作服，但穿上它无法工作，就没有人穿它。工作结束后，要经过消毒液喷雾，还得洗甲酚浴。即便是如此，也不知道什么时候会感染上。进入 731 部队后，大家立即被注射了伤寒、副伤寒、鼠疫、霍乱等各种预防针。这种预防针是 731 部队自己搞出来的，是不是真有效果还很难说，因此实际上我们也成了试验品。在工作中，因患上伤寒和鼠疫的少年班成员接二连三死去。跟我住上下铺的一个队员，就因患上肠伤寒而住进了哈尔滨南岗的陆军医院，病死在那里，尸体送回 731 部队作为解剖标本。"

"如果感染上了鼠疫呢？"曹元明仍念念不忘那些变异后毒力超强的鼠疫杆菌。

"鼠疫的毒力很强，要是感染上了，是不能送到哈尔滨的陆军医院治疗的。"

"那把患者送到哪里治疗呢？"

"只能送到 731 部队的特别班治疗。说是治疗，其实只是把患者监禁在那里，一旦得知无法治愈，同样也要像'马路大'一样送去活体解剖。"

曹元明大吃一惊，问："你有没有看到过对同伴的解剖？"

“我只有一次在场……”堀田苦涩地说，“长官说，这也是为了天皇陛下，为了帝国解剖的。当时有种理论，认为人一旦咽气死亡，杂菌就会进入尸体内，所以，要在濒死前，趁杂菌尚未进入体内时进行解剖，取出必要的器官提取纯粹的菌株。在细菌学领域，必定要进行活体解剖，否则就没有效果。实施活体实验、活体解剖，一个重要目的就是要获得一种强力菌株，以便下一次大量生产所需要的细菌。因为通过人体内后的病原菌，是攻克了活体的防御功能并经过筛选后幸存下来的，毒性就会增强。临床菌株比实验室菌株毒性更强，这是现代医学的常识，就是这个道理。”

曹元明心中一凛，汤小辉和古强正是被这种筛选出来的强力细菌夺去了年轻的生命。他问：“你们在有目的地培育新品种的鼠疫菌？”

“不光是鼠疫菌，所有在生产的细菌，都在寻找毒力最猛烈、生存力最顽强的新菌株，因为这是最理想的细菌武器。”

“在你们培育的鼠疫菌中，有一种长出了荚膜，你们知道吗？”

“什么？长出了荚膜？是真的吗？”得到肯定回答后，堀田眼里泛出一闪而逝的兴奋，随即转为遗憾，“石井部队长曾亲自主导过一个代号‘K’的强力鼠疫菌研究计划，目的就是人工培育一种能在严苛环境下长期存活的鼠疫菌，第一部几个研究班为此进行了不懈努力，想让鼠疫菌长出保护性的荚膜，可惜没有等到成功日本就战败了。当时的实验有一定的盲目性，因为还不懂得基因检测和杂交技术，只能通过活体实验来筛选，效率很低，浪费很大。”

曹元明一阵揪心，堀田的遗憾，只是因为细菌武器的进展不理想，而不是“浪费”了大量的“马路大”，他失落的目光似乎在说：“如果当时就搞出来了，战争的结局会大不一样吧。”

“终于成功了，可是，在实验室怎么也捣鼓不出来……”堀田喃喃自语，问曹元明，“这种带荚膜的鼠疫菌，你们是在哪里发现的？”

“河山。”曹元明简短回答。

“噢……”堀田见曹元明脸色铁青，不好细问，欲言又止。

“你说参与解剖过自己的同伴，那活体解剖中国人的次数一定不少吧？据说，你的外科技术很纯熟，对人体结构很了解，就是拿活人练出来的吧？”

曹元明冷冷地问。

堀田似乎并不介意曹元明的语气，沉吟了一下，说："我曾奉命担任柄泽班的活体解剖助手。那以后，接到十多次同样的命令。第一次实验是对十名'马路大'进行验血，他们事先被注射了五种鼠疫预防液。一周后，又对他们进行同样的注射。一个月后，给全体人员注射一毫克的鼠疫菌液进行观察。结果，十名俘虏全部感染鼠疫，三天后五人死亡。这五人在第一部笠原班被解剖后，送往焚尸炉焚化了。另外五人作为鼠疫重症患者，被转送到诊疗部作活体实验。要说我的外科技能嘛，确实是这么练就的。解剖活人给人印象极其深刻，对人体奥秘的了解程度远远不是普通医学院校里解剖福尔马林尸体所能比拟的。"

曹元明按捺住内心翻腾的怒火，问："你们杀害了多少中国人？"

"731 部队在五年期间，大约处理了 3000 个'马路大'。""3000"在堀田嘴里只是一个普通的数字。

"你不是一直在 731 部队吗，后来怎么去了 1644 部队？"曹元明将话题从东北转移到了南方的河山县。

堀田礼三郎在河山有一段特别的经历，在那里娶妻生子，这是一个绕不开的话题。他坦率地说："1944 年末，大本营感到在大东亚战争中大势已去，估计美军可能在中国东南沿海登陆，和内地的中国军队配合，对驻守大陆交通线的日军形成战略合围。因此，大本营和中国派遣军秘密制定了一个代号'断'的作战计划，一旦发生这种情况，就在中国的东南地区采取毁灭性破坏，制造无人区，具体地说，就是使用细菌武器制造的瘟疫隔离敌军。"

曹元明毛骨悚然，倘若当年美军真在中国登陆，日军将毫不犹豫地采用这一灭绝人性的计划，那么，将有无数的中国老百姓因此丧生。

堀田说："考虑到盟军的空中优势，届时我军将丧失制空权，无法使用飞机散播细菌，也难以通畅地使用公路和铁路运输，所以细菌弹被秘密地预先存放在几个关键的地点，随时准备就近启用。河山县的千岩山，就是备选地区之一，因为这里地形复杂，容易隐蔽，而且根据情报，河山周边已被选定为未来中美联合空降作战的地区之一。当时战局很紧张，考虑到 1644 部队的技术基础比较薄弱，难以在短期内完成细菌弹的制造任务，于是，731部队便抽调人员设备组成南下特遣队来到南京1644部队总部，协助作战，我便是其中之一。火车装载着高压灭菌机、干热灭菌机、蒸汽锅、培养皿和长颈烧瓶等各种器材以及药品，向南方驶去。到了南京，我们这些少年队员便分往各班帮忙作业，比如，准备好用来培育细菌和刮离细菌的工具，去搬运用来培养细菌的菌株。菌株是放在试管里培育，每个金属丝筐里放60支试管。因此，从取菌株的场所和搬运的试管数量上来计算估计，生产的细菌有鼠疫菌、伤寒菌、副伤寒菌、痢疾菌，每日生产三公斤多。但要达到预计日产代号'C'的鼠疫菌十公斤，代号'T'的伤寒菌十公斤以上，还有很大差距，所以都在拼命干活。"

曹元明记得薛建国说过，鼠疫杆菌很小，打个比方说，一个针头大小的容器就可以放下30万万个。三公斤细菌，这已经是一个非常恐怖的数字。他吃惊地说："要这么多细菌？"

"按照细菌炸弹的两种使用方法，一种是大范围使用稀释半金属弹药，另一种是针对性使用高浓度弹药，两种方法结合使用，一平方公里需要散布一公斤的细菌，而且还要考虑到投放的细菌很大一部分在发生效力前是会死亡的，弹菌要存有富余量。所以要在漫长的战线形成无人区，投放的炸弹数量可不少。"

"这些生产出来的细菌都到哪里去了？"

"大量生产的细菌，除了部分作为保存用的干燥细菌使用外，其余的都将运到各地作为武器储存起来。"

曹元明提到了千岩山大蛇谷岩洞中死去的名取和夫等人，问："你和名取和夫是好朋友吧？他怎么感染上了鼠疫？"

听到"名取和夫"这个名字，堀田礼三郎脸色悲戚："他是我最好的朋友……那是一起事故。储藏细菌武器时，首先是在无菌室里用培养基溶解细菌，然后把溶解物装入石油罐大小的蛋白胨储藏罐里。陶瓷储藏罐与干冰一同装入木箱，用稻草编织而成的草席包裹起来，然后，再用草绳捆扎搬运，装上架着机关枪的卡车运走。千岩山大蛇谷就是秘密储藏的地点之一，当地的'晃部队'秘密修了一条简易公路通往那里，为了防止空袭，公路修得很隐蔽，运输都是在深夜进行。”

说到这里，曹元明想起了在大蛇谷发现的在蔓蔓植被掩藏下的路基，这条路连当地人都不知道。

只听堀田继续说：“……但是在搬运时，出了问题。一个木箱里放两个储藏罐，所以相当沉重。结果，名取和夫等四个人在搬运时不慎打破了装细菌的陶瓷罐，就这么感染了鼠疫，长官立刻下令将四人密封在山洞之中。”

原来如此，无怪洞库的地面上有陶瓷碎片。

曹元明愤怒地说：“你们对自己人也这么残忍？”

堀田礼三郎用日语念叨了一句当年的悼词：“汝之英灵忠诚于天，啊，光辉而神圣……”他对曹元明说：“实在没有办法，我们都知道这种细菌的威力，如果不牺牲他们，整个部队都得完蛋。那天，本来是我负责搬运，因为我崴了脚，就由名取君代替我，本来该封死在山洞里的人，是我啊！在工兵用炸药封死洞口的那一刻悲惨的场景，现在还浮现在我眼前。”

亲眼见到朝夕相处的名取和夫被封死在洞穴中，等同于活埋，这种刺激一直根植于内心。河山解放后，堀田去千岩山大蛇谷吊唁因感染鼠疫而死的战友，之后感冒发烧说胡话，不停地念叨“名取”，因为发热是鼠疫的中毒症状之一，正是深藏内心的愧疚和恐惧，使得他在恍惚之中以为自己也和名取和夫一样染上了鼠疫而在劫难逃。

曹元明把写有名取和夫那首日本俳句的封面放到堀田面前。

“这是被战友和长官无情地抛弃的名取和夫，在临死前留下的绝笔。夺去他生命的，正是你们研制生产的强力鼠疫菌。对所从事的这种完全背离了医学伦理和人道主义精神的工作，他是有所悔悟的。”

手术刀，割活人，鲜血淋漓；
铁桶内，青年心，缓缓搏动；
解剖台，弃碎尸，仅剩手足；
十字架，受染蚤，贪婪吸吮；
遭离弃，腐败鸟，何处是巢；
青春的，千岩山，犹在眼前。

捧着这张硬纸板，堀田的手在微微颤抖。

曹元明愤怒地说：“这样的情景，是任何心智健全的人所无法想象的。他提到了你们活体解剖以及细菌武器实验的情景。因为名取和夫的这次事故，河山县在冬季发生了鼠疫大流行，数以千计的人死去。”

堀田长叹一声：“虽然封死了洞穴，但鼠疫杆菌可能通过洞穴里的地下水流出去。”

曹元明想了起来，县志里说起那场鼠疫，起源于一家叫“锦和”布店的后院水缸里所发现的跳蚤，这些水和跳蚤，很可能是经由千岩山而来。

“当时你们没有发现鼠疫菌长出了荚膜？”

“没有。我想，这里有几十年自然力作用的因素，封闭的洞穴，就像是一个大的温箱，尸体是最好的培养基。如果能好好地研究一番，或许是了不起的成果。”堀田慢慢垂下了头。

“在河山，你也干过活体解剖的事吧？”魔鬼部队的罪行罄竹难书，时间有限，曹元明把话题引向韩世达被害一案。

“是的。”堀田坦白地承认了，“那时我们的一部分工作是在深夜的‘慈康’医院完成的，因为医院的消毒设备、手术室和器械都是现成的。有一天，‘晃部队’送来了一个很壮实的游击队俘虏，有新学员还没有见过人体构造的奥妙，于是山崎部队长说：‘机会难得。’进行活体解剖实验时，我给俘虏戴上黑头罩送往手术室，手术台两头有捆绑手脚的皮带，把俘虏绑在床上，旁边有一个很大的瓶子，放上标签，然后切开腹股沟的大动脉，再插入导管，松开钳子，俘虏的血就汩汩的流入瓶子里，开始人还会挣扎，放到2000毫升时就会丧失意识，一动不动，直到鲜血流尽。”

曹元明想起了周冬梅老人回忆日军在“慈康”医院关押过一些奇怪的“病人”，这些“病人”看上去根本没有病，却很快就消失了，看来，日本人在医院里进行的人体实验不是一两次，而是很多次了。

说到这里，堀田看了一眼曹元明，不等他问话，便直言不讳地说：“解剖俘虏和解剖韩世达，都是在同一个地方。我也是这样给韩世达放血的，这样在切割的时候就不会喷溅血液，地上也不会留下血迹。我喜欢放干血的尸体，这样解剖起来内脏干干净净，一览无遗，很漂亮。”

烛光下，堀田的脸笼罩着阴影，晦暗不明，但说这话时的语气，仿佛是完成一件艺术品后的陶醉。

在那个夏日的深夜，在“慈康”医院手术室，昏暗的烛光下，放血、切口、断筋、拆骨、掏心肺、摘肝肾……一切过程显得安静又平淡，在堀田礼三郎娴熟的刀法下，一个起初还在呼吸的躯体迅速变成了一堆骨头和内脏。

那张意犹未尽的老脸使得曹元明联系起了某种恶心的软体动物，只想抡起一拳打去，但现在还不是发火的时候，还有很多疑问需要堀田来解答。

“为什么如此残忍地杀死韩世达，他造了什么孽？你们有这么大的仇恨吗？”

“在医院里，旁边就是手术室，这是很自然的杀人方式。”

“很自然？不，这是虐待，是心理变态！”曹元明愤怒地说。

堀田怔了一下，叹息了一声：“这种虐待狂的怪癖，是在731部队形成的。在对待‘马路大’时，内心深处就涌出一种像搔痒似的焦躁，为了镇静，只有拼命虐待‘马路大’。学医的目的是为了尽最大努力拯救人的性命，可是在这里却是学着怎么杀人，人的生命是如此不值一提，这是一种精神痉挛——伴随着对已醒悟到要死可又只能默默地作为实验材料的‘马路大’的怜悯，心里感到愤懑，可无视人性的罪恶意识又使内心的弹簧弯曲，形成一种反馈，萌发了阴暗的罪恶之芽。”他用日本式的陈述来解释变态的内心。

曹元明突然想到邹衍，他囚禁女孩、玩弄禁室培欲这种日本AV中的变态题材，从堀田到邹和平再到邹衍，三代行医，怎么他就一点慈悲心肠都没有？虐待同类的怪癖会潜移默化进入基因进而遗传给后人吗？

不，不能这么认为！曹元明随即否认了自己的推断。至少，邹和平是一位令人尊敬的医生，在调查邹和平死因时，曹元明关注过有关他的各方面信息，包括他的博客。

邹和平在去年欧洲之行访问波兰时，参观了奥斯维辛死亡集中营，对灭绝人性的法西斯行径深感憎恶，或许，正是他的这种思想，使得法西斯余孽犹如芒刺在背，给他带来了杀身之祸。邹和平在博客的游记中写道：“从某种意义上说，在奥斯维辛，最可怕的事情是这里居然阳光明媚，一行行白杨树婆娑起舞，在大门附近绿油油的草地上，矢车菊在怒放。这真像一场噩梦，一切都可怕地颠倒了。在奥斯维辛，本来不该有阳光，不该有草地，这里应当是个永远没有光明、百花永远凋谢的地方，因为这里曾经是人间地狱。这里也许是世间最可怕的旅游中心——集体屠杀和用人体进行各种试验的杀人工厂，共有150万人死在那里。死囚的牢房，毒气室和焚尸炉废墟，玻璃窗内成堆的头发和鞋子、金牙、手表和戒指能当战争资源，头发能当缆绳，人皮能当灯罩，人油能制成肥皂，骨灰能做成肥料……把人的一切价值从头到脚榨取得干干净净……”

邹和平在博客中，还提到奥斯维辛集中营里臭名昭著的纳粹医生约瑟夫·门格勒，这个魔鬼负责执行一项大规模的种族灭绝计划，每天接收从各地运来的犹太人进行“科学试验”，他希望能发现一种遗传学上的秘密，来培养出纯种的雅利安人。为此，门格勒拿了2000名孪生子和儿童做试验，试图把他们的眼睛变成蓝色，头发变成亚麻色，还给一些人做了绝育或阉割手术，经过一系列试验，这些被他称之为“豚鼠”的孩子就一个个消失了。战后30年，以色列和美国的许多秘密组织一直到处追踪他，但门格勒十分狡猾，凭借一些与前纳粹分子有联系的黑社会组织的掩护，一次次逃脱了追捕。无论逃到哪里，追捕者经常是接踵而至，但总是让他逃之夭夭，有时简直是让他从手缝中溜掉。如以色列的特工人员一次曾找到他在巴拉圭亚松森住的旅舍，发现他在20分钟前逃跑了，身上还穿着睡衣。有消息说，门格勒1979年在巴西游泳时溺水身亡，但他真实的下落至今仍是一个谜。

那些逍遥法外的凶手，又岂止这一人？眼前坐着的堀田礼三郎，是另一个门格勒。在不知情的人的眼中，他是一个敬业的外科医生、执著的研究人员、成功的企业家，是一个平和的老人，但是，他早已向魔鬼献出了自己的灵魂。

“韩世达做噩梦，梦见了会跑的人头，跟你有关系吧？”

“会跑的人头？嗯……也许是这么回事。”堀田想了想，“当时‘慈康’医院被日本军队征用，但除了收治我军的伤病员，也允许一些原医院的人员继续为当地老百姓服务。我们在医院地下室进行的实验，是绝对保密的，外人不能靠近。但是我犯了一个错误，在某个深夜，出于对人体构造的强烈好奇心，我把一个刚解剖的新鲜头颅带出了地下室，因为感觉这个人的颅骨结构有异常，想给这颗头颅拍一张X光照片作为纪念。X光室在‘八角楼’的三楼，那个时候是没有人的，但我上楼时，在黑暗里不慎绊了一跤，那颗头颅就顺着楼梯‘咕噜咕噜’滚下去，就像一个没有脚的怪物在跑。我听到楼梯拐角传来了一声轻微的惊叫，知道有人跟踪，于是赶紧跑下去，拦住了一个人。”说到这里，他顿了一顿。

“这个人是韩世达？”曹元明问。

“是的。因为一个小小的意外，我抓住了这个小偷。”

“小偷？”

“他那晚从医院药房偷奎宁，给一个教士治疗疟疾。也许，正是这颗滚动的头颅带给了他极大的恐惧，从此一再出现在他的梦境之中吧。”说到这里，堀田居然笑了一下。

曹元明想起了韩老太太说的，韩世达和道格拉斯神父的关系不错，而且，韩吟雪曾提到，道格拉斯神父得了疟疾，多亏了韩世达用奎宁救了他的命。

“这个教士，是不是叫道格拉斯？”

堀田记忆力很好，点头说：“是的。‘慈康’医院有几个美英医生，还有一些侨居的传教士，日本占领军对这些敌国籍贯的基督教教士采取的是‘优待管束’，只是拘留关押，并不伤害他们。但他们居然在暗中与中国籍医生串通偷东西，这个问题就严重了，是不是还有什么其他不可告人的秘密呢？于是，宪兵们把这两人拘禁起来，进行了审讯。”

“有什么结果吗？”

“韩世达承认偷过奎宁，而且不是第一次了，因为一次只能偷一点儿，多了就会被发现，但他矢口否认窥探过我军的机密，他什么都不知道，说这只是一个偶然。我们没有确凿的证据证明他是敌探。虽然是盗窃，但不是死罪，宪兵就斩掉了他右手的大拇指作为惩戒，一个人的生活工作主要靠右手，手的功能又主要靠大拇指，这样一来，他等于成了个废人。山崎部队长知道这事后，出于慎重考虑，说：‘我们肩负着特别秘密的任务，不能有一丝一毫的马虎，把这两个家伙处理掉吧，以防万一。’他把我训斥了一顿：‘都是你的大意惹来的麻烦，既然如此，就由你执行吧。’于是，我和两个宪兵把韩世达和道格拉斯押上卡车，带到城外的千岩山，准备将他俩枪毙。”

“他们后来怎么还活着？”曹元明问。

“我放走他们的。”

“你放的？为什么？”曹元明很吃惊。

“救人一命，胜造七级浮屠。”

曹元明觉得这话从堀田嘴里说出来很滑稽：“仅仅因为这个？”

“韩世达是个很漂亮的年轻人，跟我的年纪差不多，一路上不停地求情。他吓坏了，当车往城外开时，他意识到自己活不了，尿了裤子。道格拉斯教士虔诚地祈祷，一直在安慰他。他们的这种表现，不像是肩负使命的敌探，宪兵确实抓不到证据，仅仅是因为部队长的一句话，就要了两人的命，我觉得太残酷了。”

“人体实验杀死的中国人难以计数，你怎么不觉得残酷？”

“那是两回事。”堀田认真地回答，“进行人体实验对医学和战斗力的提升是有益的，而杀掉这两个人是没有意义的。如果是因为我一时疏忽让那个掉落的头颅给他们带来厄运，那么，我是有责任的。”

韩世达和道格拉斯被放走后，应该是躲在了成化寺里面，直到日本宣布无条件投降。

曹元明注意到，堀田说这番话时，眼球在向左移动。韩世达一案已无当年的物证和现场可寻，追查只能依靠相关人的回忆，回忆必须可靠、真实，才能采用，但如何辨别真伪又是一个难题。所以，在寻访这些老人时，曹元明会留意他们在回忆时的一些细微表情和动作，这是他们内心的真实反映，比如，人在撒谎或编造故事时，眼球往往会向左边或者向上端移动，这是因为他正在构思；相反地，如果是真实的回忆，他的眼球常常会往右移动，这是大脑中的记忆中枢正在被刺激的外部表现。

堀田说：“放人时，我警告韩世达，大日本皇军只用了一个上午就攻陷了河山，如果他不老实，说了不该说的话，那么，无论何时何地，皇军要取他的性命都易如反掌。”

难怪韩世达从不和他人提及这段恐怖的往事，除了内心的悲痛，更多的是深深的恐惧使得他三缄其口——他亲眼目睹过日军惨绝人寰的暴行，也目睹过中国军队的腐败无能——史载日军仅以一个中队的兵力就攻陷了河山县城，国民党的正规军和保安团只是胡乱放了几枪就一哄而散——他害怕恶魔般的日本军队会再次回来！

只是谁都没有想到，堀田礼三郎威胁韩世达的话，居然一语成谶，韩世达虽然暂时逃过一劫，最后却仍然死于堀田的解剖刀之下。

“既然当年你放过韩世达，为什么后来又要杀害他？是为了杀人灭口，不让你在 731 部队的经历被他人知晓？”

“是的。我做梦也没有想到，在日本终战五年后，我居然会回到河山，回到‘慈康’医院，更没有料想到，我会遇到这个人，当时真是吓了一跳。命运跟我开了一个天大的玩笑。”

“你后悔当初没有杀掉他吧？”

“一念之仁，留下了祸根。我已饶恕过他一次，不能再犯同样的错误。”

曹元明心中冷笑：“真是一念之仁吗？还是奉命放人？”在军纪森严的日本军队里，一个小兵竟敢私放有间谍嫌疑的人，简直胆大包天，不合情理，最大可能就是，日本宪兵无法消除对道格拉斯和韩世达“间谍”身份的怀疑，又抓不到证据，找不到他们的组织和同伙，于是，就将他们放走，暗中监视，以期放长线钓大鱼。这是常用的反间谍计策。正因为一直抓不到“凭据”，所以，韩世达才活到了战后。

堀田没有觉察到曹元明的怀疑，继续说：“……我想韩世达已经认出了我，所以事不宜迟，这也许就是宿命。我来到这个医院几天后，就动手了。”

韩世达认出了化名“田力”的堀田礼三郎吗？就在那时，他梦到会跑的人头，看来确实是受到了刺激，只不过恐惧让他一时不敢出声，他没想到，自己很快就永远没有出声的机会了。

“抗战期间，你在‘慈康’医院呆过，就不怕被其他人认出来？”

“我们和‘晃部队’的军医不同，都是深夜时戴着口罩进入医院地下室的，除了韩世达和道格拉斯，没有其他中国人见过我的脸。”

“韩世达被害那晚在值班，你怎么喊他出来的？”

“很简单，我给护士打电话，假装是总值班，让她叫内科值班医生去一趟外科病房，我就在黑暗的走廊里，在必经之路上等着他过来，一锤就敲昏了他。”

“你不是当班的医生，怎么开的手术室的门？”

“冯德纯是我的好朋友，他是值班外科医生，有手术室钥匙，白天就从他那儿拿来配好了钥匙。”

“你还伪装了财务室被盗现场？”

“没错，这是为了转移视线。我是穿着韩世达的鞋子溜进去的。干完了这个，连夜把我穿的布鞋换了鞋底，韩世达身上的衣服鞋袜都包裹起来，拿到野外烧光。”

堀田行动果决而冷酷，对这起谋杀做了充分考虑。

“那个锅炉房的猪头是怎么回事？”曹元明记得周冬梅提到韩世达失踪后，锅炉里有个烧焦的猪头，他推测这种怪事与堀田有关。

果然，堀田说：“杀人后，最麻烦的是处理尸体。我把装尸块的两个袋子埋在靠近厕所的苗圃里，但仍觉得不保险，最好是烧得干干净净。我用一只猪头做过试验，效果不理想。因为医院的锅炉烧的是煤渣，和731部队烧优质煤的焚尸炉不一样，尸体扔进去不会完全化为灰烬，而是会形成尸体残渣和煤渣粘连在一起，达不到毁尸灭迹的效果。因此，只好一直让尸体埋在那里。每次从那里经过，我都会不由自主放慢脚步，看看有没有异样，后来也渐渐放松了，以为会一直掩埋下去化为化石，没有想到，60年后居然又冒了出来。”

堀田礼三郎以配合的姿态，完整地交代了杀害韩世达的作案过程，这个过程中的一些细节和曹元明等人起初的推测是吻合的。说完这些，堀田仿佛卸下了一桩心事似的舒了口气。

堀田虽然舒了口气，曹元明的内心却像堆满了石头一样难受。追查一年来，经历过那么多的疲劳、心酸和苦闷，但真相大白时，却没有丝毫的畅快。

面对一个坦白了罪恶的罪犯，却无法给他定罪，无法让他受到惩罚，这是警察的耻辱，是对正义的嘲讽！

堀田静静地看着表情痛苦的曹元明，脸色怪异，似笑非笑，似乎期待的就是这样的效果。

曹元明心想：“善有善报，恶有恶报，不是不报，是时候未到，时候一到，一切都报。现在不能乱，要稳住，较量还在后头。”他定了定神，不再纠结韩世达被害一案，说：“日本战败后，你参加了解放军，后来随部队南下到了河山，谈谈这方面的情况吧。”

堀田“嗯”了一声，继续述说：“昭和二十年8月，苏联单方面撕毁互不侵犯条约，宣布对日作战。731部队的细菌是为打击苏联军事力量而研究的，若使用，准备好的各种病源菌就会使苏联军队处于进退维谷的境地。然而，遗憾的是关东军已丧失了战斗力，精锐师团全部调往南方，大批军用物资也调往南方和国内，连边境要塞的重炮都被拆走，扩编的新部队近于徒手——有的部队三个人才有一支步枪——就这样开始对苏作战了。关东军虽然装备有以几千个‘马路大’的死亡为代价才研制成功的细菌炸弹，积累多年的细菌的产量也非常可观，平摊下来可以杀死上亿人，但可以运送炸弹的飞机却没有一架。于是，关东军总司令部决定撤走731部队，彻底破坏研究所。细菌武器、毒气都是违反国际公约的，苏联间谍人员已注意到研究所，只有彻底破坏才能不被追究。关东军专门派了一个工兵中队和五吨炸药来协助销毁工作。当时，监狱里还有几百个‘马路大’，都被毒气毒死，所有的尸体被扔进坑里，浇上汽油烧毁，把烧后的人体拽出，敲碎骨头，高层严令不准剩下一片骨头。

“撤退途中的景象，真是悲惨。我随部队乘火车到了安东，隔着鸭绿江，朝鲜的新义州遥遥在望，但这一去，恐怕就再也回不到满洲了。于是，我开小差，偷偷溜走了。”

曹元明心中一动：“为什么要开小差？731部队不是有严厉的军法吗？”

“当晚火车在安东车站停靠时，车站上挤满了难民，而就在这时，苏军的飞机来空袭了，就是那种被称作‘黑死神’的伊尔–2强击机，场面一片血腥，到处是火光和人的残骸。这种混乱的情况下丢掉一个人，谁也不会去追究。我想，这样下去，火车这样明显的目标，到不了釜山就会被摧毁。于是，不知明日命运如何的我，决定一个人走，因为我还想去接走我的父母，还有妹妹。但这种幼稚的想法是异想天开，在大溃败中，我根本没法找到他们，只能任由他们在满洲的荒原自生自灭，尸骨无存，我那幼小的妹妹有没有活下来，现在还是一个谜。”

堀田的脸色阴郁。

“你说我祖父救过你？”曹元明回到了最初的话题。

“是的。我掉队后，随着大批的日本难民流落到了通化。苏联军队打进满洲后，抢夺日本难民的财物，杀害日本人和强奸日本妇女的事时有发生，伪装成中国人更安全。因为我在满洲生活多年，会说流利的汉语，于是，我就换了中国人的衣服。几个月后开始遣返日本难民，但我不想回去，我哥哥战死在冲绳，父母和妹妹流落在满洲，生死不知，回到日本连亲人也没有，而且听说日本战后正在闹饥荒，很多人营养不良而死去，在富饶的满洲大地，只要肯干活，吃饭是不成问题的。所以，我继续伪装成中国人到处流浪，想着没准哪天能遇到父母妹妹。坦白地说，不回国，更重要的原因是怕被追究在731部队犯下的罪行，这样的罪行足以要我的命。很快，国共两军为争夺满洲展开了大规模内战，双方都很缺乏技术人员，尤其是中共方面，派人挨家挨户询问：‘有没有学过医的？有会开汽车的吗？有没有电工？会不会修无线电？’如果会这些技能，就可以参军。那时，我孤身一人，举目无亲，靠打零工过活，吃了上顿愁下顿，就参加了东北民主联军，就是后来的解放军。我靠从731部队学来的技能，很快成为了一名出色的军医。用中国人的性命锻炼出来的外科技术拯救了很多中国同志的性命，也算是一种补偿了吧。我就是在那时认识你的祖父曹炳生的。攻打四平时，我被炮弹炸伤了，伤口感染，发高烧，是曹炳生穿过敌人的火力封锁线，拿来了当时很珍贵的盘尼西林，这才救了我的命。我在解放军部队里待了五年，内心已经皈依了共产主义，加入了中国共产党，如果不是后来遇到了韩世达，我几乎就把自己当成一个纯粹的中国人，做毛主席的好战士，全心全意为人民服务。”

“共产主义？”曹元明语带嘲讽，“我不能理解你的话。”

“年轻人，我对共产主义的理解很可能要胜过你。”堀田看着满脸不屑的曹元明，加重了语气，“从哈尔滨平房撤退时，我被命令执行挖坑作业，这是为了让工兵引爆监狱时放炸药。这时，所有的‘马路大’都被毒气屠杀并运走了尸体，监狱里空荡荡的，充满了刺鼻的酸碳味，但当我戴着防毒面具走进潮湿的房间时，却被眼前的一幕惊呆了。”

“是什么让你惊呆了？”

“你看看这个。”堀田起身从壁橱里拿出了一叠旧照片，曹元明瞄了一眼，都是731部队的旧影，有相扑比赛、盂兰盆会的民间舞以及内务班队友合影等，他拿出一张照片递给了曹元明。

照片虽然光线不足，但涂在牢房墙壁上的巨大标语——“打倒日本帝国主义！中国共产党万岁！”仍然被清晰地拍摄下来，字迹紫黑，是血写成的。

斑斑驳驳的混凝土墙上，这行血字里，凝聚着多少恨啊！

这悲壮的情景顿时震动了曹元明，在当年，也震动了年轻的堀田礼三郎，所以他才会用照相机拍下来。

“‘马路大’是没有笔的，一定是关在这儿的中国共产党党员仇恨蹂躏祖国的侵略者、热爱自己的党，用身体里的鲜血写的。那个时候，我才意识到，这些‘马路大’不是普通的犯人和俘虏，他们是有着无比坚定信仰的人，有这样的人存在，中国才不会被日本灭亡。上司给我们灌输说这场战争是圣战，说为了建立大东亚共荣圈必须树立起尽忠报国的信念，我们就是抱着这种信念加入731部队的。但是，当我站在这条标语前，就开始意识到这场战争并不是正义的。共产主义是什么？当时我还不知道，但血写的口号深深震慑着我。”

堀田的语气微微颤抖，黑暗中，他的眼睛忽然闪过一片亮光，是泪花吗？也许，正是因为受到这种触动，此后，他选择参加共产党的队伍而不是国民党的队伍。

“在朝鲜，为了躲避空袭，我们的医院设在防空洞里，整天不见阳光，只有夜间才能外出。洞顶长年滴水，春天化雪时，滴水更多。床位铺上干草，三天就湿透了。数十人挤在洞里，只有蜡烛照明，还有很多人吸烟，空气污浊不堪。在这样的环境下，我得了风湿性关节炎，几十年来，一到潮湿天气就酸痛难忍。就这样，我仍没有后悔。能多救一个战友，就能多减轻一分当年的罪孽。”

人都是复杂的，环境能改变一个人的命运，乃至思想。

曹元明内心对堀田的反感稍许降低了一些：“可是，你后来为什么从朝鲜战场开小差跑回了日本？因为思乡？”

堀田回答的语气仍然显得坦诚：“当然不是因为思乡，如果是这样战后就会要求遣返。一个最重要的原因是，我担心杀韩世达一事败露，就如同怀揣着一颗定时炸弹似的，这颗炸弹深藏内心，不仅不能取出，而且不知在哪个日子里就会令人生畏地爆炸，把我炸得粉身碎骨，这种整天紧绷神经的生活必须有个了断；另一个原因是，在朝鲜，我看到了美军投掷的细菌炸弹，从而推知美国人已掌握了731部队的秘密并且双方正在合作，这样的话，回国后，即使731部队成员的真实身份暴露也不必担心受到惩处。我的猜想没错，731部队所有成员在回国后都被免于起诉。”

“美军投掷的细菌炸弹？”

“1952年2月，志愿军司令部向各部队下达了美军飞机撒放毒虫细菌的情况和应当采取的防疫措施，还让前线部队指战员参观了美国细菌炸弹，一旦发现这种炸弹要立刻上报。大量的鼠疫疫苗、消毒粉剂和其他防疫用具也运到了朝鲜。”

曹元明进一步问：“你确定吗？关于美军是否在朝鲜使用过细菌武器，现在并无定论。美军掌握了朝鲜的制空权，火力居于绝对优势，而且朝鲜的冬季很冷，在这种情况下使用细菌武器，收效不大，政治风险却很大。”

堀田微微一笑：“这可不是捕风捉影，在朝鲜老百姓和志愿军士兵中，各种传染病如斑疹伤寒、天花、鼠疫、霍乱等开始大面积流行。朝鲜半岛北部和满洲的自然环境接近，731部队早已培养出了在满洲冬天仍然保持猖獗活性的鼠疫菌。携带病菌的昆虫在冬天仍可以活动，只是活动范围有限，这反而带来一个有利之处：可以控制病菌的播散范围。1952年朝鲜战场形成对峙僵局，在前线使用细菌武器不会危及己方。”他说到这里加重语气，“我在金化附近的平康亲眼见过美军发射的细菌弹的残骸，形状构造和‘宇治式五〇式型’炸弹几乎一模一样。”

“这种炸弹有什么特别之处吗？”

堀田对此了如指掌，详细解释：

“25公斤、10升的‘宇治式五〇型’炸弹，是‘宇治’系列中的改良型，弹头部装有触发和延时信管以及500克的炸药管，弹尾部的定时信管在高度为两三百米的空中引爆长波导线使炸弹起爆；如果尾部信管和导线没有启动，当炸弹着地时，弹头部的炸药也肯定会使炸弹炸裂，并将细菌填充物撒开。发明这种炸弹是很了不起的。对于生化武器来说很重要一点的就是安全，生化战剂自装填之后必须保证不能有泄漏，而且装填的过程中细菌弹外壳不可避免地会被污染，这样装填完毕密封之后，外壳必须要消毒，这就要有一定的耐腐蚀性。再考虑运载、投放过程中的震动和冲击，这个容器还要有一定的强度。所以，细菌弹首先就必须是一个满足上述要求的密封容器。其次，细菌弹要有可靠的开启方法，这点比化学武器要求还要高，因为生物战剂是活的，炸得不好，会严重影响活性。

“731 部队为此在野外进行过两千多枚的实验。用陶瓷做弹壳是石井四郎的一项独创发明，如果使用通常的钢铁弹壳，需要填充大量的火药，爆炸时的高温会烧死细菌，而且在弹着点会留下证据；而他发明的硅藻土制的炸弹壳，以低温、少量的炸药爆炸，弹壳变得粉碎，满足了既不留证据，又不会使细菌致死的要求。这种炸弹是很成熟的，所以被美国人直接拿来使用。没有什么能比这个更有力地证明了他们和 731 部队的合作。”

为什么堀田礼三郎会在朝鲜战场上潜逃投奔敌方，曹元明这下完全明白了。

堀田一口咬定标榜自由民主的美国在朝鲜使用过细菌武器，言下之意似乎是：细菌战并不是罪行，只是战争的手段。

“你的中国妻子匡月芝知道你的真实身份吗？”曹元明明知故问，匡月芝肯定是知道的，否则，邹和平怎么会找到日本来。

堀田说：“她知道。”

堀田礼三郎虽然把自己的真实身份这个秘密埋藏在内心最深处，但是，瞒得过旁人，却瞒不过同床共枕之人。有一次，他深夜说起了梦话，说的是母语——日语！惊醒的妻子，惊骇地瞪视着他。匡月芝不懂日语，但是，直觉告诉她，丈夫说的不是中国话！他被摇醒后，百般辩解，却担心难以打消妻子的疑虑，在那个年代，他最害怕的是妻子会向组织反映。所幸的是，妻子保持了沉默，这让他对妻子放了心。

在开赴朝鲜战场前，堀田偷偷向妻子透露了自己是日本人的真相，这等于是在交代后事，因为对手是战胜了大日本帝国的美国军队，堀田觉得胜利希望渺茫，如果自己死在朝鲜，希望有一天妻子能将他的骨灰送还日本千叶县，也算是魂归故里。

但新中国成立后一波接一波的政治运动，使得匡月芝不敢向外人吐露这个真相。

“匡月芝知道你还活着吗？”

“20年前，我给她邮寄过一张明信片，是千叶县九十九里海滨的景色，只要看到这张来自千叶的明信片，她就能猜到我还活着，但我没有落款署名和地址，因为我不想打扰彼此的生活，这么多年过去了，我们都有了自己的家庭。”堀田望着黑沉沉的西方，那是中国的方向，沉默了一会儿，看来对这位结发妻子颇有留恋。

过了一会儿，他转过头来：“自从战败以来，我就生活在惴惴不安之中，担心着身边的风吹草动，所以，即使是和昔日的妻子联系，也只能采用这种偷偷摸摸的方式。”

“这对一个带着孩子的女人来说，太残忍了。”

“是的。虽然我给她留下了点值钱的东西，但远远不能弥补我的内疚。”堀田说到这里，沉默下来，似乎在追忆与匡月芝在一起的岁月。

“看来你并不是不恋旧情的人，但为什么连邹和平——你的亲生儿子的性命都不放过呢？仅仅是不想曝光你的过去吗？”

说到这里，曹元明脑海中突然一闪：“这些所谓的值钱东西，看来就是匡月芝那个木匣里的铂金，只是她把它当做对前夫的思念而没有动用。”这时，“铂金”一词再次闪现在脑海里，前面堀田提及731部队实验室的蒸发器皿就是这种贵金属制成的，看来，当撤退的731部队一边搞破坏一边搬运贵重物资和资料时，堀田偷偷地留下了一部分铂金器皿，可能是深埋在当地，等到适当的时候再挖出来，把它们分割熔铸成银元大小以易于携带和变卖。堀田偷偷离开731部队，不光是为了寻找流散的亲人，也是舍不得这些铂金，因为靠这些东西完全可以过上富足的生活。这些铂金很可能就藏在安东，这里是他从731部队逃离的地方，也是他从朝鲜战场回国休养的地方。铂金密度大，几公斤的体积很小，藏在行装里毫不起眼，但价值可达上千万日元，堀田完全可能带着这些铂金回到朝鲜，最后逃回日本，靠这个发家致富——他创办企业的第一桶金，沾满了“马路大”的冤魂！

堀田的脸上显出痛苦的表情："我从没有忘记过这个儿子，更没有想过要杀死他。日本和中国之间的那段历史，对谁都是一种不幸，给孩子取名'和平'，意在真心祈求东洋的和平。"他的双手像弹簧一样颤抖起来，稍微平静了一下，深沉地说，"不想曝光这段历史的，不仅仅是我，也不仅仅是日本人。"

"你详细说说。"曹元明感到其中的内幕越来越深，他甚至想，韩观樵是不是因为受到了某些势力的压力，这才不继续追究韩世达被害一案、而与稻垣家族达成妥协交易呢？

"731 部队的记录被抹杀而不复存了，所部三千人员经朝鲜回国，但在苏联的哈巴罗夫斯克军事法庭上，关东军副参谋长松村知胜少将透露了 731 部队的详情，说：'731 部队最贵重的设备和资料，已经搬到本土。'于是，驻日苏联代表部就开始搜寻了。而搜寻 731 部队最起劲的，是日本的美国占领军司令部。实际上，苏联在沃兹罗日杰尼耶岛，美国在马里兰州的福德·德特里克堡，都在极其隐秘地研制细菌武器，所以谁也没资格对日本的研究说三道四。美苏的细菌研究虽然时间早，可收效甚微，最关键的一点，他们没有大规模人体实验的基础。所以，两边都想把细菌研究的负责人——石井四郎医学博士攫为己有，几乎形成交锋式的搜索。结果，美国人获胜了。福德·德特里克堡军事基地负责人艾拉·鲍德温博士据说在战争中用了 5000 万美元和 50 万只老鼠猴子做实验，但经过与石井博士的交流，他才发现美国远远落后于日本。5000 万美元在当时是一笔很大的数目，可以购买 1000 架 F6F'地狱猫'战斗机。石井在 1947 年提交给美国陆军的一份验尸报告，美国人只向他支付了 700 美元的报酬。这份报告有 700 页，分为四个部分，记载了 200 多个活体解剖病例。第一部分主要是心脏和肺部感染数据；第二部分主要是扁桃体、咽、支气管、胃、肠、脾脏等病变记录和病变情况；第三部分主要是淋巴结的病变过程和肾脏、胰脏的解剖数据；第四部分是肾上腺、甲状腺、胸腺、睾丸、脑垂体的解剖数据。731 部队将其作为重要的医学数据，使其能够了解鼠疫感染的程度和器官病变的详细情况，为进行细菌武器研究、细菌感染效果、菌种剂量选择等提供重要参考。每个病例都是进行显微镜检查之后，综合分析病例的病理和病变趋向情况，并分析其形成的原因和感染比例，解剖器官之全、数据之详细，令美国人大开眼界，因为这是他们无法重复的。战后，美国人组织了科学调查团前往远东调查日军细菌战的实况，这就是《桑德斯报告》，参与这次重要调查的，就有道格拉斯教士。”

曹元明一惊：“你说的是河山‘慈康’医院的神父道格拉斯？”

“是的，这个人其实是一个美国间谍，这一点他当年成功地瞒过了日本驻军。道格拉斯是一个基督教浸礼会教徒，却戴着一枚教皇授予的圣克里斯托弗勋章，这本身就有点奇怪，山崎部队长的直觉是正确的，但我们却放走了他。战后，道格拉斯汇报了多摩部队进行的细菌战的事实，1947 年，他还带着技术人员来到河山，在千岩山进行实地勘查。”

曹元明想起了韩老太太说和韩世达结婚是 1947 年，道格拉斯神父是证婚人，特地从美国远道赶来，现在看来，他根本不是为了这场婚礼，而是另有所图。韩老太太还说，结婚后，韩世达带着道格拉斯神父去千岩山游玩，回来后，做了人头跑动的噩梦，显然，正是因此受到了刺激。看来，韩世达有可能是被美国人收买的情报人员，当然，这些都已无法查证了。

“这么说，邹和平之死另有原因？”曹元明回到了前面的话题。

“我绝不会伤害他。”堀田表情冷峻，不容置疑。

“你见过邹和平，你们之间谈了些什么？”

“那是一个令人激动的夜晚，就在这里，我见到了从未谋面的儿子。以前，我只在朝鲜的战壕里见过他襁褓里的照片。我们谈了很多，但这些谈话与 731 部队没有关系。我们从他的母亲谈到他自己、儿子，几乎是一个通宵。他谈得最多的，是儿子的病情。”堀田说到这里，脸色潮红，有些哽咽地说，“对于他，对于月芝，我没有尽到自己的责任。”他干瘦的身躯微微颤抖，这是源于内心的悲痛。

曹元明被堀田表现出的哀伤感染了，心想：“如果堀田礼三郎不是杀害邹和平的凶手，那凶手又会是谁？”他说：“我是邹衍的好朋友，他的病情你很清楚，他还有救吗？”

堀田说：“我会尽力，但愿这个孩子有好运气。”

“那你一定见到过邹和平随身带着的那个笔记本了，棕黄色封皮，上面详细记录着邹衍的病情。”

“是的，那上面记录的是一个父亲对儿子的爱。”

“现在邹和平去世了，就发生在和你见面之后，而且这个笔记本也不见了。我们有足够的证据证明这是一起精心策划的谋杀，你认为凶手会来自何方？”曹元明直视着堀田问道。

“我无法回答这个问题。”堀田缓缓摇头。

“请你作为邹和平的亲生父亲，不，作为一个人，回答我这个问题！”曹元明激动地说。

在曹元明的直视下，堀田的脸重新变成了一潭死水，他闭上了眼，仿佛老僧入定，良久无语。

沉默之中，曹元明想起了报纸报道过的铃木贞一。1989 年，“大日本皇军”最后一名甲级战犯铃木贞一寿终正寝，高龄 101 岁。巧的是，他也是日本千叶县人，就出生在山武郡。1955 年被释放后，铃木一直深居简出，没有像其他旧军人一样著书立说，算得上与世无争。日本媒体评论说：铃木的死宣告了一个时代的结束。真的结束了吗？不，伤痕远没有平复。亚洲，特别是东亚的每一记脉动，都还能让人感受到旧伤的痉挛。据说，铃木贞一临终前，孙子喊“爷爷”他都没有反应，护士突发奇想喊了一声“阁下”，铃木顿时睁开了眼——在日本，“阁下”是对将军的尊称——即使是这样一个“安分守己”的战犯，在内心深处依然没有忘记过去的荣光。

堀田礼三郎的心，真的是一潭死水吗？

“这个时节，千岩山上一定盛开着杜鹃花，满山都是红艳艳的。”这是堀田在沉默良久后，说的第一句话，伴随着一声长长的叹气，充满了凄凉落寞的味道。

“请回答我刚才的问题。”曹元明仍旧直视着他。

“对不起，我累了。”堀田咕哝了一句。

“很遗憾，看来，这些问题只有交给警察了。”曹元明站了起来。

两人的谈话就此结束。

曹元明心中百感交集，最后不知该对这个老人说什么好。也许，堀田礼三郎人性尚存，但他的罪恶无法抹杀，正是这些罪恶将他和 731 部队捆绑在了一起。

731部队的首脑，没有一个受到过正义的惩处，自然也没有人会来追究堀田的罪行，他不但活到老，还活得很滋润，创办生产医药生物制剂的矢佳株式会社能够一举成功，正是依靠了活跃在日本医药界的731部队故友的提携。

韩世达一案已经真相大白，但是，究竟是谁杀害了邹和平呢？这仍是一个谜。

曹元明推测，从杀人动机来看，即使堀田礼三郎不是主谋，他的两个儿子稻垣圭一和稻垣骏二的嫌疑也很大。只有邹和平永远闭上嘴，那么，堀田在731部队的杀人罪行，抛弃中国妻儿的不光彩行径，特别是依靠731部队贵重材料的肮脏发家史，才不会为人所知。日本人是一个很讲面子的民族，对自己做过的坏事，能不认就不认，能少认就少认，连铁证如山的战争罪行，也是千方百计地遮掩，这就是日本人的“耻文化”。对于跻身上流社会的稻垣家族来说，尤其是要在政坛上大展身手的稻垣骏二，维护家族整体利益的“体面”比什么都重要。

从杀人手法看，邹和平和堀田礼三郎曾彻夜长谈，匡月芝死于糖尿病DBS，邹和平也患有糖尿病，这些重要信息堀田都掌握了，这才有了精心设计的谋杀案，骗过了日本警方的侦查。

经过今晚的谈话，曹元明对追查下去的信心很大。

天网恢恢疏而不漏，正义女神蒙上了眼，但她仍能明察秋毫。

夜已经很深了，四周漆黑一片，天空暗云密布，星月无光，蒙蒙细雨随着东风飘落，地面湿漉漉的，一派台风即将来临的气象。曹元明、鲍书华和黄利平驾车沿着陡峭的公路下山。

鲍书华问：“假如抓住了杀害邹和平的凶手，能将其引渡到中国受审吗？”凶手在日本受审很可能不会被判处极刑，更何况以稻垣家族的权势，说不定能操纵法务大臣及检察厅等国家机器，即使杀了人，仍可原封不动地过着悠闲的生活。

曹元明想起立花裕司曾说过，日本的政界和黑社会勾结由来已久，所以，侦办此类案件很令人头疼，连警察厅长官遇刺案都不了了之。稻垣一家在政界和财界都有很大势力，接下来的将是一场硬仗。他说："如果能引渡那是最好，只是日本将本国罪犯引渡至中国受审的可能性极小，尤其是死刑犯不会被引渡。"

"可以找国际刑警组织协助吗？"鲍书华说。

"国际刑警？"黄利平握着方向盘冷笑了一下，"你电影看多了吧，现实中没几个国家鸟什么国际刑警这种东西。"

曹元明说："即使不能引渡，由日方审判，采用日方举证，仍可以依照我国刑法进行追究。"

车外是细雨飘摇的暗夜，除了山下的海浪声，一片寂静，曹元明的心思却无法宁静，耳畔仿佛听见了千千万万冤魂的悲嗥在地狱中回荡。

回想60年前的这起案件，真有"人生韶华短，江河日月长"的隔世之感，当年憧憬大陆梦的日本少年兵，已是齿危发秃的老翁。历史的见证者犹如风中残烛，那些属于两个民族的记忆，若不及时保存，终将随着长者的凋零而消亡。

可是那场战争却真实存在，那个人间地狱也真实存在。一个不能作任何更改的事实就是：日本鬼子曾将中国人当作猪狗一样屠杀！战争给中华民族带来的苦难，作为子孙后代，是没有遗忘的权利的。

在那个地狱般的荒原城堡，数千名中国人、蒙古人、俄国人、朝鲜人被感染上了鼠疫、赤痢、伤寒、出血性败血热、霍乱、炭疽热、野兔病、天花、恙虫病、马鼻疽和梅毒等疾病，还向他们注入马血，或通过长时间的X射线照射破坏他们的肝脏，或进行冷冻实验、枪弹杀伤实验、活体解剖等，等等，受尽非人折磨，个个死不瞑目。相反，石井四郎和他的部下，这些灭绝人性的刽子手，战后却回到自己的祖国，过上了正常人的生活，并且事业有成，颐养天年。中国古谚云：善有善报，恶有恶报。这是自欺欺人之语吗？

"这个60年前的案子能侦破，真是一个奇迹。这样的案例不要说在中国，世界都罕见。元明，了不起啊。"黄利平说。

"不是我了不起。"曹元明望着窗外的黑夜，若有所思，"2010年8月15日是发现韩世达遗骨的日期，这一天，正是日本无条件投降65周年的纪念日。或许正是这些冤魂在冥冥之中帮助我们。”

“你也信这一套？”黄利平“嘿嘿”一笑，“要我说，韩世达的案子能破，与堀田礼三郎的合作态度有很大关系。虽然最后查到了他头上，但如果他对我们避而不见，三缄其口，我们也不能奈何他，很多疑团仍无法解开。”

“他为什么会邀请我们？”曹元明被这个冒出来的疑问给问住了：这个堀田礼三郎，杀韩世达时就表现出非同一般的凶残与狡诈，到得老来，反而服帖老实，不是有些奇怪吗？在见面之前，他以为是老人迟暮之年的良心发现，但现在看，这难以用良心发现来解释。如果是良心发现，那么，堀田就不应该在最后时刻保持沉默，也不会在回忆中避实就虚，多加掩饰。

无论如何，堀田礼三郎和他的家族，是邹和平之死的最大犯罪嫌疑人。

战争已经远去，却仍有人不断地为它流血死亡，汤小辉、古强、邹和平……接下来的又会是谁？

这时，手机响了，曹元明低头一看，是臧进荣打来的，他立即按下了接听键。

“臧队，这么晚了，有急事吗？”

“元明，你还好吧？”听到曹元明的声音，臧进荣似乎舒了口气。

“还好。”

“追查可以暂告一段落，这段时间你最好呆在安全的地方，不要轻易外出，注意安全！”臧进荣语气严峻。

曹元明心中一紧：“怎么了？”

“现已查明，矢佳公司董事长稻垣圭一，就是那个稻垣夕张的长子，曾经是‘盾会’的成员。”

“盾会？”曹元明重复了一遍这个陌生的名词。

“这是个日本右翼组织，创始人是日本作家三岛由纪夫，稻垣圭一那时还是个高中生，就参加了这个组织。后来三岛因为煽动自卫队发动兵变失败而剖腹自杀，‘盾会’就解散了，但是，三岛由纪夫所主张的‘天皇信仰高于人道主义’‘军人是一个国家的灵魂’等军国主义思想，却被这些人继承了下来。有证据表明，稻垣圭一和日本青年联盟、皇民党以及弘道会等右翼组织和黑社会有瓜葛，向他们提供过资金帮助……”因为信号的原因，臧进荣的话音和车窗外的风雨一样飘忽不定，时断时续。

“知道了，我回到酒店再和你详谈。”曹元明放下了手机。

一旁的鲍书华说：“我觉得堀田这是黄鼠狼给鸡拜年，没安好心。看来我在矢佳公司要干不下去了，得做好辞职的打算。”

曹元明说：“此案的广度和深度已远远超出了普通刑事案件的范畴，不管最后怎么结案，我都要把所知的一切公布出来！”他打算回到酒店后，连夜把这些天的调查做一个详细总结，并通过电子邮件发给国内的同志们。

突然，汽车发出了“咯噔噔”的恐怖声音，黄利平惊叫了起来：“糟糕，刹车失灵啦！”

铃木吉姆尼如脱缰野马在狭窄的山道上直冲而下！黄利平猛打方向盘，将车贴紧靠山的护栏，车门擦出一串串火花，伴随着刺耳的金属擦刮声，却没有丝毫减速。

“换低挡，再手刹！”曹元明赶紧说。

“完啦！”黄利平带着颤音绝望地大喊，汽车“砰”地一声撞开路边的护栏，划出一道弧线掉向山崖下深不可测的太平洋……